자메이카 여인숙

자메이카
여인숙
JAMAICA INN

대프니 듀 모리에 지음

한애경·이봉지 옮김

H
현대문학

1

흐리고 쌀쌀한 11월 말의 어느 날이었다. 밤사이 날씨가 돌변했다. 가랑비를 머금은 북풍이 불어와 하늘빛이 화강암처럼 뿌옇게 변했다. 이제 겨우 오후 2시였다. 그런데도 산 주위는 이미 겨울 저녁의 파리한 창백함이 내려앉은 것처럼 안개에 싸여 있었다. 4시만 되면 어두워질 것이다. 꼭꼭 닫아놓은 창문을 비웃기라도 하듯이 음습하고 차가운 공기가 마차 안으로 스멀스멀 기어 들어왔다. 가죽 시트에서 축축함이 묻어났다. 때때로 빗물이 천장에서 한 방울씩 떨어졌다. 그 바람에 가죽 시트에 잉크 방울 같은 짙푸른 얼룩이 생겼다. 필시 천장에 작은 균열이 있으리라. 때때로 돌풍이 몰아쳤다. 때마침 마차가 구불구불한 길모퉁이를 돌고 있기라도 하면 차체가 심하게 흔들렸다. 탁 트인 높은 지대에서는 진동이 더욱 심했다. 바람이 어찌나 센지 마차 전체가 부르르 떨렸다. 그러고는 술 취한 사람처럼 커다란 바퀴들을 삐꺽대면서 전후좌우로 휘청거렸다.

마부는 외투를 귀까지 올리고 몸을 거의 반으로 접다시피 마부석에 납작 엎드려 어깨로라도 바람을 막아보려고 안간힘을 썼다. 지친 말들은 명령에 따라 기계적으로 터벅터벅 걸었다. 때때로 마부는 곱은 손가락을 간신히 굽혀 말 머리 위로 채찍질을 했다. 그러나 바람과 비에 시달릴 대로 시달린 말들은 이제 더 이상 아픔을 느낄 힘조차 없었다.

길에 파인 구덩이에 마차 바퀴가 빠지면 끼익하고 비명과도 같은 소리를 내며 삐거덕거렸다. 때로 창문에 진흙이 후드득 뿌리기도 했다. 그 바람에 창문에는 빗물과 진흙이 한 꺼풀 두껍게 입혀졌다. 이제 창문으로 바깥 풍경을 내다보는 건 언감생심 꿈도 꾸지 말아야 했다.

마차에 타고 있던 몇 안 되는 승객은 조금이라도 온기를 얻으려고 옹기종기 모여 앉아 있었다. 그러다가 마차가 깊은 구덩이에 빠지면 모두 동시에 비명을 질렀다. 트루로에서 마차를 탄 이래 줄곧 불평불만을 쏟아내던 늙은이가 화를 버럭 내며 자리에서 일어나더니 더듬더듬 창틀을 잡았다. 쾅 소리를 내며 창문이 아래로 내려가는 순간, 마차 안으로 빗물이 마구 쏟아져 들어오며 다른 승객들까지도 쫄딱 젖고 말았다. 그는 창문 밖으로 머리를 내밀어 강퍅하고 째지는 목소리로 마부에게 불한당이니, 살인자니 하고 욕설을 퍼부었다. 이렇게 위험하기 짝이 없는 속도로 가다가는 보드민에 닿기도 전에 모두 죽고 말 거라는 둥, 모두 숨넘어가겠다는 둥, 다시는 마차로 여행하지 않겠다는 둥 별의별 말을 다 했다.

마부가 그 말을 들었는지는 분명치 않다. 아마도 그 일장훈시는 바람에 날려 가버린 것 같다. 잠시 서서 기다리던 늙은이는 결국 다시 창문을 닫고 자기 자리에 도로 앉더니 담요로 무릎을 감쌌다. 그사이 실내 공기는 얼음장처럼 차가워져 있었다.

늙은이 옆에는 얼굴이 불그레한 쾌활한 여자가 파란 코트를 입고 앉아 있었다. 그녀는 공감한다는 듯이 한숨을 푹 내쉬었다. 그러고는 누구를 향한 것인지 분명하지 않은 윙크를 날리는 한편, 늙은이 쪽으로 머리를 까딱하며 지금까지 겪은 일 중에 오늘이 최악이라고 했다. 그녀는 이 말을 이미 스무 번도 넘게 해온 터였다. 이건 본격적인 추위가 시작되었으며 이제 누가 뭐래도 여름은 완전히 가버렸다는 뜻이었다. 여자는 커다란 바구니를 헤집어 거대한 케이크 덩어리를 꺼내더니 거기에다 희고 억센 이를 처박았다.

메리 옐런은 그 반대쪽 구석, 즉 천장에서 물이 새는 쪽에 앉아 있었다. 때때로 차가운 물방울이 어깨 위에 떨어지면 손가락으로 탁 털어냈다.

그녀는 두 손에 턱을 괸 채 빗물에 얼룩진 진흙투성이 창문을 바라보았다. 칙칙한 하늘을 뚫고 한 줄기 빛이 비치기를 필사적으로 간구하는 중이었다. 어제 헬퍼드를 굽어보던 그 파란 하늘의 흔적이 잠깐이라도 나타난다면 행운의 전조가 될 것만 같았다.

이곳은 23년 동안 그녀의 집이었던 곳에서 불과 64킬로미터 떨어진 곳이다. 그런데도 벌써 마음속에서 희망의 빛이 사그라지고 있었다. 그녀는 매우 용기 있는 처녀였다. 그래서 어머니의 오랜 투병 생활과 사망의 충격을 의연하게 버텨냈다. 그러나 이 고장에서 처음 맞는 궂은비와 세찬 바람 앞에서는 용감한 그녀조차도 다소 의기소침해질 수밖에 없었다.

이곳은 매우 낯선 고장이었다. 이 사실만으로도 그녀는 이미 기운이 한풀 꺾였다. 마차 창문으로 내다보는 풍경은 바로 하루 전에 떠나온 고장과는 전혀 다른 세계였다. 헬퍼드의 반짝이는 물결과 푸른 산과 경사진 비옥한 들판, 그리고 물가에 옹기종기 모여 있는 하얀 오두막들은 아득히 멀게 느껴졌다. 어쩌면 영원히 사라져버렸는지도 모른다. 헬퍼드의 비는 부드럽고 감미롭다. 나무에 타닥타닥 떨어지다가 어느새 그 아래 무성한 풀 사이로 사라진다. 빗물은 시내와 개울을 이루어 강으로 흘러들기도 하고, 땅속 깊이 스며들어 아름다운 꽃을 피우기도 한다.

그런데 지금은 인정사정없이 휘몰아치는 세찬 비가 마차 창문을 때리고 있다. 그 비를 받아들이는 땅 또한 단단하고 척박한 황무지였다. 나무도 거의 없었다. 수 세기 동안 폭풍우에 배배 꼬인 볼품없는 나무 한두 그루가 사면팔방에서 불어오는 바람에 메마른 가지를 내맡기고 있을 뿐이었다. 긴 세월 동안 폭풍우에 시달린 나무들은 칙칙한 검은빛이었다. 그런 검은색에서는 봄이 와도 푸른 잎이 나지 않을 것만 같았다. 때늦은 서리로 얼어 죽을까 두려워 잎눈을 피우려고도 하지 않을 것 같았다. 그 밖에는 모두 관목뿐이었다. 산울타리도, 목초지도 없는 그곳은 돌과 검은 헤더와 자라지 못한 금작화의 고장이었다.

메리는 문득 이곳에는 온화한 계절이 없을 거라는 생각이 들었다. 오늘 같은 우울한 겨울 아니면 메마르고 타는 듯한 한여름 열기뿐일 거야. 시원한 그늘과 비바람을 피할 장소를 제공하는 수목 울창한 골짜기 같은 건 아예 없고, 그녀가 이곳에 오기 전에 이미 황갈색으로 변해버린 황량한 풀밭만이 펼쳐져 있었다. 게다가 날씨 때문에 모든 것이 회색으로 변해버렸다. 길과 마을에서 본 사람들조차 자연환경에 맞춰 변해버린 것 같았다. 그녀가 제일 처음 합승마차를 탄 헬스톤은 그녀의 생활구역에 속하는 곳이었다. 헬스톤에는 어린 시절의 수많은 기억이 어려 있다. 지금은 사라진 아득한 옛날, 매주 한 번씩 아버지와 함께 마차를 타고 장에 가곤 했다. 아버지가 돌아가신 다음에는 어머니가 겨울 추위와 여름의 더위를 무릅쓰며 아버지의 빈자리를 메우느라 동분서주했다. 마차 뒤편에 암탉과 달걀과 버터를 싣고, 옆자리에는 메리를 앉혔다. 아이는 자기 몸집만큼 큰 바구니를 꼭 붙들고 손잡이에 턱을 올려놓았다. 헬스톤 사람들은 이들 모녀에게 친절했다. 모두 엘런이란 이름을 알았고, 또 존중했다. 남편이 죽은 뒤 고군분투하는 어머니에 대해 모두 잘 알고 있었기 때문이다. 실제로 새 남편을 얻지 않고 혼자 아이를 키우며 농장을 돌보는 메리 어머니 같은 여자는 많지 않았다. 물론 그녀에게 관심을 가진 남자가 없던 건 아니었다. 매너컨에 살던 농부와 강 상류인 그위크에 살던 농부는 그녀에게 청혼하고 싶어 했다. 그러나 그녀의 눈빛을 보고 청혼해봤자 소용없다는 걸 알았다. 그녀의 몸과 마음이 오롯이 망인에게 속한다고 말하고 있었기 때문이다. 고된 농장 일은 결국 그녀의 심신을 망가뜨리고 말았다. 어머니는 몸을 아끼지 않고 일했다. 과부가 된 이후 17년 동안 자신의 에너지를 지나치게 쏟아붓는 삶을 살았던 것이다. 그러나 그런 그녀도 마지막 시련으로 인한 스트레스를 견디지 못했다. 마음이 먼저 떠나버린 것이다.

그녀의 재산은 조금씩 줄어들었다. 불경기에다 (헬스톤에서는 그렇게들 말했다) 농산물 값이 똥값이 됨에 따라 돈이 귀해졌다. 내륙 지방도 마찬가지였다. 곧 기근이 닥쳐올 터였다. 설상가상으로 토질병이 덮쳐서 헬스톤 주변 마을의 가축들이 죽어나갔다. 이름도 모르고, 치료법도 없는 질병이었다. 그 병은 모든 것을 건드리고, 파괴했다. 그것은 초승달이 뜰 때쯤 시도 때도 없이 내리는 때늦은 서리와도 같았다. 해가 나면 서리는 아무런 자취도 남기지 않고 녹아버린다. 그러나 질병이 지나간 자리에는 즐비한 죽음이 뒤따랐다. 메리 옐런 모녀에게 매우 불안하고 힘든 시절이었다. 키우던 닭과 새끼 오리들이 한 마리씩 죽어나갔다. 목장의 어린 송아지도 쓰러졌다. 가장 가련한 것은

20년 동안이나 키우던 암말이었다. 메리는 어릴 때 그 넓고 건장한 등 위에서 승마를 배웠다. 그런데 그 말이 어느 날 아침, 마구간에서 메리의 무릎에 머리를 힘없이 얹고 숨을 거두었다. 모녀는 과수원의 사과나무 아래 큰 구덩이를 파고 말을 묻었다. 이제 다시는 그 말을 몰고 헬스톤 장에 가지 못하게 된 것이다. 어머니는 메리를 돌아보며 말했다. "메리야, 불쌍한 넬과 함께 내 몸의 일부가 묻힌 것 같구나. 이게 내 믿음인지 뭔지는 모르겠지만 왠지 더 이상은 버티지 못할 것 같은 느낌이 드는구나."

어머니는 집으로 들어가 부엌에 앉았다. 얼굴이 백지장처럼 창백하고, 갑자기 열 살쯤 더 나이 들어 보였다. 메리가 놀라서 의사를 불러오겠다고 하자 어머니는 어깨를 으쓱했다. "얘야, 너무 늦었어, 17년이나 늦어버렸어." 그러고는 갑자기 흐느끼기 시작했다. 생전 운 적이 없는 어머니가 말이다.

메리는 모건에 사는 의사를 부르러 갔다. 메리가 태어났을 때 그녀를 받은 의사였다. 의사의 이륜마차를 타고 함께 집으로 오는 길에 의사가 고개를 저었다. "메리야, 뭔지 알 것 같아. 네 어머니는 네 아버지가 돌아가신 후 심신을 너무 혹사했어. 그래서 결국 무너지고 만 거야. 좋지 않아. 시기가 좋지 않거든."

두 사람은 꼬불꼬불 길을 돌아 마을 꼭대기에 있는 집에 도착했다. 이웃 여자가 대문 앞에 나와 있었다. 나쁜 소식을 전하고 싶어 안달이 난 표정이었다. "어머니 상태가 더 악화됐어. 조금 전에 현관 밖에 나오더니 귀신이라도 본 것처럼 온몸을 사시나무 떨 듯하며 길에 쓰러지셨어. 호블린 부인과 윌 셀이 달려가 어머니를 집 안으로 안고 들어갔어. 어머니가 눈을 감고 계시더래."

의사는 문 앞에 모인 사람들을 단호히 밀쳐내고 집 안으로 들어갔다. 그는 정신을 잃고 마룻바닥에 누워 있는 어머니를 셀과 함께 들어서 2층 침실로 옮겼다.

"심장발작이야." 의사가 말했다. "하지만 아직 숨을 쉬고 있어. 맥박도 고르고. 내 짐작이 맞았어. 이렇게 갑자기 쓰러지는 것 말이야. 왜 그동안 괜찮다가 지금에야 이런 일이 일어났는지는 하느님과 당사자밖에 몰라. 메리야, 이제 이 집 딸답게 마음을 다잡고 어머니를 도와야 해. 너밖에 이 일을 할 사람이 없구나."

메리는 처음이자 마지막으로 병석에 누운 어머니를 6개월 이상 돌보았다. 그러나 그녀와 의사가 아무리 노력해도 소용없었다. 어머니는 회복하려는 의지를 보이지 않았다. 더 이상 살려고 애쓸 마음이 없었다.

어머니는 해방을 갈구하며 그 순간이 빨리 오기를 기도하는 듯했다. 어머니가 메리에게 말했다. "너는 나처럼 고생하지 않았으면 좋겠어. 심신을 혹사하는 거니까. 내가 간 다음에 너는 헬퍼드에 있을 필요가 없어. 그러니 보드민에 있는 페이션스 이모에게 가는 게 좋겠구나."

메리는 어머니가 돌아가시지 않을 거라고 거듭 말했지만, 어머니는 이미 마음을 정하고 더 이상 죽음과 싸우려고 하지 않았다.

"어머니, 난 농장을 떠나고 싶지 않아요." 메리가 말했다. "이 집은 내가 태어나고, 또 아버지가 태어나신 곳이에요. 또 어머니도 헬퍼드 사람이니 옐런 가족이 있을 곳은 바로 여기예요. 가난도 무섭지 않고 농장이 쇠락해도 괜찮아요. 어머니 혼자서 17년이나 일했으니 나도 못 하란 법 없잖아요? 나도 남자만큼 일할 수 있어요. 어머니도 아시잖아요."

"그건 처녀가 할 일이 아니야. 난 그동안 네 아버지와 너 때문에 그 일을 했단다. 여자가 누군가를 위해서 일을 하면 마음이 흡족하고 평화롭단다. 하지만 자기 자신을 위해 일하는 건 달라. 거기엔 마음이 없으니까."

"난 도회지에서는 아무짝에도 쓸모가 없어요. 이 강가 생활밖에 모르고 또 알고 싶지도 않으니까요. 헬스톤만 해도 너무 도회지라 정신이 없어요. 난 여기 생활이 맞아요. 남은 닭과 늙은 돼지나 돌보고 텃밭에서 채소나 키우면서 강에서 가끔 배나 타는 게 내게 어울려요. 그런데 보드민의 페이션스 이모 댁에 가서 뭘 하겠어요?"

"메리야, 다 큰 처녀가 혼자 살 수는 없어. 정신이 이상해지거나 나쁜 길로 빠지거나 둘 중 하나야. 불쌍한 수 얘기를 잊었니? 애인도 없는 애가 보름달이 뜨면 있지도 않은 애인을 부르며 오밤중에 교회 마당을 걸어 다녔지. 또 네가 태어나기 전 일인데, 열여섯 살에 부모를 잃은 처녀 하나가 팰머스로 달아나서 선원들과 놀아났어. 만일 네가 안전한 곳에 있지 않으면 나나 네 아버지는 무덤에서 편히 못 쉴 거야. 너는 페이션스 이모를 좋아하게 될 거야. 잘 놀고, 잘 웃는 데다 마음이 한량없이 넓은 사람이니까. 12년 전에 이모가 여기 왔을 때 일 기억하지? 모자에 리본을 잔뜩 달고 비단 페티코트를 입었지. 트레로워런에서 일하던 청년이 이모를 마음에 들어 했지만 이모는 성에 안 차서 콧방귀도 안 뀌었잖아."

물론 메리는 커다란 푸른 눈에 앞머리가 곱슬곱슬한 페이션스 이모를 기억하고 있었다. 이모는 웃기도 잘하고 수다도 잘 떨었고 마당의 진흙탕을 지날 때면 우아하게 치마를 치켜들곤 했었다. 정말이지 이모는 요정처럼 예뻤다.

"조슈아 이모부가 어떤 사람인지는 나도 몰라. 본 적도 없고, 본 사람을 만난 적도 없으니까. 이모가 결혼한 지 10년이 넘었어. 미카엘제* 무렵에 결혼했으니까. 그때 이모가 편지를 보내왔는데 엄청 들떠서 온갖 얘기를 다 써놓았더라. 서른이 넘었으면서 꼭 10대 소녀처럼 말이야."

"이모 집에서는 날 되통스럽다고 생각할 거예요. 몸가짐이 세련되지 못했으니까요. 또 서로 할 얘기도 없을 거예요." 메리가 천천히 말했다.

"이모 집에서는 겉멋이나 우아한 태도 때문이 아니라 널 있는 그대로 좋아할 거야. 얘야, 꼭 약속해다오. 내가 가고 나면 페이션스 이모에게 편지해야 해. 너를 이모 집에 보내는 게 내 간절한 마지막 소원이었다고 써야 해."

* 대천사 미카엘을 기리는 축제일로, 9월 29일이다.

"약속할게요." 메리의 마음은 천근만근 무거웠다. 미래는 불안하고 모든 게 변할 것이기 때문이다. 익히 알고 사랑하던 것들과 이별해야 한다. 힘든 일이 닥칠 때 편히 쉴 수 있는 정든 집도 떠나야 한다.

날이 갈수록 어머니는 쇠약해졌다. 날마다 조금씩 활기가 줄어들었다. 어머니는 추수철과 과일 수확기를 그럭저럭 넘겼고 낙엽이 지기 시작할 때만 해도 그런대로 버텨냈다. 그러나 아침에 안개가 끼고, 땅에 서리가 내리고, 강물이 불어 홍수처럼 거친 바다로 달려가고, 파도가 헬퍼드의 작은 모래사장에 천둥소리를 내며 부서지기 시작하자 침대에서 몸부림을 치며 시트를 쥐어뜯었다. 메리를 죽은 남편으로 착각하여 그의 이름을 부르면서 이미 사라진 옛날 일과 메리가 전혀 모르는 사람들 얘기를 했다. 사흘 동안 어머니는 자기만의 세계에 갇혀 있더니 나흘째 되는 날 숨을 거두었다.

메리가 익히 알고 사랑하던 물건들이 다른 사람들 손에 넘어갔다. 가축들은 헬스톤 장으로 팔려 갔고 가구는 이웃들이 한두 개씩 사 갔다. 메리의 집은 커버랙 사람에게 팔렸다. 그는 담배 파이프를 입에 물고 마당을 돌아다니며 여기저기 고칠 부분을 가리켰다. 또 좋은 전망을 확보하기 위해 나무도 몇 그루 잘라야겠다고 했다. 아버지가 남긴 가방에다 얼마 안 되는 짐을 정리하던 메리는 2층 자기 방 창에서 그 모습을 보며 진저리를 쳤다.

커버랙 사람이 부산을 떠는 통에 메리는 마치 자기가 이 집에 무단 침입이라도 한 듯한 느낌이 들었다. 메리를 바라보는 그의 눈에는 빨리 나가달라는 무언의 요구가 쓰여 있었다. 그녀 역시 한시도 더 머물고 싶지 않았다. 이 모든 것을 떠나 다시는 돌아보고 싶지 않았다. 그녀는 이모의 편지를 다시 한 번 읽었다. 백지에 삐뚤빼뚤하게 쓴 편지에는 조카의 불행에 매우 충격을 받았다, 언니가 아픈 줄 전혀 몰랐다, 헬퍼드에 간 지 정말 오래되었다는 말이 쓰여 있었다. 이어서 다음과 같은 말이 적혀 있었다. '우리 집에는 좀 변화가 있었는데 너는 아마 모를 거야. 우리는 이제 보드민에 살지 않고 론서스턴 쪽으로 20킬로미터쯤 떨어진 곳에 살고 있어. 이곳은 매우 황량하고 외진 곳이야. 네가 온다면 나는 기쁠 거야. 특히 겨울에는. 이모부에게 물어봤더니 반대하지 않았어. 네 목소리가 크지 않고, 수다쟁이가 아니고, 필요할 때 자기 일을 도와준다면 좋다는구나. 네게 돈을 줄 수는 없고, 공짜로 먹여줄 수도 없어. 이모부는 숙식을 제공하는 대신 네가 바에서 일해주기를 바라. 이모부는 자메이카 여인숙의 주인이거든.'

메리는 편지를 접어서 가방에 넣었다. 메리가 기억하는 페이션스 이모는 항상 웃는 얼굴이었다. 그런 이모가 이런 이상한 편지를 쓰다니!

매우 냉정하고, 알맹이 없는 편지였다. 아무런 위안의 말도 없고, 돈을 줄 수 없다는 것 말고는 어떠한 자세한 내용도 없었다. 비단 페티코트를 입고 까탈을 부리던 페이션스 이모가 여관 집 주인의 아내라니! 메리는 어머니가 이 사실을 몰랐을 거라고 생각했다. 이 편지는 10년 전 이모가 결혼했을 때 보냈던 행복에 넘치는 편지와는 너무도 달랐다.

그렇지만 메리는 이미 약속했다. 그러니 그 약속을 어길 수 없었다. 집도 팔렸고 달리 있을 만한 곳도 없었다. 어찌 되었건 이모는 어머니의 여동생이고 그 사실만이 중요했다. 사랑하는 낯익은 농장과 헬퍼드의 반짝이는 바닷물 같은 과거의 삶은 이제 지나가버렸다. 메리의 앞에는 미래만이 놓여 있었다. 바로 자메이카 여인숙이었다.

이리하여 메리 옐런은 헬스톤에서 북쪽 지방을 향해 떠나게 된 것이다. 삐걱거리고 흔들리는 마차를 타고 메리는 팔 강 상류의 트루로 시를 지나갔다. 자갈이 깔린 널따란 길 위에 솟은 첨탑들과 지붕들 위로 푸른 하늘이 펼쳐진 그곳에는 아직도 남쪽 지방 냄새가 났다. 마차가 지나가자 현관에 나와 있던 사람들이 웃으며 손을 흔들었다. 그러나 트루로가 멀어지자 하늘에는 구름이 덮이고 길 양쪽의 들판은 거친 황무지로 변했다. 마을은 드물어지고 오막살이집 앞에서 미소 짓는 모습도 보이지 않았다. 나무도 별로 없었고 집과 밭 주위로 산울타리 같은 것도 없었다. 얼마 있으니 바람이 불고 비가 내리기 시작했다. 마차가 보드민으로 들어섰다. 온통 회색빛의 으스스한 모습이었다. 마을 주위를 둘러싼 산들도 마찬가지로 회색 일색이었다.

마차 안의 사람들은 주섬주섬 짐을 챙겨 내릴 채비를 했다. 메리만이 구석에 가만히 앉아 있었다. 온통 비에 젖은 마부가 창문을 들여다보며 물었다. "론서스턴에 가세요? 오늘 같은 날 황야를 지나려면 힘들 텐데 오늘 밤은 보드민에서 머물고 내일 아침에 가시는 게 어때요? 아가씨 말고는 거기 가는 분이 아무도 안 계세요."

"그곳 분들이 절 기다리고 있어요. 저는 힘들지 않아요. 그리고 저는 론서스턴까지 안 가요. '자메이카 여인숙'에 내려주시면 되니까요."

마부는 묘한 표정으로 그녀를 바라보았다. "자메이카 여인숙이라고요? 거기서 뭘 하시게요? 거긴 아가씨 같은 분이 있을 곳이 못 돼요. 아마 뭘 잘못 아신 모양이에요." 마부는 그녀의 말이 믿기지 않는다는 듯이 그녀를 똑바로 쳐다보았다.

"아, 저도 외진 곳이란 건 알아요. 하지만 저는 도시 사람이 아니에요. 전 헬퍼드 강 쪽에서 왔는데 거기도 사시사철 조용하지만 저는 하나도 외롭지 않았어요."

"제 말은 외롭다는 게 아니라…… 여기가 처음이라 아마 모르시는 모양이군요. 이런 날 황야를 30여 킬로미터 달리는 게 문제가 아니라, 물론 그것만으로도 대부분의 여성분은 겁을 집어먹지만…… 잠깐, 잠깐만 기다리세요." 마부는 로열 여관 현관에서 등불을 비추는 여자를 불렀다. 벌써 땅거미가 내리고 있었다.

"아주머니, 여기 와서 이 아가씨랑 얘기 좀 해보세요. 론서스턴에 간다고 했는데 알고 보니 자메이카 여인숙에 가신다네요."

여자가 계단을 내려와 마차 안을 들여다보며 말했다.

"거긴 거칠고 황량한 곳이에요. 만일 일자리를 구한다면 거기서는 농장 일을 구할 수가 없어요. 황야 사람들은 이방인을 좋아하지 않아요. 그러니 보드민에서 구하는 게 나을 거예요."

메리는 웃으며 말했다. "괜찮아요. 저는 친척 집에 가거든요. 자메이카 여인숙 주인이 제 아저씨예요."

한동안 침묵이 흘렀다. 메리는 그 여자와 마부가 자기를 뚫어지게 쳐다보는 것을 느꼈다. 갑자기 몸이 오싹해지고 마음이 불안해진 메리는 그 여자가 뭔가 좋은 말을 해주기를 바랐다. 그러나 여자는 아무 말 없이 뒷걸음치며 천천히 말했다. "안됐군요. 물론 나와는 상관없는 일이죠. 그럼 잘 가요."

마부는 상기된 얼굴로 휘파람을 불었다. 마치 어색한 상황을 수습하려는 것 같았다. 메리는 앞쪽으로 몸을 내밀며 마부의 팔을 잡았다. "무슨 일이에요? 말씀해주세요. 사람들이 아저씨를 싫어하나요?"

마부는 무척 불편한 기색이었다. 마부는 그녀의 시선을 피하며 무뚝뚝하게 말했다. "자메이카 여인숙은 평판이 나빠요. 이상한 소문이 돌거든요. 어떤 건지 알겠죠? 하지만 저는 괜히 문제를 일으키고 싶지 않아요. 허튼 소문일 수도 있고."

"어떤 소문인데요? 혹시 술주정뱅이들 말인가요? 아저씨가 미풍양속을 해치는 일을 하나요?"

마부는 책임질 말을 하고 싶어 하지 않았다. "문제를 일으키고 싶지 않아요. 전 아무것도 몰라요. 그냥 소문을 들은 것뿐이에요. 점잖은 사람들은 이제 자메이카 여인숙에 가지 않아요. 제가 아는 건 그게 다예요. 예전에는 그곳에서 말에 물을 먹이고 꼴도 먹였어요. 여관에 들어가서 음식도 먹고 한잔하기도 했죠. 그렇지만 이제는 그곳에 멈추지 않아요. 말을 채찍질해서 빨리 지나가죠. 파이브 레인즈에 도착할 때까지는 아무 데서도 멈추지 않아요. 물론 파이브 레인즈에서도 오래 머물지는 않지만."

"왜 거기 아무도 안 가죠? 무슨 이유죠?" 메리는 재차 물어보았다.

마부는 잠시 망설였다. 적당한 말을 찾는 눈치였다.

"겁이 나서죠." 이윽고 그가 말했다. 그러고는 고개를 절레절레 흔들더니 입을 다물었다. 그러다가 자신이 좀 무례했다고 생각했는지, 혹은 그녀가 안돼 보였는지 잠시 후 다시 창문을 들여다보며 그녀에게 물었다.

"여기서 차나 한잔하시지 않겠어요? 갈 길이 먼 데다 황야는 추우니까요."

메리는 고개를 저었다. 식욕이 사라진 데다 마차에 내려서 로열 여관에 들어가고 싶지 않았다. 물론 차를 마시면 몸에 온기가 돌긴 하겠지만 아까 그 여자가 쳐다보던 시선과 사람들의 쑥덕거림을 감내하기 어려웠다. 게다가 자신의 비겁함도 두려웠다. '그냥 보드민에 머물러, 보드민에 머무르라고' 하는 속삭임이 들려오는 것 같았기 때문이다. 로열 여관에 들어가면 그 유혹에 질지도 몰랐다. 하지만 그녀는 어머니에게 페이션스 이모에게 가겠다고 약속했다. 그러니 그 약속을 어겨서는 안 되었다.

"그럼 바로 가는 게 좋겠네요. 오늘 밤에 이 길을 가는 사람은 아가씨밖에 없어요. 여기 담요가 한 장 더 있으니 덮으세요. 보드민 외곽의 언덕을 올라가면 그때부터 채찍질을 해서 빨리 달릴게요. 오늘 같은 날은 길에 머물면 안 되니까요. 론서스턴의 내 침대에 들 때까지 전혀 안심을 못 해요. 겨울철 날씨가 나쁠 때 황야를 건너가길 좋아하는 사람은 아무도 없지요." 마부는 마차 문을 쾅 닫고 마부석으로 올라갔다.

마차는 거리를 따라 흔들리며 내려갔다. 안전하고 견고한 집들과 깜빡거리는 불빛을 지나쳐 갔다. 사람들은 비바람을 피하기 위해 고개를 잔뜩 숙인 채 저녁 식사가 기다리는 집으로 바쁜 발걸음을 옮기고 있었다. 닫힌 덧문 사이로 정겨운 촛불 빛이 새어 나왔다. 벽난로에는 난롯불이 타고 있고, 식탁에는 식탁보가 깔려 있을 것이다. 어머니와 아이들은 식탁 앞에 앉아 있고, 아버지는 따뜻한 불에 차가운 손을 덥히고 있으리라. 메리는 마차에 함께 탔던 웃는 얼굴의 시골 여자를 생각했다. 그녀도 아이들과 함께 식탁에 둘러앉아 있을까? 그녀의 손은 투박하고 거칠었고, 볼은 사과처럼 붉었지. 하지만 그녀는 얼마나 편안해 보였던가! 그녀의 깊은 목소리에는 안전하고 편안한 세상의 느낌이 묻어났다. 메리는 머릿속으로 그녀를 따라가는 자신의 모습을 상상했다. 그녀에게 자신을 거둬달라고 부탁했다면 그녀는 결코 거절하지 않았을 것이다. 메리는 확신했다. 그녀는 메리에게 미소를 짓고 다정하게 손을 잡고 그녀를 재워주었을 것이다. 메리는 그녀의 집에서 일을 하고, 그녀를 사랑하고, 그녀의 삶을 나누고, 그녀의 식구와 친지를 알게 되었을 것이다.

마차는 보드민 외곽의 가파른 언덕길을 올라가고 있었다. 마차 뒤 창문으로 보드민의 불빛이 하나하나 사라지는 것이 보였다. 마침내 마지막 불빛이 깜빡이더니 어느새 완전히 사라져버렸다. 이제는 비바람 속에 혼자 남겨졌다. 목적지까지는 아직 20킬로미터나 남았고 그 사이에는 거친 황야뿐이었다.

메리는 이 느낌이 안전한 항구를 벗어난 배가 느끼는 것과 비슷하지 않을까 하는 생각이 들었다. 그러나 그 무엇도 지금 그녀가 느끼는 적막감보다 더 심하지는 않을 것이다. 아무리 바람이 밧줄과 쇠사슬을 세차게 울리고, 바닷물이 갑판을 집어삼킬 듯이 적실 때라도 그녀만큼 외롭지는 않았을 것이다.

이제 마차 안은 어두웠다. 출발할 때는 그래도 다 꺼져가기는 했지만 노란빛을 발하는 희미한 등불이 켜져 있었다. 그러나 천장 틈에서 들어오는 바람 때문에 불꽃이 이리저리 흔들려서 가죽에 불이 붙을까 두려운 나머지 등불을 끌 수밖에 없었다. 메리는 마차 구석에 웅크리고 앉아서 마차의 요동에 따라 이리저리 흔들렸다. 지금까지 그녀는 고독 속에도 적의가 있음을 알지 못했다. 하루 종일 마차는 요람과도 같이 그녀를 흔들어주었다. 그런데 지금 바로 그 마차가 삐걱거리며 위협하는 소리를 내고 있었다. 바람이 마차 지붕을 갈기갈기 찢는 듯했다. 산이 없이 탁 트인 들판에 나서자 한결 더 세차진 빗줄기가 창문을 사정없이 후려쳤다. 길 양옆으로 휑한 들판이 끝없이 펼쳐져 있었다. 나무 한 그루, 길 하나도 보이지 않았다. 마을은커녕 오막살이 한 채, 움막 한 채 보이지 않았다. 다만 음산한 황야만이 보이지 않는 지평선을 향해 검은 물결처럼 끝없이 펼쳐졌다. 이 황무지에 사는 사람은 다른 사람들과 같을 수 없을 거야, 메리는 생각했다. 검게 변한 금작화 관목들처럼 아기들은 뒤틀린 채 태어나겠지. 동서남북 도처에서 끊임없이 불어오는 바람에 휘어서 말이다. 마음이 배배 꼬여 비뚤어지고, 생각은 사악할 것이다. 습지대와 화강암, 거친 헤더와 부서지는 돌들 가운데서 살다 보면 당연히 그렇게 되지 않겠는가.

이 검은 하늘 아래서 이 땅을 베개 삼아 자는 가축들은 뭔가 이상한 종족일 것이다. 그 가축들에게는 악마적인 게 남아 있을 것이다. 길은 어둡고 적막한 땅 위로 구불구불 뻗어나갔다. 마차 안의 여행자에게 잠시나마 희망을 안겨줄 어른대는 희미한 불빛 하나 보이지 않았다. 어쩌면 보드민과 론서스턴 사이를 잇는 34킬로미터의 노정에는 인가라고는 하나도 없는지 모른다.

이 황량한 길 근처에는 목동의 움막조차 없는지 모른다. 오직 하나의 이정표, 그것은 바로 자메이카 여인숙이었다.

메리는 시공간의 감각을 잃었다. 어쩌면 160킬로미터를 달렸는지도 모르고 시간은 이미 자정인지도 몰랐다. 그나마 안전한 건 마차뿐이었다. 적어도 마차는 낯익은 것이었다. 그녀는 오늘 이른 아침에 마차를 탔다. 그때가 벌써 까마득한 옛날 같았다. 영원히 계속될 것만 같은 이 악몽 같은 여정 속에서 그나마 안심이 되는 건 마차의 네 벽과 비 새는 지붕이 그녀를 지켜주고, 지척에 마부가 있다는 점이었다. 조금 전부터 마차의 속도가 더 빨라진 듯했다. 말을 재촉하는 마부의 고함 소리는 그녀가 타고 있는 마차의 창문을 지나 바람 속으로 날아갔다.

바깥을 내다보려고 창문을 올린 순간 일진광풍처럼 비바람이 쏟아져 아무것도 보이지 않았다. 메리는 머리를 흔들어 눈으로 흘러내린 머리칼을 뒤로 넘겼다. 마차는 전속력으로 언덕마루를 향해 달리고 있었다. 길 양쪽에는 거친 황야만이 비와 안개 속에서 칠흑같이 검은 자태를 어렴풋이 드러냈다. 저 앞 언덕마루 위 길 왼편에 건물 한 채가 보였다. 높은 굴뚝들이 어둠 속에 거뭇하게 솟아 있었다. 주위에는 아무것도 없었다. 집 한 채, 심지어는 작은 오막살이 한 채도 없었다. 저것이 자메이카 여인숙일까? 어찌 되었건 건물은 사방의 바람을 맞으며 독불장군처럼 당당하게 버티고 있었다. 메리는 외투를 여미고 단추를 채웠다. 마차가 멈췄다. 말들이 빗속에서 땀을 흘렸는지 등에서 김이 무럭무럭 났다.

마부는 메리의 짐을 들고 마부석에서 내렸다. 그는 매우 서두르면서 자꾸만 집 쪽을 흘깃거렸다.

"다 왔어요." 그가 말했다. "마당 건너 저쪽이죠. 문을 두드리면 열어줄 겁니다. 전 그만 가야겠어요. 안 그러면 오늘 밤 론서스턴에 도착 못 할 테니까요." 그는 곧바로 마부석에 올라가 고삐를 쥐었다. 그러고는 말에게 소리를 지르면서 몹시 불안하고 초조한 듯이 마구 채찍질을 해댔다. 마차는 덜컹거리며 움직이기 시작하더니 눈 깜빡할 사이에 길을 따라 내려가 어느새 요술처럼 어둠 속으로 사라졌다. 마치 마차 같은 건 애초에 없었던 것 같았다.

메리는 발치에 내려놓은 가방과 함께 홀로 남겨졌다. 뒤쪽의 집에서 빗장 푸는 소리가 나더니 문이 쾅 하고 열렸다. 덩치가 굉장히 큰 남자가 등불을 이리저리 흔들며 마당으로 나왔다.

"누구야?" 그가 소리를 질렀다. "여기 뭐하러 왔어?"

메리는 앞으로 나서서 남자의 얼굴을 쳐다보았다.

그러나 불빛에 눈이 부셔서 아무것도 보이지 않았다. 남자는 등불을 앞뒤로 흔들더니 느닷없이 웃음을 터뜨리며 그녀의 팔을 왈칵 잡아채 현관 안으로 끌어당겼다.

"아, 너로구나, 그렇지?" 그가 말했다. "결국 왔구나. 난 네 이모부 조스 멀린이야. 자메이카 여인숙에 온 걸 환영해." 그는 다시 한 번 웃음을 터뜨리며 그녀를 집 안으로 이끌었다. 그러고 나서 문을 닫고 등불을 복도의 탁자에 올려놓았다. 이제 두 사람은 서로를 정면으로 마주 보게 되었다.

2

이모부는 키가 2미터가 넘는 거한이었다. 잔뜩 찌푸린 검은 눈썹 아래 드러난 그의 얼굴은 집시처럼 거무튀튀했다. 숱 많은 검은 앞머리는 더부룩하게 눈을 가리고 내려와 귀까지 늘어져 있었다. 딱 벌어진 억센 어깨, 거의 무릎까지 닿는 긴 팔, 무지하게 큰 주먹…… 정말이지 그는 말처럼 힘세 보였다. 이렇게 거구이다 보니 상대적으로 빈약해 보이는 머리통은 듬직한 어깨 사이에 파묻혀 있는 것 같았다. 게다가 눈썹이 검고 머리칼은 엉망으로 엉클어지고 자세는 구부정했기 때문에 언뜻 보아 한마리 거대한 고릴라 같았다. 그러나 이렇게 거대한 몸집과는 달리 얼굴에는 전혀 고릴라 같은 구석이 없었다. 코는 매부리코였고 그 밑에는 아마도 젊을 때는 매우 멋졌을 것 같은, 그러나 지

27

금은 축 처진 입이 자리 잡고 있었다. 검은 눈에는 핏발이 서고, 눈가에는 주름이 지고, 눈 밑에는 지방이 주머니처럼 튀어나와 있었다. 하지만 그럼에도 아직 예전의 아름다움이 얼마간 남아 있었다.

그의 외모에서 가장 괜찮은 건 치아였는데 빛깔이 매우 희고, 치열도 가지런했다. 그래서 그가 웃을 때면 검은 피부에 대비되어 새하얗게 빛났고, 그 때문에 비쩍 마른 배고픈 늑대 같은 인상이었다. 물론 인간의 미소는 늑대가 송곳니를 드러내는 것과는 전혀 다르다. 그러나 조스 멀린에게 있어서는 이 두 가지가 동일한 것처럼 느껴졌다.

"그래 네가 메리 옐런이구나." 그녀 앞에 태산처럼 버티고 선 그가 이윽고 고개를 숙여 그녀를 찬찬히 살피며 말했다. "조스 이모부를 돌보려고 그 먼 길을 오다니, 장하기도 해라."

그가 다시 웃음을 터뜨렸다. 그의 웃음은 집 전체에 울려 퍼지며 채찍으로 때리듯이 메리의 팽팽한 신경을 자극했다.

"페이션스 이모는 어디 계셔요?" 그녀는 주변을 둘러보며 물었다. 그녀가 서 있는 어두컴컴한 복도는 무척 을씨년스러웠다. 바닥에는 차가운 판석이 깔려 있었고 앞쪽으로는 낡고 좁은 계단이 있었다. "제가 오는 걸 모르시나요?"

"페이션스 이모는 어디 계셔요?" 남자가 메리의 말을 흉내 냈다. "사랑하는 이모는 어디 계셔요? 뽀뽀해주고, 안아주고, 아껴주실 우리 이모는 어디 계셔요? 오자마자 곧바로 이모만 찾아야겠어? 조스 이모부에게는 뽀뽀 안 해줄 거니?"

메리는 뒤로 물러섰다. 그에게 뽀뽀한다는 건 생각만 해도 끔찍했다. 그는 아마도 미쳤거나 취했음에 틀림없었다. 어쩌면 둘 다인지도 몰랐다. 하지만 그를 화나게 하고 싶지 않았다. 너무 무서웠기 때문이다.

그는 메리의 머릿속을 스치는 생각을 읽고 다시 한 번 웃음을 터뜨렸다.

"아니, 아니, 난 네게 손대지 않아. 나와 함께 있으면 너는 성당에 있는 것처럼 안전해. 나는 피부가 검은 여자를 좋아하지 않아. 게다가 난 조카와 실뜨기 놀이를 할 만큼 한가하지도 않고."

그는 메리를 내려다보며 경멸하듯이 비웃었다. 그는 그녀를 바보 취급 했고 그녀는 그의 농담에 진력이 났다. 그가 고개를 들어 계단을 바라보며 고함쳤다.

"페이션스, 도대체 뭘 하는 거야? 애가 왔어. 당신이 없다고 울고불고 난리가 났어. 나 보기가 벌써 역겨운가 봐."

층계 꼭대기에서 뭔가 팔락이는 소리와 질질 끄는 발자국 소리가 들렸다. 그리고 깜빡이는 촛불 빛과 함께 탄성이 흘렀다. 좁은 계단으로 한 여자가 내려왔다. 눈이 부시는지 손을 이마에 대어 눈을 가리고 있었다. 머리에는 거무죽죽한 면 캡을 썼는데 그 아래로 빈약한 반백의 머리카락이 산발한 채 어깨까지 늘어져 있었다. 어떻게든 머리의 컬을 살려보려고 머리카락 끝을 안

쪽으로 만 것 같았지만 컬은 이미 다 풀려 있었다. 바싹 마른 얼굴에는 광대뼈가 두드러졌다. 빤히 쳐다보는 듯한 커다란 눈은 끊임없이 뭔가를 묻는 것처럼 보였다. 또 입을 계속 움직이는 틱 장애가 있는지 연신 입술을 오물거렸다. 원래 꽃분홍색이었던 치마는 빛이 바래 이제는 희미한 연분홍이었고, 어깨에 걸친 숄에는 여러 번 꿰맨 자국이 있었다. 캡에는 최근에 덧붙인 게 분명한 새 리본이 달려 있었다. 아마도 낡은 옷가지를 조금이라도 낫게 보이려고 한 것 같았지만 괜히 역효과만 내고 말았다. 리본의 새빨간 빛깔은 그녀의 창백한 안색과 끔찍하게 대비되었기 때문이다. 메리는 비탄에 잠겨 멍하니 이모를 바라보았다. 엉망으로 망가진 이 불쌍한 여자가 그녀가 꿈에 보았던 매혹적인 페이션스 이모란 말인가? 자기 나이보다 스무 살은 더 들어 보이는 이 지저분한 여자가?

그 작은 여자는 층계에서 현관으로 내려와 메리의 손을 잡고 얼굴을 바라보았다. "정말 온 거니?" 그녀가 속삭이듯이 말했다. "내 조카 메리 옐런이지? 죽은 언니 딸 맞지?"

메리는 고개를 끄떡이며 어머니가 이모를 보지 못하는 것을 신에게 감사했다. "페이션스 이모," 그녀는 다정하게 말했다. "다시 보게 되어서 기뻐요. 이모가 헬퍼드의 우리 집에 왔던 때가 정말 까마득한 옛날 같아요."

여자는 메리에게서 손을 떼지 못했다. 옷을 쓰다듬고, 몸을 만지다가 돌연 그녀 품에 달려들어 어깨에 머리를 파묻고는 엉엉 소리 내어 울기 시작하더니 겁에 질린 듯 헉헉거렸다.

"아, 그만해." 그녀의 남편이 으르렁거리듯이 말했다. "무슨 놈의 환영이 이래? 뭣 때문에 이렇게 꽥꽥거려? 천치 바보 같으니라고! 애가 배고파하는 것 안 보여? 부엌에 데려가서 베이컨과 마실 걸 좀 주라고."

그는 몸을 굽혀 메리의 가방을 종이 꾸러미라도 되는 듯이 가볍게 들어 어깨에 짊어졌다. "이건 내가 방에 갖다 둘게. 만일 내가 돌아올 때까지 식탁에 저녁을 차려놓지 않으면 눈물 쏙 빠지게 해줄 거야. 그리고 너 말이지," 그는 메리에게 얼굴을 바짝 들이대고 커다란 손가락을 그녀의 입술에 갖다 대며 덧붙였다. "너는 어느 쪽이야? 순한 양이야, 아니면 독종이야?" 그러고는 다시 한 번 집이 떠나가라 웃어젖히더니 메리의 가방을 어깨 위에서 흔들며 좁은 계단을 쿵쿵 올라갔다.

페이션스 이모는 울음을 그쳤다. 그녀는 미소를 지으려고 무진 애를 썼다. 그런 뒤 메리가 익히 기억하는 손짓으로 빈약한 머리 칼을 가볍게 두드린 다음, 신경질적으로 눈을 깜빡이고 입을 오물거리더니 어두컴컴한 복도로 앞장서서 걸어갔다. 복도를 지나자 촛불 세 개가 밝혀진 부엌이 나왔다. 화덕에는 토탄 불이 약하게 타고 있었다.

"조스 이모부에 대해 언짢게 생각하지 마." 이모의 태도가 갑자기 변했다. 마치 아양을 떠는 듯한 그녀의 모습은 낑낑거리는 개를 연상시켰다. 계속적인 학대에 길들어 순종이 몸에 밴 그런

개는 주인의 발길질과 욕설에도 불구하고 주인을 위해 호랑이처럼 싸운다. "이모부는 살살 달래야 한단다. 행동이 좀 특이해서 모두 처음에는 잘 이해하지 못해. 그래도 내게는 참 좋은 남편이야. 결혼 이후로 죽 그랬단다."

이모는 저녁 식사를 차리는 동안 판석을 깐 부엌을 왔다 갔다 하면서 기계적으로 재잘댔다. 판자벽 뒤에 있는 큰 찬장에서 빵과 치즈와 고기 기름을 가져왔고, 그동안 메리는 불가에 쭈그리고 앉아 추위에 곱은 손가락을 덥히려 했지만 별로 따뜻해지지 않았다. 부엌은 토탄 연기로 가득했다. 천장 구석까지 스며든 연기로 방 안에는 푸르스름한 구름이 낀 것 같았다. 눈이 따끔거리고 코가 매캐했다. 혀까지 연기 맛이 들러붙은 것 같았다.

"곧 조스 이모부가 좋아질 거야. 이모부 태도에도 익숙해질 거고. 정말 좋은 사람이야. 용기도 있고. 이 근처에서 명성이 자자해. 아무도 조스 멀린에 대해서 나쁜 말을 하지 않아. 때로 멋진 사람들이 오기도 해. 항상 지금처럼 조용하지는 않단다. 너도 알다시피 사람들 왕래가 잦은 대로니까 말이야. 매일 마차들이 지나가지. 그리고 이곳 신사들은 우리에게 깍듯이 예의를 지킨단다. 바로 어제도 이웃 사람이 여기 왔는데 내가 케이크를 하나 싸 주었더니 '멀린 부인, 콘월에서 케이크를 제대로 굽는 사람은 부인밖에 없어요'라고 말하더라. 정말이야. 그 사람이 그렇게 말했다고. 이 지역 대지주인 노스 힐의 바셋 씨도, 너도 알지, 이 지역 땅 전부가 그분 거야. 글쎄 그분이 며칠 전에, 가만 있자 바로 화요일이구나, 이곳을 지나가면서 날 보고 모자를 벗더니 '안녕하세요, 부인' 하고 인사하며 말 위에서 목례를 하더구나. 사람들 말로는 젊을 때 여자들한테 무척 인기가 있었다고 해. 그때 이모부가 마구간에서 나왔어. 거기서 이륜마차 바퀴를 고치고 있었더랬지. 이모부가 '바셋 씨, 요즘 재미가 어떠세요?' 하고 물었더니 '조스 자네만큼 재미가 덩치 크다네.' 하더라. 그러면서 함께 박장대소를 했어."

메리는 이모의 말에 뭐라고 대답을 하기는 했지만 마음이 아프고 걱정이 되었다. 말을 하는 동안 페이션스 이모가 메리의 눈길을 피했던 것이다. 게다가 그렇게 쉴 새 없이 재잘거리는 것도 이상했다. 마치 이야기를 꾸미는 데 재주가 있는 어린아이가 지어내어 얘기하는 것 같았기 때문이다. 메리는 이모의 이런 가식적인 모습을 보는 게 가슴 아파서 이제 그런 연기를 끝내거나 아니면 그냥 조용히 있기를 바랐다. 속사포처럼 쏟아내는 말은 그녀의 눈물보다 더 끔찍했기 때문이다. 문 뒤에서 발소리가 들렸다. 메리는 가슴이 철렁했다. 조스 멀린이 계단을 내려와 있었다. 아마도 그는 아내의 말을 엿들었을 터였다.

페이션스 이모도 그 소리를 들은 것 같았다. 얼굴이 핼쑥해지고 입을 오물거리기 시작했던 것이다. 그가 방으로 들어와 두 사람을 번갈아 쳐다보았다.

"벌써 암탉이 꼬꼬댁거리는 거야?" 그가 눈살을 찌푸리며 말했다. 그의 얼굴에서 미소와 웃음이 사라졌다. "말을 할 수 있다면 눈물도 그칠 수 있을 거야. 당신 얘길 들었어. 허튼소리나 지껄이는 바보 같으니라고, 암칠면조처럼 골골거리니. 당신 잘난 조카께서 당신 말을 한 마디라도 믿을 것 같아? 당신은 어린아이 한 명도 못 속일 거야. 당신 조카 같은 여자는 말할 것도 없고."

이모부는 벽에 붙여놓은 의자 하나를 집어 식탁에 쾅 밀어놓은 다음 그 위에 털썩 주저앉았다. 그 무게에 의자가 삐거덕거렸다. 그는 빵을 집어 크게 한 조각 베어내더니 고기 기름을 잔뜩 발라 입에 쑤셔 넣었다. 그런 다음 손짓으로 메리를 식탁에 불렀다. 그의 턱에서 기름이 줄줄 흘렀다. "너 배고프지, 안 봐도 뻔해." 그는 이렇게 말하며 빵 덩어리를 집어 얇게 한 조각을 자른 다음, 그 빵을 네 등분 하여 버터를 발랐다. 이 모든 동작은 매우 꼼꼼했다. 자기가 빵을 먹을 때와는 딴판이었다. 메리는 그렇게 지독하게 야만스럽다가 돌연 지나칠 정도로 꼼꼼하게 바뀐 그의 태도가 경악스러웠다. 방금 전까지 쇠몽둥이 같던 손가락을 일거에 능란하고 노련한 하인으로 바꾸는 어떤 기괴한 힘이 그의 손가락에 깃들어 있는 것 같아서였다. 만일 그가 빵 한 조각을 잘라 그녀에게 휙 던졌더라면 별로 놀라지 않았을 것이다. 그것은 지금까지 그녀가 본 그의 성격에 어울리는 일관성 있는 행동이기 때문이다. 그러나 이 갑작스러운 우아함, 이 재빠르고 정교한 손놀림에는 뭔가 불길한 것이 있었다. 그것은 전혀 예상치 못한 것이었고, 또 그의 천성에 맞지 않는 것이었기 때문이다. 그녀는 잠자코 그에게 고맙다는 인사를 하고 먹기 시작했다.

이모는 남편이 부엌에 들어온 순간부터 한 마디도 하지 않았다. 지금 그녀는 불 위에서 베이컨을 굽고 있었다. 아무도 말하지 않았다. 메리는 식탁 너머로 자신을 지켜보는 조스 멀린의 시선을 의식했다. 그녀 뒤쪽에서는 이모가 서투른 손으로 뜨거운 프라이팬 손잡이를 잡고 쩔쩔매고 있었다. 잠시 후 "아이코" 하는 소리와 함께 프라이팬을 떨어뜨리는 소리가 났다. 메리는 이모를 도우려고 자리에서 일어났다. 그러나 조스가 앉으라고 소리를 질렀다.

"바보는 하나로 충분해. 둘씩이나 필요 없어. 가만 앉아 있어, 네 이모가 치울 테니까. 이런 일이 한두 번 있는 것도 아니고." 그는 의자 등받이에 등을 기대고 손톱으로 이를 쑤셨다. "뭐 마실래?" 그가 물었다. "브랜디, 와인 아니면 맥주? 여기서는 굶어 죽을지는 몰라도 목말라 죽지는 않을 거야. 자메이카에서 목 아플 일은 없어." 그러고는 그녀를 비웃으며 눈을 찡긋하고 혀를 내밀었다.

"차를 한잔 마셨으면 좋겠어요. 센 술은 못해요. 포도주도 잘 안 마시고요." 메리가 말했다.

"아, 안 마신다고? 그럼 네 손해야. 오늘 밤에는 차를 마셔. 하지만 한두 달 후면 브랜디가 필요해질 거야."

그는 식탁 위로 손을 뻗어 메리의 손을 잡았다.

"농촌 여자치곤 손이 예쁘군. 거칠고 붉을까 봐 걱정했지. 남자는 말이야, 거친 손으로 따라 주는 맥주는 질색해. 물론 우리 집 손님들은 별로 까다롭지는 않아. 하지만 자메이카 여인숙에는 여급이 있은 적이 없거든." 그는 놀리는 투로 절하듯이 고개를 까딱하고 손을 놓았다.

"여보, 페이션스, 여기 열쇠가 있어. 가서 브랜디 한 병 가져와, 제발. 목이 너무 말라. 도즈메리의 물을 다 마셔도 갈증이 풀릴 것 같지 않아." 이모는 말이 떨어지기가 무섭게 부엌을 가로질러 통로로 사라졌다. 그러자 그는 다시 이를 쑤시기 시작했다. 때때로 휘파람도 불었다. 메리는 버터 바른 빵을 먹고 그가 따라 준 차를 마셨다. 벌써 머리가 지끈지끈 아파서 거의 쓰러질 지경이었다. 매캐한 토탄 연기에 눈물이 나려고 했다. 이처럼 피곤한데도 불구하고 그녀는 이모부를 가만히 지켜보았다. 그녀는 벌써 페이션스 이모의 불안한 모습을 보았고 또 자신들이 쥐덫 속의 쥐와 같은 처지임을 어렴풋이 느끼고 있었다. 그들은 도망치지 못하는 쥐였고 이모부는 무서운 고양이였다.

몇 분 후 이모가 브랜디를 갖고 와서 남편 앞에 놓았다. 그런 뒤 베이컨을 구워 메리에게 주고 자기도 먹기 시작했다. 그사이 그는 우울한 표정으로 정면을 응시한 채 식탁 다리를 발로 차며 브랜디를 마셨다. 돌연 그가 주먹으로 식탁을 내리쳤다. 접시와 컵들이 요동쳤다. 접시 하나는 바닥에 떨어져 깨졌다.

"내 말 잘 들어, 메리 옐런." 그가 고함을 쳤다. "나는 이 집 주인이야, 알아들어? 너는 내가 시키는 대로 해야 해. 집안일을 돕고 손님 접대를 해. 그러면 손끝 하나 대지 않겠어. 하지만 입을 열고 꽥꽥거리면 시키는 대로 할 때까지 끝장나도록 혼내줄 거다. 저기 네 이모처럼 말이야."

메리는 식탁 너머로 그를 바라보았다. 손이 떨리는 것을 그가 볼까 두려워 두 손을 무릎에 얹었다.

"알겠어요. 저는 원래 호기심이 별로 없어요. 남 얘기 같은 건 해본 적도 없고요. 이모부가 여관에서 뭘 하든, 또 누구하고 지내든 저와는 상관없어요. 저는 집에서 맡은 일을 할 거고 이모부께서 못마땅하게 여길 일은 결코 없을 거예요. 하지만 이모부가 페이션스 이모에게 조금이라도 나쁜 짓을 한다면 그 즉시 자메이카 여인숙을 나가겠어요. 치안판사를 찾아 여기 데리고 와서 법대로 처리할 거예요. 그럼 그때 저를 끝장나도록 혼내든지 말든지 마음대로 하세요."

메리의 얼굴이 창백해졌다. 그러나 그녀는 잘 알고 있었다. 만약 자신이 그의 위협에 겁을 집어먹고 운다면 영원히 그의 손아귀에 잡힐 거라는 것을. 청산유수 같은 그녀의 말은 자기도 모르게 튀어나온 것이었다. 한때 자기 이모였던 이 불쌍한 여자의 망가진 모습에 가슴이 찢어지게 아파서 자제할 수가 없었다. 그런데 그녀는 모르는 사이에 스스로를 구했다. 남자가 그 기백에 감명을 받아 의자 등받이에 몸을 기대고 긴장을 푼 것이다.

"좋아, 좋아." 그가 말했다. "이제 우리 동거인이 어떤 사람인지 알겠어. 긁으면 발톱을 내보이겠다는 말이지. 그래 좋아. 생각보다 넌 나와 비슷한 점이 많아. 게임을 함께할 수 있겠어. 언젠가 자메이카 여인숙에서 할 일이 있을지도 몰라. 네가 지금까지 한 번도 해본 적이 없는 일, 남자의 일이지. 메리 옐런, 생사가 달린 그런 일 말이야." 메리 곁에 서 있던 페이션스 이모는 이 말에 헉하고 숨을 들이마셨다.

"아, 조스. 아, 조스, 제발!" 이모가 조그맣게 말했다.

이모 목소리에는 너무도 다급한 무언가가 있었다. 메리가 놀라서 이모를 쳐다보았다. 이모는 몸을 앞으로 내밀고 남편에게 그만하라고 손짓했다. 간절하게 내민 턱과 눈에 어린 고통은 메리에게 그날 밤에 일어난 어떤 사건보다도 더 큰 공포감을 주었다. 갑자기 기분이 으스스하고 오싹하고 메스꺼워졌다. 무엇이 페이션스 이모를 저토록 겁나게 했을까? 조스 멀린이 말하려던 건 무엇이었을까? 그녀는 갑자기 굉장한 호기심이 생겼다. 이모부는 짜증스럽게 손을 저었다.

"얼른 가서 자기나 해, 페이션스. 저녁 식탁에서 다 죽어가는 몰골 보기 지겨워. 얘랑 나는 서로 잘 이해한다고."

이모는 재깍 일어나서 어깨 너머로 헛된 절망의 시선을 던지고는 문을 나갔다. 곧이어 계단을 올라가는 발자국 소리가 들렸다. 조스 멀린과 메리만이 남았다. 그는 빈 브랜디 잔을 밀치고 팔짱 낀 팔을 식탁 위에 올려놓았다.

"내겐 약점이 있어. 그게 뭐냐 하면, 술이야. 그건 저주야. 나도 알아. 그런데 어쩔 수가 없어. 언젠가는 끝장나고 말 거야. 잘

된 일이지. 한동안 한 잔 이상은 안 마셨어, 오늘처럼 말이지. 그러다가 갈증이 나기 시작하면 고주망태가 될 때까지 마셔. 몇 시간 동안이나 말이야. 권력, 영광, 여자, 하느님의 나라 이 모든 게 하나가 돼. 그럴 때면 나는 왕이 된 것 같아, 메리. 이 세상을 좌지우지하는 끈을 손에 쥔 것 같은 느낌이야. 그건 천국이자 지옥이야. 그럴 때면 마구 지껄이지. 내가 저지른 모든 나쁜 일을 다 털어놔. 그래서 나는 방에 틀어박혀서 베개에 대고 큰 소리로 내 비밀을 털어놓지. 그동안 네 이모가 방문을 열쇠로 잠가놔. 그러다가 술이 깨면 망치로 문을 두드리지. 그러면 이모가 문을 열어줘. 이런 사실을 아는 사람은 네 이모와 나밖에 없어. 또 지금 네게 말했고. 왜 말했느냐 하면 내가 벌써 좀 취해서 입을 다물 수가 없기 때문이야. 하지만 정신이 없을 정도로 취한 건 아냐. 내가 왜 이런 외딴곳에 사는지, 왜 내가 자메이카 여인숙을 운영하는지 털어놓을 정도로 취한 건 아니라고." 좀 전까지 매우 거칠었던 그의 목소리가 이제는 거의 속삭이듯이 작은 목소리로 변했다. 화덕의 토탄 불은 사그라지고, 벽에는 검은 그림자들이 길게 뻗어 있었다. 거의 다 타버린 촛불이 조스 멀린의 무시무시한 그림자를 천장에 드리웠다. 그는 그녀에게 미소를 짓고는 술에 취해 멍청한 동작으로 자기 코를 손가락으로 눌렀다.

"그래, 그건 말하지 않았어, 메리 옐런. 아, 아니지, 아직 분별력도 있고 꾀도 있다고. 더 알고 싶으면 이모한테 물어봐. 그럼 거짓말을 늘어놓을 거야. 아까 네게 입방아 찧는 걸 들었지. 점 잖은 사람들이 온다고, 이곳 대지주가 자기한테 모자를 벗고 인사한다고. 그건 거짓말이야, 다 거짓말이라고. 내 그 정도는 털어놓겠어. 어쨌든 조만간 알게 될 테니까. 바셋 씨는 겁이 나서 이 근처엔 얼씬도 안 해. 길에서 날 보면 가슴에 성호를 긋고 말에 박차를 가하지. 그건 다른 귀한 양반들도 마찬가지고. 이제 마차도 서지 않아. 우체부도 오지 않고. 그래도 상관없어. 손님이야 충분하니까. 이곳 신사들이 날 피하면 피할수록 더 좋아. 아, 여긴 술이 있고 자주 술판이 벌어지지. 토요일 밤이면 자메이카에 오는 사람들이 있고, 또 그 때문에 문을 잠그고 귀를 틀어막는 이들도 있지. 어떤 날 밤에는 이 황야의 모든 집 창문이 깜깜하고, 수 킬로미터에 걸쳐 불빛이라곤 오직 자메이카 여인숙의 눈부시게 환한 창문뿐일 때도 있어. 사람들 말로는 고함과 노랫소리가 러프토르의 농장까지 들린다고 해. 그런 날 밤이면, 너도 원한다면 바에 있어도 돼. 그럼 내가 어떤 사람들과 교류하는지 알게 될 거야."

메리는 의자 양쪽을 부여잡고 가만히 앉아 있었다. 그의 기분이 갑자기 변할까 두려워서 움직일 엄두가 나지 않았다. 조금 전에 본 것처럼 그는 변화무쌍해서 이렇게 친밀하게 비밀을 털어놓다가 언제 갑자기 냉혹하고 거친 태도로 돌변할지 몰랐다.

"그들은 날 두려워해." 그가 계속했다. "사람들 모두가 날 두려워해. 근데 난 아무도 안 무서워. 만일 내가 교육을 받았다면 조지 왕을 보좌하여 영국 전역을 돌아다녔을 거야. 문제는 술이야. 술과 다혈질이 문제지. 그건 우리 집안 전체의 악업이야. 멀린 집안에선 자기 침대에서 편안히 죽은 사람이 한 명도 없어.

내 아버지는 엑서터에서 교수형을 당했어. 어떤 놈과 싸움이 붙어서 그자를 죽였거든. 할아버지는 도둑질하다가 잡혀서 귀가 잘리고 식민지의 죄수 정착지로 추방됐지. 거기서 열대지방 뱀에 물려 미쳐 날뛰다가 죽었어. 나는 삼 형제 중 맏이야. 우리는 모두 킬마 토르* 기슭에서 태어났어. 저기 트웰브 멘스 황야 위쪽 말이야. 동쪽 황야를 가로질러 러시퍼드까지 가면 커다란 화강암 바위가 보여. 악마가 손을 하늘로 향해 뻗은 형상이지. 그게 바로 킬마 토르야. 네가 그 그늘에서 태어났다면 너도 분명히 나처럼 술을 마셨을 거야. 내 동생 매슈는 트레워서 습지에서 익사했어. 우리는 걔가 선원이 되려고 떠난 줄 알았어. 물론 아무 소식도 없었지. 근데 여름에 가뭄이 들어 일곱 달 동안 한 번도 비가 안 왔어. 그랬더니 머리 위로 손을 쳐든 매슈가 습지에서 발견된 거야. 주위에는 마도요 새들이 날아다니고 있었지. 내 동생 젬은, 우라질 놈, 걔는 애기였어. 매슈와 내가 어른일 때 걔는 엄마 치맛자락을 붙잡고 다녔지. 나는 젬의 눈을 똑바로 본 적이 없어. 걔는 너무 영리하고 혀를 함부로 놀려. 아, 언젠가 사람들이 걔를 잡을 거야. 그리고 아버지처럼 목을 매달겠지."

그는 잠시 동안 빈 술잔을 바라보며 잠자코 있더니 이윽고 그

---

*토르tor는 바위가 울퉁불퉁한 험한 산꼭대기다.

것을 집었다가 다시 내려놓았다. "아니, 난 너무 떠들었어. 오늘 밤은 그만 마셔야겠어. 메리, 이제 자러 가거라, 내가 네 목을 비틀기 전에. 여기 촛불이 있어. 네 방은 현관 위야."

메리는 말없이 촛대를 들고 일어섰다. 이모부의 옆을 막 지나가려는데 돌연 그가 그녀의 어깨를 잡고 획 돌려세웠다.

"밤중에 길에서 마차 소리가 들리는 일도 있을 거야. 그냥 지나가는 게 아니라 자메이카 여인숙에 멈출 거야. 마당에 발자국 소리가 들리고 네 창문 아래로 사람 소리도 들릴 거야. 그럴 때면 가만히 침대에 누워 있어, 담요를 푹 뒤집어쓰고. 알겠어?"

"네, 이모부."

"좋아. 이제 썩 나가. 앞으로 내게 아무것도 묻지 마. 안 그러면 네 뼈를 박살내버릴 테니까."

그녀는 부엌에서 나와 어두운 복도로 나갔다. 현관에서 의자에 부딪쳤지만 개의치 않고 그대로 2층으로 향했다. 어두워서 어디가 어딘지 구별하기 어려웠으나 간신히 손으로 더듬거리며 계단 쪽으로 갔다. 이모부는 그녀의 방이 현관 위라고 했다. 그래서 그녀는 층계참을 살금살금 그냥 지나쳤다. 불이 켜져 있지 않은 층계참에는 양쪽으로 문이 하나씩 있었다. 아마도 손님방인 듯했다. 요즘은 손님이 오지 않는다. 아무도 자메이카 여인숙의 지붕 밑에서 숙박하지 않는다. 그러니 이 방들은 헛되이 손님을 기다리는 셈이다. 그녀는 맞은편 문에 부딪쳤다. 손잡이를 돌리자 문이 열렸다. 방바닥에 놓여 있는 가방이 깜빡이는 촛불 빛에 어슴푸레 드러났다. 그러니까 이곳이 그녀의 방이었다.

방의 벽에는 벽지가 발려 있지 않았다. 마루에는 카펫도 깔려 있지 않았다. 화장대 대신 뒤집어놓은 나무 상자가 놓여 있고 그 위에는 금이 간 거울이 있었다. 물병도 대야도 없었다. 메리는 부엌에서 세수를 하나 보다고 생각했다. 그녀가 기대자 침대가 삐걱거렸다. 침대 위에 덮여 있는 얇은 담요 두 장은 손을 대보니 습기로 눅눅했다. 그녀는 옷을 벗지 말고 그냥 먼지투성이 여행복을 입은 채 외투를 두르고 이불 위에서 자야겠다고 생각했다. 창문으로 가서 밖을 내다보았다. 바람은 그쳤지만 비는 여전히 내리고 있었다. 짜증스러운 가랑비가 집 가장자리를 따라 흘러내리며 유리창에 먼지를 처바르고 있었다.

마당 저쪽에서 짐승의 신음과도 같은 이상한 소리가 들렸다. 바깥이 아주 어두워서 잘 보이지 않았지만 뭔가 천천히 앞뒤로 움직이는 것 같았다. 아까 조스 멀린의 얘기도 들은 터라 그녀는 상상력이 발동하여 교수대에 죽은 사람이 매달려 있다고 생각했다. 그러나 잠시 후 그것이 여인숙 간판이라는 걸 깨달았다. 무슨 이유에선지는 몰라도 간판을 고정시킨 못이 헐거워지는 바람에 조금만 바람이 불어도 앞뒤로 흔들리고 있던 것이다. 간판이래야 형편없는 낡은 판자 한 조각에 불과했다. 물론 처음 달았을 때는 멋지고 위풍당당했겠지만 원래 흰색이었던 글씨가 이제 희미한 회색이 되었고, 거기에 쓰인 '자메이카 여인숙'이란 이름은 사방팔방에서 불어오는 거센 바람에 제멋대로 흔들렸다. 메리는 블라인드를 내리고 침대로 기어갔다. 이가 딱딱 부딪치고 손발이 곱아 감각이 없었다. 그녀는 오랫동안 절망에 빠져 침대 위에 웅송그리고 앉아 있었다. 이 집을 빠져나가서 보드민까지 20여 킬로미터를 걸어 돌아갈 수 있을지 생각해보았다. 피로를 이겨내지 못하는 건 아닐까? 너무 지쳐서 길옆에 쓰러져 잠드는 건 아닐까? 그래서 아침에 깨어나면 조스 멀린의 육중한 몸이 자기를 굽어보고 있진 않을까?

눈을 감자 즉시 미소 짓는 이모부의 모습이 떠올랐다. 그 미소는 곧 찡그린 표정으로 변했다. 다음 순간, 그가 벽력같이 화를 내자 온통 주름투성이 얼굴이 되었다. 엉클어진 검은 머리, 매부리코 그리고 더없이 우아하고 품위 있는 동시에 그렇게도 힘센 긴 손가락이 손에 잡힐 듯이 보였다.

메리는 자신이 그물에 걸린 새처럼 여기 갇혀버린 것 같았다. 아무리 발버둥을 쳐도 절대로 빠져나갈 수 없을 듯했다. 그러니까 떠나려면 지금 가야 했다. 창문으로 나가서 하얗게 빛나는 저 길을 미친 사람처럼 달려가야 했다. 황야를 가로질러 뱀처럼 기어가는 저 길을. 내일이면 너무 늦을 것이다.

이윽고 계단을 올라오는 이모부의 발소리가 들렸다. 그가 무어라 혼잣말을 했다. 그러고는 돌아서서 계단 왼편 통로로 갔다. 그녀는 안도의 한숨을 쉬었다. 멀리서 문 닫는 소리가 나더니 모든 것이 조용해졌다. 더 이상 기다리지 않기로 했다. 만약 이 집 지붕 밑에서 하룻밤이라도 지낸다면 신경이 망가져 회복

불능이 될 것이다, 미쳐서 끝장이 나고 말 거다, 페이션스 이모처럼. 그녀는 문을 열고 살그머니 복도로 나갔다. 발끝으로 걸어 층계 머리에 이르자 걸음을 멈추고 귀를 기울였다. 손으로 난간을 잡고 첫 번째 계단에 막 발을 내려놓을 찰나, 반대편 통로에서 무슨 소리가 났다. 누군가 우는 소리였다. 누군가가 발작적으로 헉헉대는 숨소리를 베개로 겨우 틀어막고 있었다. 페이션스 이모였다. 메리는 잠시 기다렸다. 그리고 뒤돌아 자기 방으로 돌아가서 침대에 몸을 던지고 눈을 감았다. 앞으로 어떤 일이 생길지 모르고, 또 얼마나 두려움에 떨어야 할지 모르지만 지금 자메이카 여인숙을 떠나지 않을 것이다. 페이션스 이모와 함께 있어야 한다. 이 집에 그녀가 필요했다. 어쩌면 페이션스 이모가 그녀에게서 위안을 얻을지도 모르고 그들은 뭔가 합의에 이를지도 모른다. 지금은 너무 피곤해서 구체적인 계획을 세울 수가 없었다. 그러나 어떻게 해서든지 페이션스 이모의 보호자가 되고 이모와 조스 멀린 사이에 버티고 있을 것이다. 메리의 어머니는 17년 동안이나 혼자 살고, 혼자 일하면서 메리가 결코 알지 못할 시련을 겪어냈다. 어머니라면 절대로 반쯤 미친 작자 때문에 도망치는 일은 없었을 것이다. 바람 부는 언덕에 홀로 서서 사람과 폭풍우에 저항하는 고독한 랜드마크인 이 집이 아무리 외롭다 해도, 악의 냄새가 풍기는 이곳을 결코 두려워하지 않았을 것이다. 어머니는 용감하게 적과 싸웠을 것이다. 그렇고말고, 그러고는 결국 이겼을 것이다. 어머니라면 결코 양보하지 않았으리라.

잠들기를 기원하며 메리는 딱딱한 침대에 누워 있었다. 머릿속에 온갖 생각이 난무하고 모든 소리가 신경에 거슬렸다. 뒤쪽 벽에서 쥐가 긁는 소리, 마당에서 간판이 삐꺽거리는 소리 등 모든 소리가 그녀를 날카로운 칼로 째는 것 같았다. 영원히 끝나지 않을 것만 같은 이 밤의 시간을 1분 1분 세었다. 그러나 집 뒤 들판에서 첫닭이 울자 그녀는 더 이상 시간을 세지 않고 한숨을 쉬었다. 그런 뒤 시체처럼 깊이 잠들었다.

3

메리가 깨어났을 때는 바깥에 거센 서풍이 몰아치고 하늘에
는 물기에 젖은 창백한 태양이 비치고 있었다. 그녀를 잠에서
깨운 건 창문이 덜컹거리는 소리였다. 하늘의 색과 환한 빛으로
미루어 보건대 늦잠을 잔 듯했다. 아마도 8시가 넘은 것 같았다.
바깥을 내다보니 마당 건너편 마구간 문이 열려 있고 문 앞 진흙
탕 위에 생긴 지 얼마 안 되는 말발굽 자국이 찍혀 있었다. 메리
는 안도의 한숨을 내쉬었다. 주인이 외출한 것이 틀림없었다. 잠
깐 동안이나마 페이션스 이모와 단둘이 있을 수 있게 된 것이다.

그녀는 급히 가방을 열어 두꺼운 치마와 색깔 있는 앞치마 그
리고 농장에서 신던 투박한 신발을 꺼냈다. 10분 후 그녀는 부
엌에 내려가 뒷방에서 세수를 했다.

페이션스 이모가 집 뒤의 닭장에서 달걀을 가지고 들어왔다. 그녀는 살짝 미소를 지으며 앞치마에 싼 달걀을 내려놓았다. "네 아침 식사로 하나 주려고. 어젯밤에는 너무 피곤해서 잘 못 먹는 것 같더라. 빵에 발라 먹을 크림도 좀 남겨놓았어." 오늘 아침 이모의 태도는 거의 정상이었다. 물론 벌겋게 부은 눈언저리를 보면 그녀가 얼마나 괴로운 밤을 보냈는지 잘 알 수 있었다. 그럼에도 그녀는 명랑하게 보이려고 무진 애를 쓰고 있었다. 이모는 남편이 있을 때면 겁에 질린 어린아이처럼 몸과 마음이 허물어지지만, 남편이 없을 때면 어린아이처럼 쉽게 잊어버리고 메리에게 아침 식사를 차려준다든가 달걀을 삶는다든가 하는 소소한 일에서 기쁨을 느끼는 모양이었다.

두 사람은 전날 밤 얘기를 피했다. 조스의 이름도 꺼내지 않았다. 메리는 그가 무슨 일로 어디에 갔는지 묻지 않았고 사실 관심도 없었다. 그저 그가 없다는 사실에 안도하고 있을 따름이었다.

이모는 자신의 현재 생활과 관계없는 것만 얘기하려고 했다. 그녀는 메리가 뭔가 물어볼까 봐 두려워하는 것 같았다. 그래서 메리는 아무것도 묻지 않고 지난 몇 년간의 헬퍼드 생활에 대해, 여러 가지 불운과 어머니의 병과 죽음에 대해서 얘기했다.

페이션스 이모가 제대로 듣는지 아닌지는 알 수 없었다. 물론 그녀는 때때로 고개를 끄덕이고, 입술을 오므리고, 머리를 흔들고, 작은 외마디 소리를 내었다. 그러나 오랜 공포와 불안의 세월을 보내다 보니 이모에게는 이제 집중력이 없는 것 같았다. 근원적인 공포 때문에 어떤 대화에도 완전히 몰입하지 못하는 듯 보였다.

아침나절에는 일상적인 집안일이 진행되었기에 메리는 집을 좀 더 잘 살펴볼 수 있었다.

긴 통로를 걷다 보면 갑자기 방이 튀어나오는 미로 같은 구조의 어두운 집이었다. 술을 파는 바로 들어가는 문은 집 측면에 따로 있었다. 지금 그곳에는 아무도 없었다. 그러나 공기 중에는 그곳을 가득 채웠던 사람들이 남겨놓은 어딘가 무겁고 답답한 기운이 떠돌고 있었다. 찌든 담배 냄새, 시큼한 술 냄새와 함께 얼룩으로 뒤덮인 벤치 위에 서로 몸을 기대고 앉았던 불결한 사람들의 체취와 체온이 느껴졌다.

이러한 불쾌한 연상에도 불구하고 그 방은 음울하고 을씨년스러운 이 집 안에서 그래도 생명력이 느껴지는 단 하나의 장소였다. 다른 방들은 모두 제대로 관리가 안 되거나 쓰지 않는 것 같았다. 심지어는 현관 옆의 응접실조차 썰렁하기 그지없었다. 오래전부터 점잖은 여행자가 이 방 문턱을 넘어온 적도, 또 활활 타는 불 앞에서 등을 덥힌 적도 없는 듯했다. 2층의 객실은 더 참담했다. 한 방에는 벽에 기대 쌓아놓은 상자들과 쥐들이 쏠아 먹어 엉망이 된 말 담요 같은 잡동사니들로 그득했다. 반대편 방에는 부서진 침대 위에 감자와 순무가 쌓여 있었다.

메리는 자기 방도 얼마 전까지 이 방들과 별다를 바 없었을 거라고 생각했다. 그나마 제대로 가구가 놓인 건 순전히 이모 덕택일 것이다. 반대편 통로에 있는 이모와 이모부의 방 쪽으로는 감히 갈 수가 없었다. 그 통로 밑에는 똑같은 통로가 있고 그 끝에, 즉 이모부의 방 아래 문이 잠긴 방 하나가 있었다. 메리는 창문으로 들여다보려고 마당에 나갔다. 그러나 창문이 판자로 못질되어 있어서 내부가 전혀 보이지 않았다.

이 집은 마당을 중심으로 가운데에 본채가 있고 양쪽으로 부속 건물 두 채가 있는 ㄷ근 자 모양의 집이었다. 마당 한가운데 잔디밭과 수조가 있고, 그 너머로 얇은 흰 리본과 같은 길이 지평선까지 앞뒤로 뻗어 있었다. 길 양편은 모두 비에 젖어 칙칙한 갈색으로 일렁이는 황야였다. 메리는 길에 나가 주위를 둘러보았다. 사방 천지에 검은 언덕과 황야밖에 보이지 않았다. 슬레이트 지붕에 높은 굴뚝이 있는 이 여관은 빈집 같은 으스스한 분위기였지만 어쨌든 이 근방에 오직 하나밖에 없는 인가였다. 자메이카 여인숙 서편에는 바위산들이 머리를 쳐들고 있었다. 그중 몇몇은 경사가 완만하였고 목초지처럼 무성한 풀이 간헐적으로 잠깐씩 비치는 겨울 햇살에 누렇게 빛나고 있었다. 그밖에 다른 산들은 꼭대기에 화강암과 넓적한 돌이 삐죽삐죽 솟아 있어서 매우 근엄하고 불길해 보였다. 때때로 구름이 해를 가리면 기다란 구름 그림자가 황야 위에 손가락처럼 뻗어나갔다. 산들의 색깔은 모두 달랐다. 보랏빛, 잉크색, 얼룩덜룩한 색 등 각양각색이었다. 또 갑자기 구름이 갈라져 그 사이로 희미한 햇살이 비치면 옆의 산들이 모두 어둠 속에 잠긴 가운데 빛을 받은 산봉우리만이 금빛 갈색으로 빛났다. 주변 경치가 전체적으로 같은 적은 한 번도 없었다. 한낮의 화창한 햇살이 비치는 동쪽 황야는 사막의 모래처럼 미동도 하지 않는 반면, 서쪽 산에는 노상강도의 망토처럼 들쑥날쑥한 구름이 북극과 같은 겨울을 몰고 와서 바위산의 화강암 위에 눈과 싸락눈 그리고 매서운 비바람을 퍼부어서였다. 공기는 진하고 향기로우며 산 공기처럼 차고 또한 매우 깨끗했다. 높은 산울타리와 큰 나무가 보호해주는 헬퍼드의 온난한 기후에 익숙한 메리에게 그것은 완전히 새로운 것이었다. 헬퍼드에서는 동풍조차 크게 문제가 되지 않았다. 바다 쪽으로 튀어나온 언덕이 아래쪽 땅을 보호해주었기 때문이다. 동풍의 영향을 받는 곳은 오직 강뿐이었다. 그래서 거센 바람이 휘몰아치면 강물은 파도 머리에 거품을 일으키며 초록색으로 사납게 날뛰었다.

메리가 옮겨 온 새 고장은 너무도 암울하고 불쾌한 곳이었다. 오직 자메이카 여인숙만이 사방에서 불어오는 바람을 맞으며 언덕 위에 방패처럼 서 있는 황량한 불모의 고장이었다. 그럼에도 불구하고 이곳에는 도전의 기운이 감돌았고 그것은 메리에게 모험심을 불러일으켰다. 그것은 그녀를 자극하여 볼에 생기를 불어넣고, 눈에 광채를 띠게 하고, 머리칼을 얼굴 주변에 휘날리게 했다. 그녀는 숨을 깊게 들이쉬었다. 사과 주스보다도 더 시원하고 달콤한 공기가 콧구멍을 통해 폐부 깊숙이 들어왔다. 그녀는 수조로 가서 물 꼭지 아래 손을 댔다. 물은 깨끗하고 얼음처럼 차가웠다. 물을 마셨다. 그것은 예전에 마시던 물맛과는 전혀 달랐다. 부엌의 토탄 불에서 나오는 연기 냄새 같은 뒷맛이 감도는 쓰고도 이상한 맛이었다. 그러나 다른 한편으로 깊고 만족스러운 맛이기도 했다. 그리고 그 물 한 모금에 갈증이 완전히 해소되었다.

그녀는 몸에 힘이 솟고, 마음도 담대해진 것 같아서 다시 페이션스 이모가 있는 집으로 들어갔다. 이모가 차려놓았을 점심 식사를 생각하니 식욕이 마구 돋았다. 그녀는 무를 넣은 양고기 스튜를 열심히 먹었다. 24시간 만에 처음으로 허기를 채웠다. 그러자 다시 용기가 생겼다. 이제 이모에게 질문을 하고 그 결과를 감당할 준비가 되었다.

"페이션스 이모, 이모부는 어떻게 자메이카 여인숙 주인이 되었어요?" 느닷없는 질문에 이모는 놀라서 잠깐 동안 대답을 못하고 조카를 빤히 쳐다보기만 했다. 그러다가 얼굴이 홍당무가 되더니 입을 오물거리기 시작했다. "글쎄," 그녀는 말을 더듬었다. "이, 이, 장소는 매우 목이 좋아. 네가 봐도 그렇잖니. 남쪽에서 오는 큰길이니까. 일주일에 두 번씩 합승마차가 지나가지. 트루로에서 보드민을 거쳐 론서스턴까지 간단다. 너도 어제 그걸 타고 왔잖니. 길에는 항상 사람들이 있지. 여행자들, 혼자 다니는 신사들 그리고 때로는 팰머스의 선원들도 다니지."

"그래요, 이모. 그런데 왜 그 사람들이 자메이카 여인숙에 오지 않나요?"

"아니, 와. 가끔씩 바에 와서 마실 것을 청한단다. 손님이 꽤 있어."

"응접실에 사람 흔적이 없고, 객실은 쥐나 들락거리는 잡동사니 창고인 판에 어떻게 그런 말을 할 수 있어요? 내 눈으로 똑똑히 봤어요. 다른 여관에 가본 적이 있어요. 여기보다 훨씬 작은 곳이었죠. 우리 마을에도 여관이 하나 있어요. 주인이 우리 친구예요. 엄마와 나는 거기 응접실에서 여러 번 차를 마셨어요. 2층에는 객실이 두 개밖에 없지만 여행자에게 맞게 가구가 갖춰져 있고 장식도 잘되어 있어요."

이모는 잠시 아무 말도 못 하고 입을 오물거리며 무릎 위에서 손가락을 비틀었다. 한참 후 그녀가 말했다. "조스 이모부는 사람들이 머무는 것을 원하지 않아. 어떤 사람이 걸릴지 모른다면서 말이야. 글쎄, 이런 외진 곳에서는 자다가 살해당할 수도 있다고. 이런 길에는 온갖 사람이 다 다니니까. 안전하지 못해."

"페이션스 이모, 말도 안 돼요. 여행자에게 하룻밤 잠자리를 제공하지 못한다면 여관이 무슨 쓸모가 있어요? 무슨 다른 용도가 있어요? 손님이 없는데 도대체 어떻게 생계를 꾸려나갈 수 있어요?"

"손님은 있어." 이모는 퉁명스럽게 되받았다. "내가 말했잖아. 농장과 그 주변 지역들에서 와. 이 황야에는 수 킬로미터에 걸쳐 농장과 오두막이 흩어져 있는데 거기서들 온다. 어떤 날 저녁에는 그 사람들로 바가 꽉 차기도 해."

"어제 탔던 합승마차 마부 말로는 이제 점잖은 사람들은 자메이카 여인숙에 안 온다더군요. 그 사람 말로는 모두들 겁을 낸다고 해요."

페이션스 이모의 안색이 변했다. 얼굴빛이 백지장처럼 하얘지고 눈동자가 옆으로 왔다 갔다 했다. 그녀는 침을 삼키고 혀로 입술을 핥았다.

"조스 이모부는 성질이 불같아. 너도 직접 봤잖니. 쉽게 화를 내고 남들이 방해하는 걸 참지 못해."

"페이션스 이모, 자기 일을 제대로 하는 여관 주인을 사람들이 방해할 까닭이 없잖아요? 아무리 성질이 불같다고 해도 성질 때문에 사람들이 겁이 나서 안 오지는 않아요. 그건 핑곗거리가 안 돼요."

이모는 아무 말도 하지 않았다. 더 이상 주워댈 구실이 생각나지 않아서 그녀는 노새처럼 뚱하니 앉아 있을 뿐 더는 대답하지 못했다. 메리는 다른 질문을 해보았다.

"애초에 왜 여기 왔어요? 어머니는 전혀 몰랐어요. 우리는 이모네가 보드민에 있는 줄 알았어요. 이모가 결혼했을 때 거기서 편지를 보냈잖아요."

"나는 이모부를 보드민에서 만났어. 그렇지만 거기서 살지는 않았어." 페이션스 이모가 천천히 대답했다. "한동안 패드스토에서 살았어. 그 후에 여기로 왔지. 이모부는 바셋 씨에게서 여관을 샀어. 몇 년이나 비어 있던 집이야. 이모부는 이곳이 자기에게 적합하다고 생각했나 봐. 여기 정착하고 싶어 했지. 그이는 젊을 때 많이 돌아다녔어. 하도 많이 돌아다녀서 나는 이름도 다 기억 못 하겠어. 아메리카에도 갔던 것 같아."

"여기 정착할 생각을 하다니 참 우습네요. 이보다 더 나쁜 데는 별로 없을 텐데 말이죠."

"여기는 이모부가 어릴 때 살던 집 근처야. 여기서 몇 킬로미터 떨어진 곳에서 태어났거든. 저기 트웰브 멘스 황야 말이야. 동생 젬이 거기 조그만 오두막 같은 데서 살고 있어. 물론 여기저기 돌아다니지 않을 때 말이지. 시동생은 가끔씩 여기도 들러. 하지만 조스 이모부는 동생을 별로 좋아하지 않아."

"바셋 씨가 여기 온 적은 있어요?"

"아니."

"아니 왜요? 자기가 집을 팔아놓고."

페이션스 이모는 손가락을 꼼지락거리며 입을 오물거렸다.

"오해가 좀 있었어. 이모부는 친구를 내세워 이 집을 샀어. 바셋 씨는 조스 이모부가 누군지 모르다가 우리가 여기 이사 오고 나서 알고는 언짢아했어."

"그건 왜죠?"

"그분은 이모부가 트레워서에 살던 젊은 시절 이래로 본 적이 없었어. 이모부는 청년 시절에 매우 거칠었어. 메리야, 그건 이모부 잘못이 아니야. 운이 나빴던 거지. 멀린 가족은 전부 거칠어. 남동생 젬은 더해. 그건 확실해. 하지만 바셋 씨는 조스 이모부에 대한 거짓말을 많이 들었기 때문에 자메이카 여인숙을 그이에게 판 것을 알고는 노발대발했어. 자, 이게 전부야."

이모는 메리의 심문에 지쳐서 힘없이 의자 등받이에 기대앉았다. 이모의 눈은 더 이상 질문하지 말아달라고 애걸하고 있었고 얼굴은 창백하고 핼쑥했다. 메리는 이모가 매우 고통스러워한다는 것을 알았다. 그러나 젊은이 특유의 잔인성과 뻔뻔함으로 다시 한 번 이모를 몰아붙였다.

"페이션스 이모, 절 쳐다보고 대답해주세요. 그럼 더 이상 묻지 않을게요. 통로 끝에 있는 빗장 지른 방은 밤중에 자메이카 여인숙에 오는 마차와 무슨 관계가 있어요?"

이 말을 입 밖에 내자마자 그녀는 후회했다. 너무 성급하게, 또 너무 빨리 말을 하는 사람들이 으레 그렇듯이 그녀 또한 자기 말을 주워 담고 싶었다. 그러나 이제는 너무 늦었다. 타격은 이미 가해졌다.

이모의 얼굴에 기묘한 표정이 번졌다. 푹 꺼진 눈이 공포에 질려 식탁 너머를 응시하고, 입이 덜덜 떨리고 손을 목에 대었다. 마치 유령이라도 본 것처럼 겁에 질린 모습이었다.

메리는 의자를 뒤로 밀고 이모 곁에 무릎을 꿇었다. 이모 등에 팔을 둘러 꼭 껴안고 머리에 입을 맞췄다.

"죄송해요. 화내지 마세요. 내가 무례하고 버릇없었어요. 내일도 아니고 내겐 이모에게 질문할 권리도 없어요. 내가 잘못했어요. 제발 내가 한 말을 잊어주세요."

이모는 손으로 얼굴을 가린 채 꼼짝하지 않고 앉아 있었다. 조카의 말을 들었는지 어땠는지 아무런 반응도 없었다. 메리는 이모의 어깨를 쓰다듬고 손에 입을 맞췄다.

얼마 후 페이션스 이모는 얼굴에서 손을 떼고 조카를 내려다보더니 두 손으로 메리의 손을 잡고 얼굴을 들여다보았다.

"메리야." 그녀가 말했다. 속삭임에 가까운 낮고 숨죽인 목소리였다. "메리야, 그 질문에는 대답할 수가 없구나. 나도 답을 모르는 게 많으니까. 하지만 너는 내 조카니까, 내 친언니의 딸이니까 경고를 안 할 수가 없구나."

그녀는 어깨 너머를 바라보았다. 마치 조스가 문 뒤의 어둠 속에 서 있을까 두려워하는 것 같았다.

"메리야, 자메이카 여인숙에서는 여러 가지 일이 일어난단다. 나는 그걸 아직 입 밖에 낸 적이 없어. 나쁜 일, 사악한 일이지. 그래서 나 자신도 그걸 인정할 수가 없단다. 그중 일부는 너도 알게 될 거야. 여기서 살면 피할 수 없어. 조스 이모부는 이상한 사람들과 어울리는데 그들은 이상한 사업을 한다. 가끔씩 한밤중에 현관 위의 네 방 창문을 통해 발자국 소리와 사람 목소리가 들리고 노크 소리도 들릴 거야. 이모부가 그 사람들을 데리고 안으로 들어가 통로를 거쳐 문이 잠겨 있는 그 방으로 간단다. 내 방은 그 방 위에 있지. 그래서 오랫동안 목소리가 들려. 나직하게 뭔가 중얼거리는 소리 말이야. 그들은 새벽 동이 트기 전에 이 집에서 떠나. 흔적도 없이 사라져버려. 누가 왔다 갔다고는 믿기지 않을 정도로 아무 자취도 안 남기고 말이지. 그 사람들이 오면 메리, 너는 나랑 이모부한테 아무 말도 해서는 안 돼. 그냥 침대에 누워서 손가락으로 귀를 틀어막고 있도록 해. 절대 내게 물어서도 안 되고, 이모부나 다른 사람들에게 물어서도 안 돼. 내가 아는 것의 반만 알아도 네 머리칼은 내 머리처럼 희게 세고 말 거야. 말할 때면 목소리가 떨리고, 밤이면 밤마다 울게 될 거야. 그럼 철없는 네 청춘도 끝장이야. 메리야, 그런 무사태평한 쾌활함은 다 사라지고 말 거야. 나처럼 말이지."

그러고 나서 그녀는 식탁에서 일어나 의자를 뒤로 뺐다. 뒤이어 무겁고 비트적거리는 발소리를 내며 계단을 올라가는 소리가 들렸다. 발자국 소리는 층계참을 거쳐 그녀 방까지 이어졌고 곧이어 문 닫히는 소리가 났다.

메리는 빈 의자 옆 땅바닥에 멍하니 앉아 있었다. 부엌 창문을 통해 벌써 해가 저 멀리 산 너머로 사라진 것을 보았다. 이제 조금 있으면 다시 한 번 11월의 불길한 회색 땅거미가 내릴 것이다.

4

조스 멀린은 거의 일주일이나 집에 오지 않았다. 그동안 메리는 이 지역에 대해 좀 더 잘 알게 되었다.

집주인이 없는 동안은 아무도 바에 오지 않았기 때문에 메리는 바를 지킬 필요가 없어서 이모가 집안일 하는 것을 돕고 나면 자유로이 바깥을 돌아다닐 수 있었다. 이모는 걷는 걸 좋아하지 않았다. 그녀는 여관 뒤편에 있는 닭장 너머로는 나가고 싶어 하지 않았고 방향 감각도 없었다. 그녀는 남편에게 몇몇 바위산 이름을 들었지만 그 위치나 가는 길에 대해서는 전혀 몰랐다. 그래서 메리는 직접 부딪쳐보기로 마음먹었다. 한평생 시골에서 살아온 그녀에게는 몸에 밴 자연 감각이 있었다. 그녀는 시골 여자의 천성인 이 방향 감각과 중천에 떠 있는 밝은 태양을 유일한 길잡이 삼아 정오경에 집을 나섰다.

황야는 그녀가 생각했던 것보다 더 황량했다. 동쪽에서 서쪽으로 끝없이 펼쳐진 이 황야는 군데군데 뚫린 작은 오솔길과 지평선에 솟은 몇몇 높은 봉우리를 제외하면 태고의 광막한 사막과도 같았다.

그녀는 황야의 끝이 어딘지 알 수 없었다. 그러나 어느 날 서쪽으로 가서 자메이카 여인숙 뒤편에 있는 높은 바위산에 올라가 사방을 둘러보니 저 멀리 은빛 바다가 아스라이 보였다. 그러나 그뿐이었다. 아무 소리도 들리지 않고, 사람의 흔적이라곤 찾아볼 길 없는 외롭고 광막한 고장이었다. 높은 바위산 꼭대기에 제멋대로 포개진 커다란 바윗덩어리들은 기괴한 형상을 이루며 아래를 굽어보고 있는 품이 마치 하느님이 세상을 창조한 이래 그곳에서 꼼짝도 하지 않고 보초를 서고 있는 것 같았다.

개중에는 괴상한 의자나 일그러진 탁자처럼 생긴 바위들도 있었는데 그 거대한 모습은 꼭 거인이 쓰는 가구 같았다. 몇몇 산꼭대기에 외따로 놓인 좀 더 작고 무른 바윗덩어리는 가구 주인인 거인이 누워 있는 듯한 모습이었다. 휴식 중인 거인들은 자신의 검은 그림자를 헤더와 거친 풀덤불 위에 길게 드리우고 있었다. 또한 똑바로 선 긴 바위들도 있었는데 그것들은 좌우로 흔들리면서도 바람에 기대기라도 하듯이 기적적으로 넘어지지 않고 서 있었다. 그리고 제단처럼 납작한 돌들은 반짝이는 표면을 하늘로 향한 채 아무리 기다려도 오지 않는 제물을 기다리고 있었다. 높은 바위산에는 산양이 살았고, 까마귀와 독수리도 있었다. 산은 온갖 고독한 존재가 깃드는 집이었다.

그 아래 황야에는 검은 소들이 살았다. 소들은 조심스럽게 단단한 지면을 가려 밟으며 본능적으로 풀덤불의 유혹을 피했다. 그것은 풀이 아니라 한숨과 속삭임으로 가득한 위험한 늪이었기 때문이다. 산 위에서 부는 바람은 갈라진 화강암의 틈에 걸려 휘파람 소리를 내다가 때로는 고통에 몸부림치는 사람처럼 전율하기도 했다.

어디서 오는지 모를 이상한 바람이 불어왔다. 그것이 풀잎 위로 스쳐 지나가면 풀은 몸서리를 쳤다. 그러다가 움푹 파인 돌 위에 고인 빗물을 핥고 지나가면 수면에는 작은 물결이 찰랑거렸다. 폭풍이 노호할 때면 거센 바람은 돌 틈바퀴에서 메아리치고 긴 신음 소리가 되었다가 사라졌다. 바위산에는 다른 시대의 정적이 감돌았다. 인간이 존재하지 않았던 시대, 인간이 아닌 다른 종족이 이 산을 밟고 다니던 태고의 시대, 결코 실재하지 않았던 것처럼 사라져버린 그 옛 시대의 적막이 흘렀다. 공기 중에는 하느님의 평화보다 더 오래되고 더 기묘한 고요와 평화가 감돌았다.

황야를 돌아다니며, 바위산을 오르며, 샘물가 움푹한 곳에서 휴식을 취하며 메리 옐런은 조스 멀린에 대해 생각했다. 그의 어린 시절은 어땠을까? 어떻게 옹그린 금작화처럼 북풍에 시달려 피지도 못하고 비뚜로 자라게 되었을까?

어느 날 그녀는 첫날 저녁 그가 가리킨 방향을 따라 동쪽 황야를 가로질러 갔다. 한참을 걸어 사방이 황폐한 황야로 둘러싸인 언덕 꼭대기에 올랐다. 그곳에서 내려다보니 한쪽 비탈면이 깊고 위험한 늪으로 이어져 있는 것이 보였다. 거품이 이는 작은 개울이 졸졸거리며 늪을 가로질러 흐르고 있었다. 그 너머 멀리 커다란 바위 하나가 하늘을 향해 긴 손가락들을 치켜세우고 있었다. 마치 황야로부터 손 하나가 삐져나와 있는 듯했다. 꼭대기 부분의 흰 화강암은 누가 조각이라도 한 것 같았고, 비탈면은 음산한 회색이었다.

바로 킬마 토르였다. 산봉우리가 해를 가리는 저 단단한 돌무더기 사이 어디선가 조스 멀린이 태어났고, 그의 동생이 지금도 살고 있다. 그녀 아래쪽의 늪은 매슈 멀린이 익사한 곳이었다. 그녀는 황야를 성큼성큼 걷는 매슈의 모습이 보이는 듯했다. 휘파람을 부는 그의 귀에 시냇물 소리가 들렸다. 그러다가 모르는 사이에 어둠이 내렸다. 황급히 뒤돌아가기 시작했지만 발을 디디기가 쉽지 않았다. 그는 멈춰 서서 잠시 생각하다가 낮은 소리로 욕설을 내뱉고 어깨를 으쓱한 다음, 자신감을 회복하여 안개 속으로 들어갔다. 그러나 다섯 발자국도 떼어놓기 전에 발밑의 땅이 푹 꺼지는 것을 느꼈다. 그는 비틀거리다가 무릎까지 늪에 빠지고 말았다. 와락 풀덤불을 움켜잡았지만 그것은 그의 몸무게에 눌려 가라앉아버렸다. 발을 빼려고 땅을 찼지만 꼼짝할 수 없었다. 그래도 다시 한 번 땅을 찼다. 그러자 드디어 한

발이 늪에서 빠져나왔다. 그러나 공포에 질려 조심성 없이 급히 앞으로 나가다 더욱 깊은 물에 빠지고 말았다. 그는 버둥거리며 손으로 풀을 잡으려고 안간힘을 썼다. 메리에게는 공포에 질린 그의 외마디 소리가 들리는 것 같았다. 음산한 울음소리와 함께 마도요 새 한 마리가 그의 눈앞에서 날개를 치며 날아올랐다. 마도요가 언덕 너머로 사라지자 황야는 다시 고요해졌다. 풀잎 몇 개가 바람에 떨고 있을 뿐이었다. 그리고 다시 정적이 찾아 들었다.

메리는 킬마 토르에 등을 돌리고 황야를 가로질러 뛰기 시작 했다. 헤더와 돌에 걸려 비틀거렸지만 늪이 언덕 너머로 보이지 않을 때까지, 바위산이 가려질 때까지 걸음을 멈추지 않았다. 생각보다 멀리까지 와버려서 돌아오는 길은 매우 길었다. 수많 은 언덕을 넘어 구부러진 길 위로 자메이카 여인숙의 높은 굴뚝 이 보이는 곳까지 오는 길이 영원처럼 마냥 길게 느껴졌다. 마 당을 가로지르던 그녀는 가슴이 철렁했다. 마구간 문이 열려 있 고 그 안에 조랑말이 있었다. 조스 멀린이 돌아온 것이다.

그녀는 조심조심 문을 열었다. 그러나 문은 마치 저항이라도 하듯이 바닥의 판석을 문지르며 삐걱 소리를 냈다. 그 소리가 조용한 통로에 울려 퍼졌다. 그러자 곧바로 집주인이 들보 아래 로 고개를 숙이며 뒤편에서 나타났다. 셔츠 소매는 팔꿈치 위까 지 말리고 손에는 유리컵과 행주가 들린 채였다. 그는 무척 기 분이 좋은 듯 메리에게 큰 소리로 외치며 유리컵을 흔들었다.

"자, 날 보고 그렇게 깜짝 놀라지 말라고. 날 보니 기쁘지 않아? 내가 보고 싶지 않았어?"

메리는 애써 미소를 지으며 여행은 즐거웠느냐고 물었다. "즐겁기는 무슨 얼어 죽을." 그가 대답했다. "돈 때문에 하는 거지. 내게 중요한 건 그뿐이야. 나는 궁전에서 왕이랑 놀다 온 게 아냐. 네가 그런 걸 묻는다면 말이지." 그는 자기 농담에 너털웃음을 터뜨렸다. 그때 그의 어깨 너머로 아내가 미소를 지으며 나타났다.

그의 웃음소리가 잦아들자 페이션스 이모의 얼굴에 미소가 사라지면서 긴장되고 불안한 표정과 함께 남편이 있을 때의 예의 그 바보 같은 멍한 시선이 되돌아왔다.

메리는 지난주 이모가 누렸던 걱정 없는 생활이 끝났음을 즉각 알아챘다. 이모는 다시 예전처럼 불안하고 겁에 질린 인간으로 되돌아간 것이다.

메리가 자기 방으로 가려고 계단 쪽으로 향하자 조스가 그녀를 불렀다. "오늘 밤에는 2층에 처박혀 있으면 안 돼. 바에서 이모부와 함께 일을 해야 하거든. 오늘이 무슨 요일인지 몰라?"

메리는 멈춰 서서 생각했다. 그녀는 시간 가는 것을 잊고 있었다. 이곳에 올 때 탄 게 월요일 마차였던가? 그러면 오늘은 토요일이다. 토요일 저녁이다. 그녀는 조스 멀린의 말뜻을 곧바로 알아차렸다. 오늘 밤, 자메이카 여인숙에 손님이 온다.

*

황야의 사람들은 한 명씩 따로 왔다. 그들은 남의 눈에 띄기 싫어하는 것처럼 신속하게, 그리고 조용히 마당을 건너왔다. 희끄무레한 빛 속에서 벽을 따라 현관 지붕 밑으로 들어와 바의 문을 두드릴 때까지 그들은 실체가 없는 그림자 같았다. 몇몇은 등불을 들고 왔는데 마치 그 깜빡이는 불꽃마저도 염려가 되는 것처럼 외투로 불을 가리고 있었다. 한두 명은 조랑말을 타고 마당으로 들어왔다. 말발굽이 포석에 부딪치는 소리가 밤의 적막 속에서 괴이한 울림을 자아냈다. 뒤이어 마구간 문의 돌쩌귀 삐걱대는 소리와 말을 마구간에 넣는 사람의 낮은 목소리가 들렸다. 다른 사람들의 거동은 더욱 은밀했다. 그들은 횃불이나 등불도 없이 모자를 푹 눌러쓰고 외투를 턱까지 올린 채 마당을 건너왔다. 그 모습만으로도 그들이 남의 눈을 피한다는 것이 완연히 드러났다. 그처럼 조심하는 이유는 쉽게 짐작이 가지 않았다. 평소에는 덧문이 닫히고 잠겨 있던 창문에서 빛이 넘쳐흐르고, 얼마쯤 지나서는 사람들 소리가 사방에 울려 퍼진 까닭에 길을 지나는 사람이면 누구라도 오늘 밤 자메이카 여인숙에 손님이 들었음을 쉽사리 알 수 있었기 때문이다. 때때로 노랫소리와 고함 소리가 들렸고 웃음소리도 터져 나왔다. 그것으로 미루어 보아 여기까지 오는 동안 마치 수치스러운 일이라도 저지르는 것처럼 그토록 은밀하게 행동한 사람들도 일단 집에 들어온 뒤로는 전혀 겁을 내지 않는 것 같았다. 동료들과 함께 바에 엉켜 앉아 파이프에 불을 붙이고 잔에 술을 따르는 사이 모든 조심성을 떨쳐버린 듯했다.

조스 멀린을 중심으로 바에 모인 사람들은 몹시 이상한 조합이었다. 메리와 그들 사이에는 카운터가 있는 데다 그 위에 진열된 술병과 유리컵이 일종의 방벽 역할을 해주어서 메리는 눈에 띄지 않고 은밀하게 그들을 관찰할 수 있었다. 그들의 자세는 각양각색이었다. 몇몇은 의자에 걸터앉았고 또 몇몇은 벤치에 드러눕고, 나머지는 벽에 기대거나 탁자 사이를 어슬렁거리며 돌아다니고 있었다. 머리나 위장이 다른 사람들보다 약한 한두 명은 벌써부터 바닥에 큰 대자로 뻗었다. 대부분이 매우 더럽고, 옷은 누더기에다 몸치장도 엉망이어서 머리칼은 헝클어지고, 손톱은 부러져 있었다. 그들은 모두 방랑자, 부랑자, 밀렵꾼, 도둑 혹은 가축 도둑들이었다. 그중 한 명은 원래 농장주였으나 관리 부실과 불성실로 인해 농장을 잃고 말았다. 다른 한 명은 목동으로 자기 주인의 건초에 불을 질렀고, 또 한 명은 데번에서 추방당한 말 장수였다. 또 론서스턴의 구두장이도 있었는데 그에게 구두 가게는 눈가림에 불과했고 실제로는 장물아비 노릇을 하고 있었다. 술에 취해 바닥에 뻗은 사람은 한때 패드스토의 범선 항해사였는데 자기 배를 난파시킨 전력을 가지고 있었다. 멀리 구석에 앉아서 손톱을 물어뜯고 있는 키 작은 남자는 포트 아이작의 어부로, 소문에 따르면 금을 가득 넣은 양말을 자신의 오두막 굴뚝 속에 숨겨놓았다고 했다. 그러나 그 금의 출처에 대해서는 아무도 몰랐다. 몇몇은 이 근처 사람들로 여기 산 그림자를 이고 태어나 황야와 늪과 화강암의 고장인 이곳 말고 다른 고장에는 가본 적이 없다. 그중 한 명은 등불도 없이 러프토르 너머 크라우디 마시에서 브라운 윌리 산 쪽을 거쳐 걸어왔다. 다른 한 명은 치즈링에서 왔는데 지금 그는 탁자에 장화 신은 발을 올려놓고 맥주잔에 얼굴을 처박고 있었다. 그 옆에는 그날 밤 도즈메리에서부터 비틀거리며 걸어온 불쌍한 바보가 앉아 있었는데 그의 얼굴에는 커다란 검붉은 반점이 있었다. 그는 이마부터 턱까지 온 얼굴을 덮고 있는 그 반점을 잡아 뜯기라도 하듯이 손으로 계속 뺨을 꼬집었다. 메리가 있는 곳에서는 그의 모습이 정면으로 보였다. 카운터 위의 술병이 일부 가려주었음에도 불구하고 그 모습을 피할 수가 없었기에 메리는 메스꺼워서 기절할 것만 같았다. 게다가 김빠진 술 냄새, 담배 연기, 불결한 사람들의 체취까지 가득하다 보니 왈칵 구역질이 났다. 만일 거기 오래 머문다면 절대로 끝까지 참아내지 못할 것이다. 다행히도 그녀는 그들 사이로 돌아다닐 필요가 없었다. 그녀의 임무는 바 카운터에 몸을 숨기고 서서, 필요할 때면 유리컵을 닦은 다음 맥주 통이나 술병에서 술을 따르는 일이었다. 그러면 조스 멀린이 그것을 손님들에게 건네주었다. 때때로 그는 카운터 상판을 들고 홀로 나가 성큼성큼 걸어 다니면서 어떤 손님과는 같이 웃고, 다른 이에게는 상스러운 말을 하고,

또 어떤 이에게는 어깨를 두드리고, 또 다른 이에게는 머리를 까딱하기도 했다. 이 방에 모인 사람들은 메리를 보자 처음에는 신이 나서 떠들어대고, 호기심 어린 눈으로 그녀를 쳐다보고, 어깨를 으쓱하고 낄낄 웃었지만 얼마간 시간이 지나자 더 이상 그녀에게 신경 쓰지 않았다. 그들은 그녀를 술집 주인의 조카이자 안주인을 도와주러 온 하녀 정도로 생각했다. 실제로 조스는 그녀를 그렇게 소개했다. 물론 젊은 축에 드는 한두 명은 그녀에게 말을 붙여 치근덕거리고 싶은 마음이 있었다. 그러나 그들은 주인의 눈을 의식했다. 친근하게 굴면 주인이 화를 낼까 두려웠다. 아마도 주인은 재미를 볼 심산으로 그녀를 자메이카 여인숙에 데려왔을 테니까. 그 때문에 아무도 집적대지 않아 메리는 안도했지만, 만약 그 이유를 알았더라면 수치심과 혐오감에 당장 그날 밤으로 바에서 나오고 말았을 것이다.

이모는 손님들 앞에 나오지 않았다. 그러나 메리는 때때로 문 뒤에 이모의 그림자가 어른거리는 것을 느꼈고 통로에서 나는 발자국 소리도 들었다. 한번은 문틈으로 방 안을 들여다보는 이모의 겁먹은 눈동자와 마주치기도 했다. 저녁 술판은 너무도 오래 계속되었다. 메리는 그곳에서 풀려나기를 고대했다. 담배 연기와 술꾼들이 내뿜는 숨결 때문에 공기가 너무 탁해서 방 안이 제대로 보이지 않았다. 게다가 그녀는 무척 피곤해서 눈을 반쯤 감고 있었기 때문에 술꾼들의 얼굴이 흐릿하게 왜곡되어 마치 머리칼과 치아밖에 없는 것처럼 보였다. 그 정도로 몸에 비해 입만 크게 보였던 것이다. 그들 주변으로는 더 이상 한 모금도 마실 수 없을 정도로 술을 양껏 마신 이들이 팔에 얼굴을 묻고 벤치 위와 방바닥에 시체처럼 너부러져 있었다.

술에 덜 취해서 아직 서 있을 수 있는 사람들은 모두 레드루스에서 온 키 작은 더러운 깡패 주위에 모여 있었다. 오늘 저녁, 이 모임의 재사 노릇을 하는 이 작자는 원래 광부였는데 광산이 망하자 여기저기 떠돌아다니며 땜장이나 행상인, 혹은 외판원 등의 일을 하고 있었다. 덕분에 그는 상스러운 노래를 줄줄 꿰고 있었고, 거기다 예전에 컴컴한 땅속에서 일할 때 주위들은 얘기들까지 총동원하여 자메이카 여인숙의 손님들에게 오락거리를 제공했다.

그의 재담에 모두 지붕이 떠나가라 웃어졌혔다. 그중에서도 주인의 웃음소리가 가장 컸다. 메리는 오싹 소름이 끼쳤다. 이 끔찍한 웃음소리는 전혀 유쾌하지 않고 왠지 고통스러운 비명과도 같이 어두운 석재 바닥 통로와 그 위의 빈방을 뒤흔들며 울려 퍼져서였다. 행상인은 도즈메리의 바보를 제물로 삼았다. 술에 취해 몸도 제대로 가누지 못하여 땅바닥에 짐승처럼 쭈그리고 앉은 이 불쌍한 천치를 여럿이 달려들어 번쩍 들어서 탁자 위에 올려놓자, 행상인은 그에게 동작과 노랫말을 따라 하게 했다. 그것을 보고 모두 미친 듯이 웃어댔다. 바보는 박수 소리에 신이 나서 탁자 위에서 몸을 들까불고 좋아라 헤헤거리며 더러운 손톱으로 얼굴의 검붉은 반점을 긁어댔다. 메리는 더 이상 견딜 수 없어서 이모부의 어깨에 손을 얹었다. 그가 고개를 돌렸다. 방의 열기에 벌겋게 단 그의 얼굴에서 땀이 줄줄 흘러내리고 있었다.

"더 이상 못 보겠어요. 이모부께서 직접 친구들을 대접하세요. 저는 제 방으로 올라가겠어요." 그녀가 말했다.

그는 셔츠 소매로 이마의 땀을 닦고 그녀를 내려다보았다. 메리는 깜짝 놀랐다. 저녁 내내 마셨는데도 그는 전혀 취하지 않았던 것이다. 이 시끄럽고 미치광이 같은 사람들의 대장 노릇을 하면서도 자기가 무엇을 하는지 똑똑히 알고 있었다. "이제 진저리가 난다고? 너무 고상해서 우리 같은 사람들은 상대 못 하시겠다고? 잘 들어, 메리. 넌 카운터 뒤에서 편하게 지냈어. 내게 무릎 꿇고 감사해야 할걸. 네가 내 조카니까 다들 내버려둔 거야. 만일 그렇지 않았다면, 맙소사, 넌 지금쯤 남아나지 않았겠지!" 그가 너털웃음을 터뜨리며 소리치고는 그녀의 뺨을 아프게 꼬집으며 말했다. "그럼 나가라고. 하긴 12시가 다 되었으니까 이젠 별 필요도 없어. 오늘 밤엔 방문을 잠그고 블라인드를 내려. 네 이모는 벌써 한 시간 전에 이불을 뒤집어쓰고 누웠을 거야."

그는 그녀 귀 쪽으로 몸을 굽히며 목소리를 낮추었다. 그런 뒤 그녀의 팔목을 잡아 등 뒤로 꺾었다. 그녀는 아파서 비명을 질렀다.

"좋아, 이건 맛보기야. 진짜는 어떨지 알겠지? 입 다물고 있으면 양처럼 순하게 대하지. 자메이카 여인숙에서 호기심은 금물이야. 명심하라고." 이제 그는 웃지 않았다. 마치 그녀의 생각을 읽으려는 듯이 이맛살을 찡그리며 그녀를 똑바로 내려다보았다.

"너는 네 이모처럼 바보가 아냐." 그가 천천히 말했다. "너는 영리한 원숭이 같은 작은 얼굴에 원숭이처럼 캐기 좋아하는 성격이지. 게다가 겁도 없고. 하지만 잘 들어둬, 메리 옐런. 혹시 쓸데없이 지분거리기라도 하면 박살내겠어. 몸과 마음 모두 다 말이야. 이제 가서 자. 오늘 밤에는 내 앞에 얼씬도 하지 마."

그는 휙 돌아섰다. 그러고는 여전히 이맛살을 찌푸린 채 카운터에서 컵을 하나 들어 빙빙 돌리며 행주로 닦았다. 조금 전까지의 유쾌함이 순식간에 사라진 것으로 보아 메리의 경멸 어린 시선 때문에 심기가 사나워진 것 같았다. 그는 분통을 터뜨리며 컵을 집어 던져 박살냈다.

"그 바보 놈 옷을 벗겨." 그가 고함을 쳤다. "태어날 때처럼 벌거숭이로 돌려보내. 11월의 추운 날씨에 얼굴의 검붉은 점이 없어질지도 모르지. 또 그놈의 개지랄도 고쳐놓고. 자메이카 여인숙에선 이제 그놈 보는 게 넌더리가 나!"

행상인과 그 일행이 신이 나서 소리를 지르며 바보를 땅바닥에 패대기치고 외투와 바지를 벗겼다. 바보는 얼이 빠져 염소 같은 울음소리를 내며 손을 내저었지만 중과부적이어서 속수무책으로 당할 수밖에 없었다.

메리는 바에서 뛰쳐나와 문을 쾅 닫고 흔들거리는 계단을 올라갔다. 두 손으로 귀를 틀어막았지만 아래층 통로에 메아리치는 웃음과 야비한 노랫소리를 피할 수 없었다. 그것은 마룻바닥을 뚫고 그녀의 방까지 따라왔다.

그녀는 욕지기가 치밀어 올라 침대에 몸을 던지고 두 손으로 머리를 감쌌다. 아래쪽 마당이 떠들썩해지며 웃음소리가 들렸다. 이리저리 흔들리는 등불 빛이 그녀 방의 창문을 비쳤다. 그녀는 일어나서 블라인드를 내리러 창가로 갔다. 창문 밖으로 벌거숭이 하나가 벌벌 떨며 마당을 껑충껑충 뛰어가는 모습이 보였다. 산토끼 같은 신음 소리도 들렸다. 그 뒤로 한 떼의 남자가 야유와 조롱 퍼부으며 쫓아갔다. 채찍을 머리 위로 휘두르는 조스 멀린의 거인 같은 모습이 그들을 선도하고 있었다.

메리는 이모부가 명령한 대로 재빨리 옷을 벗고 침대에 기어들어가 이불을 뒤집어쓰고 손가락으로 귀를 막았다. 귀머거리가 되어 아래서 일어나는 끔찍한 소란을 듣지 않을 수만 있다면 더 바랄 게 없을 것 같았다. 그러나 아무리 눈을 감고 베개로 얼굴을 가려도 땅바닥에 쓰러져 박해자들을 바라보는 가엾은 바보의 점박이 얼굴이 뇌리에서 떠나지 않았다. 비틀거리다 도랑에 빠진 그의 비명 소리도 들려왔다.

그러다가 그녀는 반수면 상태에 빠졌다. 지난 며칠간의 일들이 뒤죽박죽이 되어 비몽사몽간에 머릿속을 스쳐 지나갔다. 여러 혼란스러운 영상이 눈앞에서 춤을 추고, 그녀가 전혀 모르는 사람들의 얼굴도 나타났다. 때로 그녀는 다른 산들을 압도하는 거대한 킬마 토르가 굽어보는 황야를 헤매고 있었다. 하지만 그때에도 그녀는 방바닥을 비추는 가느다란 달빛과 덜컹거리는 블라인드 소리를 의식하고 있었다. 한참 시끄럽던 사람 목소리도 이제 사라졌다. 멀리 떨어진 길에서 말이 달리는 소리와 덜컹거리는 바퀴 소리가 났지만 이제는 만물이 조용하기만 했다. 그녀는 잠이 들었다. 그러다가 돌연 무엇인가가 겨우 얻은 마음의 평화를 건드렸다. 그녀는 갑자기 말똥말똥해져서 얼굴 가득 달빛을 받으며 침대에서 일어나 앉았다.

메리는 귀를 기울였다. 처음에는 쿵쿵 뛰는 자기 심장 소리밖에 들리지 않았다. 그러나 몇 분 뒤 아래에서 무슨 소리가 들렸다. 이번에는 그녀의 방 바로 아래서 들리는 소리였다. 아래층 통로의 돌바닥 위에서 뭔가 무거운 것을 끄는 소리였다. 때로 그것이 벽에 부딪치는 소리도 들렸다.

그녀는 침대에서 일어나 창문가로 가서 블라인드 가장자리를 조금 들췄다. 마당에 마차 다섯 대가 서 있었다. 그중 세 대는 말두 마리가 끄는 포장을 씌운 짐마차였고, 나머지 두 대는 농장에서 쓰는 덮개 없는 짐수레였다. 짐마차 한 대는 현관 바로 앞에서 있었다. 마차에 매인 말들이 하얗게 콧김을 내뿜었다.

수레 주위에 모인 사람들 중에는 그날 저녁 바에서 본 이들도 있었다. 론서스턴의 구두장이는 메리 방 창문 바로 밑에 서서 말 장수와 얘기 중이었다. 패드스토의 선원은 술이 깨서 말머리를 두드리고 있었다. 불쌍한 바보를 괴롭힌 행상인은 덮개 없는 수레에 올라탄 채 땅바닥에서 무엇인가를 들어 올렸다. 마당에는 그들 이외에도 메리가 생전 본 적이 없는 사람들도 있었다. 밝은 달빛 덕분에 그녀는 그들의 얼굴을 똑똑히 볼 수 있었다. 그들은 달빛 때문에 걱정이 드는 것 같았다. 그중 한 명이 위쪽을 가리키며 머리를 절레절레 흔들었고, 다른 한 명은 어깨를 으쓱했고, 그중 권위가 있어 보이는 세 번째 남자는 초조한 듯이 팔을 내저으며 재촉했다. 그러자 세 사람은 곧바로 돌아서서 현관 입구를 지나 집으로 들어갔다. 그동안에도 무거운 것을 끄는 소리는 끊이지 않고 계속 들렸다. 메리는 그것이 어디로 가는지 어렵지 않게 짐작할 수 있었다. 무엇인가가 통로를 지나 끝에 있는 방, 즉 창문이 봉쇄되고 문에 빗장이 걸린 그 방으로 가고 있었다.

메리는 이제 이해가 되었다. 마차로 짐이 운반되어 자메이카 여인숙에서 부려졌다. 그 짐들은 잠긴 방에 보관된다. 말이 콧김을 뿜는 것으로 보아 짐은 멀리서, 아마도 해안에서 온 모양이었다. 그리고 짐이 하역되자마자 마차는 곧바로 돌아갈 것이다. 올 때와 마찬가지로 매우 조용하고 빠르게.

마당에 있는 사람들은 시간을 다투며 신속히 움직였다. 포장마차에 실린 짐들은 집 안으로 들어오지 않고 마당 건너편 우물 근처에 세워놓은 덮개 없는 농장용 짐수레로 옮겨졌다. 짐은 작은 것과 큰 것, 짚과 종이로 싼 긴 것 등 크기와 생김새가 제각각이었다. 이윽고 짐수레가 가득 차자 메리가 본 적이 없는 낯선 마부가 마부석에 올라타더니 마당을 빠져나갔다.

남은 마차들도 차례로 비워졌다. 짐들은 덮개 없는 짐수레에 실려 나가거나 혹은 사람들이 달려들어 집 안으로 들여놓았다. 모든 것이 조용한 가운데 진행되었다. 그날 저녁 그렇게 고함을 치고 노래를 부르던 사람들이 이제는 딴 사람이나 된 듯이 침착하고 조용히 자신의 일에 열중하고 있었다. 말들조차도 조용히 있어야 함을 아는 듯 미동도 하지 않고 가만히 서 있었다.

조스 멀린이 행상인을 대동하고 현관 입구로 나왔다. 추운 날씨에도 불구하고 모두 외투나 모자도 없이 셔츠 소매를 팔꿈치까지 걷어붙이고 있었다.

"이게 다야?" 조스 멀린이 낮은 소리로 물었다. 그러자 마지막 마차의 마부가 고개를 끄덕이고 손을 들었다. 사람들이 수레에 올라타기 시작했다. 걸어서 왔던 몇몇 사람도 함께 올라탔다. 먼 귀갓길 중 2~3킬로미터 정도는 타고 갈 수 있을 것이다. 수익도 짭짤했다. 모두 뭔가를 챙겨 갔다. 끈으로 묶은 상자를 어깨에 메거나 겨드랑이 사이에 꾸러미를 끼고 있었다. 특히 론서스턴의 구두장이는 조랑말 양쪽에 터질 듯한 주머니를 달고 옷에도 뭔가를 잔뜩 집어넣어서 올 때보다 허리가 눈에 띄게 굵어 보였다.

이렇게 하여 마차와 짐수레가 장례식 행렬처럼 한 대씩 줄을 지어 삐걱거리면서 자메이카 여인숙 마당을 빠져나갔다. 큰 길에 나서자 그중 몇 대는 북쪽으로, 나머지는 남쪽으로 방향을 잡았다. 그들이 시야에서 사라지자 마당에는 세 사람만 남았다. 한 사람은 메리가 모르는 사람이었고 다른 둘은 행상인과 조스 멀린이었다.

그들이 돌아서서 집 안으로 들어오자 마당이 텅 비었다. 메리는 그들이 통로를 지나서 바 쪽으로 가는 소리를 들었다. 곧 발자국 소리가 사라지고 문이 쾅 닫혔다.

현관 괘종시계의 째깍거리는 소리 이외에는 모든 것이 조용했다. 갑자기 시계가 씩씩거리기 시작했다. 종을 치기 위해 준비하는 소리였다. 곧 종소리가 울렸다. 3시였다. 시계는 다시 째깍거리기 시작했다. 헐떡거리고 컥컥대는 시계 소리가 흡사 죽음이 임박한 사람이 숨 막혀 괴로워하는 소리처럼 들렸다.

메리는 창가를 떠나 침대 위에 앉았다. 차가운 외풍에 어깨가 선득했다. 그녀는 부르르 떨며 숄을 걸쳤다.

이제 잠은 다 달아났다. 너무 또롱또롱해서 신경이 곤두설 정도였다. 이모부를 극도로 싫어하고 두려워하는 건 변함이 없었지만 그럼에도 불구하고 그에 대한 흥미와 관심이 커졌다. 그녀는 이제 그의 일을 어느 정도 알아챘다. 조금 전에 본 것은 대규모 밀수였다. 자메이카 여인숙은 이 일을 위한 최상의 조건을 갖추고 있었다. 그가 이곳을 매입한 건 분명히 이 때문일 것이다. 어릴 적 살던 곳으로의 귀향이니 뭐니 하는 얘기는 헛소리에 불과했다. 자메이카 여인숙은 남북으로 통하는 대로변에 호젓하게 자리 잡고 있었다. 그러니 사업 수완이 있는 사람이라면 자메이카 여인숙을 중간 기착지, 혹은 보급창으로 사용하며 해안에서 타마 강가까지 짐마차 몇 대를 운행하기란 어렵지 않은 일일 것이다.

사업 성공을 위해서는 근처 지역을 정탐하는 스파이들이 필요할 것이다. 그래서 패드스토의 선원과 론서스턴의 구두장이와 집시들과 부랑자들과 비열한 꼬마 행상인이 여기 온 것이다.

조스 멀린은 성격이 강하고, 혈기왕성하다. 또 힘이 세서 모두 그를 두려워한다. 그러나 이런 일을 이끌 만한 머리와 섬세함을 겸비하고 있을까? 그가 모든 이동과 움직임을 계획했을까? 오늘 밤 일은 그가 집을 떠나 있던 엿새 동안에 준비한 것일까?

그럴 수밖에 없지 않은가? 메리는 다른 대답을 찾아낼 수가 없었다. 메리는 조스 멀린이 더욱 가증스럽게 느껴졌다. 그러나 다른 한편으로 그의 뛰어난 수완에 대해 일종의 존경심이 생기는 것을 내키지 않지만 인정할 수밖에 없었다.

매사가 잘 관리되었고 모든 일꾼은 난폭한 행동과 거친 외모에도 불구하고 나름 가려 뽑힌 사람들일 것이다. 그렇지 않다면 그처럼 오래 법망을 피하지 못했을 터이다. 밀수를 의심하는 치안판사라면, 판사 자신이 밀수꾼과 한통속이 아닌 한 누구라도 자메이카 여인숙을 의심했으리라. 메리는 손에 턱을 괴고 미간을 찌푸렸다. 페이션스 이모만 아니라면 당장 집을 나가 근처 마을에 가서 조스 멀린을 고발했을 것이다. 그는 곧 일당과 함께 감옥에 갇히고, 그러면 밀수가 근절되리라. 하지만 페이션스 이모를 생각하지 않을 수가 없었다. 그녀는 아직도 남편에게 개처럼 충성하는 만큼 문제 해결이 어려웠고, 적어도 지금 현재로서는 고발이 불가능했다.

메리는 머릿속으로 이 문제를 계속 굴렸지만 아직도 미심쩍은 구석이 있었다. 자메이카 여인숙은 도둑과 밀렵꾼의 소굴로 그들은 이모부의 영도 아래 해안과 데번 사이에서 수지맞는 밀수를 하고 있었다. 여기까지는 모든 것이 분명했다. 그런데 그녀가 본 게 전부일까? 다른 게 또 있는 것은 아닐까? 그녀는 이모 눈에 나타난 공포를 기억했다. 첫날 저녁, 이른 황혼의 그림자가 부엌 바닥에 지기 시작할 때 이모가 내뱉은 말이 떠올랐다. '메리야, 자메이카 여인숙에서는 여러 가지 일이 일어난단다. 나는 그걸 아직 입 밖에 낸 적이 없어. 나쁜 일, 사악한 일이지. 그래서 나 자신도 그걸 인정할 수가 없단다.' 그런 다음 이모는 얼이 빠진 듯 창백한 얼굴에 늙고 지친 노인처럼 다리를 끌면서 계단을 올라가 방으로 사라졌다.

밀수는 위험하다. 정직하지 못한 짓이기도 하다. 또한 법으로 엄격히 금지되어 있다. 하지만 그것이 사악한 일일까? 메리는 결정을 할 수 없었다. 그녀에게는 조언이 필요했지만 물어볼 사람이 아무도 없었다. 그녀는 을씨년스럽고 혐오스러운 세계에 혼자 있었다. 나아질 희망도 없었다. 그녀가 남자였다면 아래층으로 내려가 조스 멀린 일당과 정면 대결을 벌일 것이다. 그래,

싸움을 하고 운이 좋으면 그에게 상처를 입힐 것이다. 그러고는 마구간에서 말을 꺼내 페이션스 이모를 말 뒤에 태우고 남쪽 지방, 정다운 헬퍼드로 돌아갈 것이다. 모건이나 그위크 근처 어딘가에서 조그만 농장을 시작할 것이다. 이모는 집안일을, 자기는 농장 일을 할 것이다.

그러나 꿈꿔봤자 아무 소용이 없었다. 조금이라도 나아지려면 현 상황에 용감하게 대처해야 한다.

그런데 그녀는 여기 침대 위에 앉아 있다. 스물세 살의 처녀가 속치마에 숄만 두르고, 무기라고는 쓸데없는 생각이나 하는 머리밖에 없었다. 그녀가 대적해야 할 사람은 그녀보다 두 배나 나이 들고 힘이 여덟 배나 센 남자다. 그녀가 오늘 밤의 장면을 창문으로 지켜봤다는 사실을 안다면 그는 손으로 그녀의 목을 잡고 손가락에 힘을 주어 그녀의 질문을 간단히 봉쇄해버릴 것이다.

메리는 맹세했다. 메리는 평생에 단 한 번 맹세를 해본 적이 있다. 매너컨에서 황소에 쫓길 때였다. 그때도 지금처럼 스스로에게 용기를 북돋고 대담해지려고 맹세를 했다.

"나는 조스 멀린뿐 아니라 어느 누구 앞에서도 겁에 질린 모습을 보이지 않을 것이다. 그걸 증명하기 위해 나는 지금 즉시 아래층으로 내려갈 것이다. 어두운 통로를 거쳐 그들이 있는 바로 가서 살펴볼 것이다. 만약 그가 나를 죽인다면 그건 내 탓이다."

메리는 급히 옷을 입고 스타킹을 신고 신발을 땅바닥에 내버려둔 채 방문을 열고서 잠시 귀를 기울였다. 째깍거리는 현관의 시계 소리 말고는 아무것도 들리지 않았다.

그녀는 2층 통로를 지나 계단에 이르렀다. 위로부터 세 번째와 마지막 층계가 삐꺽거림을 알고 있었기에 조심조심 발걸음을 옮겼다. 또한 몸무게를 줄이기 위해 한 손으로 난간을 잡고 다른 손으로는 벽을 짚었다. 메리는 그렇게 현관문 옆의 어두운 공간까지 내려왔다. 건들거리는 의자 한 개와 시커먼 괘종시계 이외에는 아무것도 없는 텅 빈 공간이었다. 목쉰 듯 컥컥대는 시계 소리가 귀에 크게 울렸다. 주위의 정적에 대비돼, 마치 살아 있는 생물이 내는 소리 같았다. 현관은 동굴처럼 캄캄했다. 그녀는 거기에 자기 말고 아무도 없음을 알고 있었지만 그렇게 혼자 있다는 것 자체가 위협적이었다. 아무도 사용하지 않아 꼭 닫혀 있는 응접실 문 뒤에 무언가가 숨어 있는 것만 같았다.

공기는 답답하고 곰팡내가 났다. 반대로 석재 바닥은 얼음처럼 찼다. 그 한기는 양말을 통해 발에 고스란히 전달되었다. 그녀가 용기를 그러모으느라 잠시 망설이던 차에 갑자기 현관 저편 통로에서 불빛이 새어 나왔다. 사람 목소리도 들렸다. 바의 문이 열린 것이 틀림없었다. 누군가 그곳에서 나왔는지 부엌 쪽으로 가는 발소리가 들리더니 몇 분 후 다시 돌아갔다. 그러나 그 사람은 문을 꼭 닫지 않은 게 분명했다. 여전히 사람 목소리가 들리고 빛도 새어 나왔다. 메리는 계단을 통해 자기 방으로 돌아가 잠 속에서 보호받고 싶은 마음이 굴뚝같았다. 하지만 다른 한편으로는 호기심을 억누를 수가 없었다. 마침내 호기심이 승리를 거두었다. 그녀는 통로를 거쳐 바의 문에서 몇 발자국밖에 떨어지지 않은 곳으로 가 벽에 바짝 몸을 웅크렸다. 이마와 손이 땀에 젖었다. 처음에 그녀 귀에는 자신의 심장박동 소리만이 들렸다. 문 사이로 저쪽에 경첩이 달린 카운터와 그 위에 놓인 술병과 유리컵들이 보였다. 문 바로 뒤에는 마룻바닥이 좁게 보였다. 이모부가 아까 깨뜨린 유리컵 조각이 바닥에 흩어져 있고, 그 옆에는 누군가 칠칠맞지 못하게 흘린 갈색 맥주 자국이 보였다. 사람들은 보이지 않았다. 아마도 그들은 저쪽 벽에 기대놓은 벤치에 앉아 있는 모양이었다. 그들은 침묵하고 있었다. 그러다가 돌연 어떤 남자가 떨리는 높은 목소리로 말하기 시작했다. 처음 듣는 목소리였다.

"안 합니다. 안 해요. 이게 내 마지막 대답입니다. 나는 거기 가담하지 않겠어요. 당신들과는 완전히 손을 끊고 약속도 파기하겠어요. 멀린 씨, 당신은 내게 살인을 지시하는 겁니다. 달리 부를 말이 없어요. 명백한 살인입니다."

목소리는 높고 말끝이 떨렸다. 너무 감정이 격해서 혀가 말을 듣지 않는 것 같았다. 누군가 낮은 소리로 중얼거렸다. 틀림없이 여관 주인일 것이다. 메리는 그 말을 알아들을 수 없었다. 그러나 그의 말을 끊는 째지는 듯한 웃음소리는 분명히 행상인의 것이었다. 그 웃음의 의미는 분명했다. 그것은 모욕적이고 상스러웠다.

조스 멀린이 뭔가 물어본 것 같았다. 왜냐하면 아까의 그 남자가 빠르게 자기변호를 시작했기 때문이다. "목을 매단다고? 예전에도 목 매달릴 뻔한 적이 있어요. 그러니까 내 목 걱정은 안 해요. 아니, 내가 걱정하는 건 내 양심과 전능하신 하느님이에요. 정정당당한 싸움이라면 누구와도 싸울 수 있어요. 또 벌도 받을 수 있어요. 하지만 무고한 사람들을 죽이다니, 여자와 어린아이들까지 죽이다니 그건 곧바로 지옥에 떨어질 중죄예요, 조스 멀린. 그건 당신도 나만큼 잘 알고 있어요."

의자 끌리는 소리가 들리고 그가 자리에서 일어나는 것 같았다. 그러나 그 순간 누군가 탁자를 주먹으로 내려치며 욕설을 했다. 처음으로 이모부가 목소리를 높였다.

"서두르지 마, 친구. 그렇게 서두르지 말라고. 자네는 이 일에 깊숙이 관련되어 있어. 빌어먹을 자네 양심 따윈 집어치워! 내 말해두건대 이제 돌이킬 수 없어. 너무 늦었어. 자네나 우리나 이미 너무 늦었다고. 처음부터 자네가 미심쩍었어. 신사 같은 태도며 깨끗한 소맷부리며. 근데 제기랄, 내가 맞았어. 해리, 저기 문 잠그고 빗장 질러."

갑자기 격투가 벌어지고 외마디 소리에 이어 누군가 넘어지는 소리와 함께 탁자가 바닥에 쓰러졌다. 마당으로 통하는 문이 쾅 닫혔다. 행상인이 다시 끔찍하고 음란한 웃음을 터뜨렸다. 그러고는 그의 십팔번을 휘파람으로 불었다. "이자도 바보 샘처럼 간질여줄까요?" 그가 갑자기 웃음을 그치고 말했다. "멋진 옷을 벗겨놓으면 몸뚱이는 조그말 거야. 시계와 시곗줄도 내가 가질래. 나처럼 가난한 떠돌이는 시계 살 돈이 없으니까. 이자를 채찍으로 간질여주라고, 조스. 이자 살색이 어떤지 보자고."

"입 닥쳐, 해리. 시키는 일이나 하라고." 여관 주인이 말했다. "거기 서 있다가 이자가 거길 빠져나가려고 하면 칼로 찔러. 자, 이제 잘 들어, 변호사 서기님. 아니면 하여간 트루로 시의 뭔가 되는 분. 자넨 오늘 밤 바보짓을 했어. 하지만 날 바보로 만들지는 못해. 자넨 저 문으로 나가고 싶지? 나가서 말을 타고 보드민으로 가고 싶지? 그래, 그리고 아침 9시에는 이 지역의 모든 치안판사를 자메이카 여인숙으로 보내겠지? 연대 병력의 군인들도 함께 말이야. 그게 자네 생각이지?"

메리는 그 남자가 헉헉거리는 소리를 들었다. 격투를 벌일 때 다쳤는지 그의 목소리는 자주 끊어지고 고통스럽게 경련하는 듯했다. "그 나쁜 짓을 꼭 해야겠다면 당신은 그냥 하세요. 나는 당신을 말릴 수 없어요. 내 약속하건대 절대로 당신을 밀고하지 않겠어요. 하지만 당신과 함께는 못 해요. 이게 내 마지막 대답이에요."

잠시 침묵이 흐른 후 조스 멀린이 다시 말했다. "조심하라고." 그의 목소리는 나지막했다. "다른 사람도 그런 말을 한 적이 있어. 그런데 5분 후에 그자는 허공을 발로 차고 있었지. 밧줄에 매달려서 말이야, 친구. 그자의 발끝은 마루에서 고작 3센티미터 떨어져 있었어. 나는 그자에게 마루에 그 정도 가까이 있으면 되겠느냐고 물었지. 하지만 그자는 대답을 못 했어. 밧줄 때문에 입 밖으로 튀어나온 혀를 제 이빨로 반쪽을 냈기 때문이지. 나중에 사람들 말로는 죽을 때까지 7분 45초가 걸렸다더군."

바 바깥의 통로에 웅크린 메리는 목과 이마가 땀으로 끈끈해진 것을 느꼈다. 팔다리도 갑자기 납덩이처럼 무거워졌다. 눈앞에 검은 점들이 명멸했다. 곧 기절할 것만 같았다. 더럭 겁이 났다.

그녀에게는 한 가지 생각밖에 없었다. 아무도 없는 현관으로 돌아가서 시계 그림자 뒤에 숨어야 한다. 어떤 일이 있어도 여기서 쓰러지면 안 된다. 발각되면 안 된다. 메리는 불빛에서 멀어져 손으로 벽을 더듬었다. 무릎이 후들거렸다. 곧 다리가 꺾일 것만 같았다. 벌써 속이 메슥메슥해지고 머리에 현기증이 나기 시작했다.

이모부의 목소리가 손으로 입을 가리고 말하는 듯 아득하게 들렸다. "해리, 이제 이자는 내게 맡겨두고 가봐. 오늘 밤에는 자메이카에서 할 일이 없어. 이자의 말을 타고 가서 캐멀퍼드 저편에 풀어줘. 이 일은 내가 직접 처리할 테니까."

메리는 어찌어찌하여 현관으로 돌아왔다. 그러고는 자기가 뭘 하는지 거의 의식도 못 한 채 응접실 문손잡이를 돌려 그 안으로 비틀거리며 들어간 다음 머리를 무릎 사이에 박고 땅바닥에 털썩 쓰러졌다.

그녀는 아마도 1~2분 동안 완전히 기절해 있던 것 같았다. 눈앞에 명멸하던 검은 점들이 모여 하나가 되더니 곧 눈앞이 완전히 새까매졌던 것이다. 그러나 그녀가 쓰러진 자세는 정신을 차리기에 가장 좋은 자세였기 때문에 곧 그녀는 한쪽 팔꿈치로 짚고 일어나 앉았다. 마당에서 달그락대는 말발굽 소리가 들려왔다. 말더러 가만히 있으라고 욕을 퍼붓는 소리도 들렸다. 행상인 해리의 목소리였다. 말에 올라타서 발꿈치로 조랑말 배를 찬 것 같았다. 곧 발굽 소리가 멀어지더니 마당을 벗어나서 길로 나갔다. 그리고 그는 언덕 아래로 내려가 사라졌다. 이모부는 이제 그의 희생자와 단둘이 바에 있었다. 메리는 도즈메리 쪽 길에 있는 가장 가까운 인가를 찾아가서 도움을 청할까 생각했다. 가장 가까운 목동의 오막살이까지 가려면 황야의 오솔길을 3~4킬로미터는 걸어가야 했다. 그런데 그날 저녁에 불쌍한 바보가 도망간 쪽도 바로 그곳이었다. 어쩌면 그는 아직도 도랑가에서 얼굴을 찌푸린 채 울부짖고 있을지 모른다.

그녀는 그 오두막에 누가 사는지 몰랐다. 어쩌면 그들도 이모부와 한통속일 수도 있다. 그럴 경우, 그녀는 곧장 함정에 빠지는 것이다. 2층의 침대에 누워 있는 페이션스 이모는 도움은커녕 오히려 방해만 될 뿐이었다. 진퇴양난이었다. 누군지는 몰라도 그 낯선 사람을 구할 길이 없었다. 유일한 방법은 그 사람 자신이 조스 멀린과 뭔가 합의하는 것이었다. 꾀가 있는 사람이라면 이모부를 이길 수도 있다. 행상인이 떠났으니까 그들은 이제 수적으로는 동등했다. 하지만 육체적인 힘에 있어서는 이모부가 훨씬 유리하지 않은가. 메리는 절망적인 생각이 들었다. 어

85

디 총 한 자루만 있다면, 칼이라도 있다면 이모부에게 상처를 입힐 수 있으련만. 적어도 그 불쌍한 사람이 바에서 도망치는 동안 이모부를 붙들어둘 수 있으련만.

이제 그녀는 자기 자신의 안위에는 신경 쓰지 않았다. 발각되는 것은 시간문제였다. 그러므로 여기 텅 빈 응접실에 쭈그리고 있는 것은 아무 의미가 없었다. 기절은 잠시였다. 그녀는 심약한 자신이 싫었다. 메리는 마룻바닥에서 일어나 소리를 내지 않으려고 걸쇠를 두 손으로 잡고 문을 몇 센티미터쯤 열었다. 현관에는 째깍거리는 시계 소리 이외에는 아무 소리도 나지 않았다. 통로에는 불빛도 새어 나오지 않았다. 바의 문이 닫힌 게 확실했다. 어쩌면 이 순간 그 낯선 사람은 죽지 않으려고 애쓰고 있을지도 모른다. 조스 멀린의 커다란 손아귀에 잡혀 바의 돌바닥 위에서 앞뒤로 흔들리며 숨을 쉬려고 안간힘을 쓰고 있을지도 모른다. 그러나 그녀의 귀에는 아무 소리도 들리지 않았다. 문 뒤에서 무슨 일이 일어나고 있는지는 모르지만 어쨌든 그것은 소리 없이 조용히 이루어졌다.

메리는 다시 홀로 나왔다. 막 계단을 지나 통로로 들어서려는데 위에서 소리가 나서 걸음을 멈추고 머리를 들었다. 마룻장이 삐걱거리는 소리였다. 잠시 정적이 흐른 다음 다시 한 번 소리가 났다. 그것은 위에서 나는 조심스러운 발자국 소리였다. 페이션스 이모는 집 반대편에서 자고 있다. 행상인 해리는 10분 전쯤 조랑말을 타고 떠났다. 메리는 그 소리를 분명히 들었다. 이모부는 낯선 사람과 함께 바에 있다. 그리고 그녀가 계단을 내려온 이후, 계단을 올라간 사람은 아무도 없었다. 마룻장이 다시 삐걱거렸다. 그리고 조용한 발자국 소리가 계속되었다. 누군가 위층 손님방에 있었다.

메리의 심장이 다시 쿵쿵거리기 시작했다. 숨도 가빠졌다. 위층에 숨어 있는 사람이 누구든 간에 그는 오래전부터 거기 있었다. 분명히 초저녁부터 그곳에 누워서 기다리고 있었다. 그녀가 자러 올라갔을 때 그는 이미 그 방의 문 뒤에 있었다. 만일 그가 그녀보다 나중에 올라갔다면 그녀는 그가 계단을 올라오는 소리를 들었을 것이다. 아마도 그는 그녀와 마찬가지로 마차가 도착하는 것을 창문으로 내다보았을 터이다. 또 바보가 도즈메리 쪽 길로 비명을 지르며 달려가는 것도 보았을 것이다. 그녀와 그 사이에는 얇은 벽 하나밖에 없었으니 그는 분명히 그녀가 움직이는 소리를 모두 들었다. 그녀가 침대에 쓰러지는 소리도, 나중에 그녀가 옷을 입고 문을 여는 소리도.

그러므로 그는 숨어 있기를 원했음에 틀림없다. 그렇지 않다면 그녀가 나왔을 때 뒤따라 나왔을 것이다. 만약 그가 저녁에 바에 있던 사람들 중의 한 명이라면 분명히 그녀에게 왜 나왔느냐고 물었을 것이다. 누가 그를 집에 들였을까? 언제 방에 들어간 것일까? 그가 거기 숨은 건 분명히 밀수꾼들 눈에 띄지 않기 위해서일 것이다. 그러므로 그는 밀수꾼이 아니고 따라서 이모부의 적일 것이다. 이제 발자국 소리는 나지 않았다. 그녀는 숨을 죽이고 귀를 기울였지만 아무 소리도 들리지 않았다. 하지만 결코 잘못 들은 게 아니었다. 그것에 대해서는 확신이 있었다. 어쩌면 동지일지 모르는 누군가가 그녀의 옆방인 손님방에 숨어 있었다. 어쩌면 그녀를 도와 바에 있는 낯선 사람을 구해줄지도 몰랐다. 그녀는 맨 아래 층계에 발을 올려놓았다. 바로 그때 뒤쪽 통로에 불빛이 비치고 문이 덜컹 열렸다. 이모부가 현관 쪽으로 오고 있었다. 그가 모퉁이를 돌기 전에 계단을 올라갈 시간이 없었다. 그녀는 급히 응접실로 돌아가 문에 손을 대고 서 있었다. 현관이 캄캄하니까 그는 문의 걸쇠가 풀린 걸 절대로 눈치채지 못할 것이다.

메리는 흥분과 공포로 떨면서 응접실에서 기다렸다. 이모부가 현관을 지나 계단을 올라가는 소리가 들렸다. 발자국 소리가 그녀 머리 위의 손님방 앞에서 멎었다. 그러고는 무슨 소리라도 나나 귀를 기울이는 것처럼 1~2초 정도 기다린 다음 방문을 두번 조용히 두드렸다.

다시 한 번 마룻장이 삐걱거리더니 누군가 방을 가로질러서 문을 열었다. 메리는 가슴이 철렁 내려앉았다. 다시 절망에 사로잡혔다. 결국 그는 이모부의 적이 아니었다. 아마도 조스 멀린은 그녀와 페이션스 이모가 영업을 위해 바를 준비하는 동안에 그를 들였을 것이다. 그는 사람들이 모두 떠날 때까지 그곳에 누워서 기다리고 있었다. 여관 주인의 친구이기는 하지만 어쨌든 그날 저녁 일에는 관여하고 싶지 않았기 때문이다. 심지어는 여관 주인의 아내에게조차 자신의 존재를 알리고 싶지 않았던 것이다.

이모부는 그의 존재를 처음부터 알고 있었다. 그래서 행상인을 돌려보낸 것이다. 친구를 행상인에게 보이고 싶지 않았으니까. 그녀는 자신이 층계를 올라가 방문을 두드리지 않았던 데 대해 하느님께 감사했다.

혹시 그들이 그녀가 자고 있나 보려고 그녀 방에 들어간다면? 그녀가 방에 없다는 게 발각되면 그녀에게는 희망이 없었다. 그녀는 고개를 돌려 창문을 바라보았다. 창문은 닫힌 데다 창살로 막혀 있었다. 그러니 탈출할 길이 없었다. 그때 그들이 함께 계단을 내려오는 소리가 들렸다. 그들이 응접실 문 앞에 멈춰 섰다. 메리는 그들이 안으로 들어오는 줄 알았다. 그들은 바로 지척에 있었다. 그녀가 문틈으로 손가락을 내민다면 이모부의 어깨에 닿을 정도였다. 그때 이모부가 말했다. 마치 그녀의 귀에 대고 속삭이는 듯했다.

"당신이 정하세요. 제가 아니라 당신이 결정할 일이에요. 일은 제가 할게요. 아니면 우리 둘이 함께해도 되고요. 어쨌든 결정은 당신 몫이에요."

문으로 가려져 있었기 때문에 메리는 이모부의 상대방을 볼수 없었고, 따라서 그가 대답 대신 어떤 손짓이나 몸짓을 했는지 알 수 없었다. 그들은 응접실 앞에서 더 이상 지체하지 않고 현관과 통로를 지나 바 쪽으로 갔다.

그러고는 문이 닫히고 더는 아무 소리도 들리지 않았다.

그녀는 앞뒤 생각하지 않고 바로 현관문 빗장을 열고 길로 뛰어나가 그들에게서 멀리 달아나고 싶었다. 그러나 곧 그래봤자 아무 소용도 없음을 깨달았다. 어쩌면 문제가 생길 것에 대비하여 행상인을 비롯한 여러 사람이 길목마다 지키고 있을지도 모르는 일이었다.

저녁 내내 위층 방에 숨어 있던 사람은 그녀가 방을 나가는 소리를 듣지 못했는지도 모른다. 만일 들었다면 지금쯤 이모부에게 그 얘기를 했을 테고, 자기를 찾으러 나섰을 것이기 때문이다. 하지만 그들이 그녀를 대수롭지 않게 여겨서 그냥 내버려두는 것일 수도 있었다. 바에 있는 사람이 우선이고 그녀쯤은 나중에 처리해도 된다고 생각하는지도 몰랐다.

그녀는 10분 남짓 그곳에 서서 무슨 소리나 기척이 나기를 기다렸다. 그러나 모든 것이 조용했다. 오직 현관의 시계만이 천천히 헐떡이며 째깍거리고 있었다. 이 모든 사건에 아랑곳하지 않는 세월과 무관심의 상징처럼. 한순간 그녀의 귀에 고함 소리가 들린 것 같았다. 그러나 그것은 곧 사라졌다. 게다가 너무나 작고 멀었다. 그것은 어쩌면 자정 이후 그녀가 듣고 본 모든 것 때문에 극도로 예민해진 그녀의 신경이 만들어낸 환청인지도 몰랐다.

메리는 현관으로 나와 어두운 통로로 갔다. 바의 문 밑으로 불빛이 새어 나오지 않는 것으로 보아 촛불이 모두 꺼진 게 틀림없었다. 그럼 안에 있는 세 사람은 모두 캄캄한 어둠 속에 앉아 있단 말인가? 머릿속에 끔찍한 장면이 떠올랐다. 그녀가 알지 못하는 어떤 목적 때문에 그들 세 사람이 한자리에 묵묵히 앉아 있는 음산한 모습이었다. 불빛이 없다는 사실로 인해 그 고요함은 더욱 무시무시하게 느껴졌다.

그녀는 위험을 무릅쓰고 문에 바싹 다가가 문짝에 귀를 갖다 댔다. 속삭이는 소리나 숨소리 같은 살아 있는 인간의 기척이라고는 도무지 느껴지지 않았다. 그날 저녁 내내 통로에 들러붙어 있던 곰팡내와 술 냄새도 가셨다. 열쇠 구멍으로 바람이 솔솔 들어왔다. 메리는 갑작스러운 충동을 이기지 못하고 와락 걸쇠를 벗겨, 문을 열고 안으로 들어갔다.

거기에는 아무도 없었다. 마당으로 나가는 문이 열려 있고 방 안은 쌀쌀한 11월의 공기로 가득 차 있었다. 통로에 스며들던 바람은 바로 그 때문이었다. 벤치들은 텅 비었고 첫 격투 때 바닥에 엎어진 탁자는 다리 세 개를 천장으로 향한 채 여전히 너부러져 있었다.

그러니까 그들은 모두 밖으로 나간 것이다. 그들은 문 왼편으로 나가 부엌 쪽으로 해서 황야로 직행했음에 틀림없다. 만일 그들이 길을 건너갔다면 그녀가 못 들었을 리가 없기 때문이다. 얼굴에 닿는 공기는 차고 부드러웠다. 이모부와 낯선 이들이 사라지자 방은 다시금 태연무심한 모습을 되찾았다. 끔찍한 공포의 시간은 소진되었다.

스러져가는 마지막 달빛이 마루 위에 하얀 동그라미를 그렸다. 그 동그라미 속에 손가락 같은 검은 얼룩이 흔들렸다. 무언가의 그림자였다. 메리는 고개를 들어 천장을 쳐다보았다. 대들보의 고리에 밧줄이 걸려 있었다. 흰 동그라미 속에 얼룩을 만든 것은 바로 이 밧줄이었다. 밧줄은 열린 문에서 들어오는 부드러운 바람에 앞뒤로 계속 흔들리고 있었다.

5

메리 옐런은 굳은 결의를 가지고 자메이카 여인숙에 정착해 나갔다. 겨울에는 결코 페이션스 이모를 이곳에 혼자 두고 떠날 수 없었다. 그러나 봄이 오면 상황이 달라질지도 모른다. 어쩌면 페이션스 멀린을 알아듣게끔 설득하여 둘이 함께 황야를 떠나 평화롭고 조용한 헬퍼드 지역으로 돌아갈 수 있을지도 모른다.

어쨌든 메리는 그렇게 되기를 희망했다. 그녀는 앞으로 남은 춥고 음산한 6개월을 잘 활용하기로 결심했다. 가능하다면 종국에는 이모부를 이기고 그의 공범들을 법의 손에 넘겨야 한다. 밀수는 매우 나쁜 사기 행위이기에 그녀는 그것을 혐오했다. 그러나 단지 그것뿐이라면 그냥 어깨만 으쓱하고 말 수도 있었다. 지금까지 본 바에 의하면 조스 멀린과 그 일당은 그것으로 그치지 않는 것이 분명했다. 그들은 아무것도 무서워하지 않고, 살인마저도 마다하지 않는 막 나가는 무리였다. 첫 토요일 밤의 사건은 그녀의 머리를 떠나지 않았고, 대들보에 매달려 있던 밧줄 끄트머리의 의미는 분명했다. 메리는 그 미지의 인물이 이모부와 또 한 사람에게 살해당해 황야 어딘가에 묻혔다는 사실을 믿어 의심치 않았다.

물론 증거는 없었다. 또한 환한 대낮에 생각해보니 그 얘기는 매우 허황되게 느껴졌다. 그날 밤 밧줄을 발견한 다음, 그녀는 자기 방으로 돌아갔다. 문이 열려 있는 것으로 보아 이모부가 언제라도 돌아올 것 같았기 때문이다. 그러고는 그날 밤 겪은 모든 일 때문에 지쳐 쓰러져 잠들었던 것 같다. 다음 날 아침 일어났을 때는 이미 해가 중천에 떠 있었고, 아래층 현관을 돌아다니는 페이션스 이모의 잰걸음 소리가 들려왔다.

전날 밤 일을 상기시킬 만한 것은 아무것도 남아 있지 않았다. 바는 깨끗이 청소되었고, 가구는 제자리로 돌아갔으며, 깨진 유리컵은 치워졌고, 대들보에 걸려 있던 밧줄도 보이지 않았다. 조스 멀린은 아침부터 마구간과 외양간의 오물을 갈퀴질하여 마당으로 끌어내는 등 소 치는 사람이 일상적으로 하는 일들을 했다. 정오에 그는 부엌으로 들어와 아귀같이 음식을 먹어대면서 메리에게 헬퍼드의 가축들에 대해 물어보고, 얼마 전 병이 난 송아지에 대한 메리의 의견을 물었을 뿐 전날 밤의 사건에 대해서는 한 마디도 하지 않았다. 그는 매우 기분이 좋아 보였다. 심지어는 자기 아내에게 퍼붓던 욕설조차 잊어버린 것 같았다. 그녀는 평소와 같이 남편 곁을 맴돌며 주인 마음에 들려고 눈치를 보는 개처럼 그 눈빛을 훔쳐보았다. 이처럼 조스 멀린은 멀쩡한 정상인같이 행동했다. 그래서 그가 불과 몇 시간 전에 사람을 죽인 살인자라는 사실이 도저히 믿기지 않았다.

물론 그는 손님방에 숨어 있던 동료에게 이 사건의 책임을 떠넘기고 자신은 전혀 죄의식을 느끼지 않을 수도 있었다. 하지만 메리는 그가 마당에서 벌거벗은 바보를 쫓아가는 장면을 두 눈으로 똑똑히 봤다. 그가 휘두르는 채찍에 맞은 바보가 내지르는 비명 소리도 똑똑히 들었다. 그녀는 바에서 벌어진 그 천박한 짓거리들을 그가 주도하는 것을 보았고, 자기 뜻을 거역하는 미지의 남자에게 위협을 가하는 소리를 들었다. 그런데 지금 그가 그녀 앞에 천연덕스럽게 앉아 있었다. 따뜻한 스튜를 한 입 가득 물고서 병든 송아지 때문에 고개를 설레설레 저으며 말이다.

메리는 이모부의 질문에 '예' '아니요'로만 대답했다. 차를 마시면서 그녀는 컵 사이로 그를 엿보았다. 그녀의 시선은 김이 펄펄 나는 커다란 스튜 그릇에서 그의 긴 손으로, 그리고 너무도 강하고 또한 동시에 너무도 우아하여 섬뜩한 느낌을 주는 그의 손가락으로 옮겨 갔다.

그로부터 2주가 지났지만 지난 토요일과 같은 일은 다시 일어나지 않았다. 어쩌면 지난번 수입이 상당해서 당분간 그것으로 만족하는지도 몰랐다. 어쨌든 메리는 마차 소리를 다시 들지 못했다. 물론 그녀는 이제 깊이 잠들 수 있게 되었지만, 아무리 숙면을 취한다 해도 마차 바퀴 소리를 놓칠 리는 없었다. 이모부는 그녀가 황야를 돌아다니는 데 반대하지 않는 것 같았다. 덕분에 그녀는 근처를 조금씩 더 잘 알게 되었다. 처음에는 그냥 지나쳤던 작은 오솔길을 발견하기도 하고, 그 길을 따라 고지대로 올라가서 바위산 꼭대기에 이르기도 했다. 또 물에 잠긴 키 작은 풀을 피해야 하는 것도 알게 되었다. 사실 이 풀들은 끄트머리가 포슬포슬한 것이 전혀 위험해 보이지 않지만, 잘 살펴보면 매우 위험한 늪과 경계를 이루고 있었다.

그녀는 외로웠다. 그러나 그다지 불행하지는 않았다. 이른 오후의 희부연 빛을 받으며 돌아다니는 산책은 그녀를 건강하게 했고, 또 자메이카 여인숙의 답답하고 우울한 저녁나절을 어느 정도 보상해주었다. 저녁 풍경은 늘 똑같았다. 페이션스 이모는 무릎에 손을 올려놓고 앉아서 토탄 불만 멍하니 바라보았고, 조스 멀린은 바에 혼자 틀어박히거나 아니면 조랑말을 타고 어딘가로 사라졌다.

사교 생활이라곤 전혀 없었다. 누구도 여관에 유숙하지 않았다. 식사하러 오는 사람도 없었다. 아무도 자메이카 여인숙에 들르지 않는다던 합승마차 마부의 얘기는 진실이었다. 그녀는 일주일에 두 번 여관 앞을 지나가는 합승마차를 마당에서 지켜보았다. 마차는 결코 속도를 늦추지도, 잠시 숨을 돌리고 쉬지도 않고 번개같이 여관 앞을 지나갔다. 그러고는 비탈길을 털털

거리며 내려갔다가 다시 오르막을 올라가 파이브 레인즈 쪽으로 직행했다. 메리는 언젠가 자기를 태워다 준 마부를 알아보고 그에게 손을 흔들었다. 그러나 그는 그녀를 알은체도 않고 도리어 더 힘껏 채찍을 내리쳤다. 그녀는 심한 무력감을 느꼈다. 다른 사람들은 그녀를 이모부와 한통속으로 간주하고 있는 것이다. 따라서 그녀가 보드민이나 론서스턴까지 걸어간다 하더라도 그녀를 집에 들일 사람은 없을 것이다. 모두 그녀 면전에서 문을 닫아버릴 것이다.

때로 미래는 매우 암울해 보였다. 페이션스 이모가 친해지려는 노력을 전혀 하지 않을 때면 더욱 그랬다. 이모는 때때로 메리의 손을 잡고 다독거리며 같이 살게 되어 무척 기쁘다고 말했다. 그러나 불쌍한 이모는 거의 대부분의 경우 꿈속에서 사는 것처럼 입을 다문 채 기계적으로 집안일만 했다. 어쩌다 말을 할 때면 주로 만약에 자기 남편에게 그렇게 불운이 겹치지 않았다면 얼마나 위대한 사람이 되었을지 모른다는 둥 하면서 얼토당토않은 이야기를 청산유수처럼 늘어놓았다. 이모와 정상적으로 대화하기란 거의 불가능한 일이었다. 메리는 점차 이모의 비위를 맞추면서 어린아이에게 이야기하듯이 최대한 상냥하게 말하는 요령을 터득해갔지만 거기에는 여전히 많은 노력과 인내가 필요했다.

메리의 기분이 최악이었던 어느 날 아침의 일이다. 전날 비바람이 몰아쳤기 때문에 문밖에 나갈 수 없어서 메리는 집 뒤를 관통하는 긴 통로의 돌바닥을 닦기로 결심했다. 이 힘든 일은 물론 그녀의 근육을 튼튼하게 만들기는 했지만 기분 전환에는 아무런 도움이 되지 않았다. 일이 끝났을 때 자메이카 여인숙과 그곳에 사는 사람들에 대한 그녀의 혐오감은 극에 달했다. 마침 부엌 뒤의 정원에서는 이모부가 머리에 비를 맞으면서 뭔가 일을 하고 있었다. 메리는 밖으로 나가서 그의 면상에 더러운 비눗물을 쏟아버리고 싶었다. 그러나 시원찮은 토탄 불을 부젓가락으로 쑤시고 있는 이모의 잔뜩 꾸부린 등을 보자 차마 그럴 수가 없었다. 할 수 없이 그녀는 앞문으로 나가려고 현관 쪽으로 갔다. 그녀가 막 현관의 돌바닥에 발을 디디려고 하는데 마당에서 말발굽 소리가 나더니 잠시 후 누군가 바의 문을 마구 두드리는 소리가 들렸다.

지금까지 아무도 자메이카 여인숙에 온 적이 없기 때문에 이것은 그 자체로 하나의 사건이었다. 메리는 이모에게 알리려고 부엌으로 돌아갔다. 그러나 이모는 거기 없었다. 창밖을 내다보니 이모는 토탄 더미에서 토탄을 퍼서 수레에 옮기고 있는 이모부 쪽으로 정원을 가로질러 가고 있었다. 두 사람은 모두 집에서 멀리 떨어져 있었으므로 불러도 듣지 못할 것이 뻔했다. 그러니까 사람이 오는 소리도 듣지 못했을 터였다. 메리는 앞치마에 손을 닦고 바 쪽으로 갔다. 필시 바깥으로 통하는 바의 문이 열쇠로 잠겨 있지 않았던 모양이다. 한 남자가 의자에 떡하니 걸터앉아 가득 채운 맥주잔을 손에 들고 있었으니 말이다. 그러니까 그 남자는 스스럼없이 손수 맥주를 따른 것이다. 깜짝 놀란 그녀는 아무 말도 못 한 채 묵묵히 그를 응시했다. 남자 역시 그녀를 바라보았다.

그에게는 뭔가 낯익은 구석이 있었다. 메리는 생각했다. 도대체 어디서 그를 보았을까? 처진 눈꺼풀, 입의 곡선과 턱 모양, 심지어는 그녀를 바라보는 대담하다 못해 무례한 그의 시선까지도 모두 싫지만 낯익은 모습이었다.

그녀를 아래위로 쳐다보며 맥주를 마시는 그 모습에 그녀는 지독히 화가 났다.

"도대체 여기서 뭘 하는 거예요?" 그녀는 짜증을 섞어 쏘아붙였다. "여기 막 들어와서 마음대로 맥주를 마시면 안 돼요. 게다가 이곳 주인은 낯선 사람을 싫어해요." 다른 때라면 그녀는 이모부의 대리인이라도 되는 것처럼 그렇게 말하는 자신이 몹시 우스꽝스러웠을 것이다. 그러나 돌바닥 청소로 극에 달한 짜증 때문에 누구한테든 신경질을 내지 않으면 곧 폭발할 것만 같았다.

남자는 맥주를 다 마시고는 다시 채워달라는 뜻으로 맥주잔을 내밀었다.

"자메이카 여인숙에 언제부터 여급이 있었나요?" 그가 물었다. 그러고는 호주머니에 손을 넣어 파이프를 꺼내 불을 붙인 다음, 그녀 얼굴에 대고 연기를 훅 내뿜었다. 메리는 머리끝까지 화가 나서 손을 내밀어 파이프를 빼앗아 바닥에 내팽개쳤다. 그녀 뒤쪽 바닥에 떨어진 파이프는 산산조각이 나고 말았다. 그는 어깨를 으쓱하더니 휘파람을 불기 시작했다. 음조도 맞지 않는 그 소리는 메리의 분노에 기름을 끼얹었었다.

"손님을 이렇게 접대하라고 배웠어요?" 그가 갑자기 휘파람을 딱 그치며 말했다. "주인이 사람 볼 줄을 모르는군. 내가 어제 들렀던 론서스턴의 바 여급은 훨씬 나았어요. 게다가 달덩이 같은 미인이었다고. 도대체 어찌 된 거요? 머리칼은 흘러내리고 얼굴도 깨끗지 않으니."

메리는 휙 돌아서서 문으로 걸어갔다. 그러나 그가 그녀를 다시 불렀다.

"내 잔을 채워요. 그게 당신 일이잖소?" 그가 말했다. "나는 아침 식사 후 20킬로미터를 달려왔더니 목이 말라요."

"20킬로가 아니라 80킬로미터를 달려왔대도 눈 하나 깜짝 안 해요." 메리가 말했다. "이곳을 잘 아시는 것 같으니까 맥주도 직접 따라 드시죠. 나는 가서 멀린 씨께 당신이 바에 있다고 전하겠어요. 합당하다고 생각되면 멀린 씨가 직접 접대할 거예요."

"조스는 그냥 내버려둬요. 이 시간에는 머리 아픈 곰 같을 테니까. 게다가 날 별로 보고 싶어 하지도 않을 테고요. 그런데 부인은 어떻게 되었어요? 당신을 들이려고 쫓아냈나요? 그건 그 불쌍한 부인한테 가혹한 일이지. 당신은 절대로 10년은 못 버텨요."

"멀린 부인은 정원에 계셔요. 혹 보고 싶다면 문으로 나가서 왼쪽으로 돌아가세요. 거기 정원과 닭장이 있어요. 5분 전에 두 분은 거기 계셨어요. 그런데 이쪽으로는 가실 수 없어요. 내가 조금 전에 통로를 닦았거든요. 그러니 또다시 닦을 수는 없지요."

"아! 그렇게 서두르지 말아요. 시간은 충분하니까." 그가 대답했다. 그녀를 아래위로 쳐다보는 품으로 보아 그녀의 정체가 뭘까 생각하는 것이 분명했다. 메리는 그의 능청스럽고 무례한 눈빛에 몹시 화가 났다.

"주인을 만나실 거예요, 안 만나실 거예요?" 마침내 그녀가 말했다. "당신 때문에 하루 종일 여기서 대기할 수는 없어요. 주인을 만나시지 않을 거라면, 술 다 드셨으니까 카운터에 돈 두고 그만 가세요."

남자가 웃음을 터뜨렸다. 그의 미소와 빛나는 치아를 보자 뭔가 기억이 날 듯도 했다. 그러나 그녀는 아직도 그것을 콕 집어낼 수가 없었다.

"조스에게도 그렇게 명령해요?" 그가 말했다. "만일 그렇다면 천지개벽할 일이군. 참 알다가도 모를 사람이야. 다른 일도 바쁜데 젊은 여자까지 거느리다니, 정말 뜻밖이네요. 불쌍한 페이션스는 저녁때 어떻게 처리해요? 마루로 내쫓나요, 아니면 셋이 함께 자요?"

메리의 얼굴이 새빨개졌다. "조스 멀린은 내 이모부예요. 페이션스 이모는 우리 어머니의 유일한 여동생이고 내 이름은 메리 옐런이에요. 사실 알아봤자 별 의미도 없겠지만. 자, 그럼 안녕히. 문은 뒤쪽에 있어요."

바를 나와 부엌으로 돌아가려던 그녀는 주인과 딱 마주쳤다. "도대체 바에서 누구랑 얘기한 거야?" 그가 고함을 쳤다. "입 닥치고 있으라고 했잖아."

그의 고함 소리가 통로에 쩌렁쩌렁 울렸다. "됐어." 바에 있는 남자가 소리쳤다. "그 여자 때리지 마. 내 파이프를 깨고 술도 안 줬어. 훈련이 잘된 것 같더군. 그렇지? 이리 와서 얼굴 좀 보여 줘. 그 여자 덕에 사람이 좀 나아졌나 보자고."

조스 멀린은 미간을 찌푸리더니 메리를 밀치고 바에 들어갔다.

"아, 너로구나, 젬. 무슨 바람이 불어서 자메이카에 왔어? 말을 팔러 온 거라면 난 돈이 없어. 요즘 상황이 나빠서 땡전 한 푼 없다고." 그는 문을 닫았다. 메리만 혼자 통로에 남았다.

그녀는 얼굴에 묻은 얼룩을 앞치마로 닦으면서 현관 앞의 물통 쪽으로 되돌아갔다. 그러니까 그가 바로 이모부의 동생인 젬 멀린이었다. 물론 그녀는 처음부터 닮은 구석을 알아봤다. 그런데 바보처럼 누굴 닮은 건지 몰랐던 것이다. 그는 대화 내내 이모부 얘기를 했지만, 그녀는 그것을 깨닫지 못했다. 그의 눈은 조스 멀린의 눈과 닮았다. 그러나 눈동자에 핏발이 없고 눈 밑에 불룩한 주머니도 없었다. 입도 조스 멀린과 비슷했지만 조스는 입매가 뚜렷하지 않고 아랫입술이 축 처진데 반해 그의 입은 단단하고 또렷했다. 그것은 어쩌면 조스 멀린의 18년, 혹은 20년 전의 모습인지도 몰랐다. 단지 키가 좀 작고 외모가 좀 더 단정할 뿐이었다.

메리는 돌바닥 위에 물을 끼얹은 다음, 입술을 악물고 바닥을 힘껏 문지르기 시작했다.

그러니까 이 멀린네 일족은 참 나쁜 종족이다. 일부러 무례하게 굴고, 야비한 데다 태도도 거칠기 그지없으니 말이다. 이 젬이란 사람도 형처럼 잔인한 것이 틀림없다. 그것은 입 모양만 봐도 알 수 있었다. 페이션스 이모는 그가 가족 중 제일 나쁘다고 했다. 그는 조스보다 키가 머리 하나 정도 작고, 덩치도 반밖에 안 되지만 그에게는 형이 갖지 못한 어떤 힘 같은 것이 있었다. 그는 빈틈없고 명민한 사람 같아 보였다. 조스는 턱 아래가 축 늘어지고 어깨가 구부정한 것이 마치 무거운 짐이라도 짊어진 것 같았다. 그의 힘은 낭비되어 이미 쇠락한 듯한 느낌이 들었다. 그를 이렇게 망가뜨린 것은 술이었다. 메리는 지금의 조스 멀린이 예전의 그의 잔해에 불과함을 이제 처음으로 어렴풋이 깨달을 수 있었다. 그의 동생을 보자 비로소 그런 생각이 든 것이다. 조스는 스스로를 배신했다. 만일 동생이 조금이라도 분별이 있다면 그 또한 똑같은 꼴이 되기 전에 자신을 추슬러야 할 것이다. 하지만 그는 상관하지 않을지도 모른다. 멀린 가족에게 달라붙은 일종의 숙명 같은 게 그들의 좋은 결심과 버젓한 생활을 하려는 그들의 노력을 수포로 만드는지도 모른다. 그 집안의 기록은 너무도 어두웠다. "나쁜 피를 속일 수는 없어." 어머니는 자주 이렇게 말하곤 했다. "결국에는 튀어나오고 말아. 아무리 싸워봤자 결국에는 지고 말거든. 2대에 걸쳐 깨끗하게 살면 잠시 동안은 핏줄이 깨끗해질 수도 있어. 하지만 대개는 3대째에 다시 튀어나오고, 그럼 다시 시작되는 거지." 그러니 얼마나 큰 낭비인가, 얼마나 큰 불행인가! 그리고 불쌍한 페이션스 이모는 멀린 가족과 함께 끌려 들어가 명랑했던 청춘을 일찌감치 상실하고 이제는 사실상 도즈메리의 바보보다 별로 나을 것 없이 되고 말았다. 그 위크의 농부와 결혼했더라면 아들딸 여럿 낳고 집과 농장을 가진 어엿한 아낙이 되었을 텐데. 정상적인 행복한 생활이 주는 소소한 기쁨을 누릴 수 있었을 텐데. 이웃 여자들과 수다도 떨고, 일요일이면 교회에 가고, 일주일에 한 번 마차를 타고 장에 가고, 과일을 따고, 추수하는 기쁨도 누렸을 텐데. 이모는 이런 일들을 좋아했을 것이다. 또 단단한 기반도 있는 일이었다. 그녀는 뿌듯한 만족감을 맛보았을 테고 평화로운 생활 속에서 백발의 노부인으로 늙어갔을 것이다. 한마디로 그녀는 건전한 일과 조용한 기쁨의 세월을 보냈을 것이다. 그런데 그녀는 이 모든 가능성을 차버리고 짐승 같은 술주정꾼과 함께 매춘부처럼 살고 있었다. 왜 여자들은 그렇게 바보 같을까? 왜 그렇게 근시안적이고 현명하지 못한 걸까? 메리는 속으로 자문하며 현관의 마지막 판석을 박박 문질렀다. 그렇게 함으로써 세상을 깨끗이 청소하려는 듯이, 또 여성이라는 종족의 무분별을 닦아내려는 듯이.

이렇게 힘이 솟구치자 그녀는 내친김에 몇 년 동안이나 청소하지 않은 음침하고 어두운 응접실을 비질하기 시작했다. 먼지가 구름처럼 일어났다. 그녀는 올이 드러난 깔개를 마구 탕탕 털며 한참 동안 이 불쾌한 일에 전념했다. 그 바람에 누군가 창문에 돌을 던지는 소리도 듣지 못했다. 결국 조약돌 세례 때문에 창문에 금이 갔을 때야 비로소 눈치를 챘다. 창문을 내다보니 젬 멀린이 조랑말 곁에 서 있었다.

메리는 그에게 눈살을 찌푸리고 돌아섰다. 그러자 그는 다시 한 번 창문에 조약돌 세례를 퍼부었다. 이번에는 창문이 진짜로 깨졌다. 조그만 유리 조각 하나가 돌과 함께 방바닥에 떨어졌다.

메리는 무거운 현관문 빗장을 벗기고 현관 입구로 나갔다.

"또 뭘 원하는 거예요?" 그녀가 물었다. 문득 헝클어진 머리와 구겨진 더러운 앞치마가 신경 쓰였다.

젬은 여전히 호기심 어린 눈빛으로 그녀를 바라보았다. 그러나 무례하지는 않았다. 그나마 다행으로 그는 스스로에 대한 일말의 부끄러움을 나타냈다.

"조금 전에는 너무 무례하게 굴었어요. 용서해요." 그가 말했다. "하지만 나는 자메이카 여인숙에서 여자를 볼 거라고는 전혀 예상하지 못했어요. 적어도 당신 같은 젊은 처녀는 말이죠. 나는 조스가 당신을 어디 도시에서 구해서 귀여운 애첩으로 데려온 줄 알았어요."

메리는 다시 얼굴이 붉어졌다. 그녀는 화가 나서 입술을 깨물었다. "나는 귀여운 것과는 거리가 멀어요." 그녀가 경멸조로 말했다. "이 낡은 앞치마와 투박한 신발을 신고 도시에 가면 참 가관이겠지요? 눈이 똑바로 박힌 사람이라면 누구라도 시골 출신인 걸 한눈에 알아챌 거예요."

"아, 글쎄요." 그가 심드렁하게 말했다. "좋은 옷을 입고 굽 높은 구두를 신고 머리에 빗이라도 하나 꽂으면 엑서터 같은 큰 고장에서도 숙녀 행세를 할 만한데요."

"그 말을 들으면 우쭐해야 되겠지요?" 메리가 말했다. "고맙긴 하지만 난 헌 옷을 입더라도 나 자신으로 보이는 게 더 좋아요."

"물론, 그보다 더 나쁘게 보일 수도 있겠지요." 그가 동의했다. 고개를 들자 그가 그녀에게 미소 짓는 것이 보였다. 그녀는 집으로 들어가려고 몸을 돌렸다.

"저, 들어가지 마요." 그가 말했다. "아까 당신에게 그런 식으로 말했으니 당신이 노려봐도 싸요. 그렇지만 당신이 나만큼 형을 안다면 내가 그런 실수를 한 걸 이해할 거예요. 자메이카 여인숙에 여급이 있는 건 정말 이상한 일이거든요. 그런데 여긴 왜 왔어요?"

메리는 현관 지붕 밑 그늘에 서서 그를 응시했다. 그는 이제 진지해 보였다. 지금으로서는 조스와 닮은 구석도 그다지 없어 보였다. 메리는 그가 멀린 집안의 사람이 아니면 좋았을걸 하고 생각했다.

"이모와 함께 살려고 왔어요." 그녀가 말했다. "몇 주 전에 어머니가 돌아가셨는데 다른 친척이 한 명도 없어요. 멀린 씨, 한

가지 말씀드릴 게 있어요. 나는 어머니가 돌아가셔서 이모를 못 보신 게 천만다행이라고 생각해요."

"조스와의 결혼 생활이 장미 꽃밭이라고는 생각하지 않아요." 그가 말했다. "형은 성질이 지랄 같아요. 게다가 술고래이기도 하고요. 그런데 뭘 보고 형과 결혼했을까요? 내가 기억하는 한 형은 늘 똑같았어요. 어릴 때 형은 날 자주 때렸어요. 만약 할 수 만 있다면 지금도 그럴걸요."

"내 생각엔 이모부의 빛나는 눈동자에 속아 넘어간 것 같아 요." 그녀는 경멸조로 말했다. "페이션스 이모는 헬퍼드의 멋쟁 이였어요. 어머니가 항상 그렇게 말씀하셨죠. 농부가 청혼했지 만 이모는 거절하고 북쪽으로 가셨어요. 거기서 형님을 만난 거 죠. 그날이 이모에게 가장 운 나쁜 날이었을 거예요."

"그럼 당신은 이곳 주인을 높이 평가하지 않나 보죠?" 그가 놀리듯이 말했다.

"네, 그래요." 그녀가 대답했다. "약자를 못 살 게 구는 데다가 잔인하고 거칠어요. 그보다 더 나쁜 것도 많고요. 우리 이모를 망가뜨려놨어요. 잘 웃고 행복한 여자였는데 비참한 노예로 만 들었어요. 난 죽을 때까지 그걸 용서하지 못할 거예요."

젬은 휘파람을 획 불더니 말의 목을 두드렸다. "멀린 집안 남 자들은 다들 여자한테 못되게 굴었어요. 우리 아버지는 어머 니가 쓰러질 때까지 팼어요. 내가 직접 봤어요. 그런데도 어머 니는 아버지를 안 떠나고 평생 아버지 곁에 계셨어요. 아버지가 엑서터에서 교수형 당했을 때 어머니는 석 달 동안 한 마디도 하지 않으셨어요. 충격 때문에 머리도 세었고요. 난 우리 할머니를 기억하지 못해요. 그런데 사람들 말로는 콜링턴 근처에서 군인들이 할아버지를 체포하러 왔을 때 할아버지와 함께 싸우셨다더군요. 어떤 사람 손가락을 뼈가 보일 정도로 물어뜯었다고 해요. 할아버지의 뭐가 좋아서 그랬는지 모르겠어요. 할아버지는 체포된 후 할머니 면회를 청하지도 않았고, 유산은 전부 타마 강 저편에 사는 다른 여자에게 물려주었다고 해요."

메리는 아무 말도 하지 않았다. 그의 무관심한 목소리에 오싹 소름이 끼쳤다. 수치심이나 회한 없이 태연히 그런 얘기를 할 수 있다니. 그녀는 그 역시 자기 집안 사람들처럼 천성적인 애정 결핍이라고 생각했다.

"자메이카에 얼마나 머물 거죠?" 그가 느닷없이 물었다. "당신 같은 처녀가 여기 있는 건 시간 낭비 아닌가요? 여긴 오는 사람도 거의 없으니까."

"할 수 없죠." 메리가 말했다. "이모와 함께라면 모를까 혼자서는 떠날 수 없어요. 사정을 모른다면 몰라도 알게 된 다음에는 절대로 이모를 여기 혼자 두고 떠날 수 없지요."

젬은 몸을 굽혀 조랑말 발굽의 흙을 털었다.

"얼마 있지도 않았는데 그동안 뭘 알았어요?" 그가 물었다. "여기는 참 조용하잖아요."

메리는 쉽게 걸려들지 않았다. 이모부는 분명 그녀를 떠보려고 동생을 보냈을 것이다. 그녀도 그 정도 바보는 아니었다. 그녀는 어깨를 으쓱하고 말을 돌렸다.

"얼마 전 토요일 저녁에 바에서 이모부를 도왔어요." 그녀가 말했다. "그런데 손님들이 저질이더군요."

"아마 그럴 거예요." 젬이 말했다. "자메이카에 오는 사람들은 예절을 배운 적이 없어요. 그 사람들은 모두 감옥에서 한참 썩었어요. 그들이 당신을 어떻게 생각할까요? 아마 나와 같은 실수를 했을 거예요. 지금쯤은 당신에 대해 여기저기 떠벌리고 다닐걸요. 아마 다음번에는 조스가 당신을 걸고 노름을 할 테고, 당신은 더러운 밀렵꾼 말 궁둥이에 타고 러프토르 저편으로 가야 할 거예요."

"그런 일은 없을 거예요." 메리가 말했다. "난 죽도록 맞아서 기절하기 전에는 말 궁둥이에는 절대 타지 않을 테니까요."

"기절을 하건 정신이 똑바르건 간에 여자들이란 그런 지경에 처하면 다 똑같아요." 젬이 말했다. "적어도 보드민 황야의 밀렵꾼들은 차이를 모를 거예요." 그리고 그는 다시 웃기 시작했다. 그러자 그의 모습이 형과 똑같아졌다.

"그런데 뭘 해서 먹고 살아요?" 메리는 갑자기 호기심이 생겨서 불쑥 물었다. 대화를 나누는 동안 그가 형보다 훨씬 말을 잘한다는 사실을 깨달았던 것이다.

"나는 말 도둑이에요." 그가 유쾌하게 말했다. "하지만 사실 돈은 별로 못 벌어요. 그래서 호주머니가 항상 텅텅 비어 있죠.

우리 집에 와보세요. 당신에게 안성맞춤인 작은 조랑말 한 마리가 있는데 지금 트레워서에 있어요. 함께 가서 보지 않을래요?"

"잡힐까 봐 겁나지 않아요?" 메리가 물었다.

"절도는 증명하기가 어려워요." 그가 말했다. "말이 축사에서 없어져요. 그럼 주인이 찾으러 나가죠. 그런데 황야에는 야생마와 야생 소가 많이 있어요. 주인이 자기 말을 찾기란 쉽지 않은 일이죠. 예를 들어 그 말이 갈기가 길고 한쪽 발이 희고 귀에 다이아몬드 모양의 표식이 있다고 칩시다. 그만해도 폭이 좀 좁아지죠? 말 주인은 눈에 불을 켜고 론서스턴 장에 갑니다. 하지만 그런 말은 못 찾아요. 물론 말은 거기 있죠. 어떤 말 장수가 사서 북쪽으로 데려가요. 갈기를 자르고, 네 발 색깔을 똑같이 염색하고, 귀의 표식을 다이아몬드에서 빗금으로 바꿔요. 그럼 주인은 전혀 알아보지 못해요. 정말 간단하죠?"

"정말 간단하네요. 그런데 왜 당신은 얼굴에 분을 바른 하인을 계단에 도열시킨 마차를 타고 자메이카에 오지 못하는 거죠?" 메리가 재빨리 말했다.

"아, 문제는 그거예요." 그가 고개를 절레절레 흔들며 말했다. "나는 숫자에 약해요. 손가락 사이로 돈이 어찌나 빨리 새 나가는지! 글쎄 지난주만 해도 주머니에 10파운드가 있었는데 오늘은 1실링밖에 안 남았어요. 그래서 당신에게 그 작은 말을 사라고 하는 거예요."

메리는 자기도 모르게 웃음을 터뜨렸다. 그가 자신이 저지른 나쁜 짓을 매우 솔직하게 얘기해서 도저히 화를 낼 수가 없었다.

"얼마 안 되는 내 돈을 말 사는 데 쓸 수는 없어요. 노년을 대비해서 저축해놓고 있거든요. 자메이카에서 빠져나가면 돈이 많이 필요할 거예요."

젬 멀린은 그녀를 심각하게 바라보았다. 그러고는 그녀 머리 위 현관 안쪽을 힐끗 바라보더니 갑자기 충동적으로 그녀 쪽으로 몸을 굽혔다.

"자, 진지하게 얘기 좀 해봅시다. 내가 지금까지 지껄인 말도 안 되는 소린 다 잊어버려요. 자메이카 여인숙은 젊은 처녀가 있을 곳이 못 돼요. 어떤 여자라도 있을 곳이 못 되죠. 형과 나는 친하지 않고 나는 형에 대해 내 마음대로 말할 수 있어요. 우리는 각자 제 갈 길을 가고 둘 다 천벌을 받을 거예요. 그러나 당신은 형의 더러운 일에 말려들 이유가 없어요. 왜 도망가지 않아요? 내가 보드민까지 데려다 줄게요."

그의 목소리는 매우 설득력 있었다. 메리는 그를 거의 신뢰할 뻔했다. 그러나 그녀는 그가 조스 멀린의 동생이라는 사실을 잊을 수가 없었다. 언제라도 그는 그녀를 배반할 수 있다. 그러니까 그에게 속내를 털어놓을 수는 없다. 적어도 지금은 말이다. 세월이 지나면 그가 누구 편인지 알 수 있겠지.

"도움은 필요 없어요." 그녀가 말했다. "나는 나 자신을 지킬 수 있어요." 젬은 다리를 조랑말 등 위로 걸치고 발을 등자 가죽에 집어넣으며 말했다.

"좋아요. 당신을 귀찮게 하지 않겠어요. 우리 집은 위시 개울 너머, 트레워서 늪 반대편, 트웰브 멘스 황야 기슭에 있어요. 봄 까지는 거기 있을 거예요. 그럼 안녕히." 그러고는 그녀가 한 마디 말을 건넬 새도 없이 길을 따라 내려갔다.

메리는 천천히 집 안으로 돌아갔다. 만약에 그의 이름이 멀린 이 아니었다면 그녀는 그를 신뢰했을 것이다. 그녀에게는 정말 로 친구가 필요했다. 하지만 여관 주인의 동생과 친구가 될 수 는 없었다. 어쨌든 그는 말 도둑이고 부정직한 부랑자일 뿐이었 다. 행상인 해리나 그 동료들보다 전혀 나을 게 없었다. 그 신실 한 미소 때문에, 괜찮은 목소리 때문에 그녀는 그를 믿을 뻔했 다. 어쩌면 그는 그동안 계속 그녀를 비웃고 있었는지도 모른 다. 그에게는 나쁜 피가 흐르고 있다. 그는 매일 법을 위반한다. 그리고 아무리 잘 보려고 해도 그가 조스 멀린의 동생이라는 사 실은 결코 달라지지 않는다. 그는 그들 형제 사이에 아무런 유 대 관계도 없다고 했다. 그러나 그것 역시 그녀의 환심을 사기 위한 거짓말인지도 모른다. 어쩌면 그들이 나눈 모든 대화는 바 에 있는 동안 형이 일러준 건지도 모른다.

그래, 무슨 일이 있더라도 그녀는 혼자 처리해야 하고 아무도 믿어서는 안 된다. 자메이카 여인숙의 벽에서는 죄와 속임수의 냄새가 났다. 그리고 이 건물 가까운 곳에서 큰 소리로 얘기하 는 것은 재앙을 초래하는 지름길이다.

집 안은 어두웠다. 그리고 또다시 정적에 잠겨 있었다. 주인은 정원 아래쪽의 토탄 더미로 돌아갔고, 페이션스 이모는 부엌에 있었다. 젬의 깜짝 방문은 흥분거리를 제공함으로써 길고 지루한 일상의 단조로움을 잠시나마 깼다. 젬 멀린은 화강암 바위산이 굽어보는 황야의 세계 바깥에 존재하는 외부 세계의 공기를 가지고 왔다. 그리고 이제 그가 떠나자 아침의 밝은 기운도 함께 사라졌다. 하늘에 먹구름이 끼더니 급기야 산꼭대기를 가리며 서쪽에서부터 비가 쏟아지기 시작했다. 검은 헤더들이 바람 앞에서 몸을 납작 엎드렸다. 그날 아침부터 그녀를 억누르던 짜증스러운 기분 대신 피로와 절망의 산물인 멍청한 무관심이 그녀 안에 자리 잡았다. 그녀 앞에는 끊임없는 나날들이 펼쳐졌다. 보이는 것이라고는 그녀를 유혹하는 하얀 길과 돌벽들과 언제나 변함없는 산들뿐이었다.

그녀는 노래를 흥얼거리며 말을 달리는 젬 멀린을 생각했다. 분명 발꿈치로 말의 배를 차면서 비바람도 아랑곳없이 모자도 쓰지 않은 채 제멋대로 길을 가고 있을 것이다.

그녀는 헬퍼드 마을로 가는 길을 생각했다. 꼬불꼬불 굽이치던 그 길은 물가에서 딱 멈췄다. 그곳 흙탕물에서 오리들이 다음 밀물을 기다리며 물장구를 치고 있었다. 저 위 들판에서는 소를 부르는 농부의 소리가 들렸다. 이 모든 것이 그녀를 전혀 아랑곳하지 않은 채 삶의 한 조각을 이루며 천천히 자신들의 길을 따라갔다. 그러나 그녀는 어길 수 없는 약속에 매여 이곳에 묶여 있었다. 그리고 부엌에서 뛰어다니는 페이션스 이모의 잰

발걸음 소리는 경고처럼 그 약속을 상기시켰다.

메리는 턱을 손에 괴고 응접실에 혼자 앉아서 유리창을 흐리는 거센 비바람을 지켜보았다. 마치 비와 동행이라도 하는 것처럼 그녀의 볼에 눈물이 흘러내렸다. 그녀는 눈물을 닦기도 귀찮아서 그냥 흐르게 내버려두었다. 그녀가 깜빡 잊어버리고 닫지 않은 문으로 세찬 바람이 몰아쳐 찢어진 벽지를 흔들었다. 원래 장미 무늬였던 벽지는 이제 빛바랜 회색이 되었다. 벽에는 습기 때문에 군데군데 커다란 밤색 얼룩이 져 있었다. 메리는 창문에서 시선을 돌렸다. 그러자 차갑고 을씨년스러운 자메이카 여인숙의 공기가 그녀 위에 다시 내려앉았다.

6

그날 밤 또다시 마차가 왔다. 메리는 현관 시계가 2시를 치는 소리에 잠이 깼다. 현관 지붕 아래서 발소리가 들렸다. 작고 낮은 목소리도 들려왔다. 그녀는 침대에서 기어 내려와 창문으로 갔다. 과연 그들이었다. 이번에는 말 한 마리가 끄는 마차 두 대 뿐이었다. 마당에 있는 사람도 여섯 명 정도였다.

침침한 빛 속에서 마차는 영구차처럼 기괴하게 보였다. 거기 모인 사람들 역시 일상의 세계 속에 자리가 없다는 점에서 유령과 다를 바 없었다. 그들은 악몽 속의 무시무시한 그림처럼 소리 없이 마당을 이리저리 돌아다니고 있었다. 그들에게는 뭔가 끔찍한 것이 있었다. 밤을 틈타 비밀리에 오는 포장마차는 더욱 더 음산했다. 이제 메리는 그 작업의 의미를 이해했다. 그래서 이날 밤 메리가 받은 인상은 더 깊고 오래 지속되었다.

화물을 자메이카 여인숙까지 운반해 온 그들은 대단히 위험한 사람들이었다. 그리고 지난번에는 그들 중 한 사람이 살해되었다. 어쩌면 오늘 밤에도 범죄가 일어날지 모른다. 꼬인 밧줄이 대들보에서 흔들릴지도 모른다.

메리는 마당의 장면에 홀려 창문가를 떠날 수가 없었다. 이번에는 빈 마차가 와서 지난번 여관에 부려놓은 짐을 실었다. 메리는 이것이 그들의 일반적인 작업 방식임을 짐작했다. 여관은 몇 주 동안 짐을 보관하는 창고로 쓰인다. 그러다가 기회가 되면 다시 마차가 와서 타마 강 쪽으로 짐을 운반하여 거기서 유통되는 것이다. 그 넓은 지역을 망라하려면 조직이 상당히 커야했다. 망을 보고 상황을 살피려면 패거리들이 넓은 지역에 퍼져 있어야 할 것이다. 어쩌면 남쪽으로는 펜잰스와 세인트 이브스로부터 북쪽으로는 데번의 경계에 있는 론서스턴에 이르기까지 수백 명이 연루되어 있는지도 모른다. 헬퍼드에서는 밀수 얘기를 거의 듣지 못했다. 드물게 그런 얘기가 있을 때도 사람들은 눈을 찡긋하거나 너그러운 미소를 지었다. 팰머스의 항구에 정박해 있는 배에서 가끔씩 소량의 담배나 브랜디 한 병을 들여오는 것은 무해한 사치에 불과할 뿐, 양심에 가책을 느낄 만한 범죄로 간주되지 않았다.

그러나 이번에는 경우가 달랐다. 이것은 냉혹하고 살벌한 사업이었다. 메리가 지금까지 본 것으로 미루어 그것은 미소나 윙크로 끝날 일이 아니었다. 만일 양심에 가책을 받는 사람이 있으면 밧줄로 목을 매달았다. 해안에서 주州 경계까지 연결된 망은 허술한 고리가 아니었다. 그것이 대들보에 매달린 밧줄에 대한 설명이었다. 그 미지의 인물은 반대했고, 그래서 죽은 것이다. 문득 오늘 아침에 젬 멀린이 왔던 일이 떠올랐다. 그의 자메이카 여인숙 방문이 이 일과 관련이 있지 않을까 하는 생각이 들자 갑자기 실망감이 엄습했다. 그가 온 다음에 바로 마차가 온 것은 매우 이상한 우연이다. 젬은 자기가 론서스턴에서 오는 길이라고 했다. 그리고 론서스턴은 타마 강가에 있다. 메리는 그와 자신에 대해서 화가 났다. 아까 잠들기 전에 그녀는 그와 친구가 될 수 있지 않을까 하는 생각을 했기 때문이다. 이제 바보가 아닌 이상 그런 기대는 할 수 없었다. 두 사건의 연관성에는 의심의 여지가 없었다. 그가 방문한 목적이 너무도 분명했던 것이다.

젬은 형과 의견이 맞지 않을지도 모른다. 그러나 그들은 같은 사업을 하고 있다. 그는 마차가 오는 것을 알리려 자메이카 여인숙에 왔다. 그건 쉽게 짐작할 수 있다. 그래도 일말의 양심은 남아 있어서 메리에게 보드민으로 가라고 충고했던 것이다. 그는 자메이카 여인숙이 젊은 처녀가 있을 곳이 못 된다고 말했다. 그보다 그걸 더 잘 아는 사람은 없을 것이다. 왜냐하면 그 자신도 한통속이니까. 어쨌든 그것은 희망이라고는 전혀 없는 가증스러운 사업이었다. 그리고 그녀는 그 한가운데 있었다. 게다가 어린애 같은 페이션스 이모까지 딸려 있었다.

이제 마차 두 대에 짐이 모두 실렸다. 마부들은 동료들과 함께 마차에 올라탔다. 오늘 밤의 작업은 오래 걸리지 않았다.

현관 앞에 서 있는 이모부의 커다란 머리와 떡 벌어진 어깨가 보였다. 그는 뚜껑을 덮어 빛을 가린 등불을 손에 들고 있었다. 잠시 후 마차들은 마당을 나가 왼쪽으로 돌았다. 메리의 예상대로 론서스턴 쪽으로 가는 모양이었다.

그녀는 창문가를 떠나 침대로 갔다. 계단에서 이모부의 발소리가 들렸다. 그는 반대편 통로를 지나 자기 방으로 갔다. 오늘 밤, 손님방에는 아무도 숨어 있지 않았다.

그 후 며칠간은 특별한 일이 없었다. 론서스턴행 합승마차가 겁먹은 바퀴벌레처럼 쏜살같이 여관 앞길을 지나갔을 뿐이다. 그러고는 쨍하게 추운 아침이 왔다. 땅에는 서리가 내리고 오랜만에 구름 한 점 없는 하늘에 태양이 밝게 비쳤다. 짙푸른 하늘을 배경으로 바위산들이 으스대며 솟아 있었다. 평소에는 축축한 밤색의 황야 풀들이 하얀 서리로 뻣뻣해졌다. 마당의 수조에는 살얼음이 얼었다. 소가 밟고 간 진흙탕이 얼어서 두렁 위에 소 발자국이 뚜렷이 찍혔다. 그것들은 비가 올 때까지 지워지지 않을 것이다. 북동쪽에서 가벼운 바람이 불어왔다. 추운 날씨였다.

메리는 해를 보면 언제나 기분이 좋았다. 그래서 아침나절에 빨래를 하기로 했다. 옷소매를 팔꿈치 위까지 걷어 올리고 빨래통에 팔을 집어넣었다. 거품이 보글보글 이는 따뜻한 비눗물이 에는 듯한 찬 공기와 대조를 이루며 그녀의 살갗을 간질였다.

그녀는 편안하고 만족해서 일을 하며 줄곧 노래를 불렀다. 이모부는 말을 타고 황야를 건너갔다. 그가 없을 때면 언제나 자유로운 느낌이 들었다. 넓고 튼튼한 집 건물이 바람막이처럼 보호해주는 집 뒤편에서 빨래를 짠 다음, 금작화 덤불 위에 널었다. 그 위로 햇볕이 쨍쨍 내리쬐었다. 아마 정오쯤이면 완전히 마를 것이다.

돌연 급하게 창문을 두드리는 소리가 나는 바람에 그녀는 고개를 들었다. 페이션스 이모가 손짓하고 있었다. 얼굴이 하얗게 질린 것으로 보아 겁을 잔뜩 집어먹은 것 같았다.

메리는 앞치마에 손을 닦고 집 뒷문으로 달려갔다. 그녀가 부엌으로 들어가자마자 이모는 떨리는 손으로 그녀를 붙잡고 뭐라고 횡설수설하기 시작했다.

"진정해요, 진정해." 메리가 말했다. "무슨 말인지 알아들을 수가 없어요. 제발, 여기 의자에 앉아서 물 좀 마셔요. 자, 무슨 일이에요?"

불쌍한 여자는 의자 앞뒤로 몸을 흔들며 입을 오물거렸다. 그러면서 계속 문 쪽으로 고개를 돌렸다.

"노스 힐의 바셋 씨가 왔어." 그녀가 작은 소리로 말했다. "응접실 창문에서 봤어. 말을 타고 왔어. 신사 한 명하고 같이 말이지. 아, 얘야, 얘야, 우린 어떡하면 좋아?"

그녀의 말이 채 끝나기도 전에 현관문을 세게 두드리는 소리가 났다. 그러고 나서 잠시 멈추었다가 다시 쾅쾅 두드렸다.

페이션스 이모는 크게 신음하며 손가락 끝을 깨물고 손톱을 물어뜯었다. "그분이 왜 여기 왔을까?" 이모가 울부짖었다. "전에는 온 적이 없는데. 항상 여길 멀리했는데. 무슨 소리를 들었나 봐. 틀림없이 그럴 거야. 아, 메리, 우린 어떡하지? 뭐라고 말하지?"

메리의 머리가 바쁘게 돌아갔다. 그녀는 매우 난처한 상황에 있었다. 만일 밖에 있는 사람이 바셋 씨라면, 그리고 그가 법을 집행하는 사람이라면 지금이 이모부를 고발할 절호의 기회였다. 마차 얘기를 비롯하여 지금까지 자기가 본 모든 것에 대해 얘기할 수 있다. 그녀는 옆에서 벌벌 떠는 이모를 바라보았다.

"메리야, 메리야, 제발 내가 무슨 말을 해야 하는지 가르쳐줘." 페이션스 이모는 조카의 손을 잡아 가슴에 갖다 대며 애원했다.

밖에서는 누군가 계속해서 문을 부서져라 두드리고 있었다.

"내 얘기 잘 들어요." 메리가 말했다. "문을 열어줘야 해요. 안 그러면 문을 부술 거예요. 좀 진정해요. 아무 말 할 필요 없어요. 조스 이모부는 집에 없고 이모는 아무것도 모른다고 하세요. 나도 함께 갈게요."

이모는 얼빠진 듯한 절망적인 눈으로 메리를 바라보았다.

"메리야, 만일 바셋 씨가 네게 뭘 아느냐고 물으면 아무 말도 안 할 거지, 그렇지? 믿어도 되지? 마차 얘기 안 할 거지? 메리야,

만일 조스에게 무슨 일이 생기면 난 죽고 말 거야."

그 말을 듣자 더 이상 망설일 수 없었다. 거짓말한 죄로 지옥에 가는 한이 있더라도 이모에게 고통을 줄 수는 없었다. 메리의 입장은 정말 난처했지만 어쨌든 이 상황에 대처해야만 했다.

"함께 문으로 가요." 메리가 말했다. "바셋 씨는 오래 머물지 않을 거예요. 내 걱정은 안 해도 돼요. 아무 말도 안 할 테니까요."

그들은 함께 현관으로 갔다. 메리가 육중한 현관문을 열었다. 바깥에 남자 두 명이 있었다. 한 사람은 말에서 내려 문 앞에 서 있었는데 그가 바로 문을 마구 두드린 장본인이었다. 또 한 사람은 두터운 코트와 망토를 입은 거한으로 멋진 밤색 말을 타고 있었는데 눈 아래까지 내려온 모자 밑으로 윤곽이 뚜렷하고 볕에 그을린 그의 얼굴이 보였다. 나이는 오십 줄에 접어든 것 같았다.

"왜 이렇게 문을 안 연 거요?" 그가 말했다. "손님을 반기지 않는 것 같구먼. 주인 양반 집에 있소?"

페이션스 멀린이 손으로 조카를 쿡 찔렀다. 그러자 메리가 대답했다.

"멀린 씨는 안 계십니다, 나리. 음식을 드시려고요? 바에 들어가시면 제가 시중을 들겠습니다."

"음식은 무슨 얼어 죽을!" 그가 대답했다. "자메이카 여인숙에 음식 먹으러 오지 않는다는 것쯤은 나도 알고 있소. 나는 주인과 얘기하고 싶소. 자, 당신, 당신이 주인의 아내요? 주인은 언제 돌아오지요?"

페이션스 이모는 그에게 가볍게 절을 했다. "그런데 어떡하지요, 바셋 나리." 그녀는 시키는 대로 말하는 어린아이처럼 부자연스러울 정도로 크고 또렷하게 말했다. "남편은 아침을 먹자마자 나갔는데 저녁 전에 돌아올지 어떨지 잘 모르겠어요."

"흠, 거참 난처하군." 바셋 씨가 툴툴거렸다. "조스 멀린에게 한마디 하려고 왔는데. 자, 잘 들어요, 부인. 당신 남편은 날 속이고 자메이카 여인숙을 샀소. 물론 이제 그 얘기는 더 이상 안 하겠소. 하지만 이 주변에 있는 내 소유지가 이 지역에서 일어나는 부정직하고 나쁜 일과 연관되는 것은 묵과할 수 없소."

"무슨 말씀을 하시는지 모르겠네요, 바셋 나리." 페이션스 이모는 입술을 깨물고 손을 비틀며 말했다. "우리는 여기서 정말 조용히 살아요. 그건 여기 있는 제 조카가 보증해요."

"아, 집어치워요. 날 바보로 아는 거요?" 바셋 씨가 대답했다. "오랫동안 이곳을 살펴왔소. 아니 땐 굴뚝에 연기 날 턱이 없지. 안 그렇소, 멀린 부인? 자메이카 여인숙의 나쁜 평판은 여기서부터 해안까지 자자해요. 괜히 시치미 떼지 말아요. 자, 리처즈, 빌어먹을 내 말 좀 잡으라고."

옷차림으로 보아 하인처럼 보이는 남자가 고삐를 잡자 바셋 씨는 바닥에 털썩 내려섰다.

"온 김에 이곳을 좀 살펴보겠소. 항의해봤자 소용없소. 나는 치안판사요. 영장도 가져왔소." 그는 두 여자를 제치고 현관으로 들어갔다. 페이션스 이모는 그를 제지하려는 듯한 몸짓을 했다. 그러나 메리가 머리를 흔들고 미간을 찌푸리며 그녀를 말렸다. "그냥 내버려둬요." 그녀가 낮은 소리로 말했다. "막으면 화만 더 돋울 거예요."

바셋 씨는 주위를 둘러보며 치를 떨었다. "이런, 맙소사." 그가 큰 소리로 말했다. "무덤처럼 퀴퀴한 냄새가 나는군. 도대체 어찌하여 이 꼴이란 말이오? 자메이카 여인숙은 벽에 석회로 초벽한 소박한 집이었소. 수수하지만 단정했지. 그런데 완전 망신거리가 되고 말았소. 아니, 집이 텅텅 비었잖소. 가구라곤 하나도 없으니."

그는 응접실 문을 왈칵 열어젖히고 축축한 벽을 가리키며 말했다. "제대로 간수하지 않으면 지붕이 내려앉겠소. 난 저런 건 평생 처음 봐요. 자, 멀린 부인, 저 위로 우릴 인도하시오."

페이션스 멀린은 하얗게 질린 불안한 얼굴로 계단 쪽으로 돌아서며 불안한 마음을 달래기 위해 조카를 쳐다보았다.

그들은 모든 방을 샅샅이 조사했다. 치안판사는 먼지가 자욱한 방 구석구석을 들여다보고, 낡은 자루를 들어 보고, 감자를 검사했다. 그러는 동안 내내 분노와 혐오의 말을 쏟아냈다.

"이게 여관이라고? 침대 하나도 성한 게 없군! 기둥뿌리까지 완전히 썩었어. 도대체 이게 뭐요? 왜 대답이 없소, 멀린 부인? 혀가 없소?"

불쌍한 여자는 대답할 계제가 아니었다. 그녀는 계속 머리를 흔들고 입술을 깨물었다. 두 여자는 아래층 통로 끝에 있는 잠긴 방에 이르면 무슨 일이 생길지 생각하고 있었다.

"주인마님은 귀머거리에 벙어리가 된 것 같군." 치안판사가 퉁명하게 말했다. "그럼 아가씨, 당신은 뭐 할 말 없소?"

"저는 여기 온 지 얼마 안 되었습니다." 메리가 말했다. "어머니가 돌아가셔서 이모를 돌보러 왔어요. 판사님도 보시다시피 이모는 맘이 약해요. 신경이 날카로워서 금방 쇼크를 받아요."

"그럴 만도 하지, 이런 데서 살다 보면 당연히 그렇겠지." 바셋 씨가 말했다. "자, 2층에는 더 볼 게 없군. 이제 아래층으로 내려가서 창문이 막힌 방으로 인도해요. 마당에서 그 방이 있는 걸 보았소. 안을 보고 싶소."

페이션스 이모는 혀로 윗입술을 핥으며 메리를 쳐다보았다. 그녀는 말을 할 수 있는 상태가 아니었다.

"어떡하죠, 판사님." 메리가 대답했다. "통로 끝에 있는 광으로 쓰는 방 말씀이라면 죄송하지만 문이 잠겨 있어서…… 항상 이모부가 열쇠를 가지고 있고, 저는 열쇠가 어디 있는지 모릅니다."

그는 의심스러운 눈으로 두 사람을 번갈아 훑어보았다.

"그럼 멀린 부인 당신은? 남편이 열쇠를 어디 두는지 모르시오?"

페이션스 이모는 머리를 흔들었다. 치안판사는 투덜거리며 돌아섰다. "좋아요." 그가 말했다. "문을 부수는 건 어렵지 않지."

그는 마당으로 나가서 하인을 불렀다. 메리는 이모의 손을 쓰다듬으며 곁에 꼭 붙어 섰다.

"그렇게 떨지 말아요." 메리는 낮은 소리로 힘주어 말했다. "그러면 모두들 이모가 뭔가 숨긴다고 생각해요. 빠져나가는 유일한 방법은 뭐든지 다 보여줘도 상관없다는 인상을 주는 거예요."

몇 분 후 바셋 씨는 리처즈를 데리고 돌아왔다. 하인은 부수는 데 신이 나는지 빙그레 웃으며 들어왔다. 손에는 마구간에서 찾아낸 낡은 쇠막대기를 들고 있었는데 분명 그것을 망치 대신 쓰려는 것 같았다.

만일 이모가 없었더라면 메리는 그 장면을 즐거운 마음으로 지켜보았을 것이다. 처음으로 금지된 방을 보게 되는 까닭이다. 그러나 방 안에서 뭔가 발견되면 그녀와 이모도 그것에 연루될 거라는 사실이 문득 떠오르자 마냥 좋아할 수가 없었다. 자신들의 무죄를 증명하기가 매우 어렵다는 걸 그제야 깨달았던 것이다. 페이션스 이모가 맹목적으로 남편 편을 드는 마당에 아무도 그들의 해명을 믿을 리 없었다.

메리는 바셋 씨와 그의 하인이 막대기를 들고 문의 자물쇠를 부수는 것을 흥분된 마음으로 지켜보았다. 몇 분 동안 자물쇠는 꿈쩍도 하지 않았다. 쇠막대 소리가 집 안에 쩡쩡 울렸다. 마침내 나무가 쪼개지기 시작하더니 와지끈 소리가 나면서 문이 열렸다. 페이션스 이모는 신음 소리를 냈고, 치안판사는 그녀를 밀치고 방으로 들어갔다. 메리는 쇠막대에 기대어 이마의 땀을 닦는 리처즈의 어깨 너머로 방 안을 들여다보았다. 방은 캄캄했다. 창문이 막혀 있었고, 게다가 창문에 기대어 자루들이 쌓여 있어서 빛이 전혀 들어오지 않았기 때문이다.

"누가 가서 촛불 좀 가져와요." 치안판사가 소리쳤다. "토굴처럼 캄캄하군." 하인이 호주머니에서 초 한 토막을 꺼내 불을 붙여 판사에게 건넸다. 판사는 촛불을 머리 위로 쳐들고 방 한가운데로 나아갔다.

판사가 촛불을 구석구석 비춰 보는 동안 침묵이 흘렀다. 잠시 후 판사는 분노와 실망으로 혀를 차며 뒤에 있는 사람들을 향해 돌아서서 말했다.

"아무것도 없어. 전혀 없어. 주인이 또 날 바보로 만들었군."

방은 텅 비어 있었다. 다만 한쪽 구석에 자루가 몇 개 쌓여 있을 뿐이었다. 방은 먼지투성이인 데다 벽에는 남자 손보다 더 큰 거미줄이 여러 개 쳐 있었다. 아무 가구도 없을뿐더러 벽난로는 돌로 막히고, 바닥에는 통로와 마찬가지로 판석이 깔려 있었다.

자루들 위에는 꼰 밧줄이 놓여 있었다.

치안판사는 어깨를 으쓱하더니 통로로 나왔다.

"좋아, 이번에는 조스 멀린이 이겼소." 그가 말했다. "이 방에는 충분한 증거가 없소. 내가 졌소. 인정하겠소."

두 여자는 그를 따라 현관 입구까지 갔다. 하인은 말을 가지러 마구간으로 향했다.

바셋 씨는 채찍으로 장화를 몇 번 탁탁 치더니 침울하게 정면을 응시했다.

"멀린 부인, 오늘은 운이 좋았어요." 그가 말했다. "그 빌어먹을 방에 내가 예상했던 물건이 있었으면 내일 이맘때쯤 당신 남편은 감옥에 갇혔을 거요. 그런데……" 그는 다시 한 번 화를 내며 혀를 차더니 말을 멈추었다.

"리처즈, 빨리빨리 해, 어서!" 그가 소리쳤다. "오늘 아침에 더이상 시간 낭비할 수 없어. 도대체 뭘 하는 거야?"

하인이 말 두 필을 끌고 마구간 문에 나타났다.

"자, 잘 들어요." 바셋 씨가 메리를 채찍으로 가리키며 말했다. "아가씨 이모는 말을 잃고 정신도 잃었는지 모르지만 아가씨는 영어 할 줄 알겠지? 아가씨도 이모부가 하는 일을 전혀 모른다고 시치미 뗄 거요? 여기 오는 사람이 있소? 낮이건 밤이건 말이오."

메리는 그의 눈을 똑바로 쳐다보며 말했다. "아무도 본 적이 없어요."

"오늘 이전에 그 잠긴 방을 들여다본 적이 있소?"

"아뇨, 한 번도 본 적이 없어요."

"왜 그 방을 잠가두는지 아나요?"

"아뇨, 전혀 몰라요."

"그 안에 뭘 넣어두는지 짐작 가는 게 있소?"

"아니요, 없어요."

"밤중에 마당에서 마차 소리를 들은 적은?"

"저는 잠을 깊이 자는 편이라 한 번도 깬 적이 없어요."

"이모부는 어디로 외출하지요?"

"몰라요."

"국도 변에서 여관을 운영하면서 여행자에게 문을 닫아거는 게 이상하다고 생각하지 않소?"

"이모부는 매우 특이한 사람이에요."

"정말 그래. 사실인즉 매우 특이한 사람이라 이 근처 시골 사람들 중 반은 그 사람이 자기 아비처럼 교수형 당하기 전에는 발 뻗고 자지 못하지. 내가 그랬다고 이모부에게 전해요."

"그럴게요, 바셋 나리."

"이웃 사람 그림자도 못 보는 이곳에서 저 반미치광이 여자와 함께 사는 게 무섭지 않소?"

"시간은 지나가니까요."

"아가씨는 대답이 빠르군요. 좋소. 아가씨 친척들이 내 친척이 아니어서 다행이에요. 난 내 딸이 자메이카 여인숙에서 조스 멀린 같은 남자와 사느니 차라리 죽는 편이 낫다고 생각해요."

그는 돌아서서 말에 올라타더니 고삐를 쥐었다.

"아! 또 하나!" 그가 소리쳤다. "당신 이모부의 막내 동생인 트레워서의 젬 멀린을 본 적이 있소?"

"아뇨." 메리는 단호하게 말했다. "그 사람은 여기 오지 않아요."

"정말이오? 좋소, 내가 오늘 아침 알고 싶은 건 이게 다요. 잘 있어요."

그들은 마당을 나가서 길을 내려가더니 언덕 뒤로 사라졌다.

페이션스 이모는 벌써 부엌으로 가서 금방이라도 기절할 것만 같은 모습으로 의자에 앉아 있었다.

"아, 정신 차려요." 메리가 지친 목소리로 말했다. "바셋 씨는 갔어요. 그분은 아무것도 알아낸 게 없어요. 그래서 뿔이 잔뜩 났지요. 만일 그 방에 브랜디가 가득 있었더라면 울어도 마땅하겠죠. 어쨌든 이모와 조스 이모부는 잘 빠져나왔잖아요."

그녀는 물을 한 잔 따라서 단숨에 마셨다. 마구 짜증이 치밀었다. 이모부의 죄를 소리쳐 고발하고 싶었는데 정반대로 그를 구하기 위해 거짓말을 했다. 잠긴 방으로 말하자면 며칠 전 밤에 마차들이 왔다 간 것을 알고 있는 만큼, 텅 비어 있는 것이 전혀 놀랍지 않았다. 그러나 그 가증스러운 밧줄을 보고 그게 대들보에 걸려 있던 밧줄임을 깨닫자 도저히 견딜 수가 없었다. 그럼에도 불구하고 이모 때문에 태연한 척하며 아무 말도 하지 말아야 했다. 정말이지 가증스러운 일이었다. 이 말 외에는 달리 표현할 말이 없었다. 자, 이제 그녀도 연루가 된 것이다. 이제 돌이킬 수가 없다. 어찌 되었건 간에 그녀도 이제 자메이카 여인숙의 일원이 된 것이다. 두 번째 물 잔을 비우면서 메리는 스스로에 대해 냉소적인 생각이 들었다. 그녀 역시 종국에는 이모부와 나란히 교수형을 당하게 될지도 모른다. 그녀는 이모부를 위해서뿐만 아니라 그 동생 젬을 위해서도 거짓말을 했다. 이 생각에 불쑥 화가 치밀었다. 그러니 젬 멀린도 그녀에게 감사해야 할 것이다. 왜 그에 대해 거짓말을 했는지 그녀 자신도 알 수 없었다. 젬은 결코 이 사실을 알지 못할 테고, 혹 알게 된다 하더라도 지극히 당연하게 여길 것이다.

페이션스 이모는 여전히 불 앞에서 신음 소리를 내며 울먹이고 있었다. 메리는 이모를 위로할 기분이 아니었다. 오늘 메리는 가족을 위해 충분히 하루치 일을 했다. 그리고 그 때문에 신경이 곤두서 있었다. 부엌에서 좀 더 지체한다면 분명 신경질을 내며 소리를 지르고 말 것 같았다. 그녀는 정원의 닭장 옆에 놔둔 빨래통으로 되돌아가서 거무죽죽한 비눗물 속에 팔을 쑥 집어넣었다. 물은 이제 얼음장처럼 찼다.

조스 멀린은 정오 직전에 돌아왔다. 메리는 그가 집 앞쪽에서 부엌으로 들어가는 소리를 들었다. 그러자 곧 이모의 조잘대는 소리가 들려왔다. 메리는 빨래통 옆에 그냥 있었다. 페이션스 이모가 자기 나름대로 설명하게 내버려두기로 했다. 이모부가 부른다면 그때 안으로 들어가도 충분했다.

그녀는 그들이 무슨 얘기를 하는지 전혀 알아들을 수 없었다. 이모의 목소리는 날카롭고 높게 들렸고, 그 사이사이 이모부가 퉁명스럽게 뭔가 물어보는 소리가 들렸다. 잠시 후 이모부가 창문 너머로 메리에게 손짓했다. 그녀는 안으로 들어갔다. 이모부는 벽난로 앞에 가랑이를 쫙 벌리고 서 있었다. 그의 얼굴은 분노로 붉으락푸르락했다.

"자, 자." 그가 고함을 질렀다. "어서 얘기해봐. 어찌 된 일이야? 네 이모 말은 도무지 한 마디도 못 알아듣겠어. 까치라도 저보다는 나을 거야. 도대체 무슨 일이 일어난 거야? 내가 알고 싶은 건 바로 그거라고."

메리는 적절한 몇 마디 말로 오늘 오전에 일어난 일을 침착하게 얘기했다. 그녀는 아무것도 빼먹지 않았다. 물론 젬 멀린에 대한 치안판사의 질문은 예외였다. 마지막으로 그녀는 조스 멀린이 자기 아버지처럼 교수형 당하기 전에는 모두들 발 뻗고 자지 못한다는 바셋 씨의 말도 전했다.

여관 주인은 묵묵히 얘기를 듣고 있더니 이윽고 그녀의 말이 끝나자 부엌 식탁 위에 주먹을 쾅 내려치고는 욕설을 퍼부으며 의자를 차 방 반대편으로 날렸다.

"빌어먹을 겁쟁이 놈!" 그가 울부짖었다. "그놈에게는 내 집에 들어올 권리가 없어. 치안판사의 영장 얘기는 엄포야, 이 바보들아. 그건 거짓말이라고. 맙소사, 내가 여기 있었더라면 제 마누라도 알아보지 못할 정도로 묵사발을 만들어 노스 힐로 돌려보냈을 텐데. 알아본다더라도 아무 쓸모없게 만들어 보냈을 텐데 말이지. 악마에게나 잡혀가거라! 바셋에게 이 지역의 지배자가 누군지 가르쳐주겠어. 그자가 내 다리 주변을 기면서 킁킁거리게 해주겠어. 그자가 널 겁주었다고? 그런 짓을 또 한 번 하면 그자 집을 홀라당 태워버리겠어."

조스 멀린이 목청껏 고래고래 고함을 지르는 바람에 귀청이 터질 것 같았다. 그가 그렇게 행동할 때면 메리는 전혀 무섭지 않았다. 그건 허풍이자 쇼에 불과했기 때문이다. 진짜 무서운 것은 낮은 목소리로 속삭이듯 말할 때였다. 그런데 이렇게 난리를 치는 것으로 보아 지금 그는 여지없이 자신감을 잃고 잔뜩 겁에 질려 있는 게 틀림없었다.

"먹을 것 좀 가져와." 그가 말했다. "또 나가봐야겠어. 시간이 없으니 서둘러. 페이션스, 울음 좀 그쳐. 안 그러면 얼굴을 묵사발로 만들겠어. 메리, 넌 오늘 잘했어. 내 잊지 않을게."

메리는 이모부의 눈을 똑바로 쳐다보며 말했다. "이모부 때문에 그랬다고 생각하시는 건 아니죠?"

"네가 왜 그랬는지는 상관없어. 결과는 같으니까." 그가 대답했다. "어쨌든 바셋 같은 바보는 아무것도 발견하지 못할 거야. 그자는 머리를 잘못 달고 태어났어. 빵 한 쪽 잘라 줘. 이제 말 그만하고 모두들 저기 자기 자리에 앉아."

두 여자는 조용히 제자리에 앉았다. 이후 식사 시간 내내 아무 일도 일어나지 않았다. 식사를 마치자마자 여관 주인은 자리에서 벌떡 일어나 아무 말도 없이 곧바로 마구간으로 갔다. 메리는 그가 조랑말을 타고 길을 따라갈 거라고 예상했다. 그러나 그는 1~2분 후 집으로 돌아와 부엌을 지나 정원 끝으로 가더니 울타리 밑에 놓인 사다리에 올라 울타리를 넘어 들판으로 나갔다. 메리는 그가 황야를 가로질러 톨버러 토르와 코더 쪽으로 향하는 급경사면을 올라가는 것을 보았다. 문득 메리의 머리에

한 가지 계획이 떠올랐다. 그녀는 그것을 따져보느라 잠시 망설였지만 2층에서 나는 이모의 발자국 소리에 곧바로 마음을 정했다. 2층 침실 문이 닫히는 소리가 나자 그녀는 바로 앞치마를 벗어 던진 다음, 벽에 걸린 두꺼운 숄을 집어 들고 이모부를 따라 들판을 달려 내려갔다. 들판 끝에 도달하자 그녀는 돌담 밑에 쭈그려 앉았다. 이모부의 모습이 언덕 너머로 사라지자, 다시 일어나 거친 풀과 바위를 헤치고 그의 발자취를 따랐다. 그것은 분명히 무분별한 미친 짓이었다. 그러나 그녀는 갈 데까지 가보자는 심정이었다. 그렇게라도 해야 아침에 벙어리처럼 잠자코 있었던 갑갑함이 풀릴 것 같았다.

그녀는 눈에 띄지 않고 이모부를 따라갈 심산이었다. 그렇게 하면 그의 비밀스러운 임무에 대해 뭔가 알 수 있을지도 몰랐다. 치안판사가 자메이카에 온 것 때문에 그의 계획에 차질이 생긴 것이 분명했다. 그리고 갑작스레 서쪽 황야 한복판을 도보로 가로지르는 그의 여정은 분명히 이와 관련이 있었다. 아직 1시 반이 채 안 되었다. 또한 더할 나위 없이 산책하기 좋은 날씨였다. 튼튼한 신발과 발목에 못 미치는 짧은 치마를 입은 메리에게 거친 땅바닥은 문제가 되지 않았다. 얼어서 딱딱해진 땅 표면은 전혀 질척거리지 않았고, 헬퍼드 해안의 젖은 조약돌과 농장의 진흙탕에 익숙한 메리에게 황야를 오르는 것쯤은 식은 죽 먹기였다. 이전에 황야를 돌아다닌 덕택에 그녀는 얼마간 요령을 익혔다. 때문에 가능한 한 높은 곳을 디디며 최대한 이모부의 발자국을 따르려 노력했다.

그러나 몇 킬로미터를 지나자 그것이 얼마나 어려운 일인지를 깨달았다. 이모부 눈에 띄지 않기 위해서는 상당히 거리를 두어야 했다. 게다가 그는 매우 빨리 걸었고 보폭도 아주 컸다. 얼마 안 가서 그녀는 이러다가 곧 뒤처지고 말 거라고 생각했다. 그는 코더 토르를 지나 서쪽으로 방향을 돌려 브라운 윌리 산 아래쪽의 저지대로 향했다. 거리가 멀다 보니 거구인 그의 몸집이 마치 광막한 갈색 황야에 찍어놓은 검은 점처럼 작게 보였다.

약 400미터를 올라가야 한다고 생각하니 메리는 눈앞이 캄캄해져서 잠시 걸음을 멈추고 쏟아지는 땀을 닦았다. 그녀는 머리를 편하게 풀어내려 바람에 날리도록 내버려두었다. 왜 이모부는 12월의 오후에 보드민 황야의 가장 높은 곳까지 올라가는 것일까? 메리는 이유를 알 수 없었다. 그러나 여기까지 온 이상 지금까지의 수고에 대한 소득이 있어야 했다. 그래서 그녀는 더욱 급히 발걸음을 옮겼다.

얼음이 녹아내려서 발밑이 질척거리기 시작했다. 앞에 펼쳐진 낮은 벌판은 겨울비에 젖어 누런 진흙탕이 되어 있었다. 차고 끈적끈적한 물이 신발에 새어 들었다. 치맛단은 습지의 물에 젖고, 군데군데 찢어졌다. 메리는 치마를 들어 올려 허리에 두른 다음 머리핀으로 고정시키고 다시 이모부를 따라나섰다. 그는 오랜 경험 덕택에 위험한 저지대를 매우 빠른 속도로 지나갔다. 그의 모습이 브라운 윌리 산 기슭의 검은 헤더들과 큰 바윗덩어리들 사이로 언뜻언뜻 보이더니 어느새 툭 튀어나온 바위 뒤로 사라져버렸다. 이모부가 습지를 전광석화같이 가로질러 가서 그가 디딘 곳을 찾을 수가 없었다. 메리는 진흙탕 속에서 비틀거리며 최선을 다해 앞으로 나갔다. 그것은 분명 바보짓이었지만 그녀는 고집스럽게 그대로 계속 나아갔다. 그러나 그녀는 멀리 우회하여 늪을 피할 만한 분별력은 가지고 있었다. 이 때문에 3킬로미터가량을 돌아가야 했지만 그래도 늪에 빠지지 않고 그곳을 건널 수 있었다. 그녀는 이제 완전히 혼자가 되었다. 이모부를 다시 찾을 희망은 전혀 없었다.

그럼에도 그녀는 브라운 윌리 산에 오르기로 했다. 길은 험하고 미끄러웠다. 그녀는 젖은 이끼와 돌에 미끄러져 비틀거리기도 하고, 발걸음을 방해하는 뾰족한 화강암 바위를 기어오르기도 했다. 때때로 그녀의 발소리에 놀란 산양이 바위 뒤에서 튀어나와 그녀를 빤히 쳐다보며 발을 굴렀다. 서쪽에서 몰려온 구름이 해를 가리면서 들판에 얼룩덜룩한 그림자를 드리웠다.

주위는 적막했다. 그녀 발치에서 큰 까마귀 한 마리가 솟아오르며 까악까악 울어대고는 커다란 까만 날개를 퍼덕거리며 날아갔다. 마치 항의라도 하는 듯한 울음소리가 아래쪽 들판을 뒤흔들었다.

메리가 산꼭대기에 도달했을 때는 저녁 구름이 머리 위 하늘 한복판까지 몰려와 있었다. 사위가 온통 잿빛이었다. 멀리 지평선은 짙어가는 저녁 어스름 속에 사라지고, 아래쪽 황야에서 안개가 희끄무레 피어올랐다. 메리가 올라온 길은 바위산의 가장 가파르고 험준한 사면이었다. 그 바람에 거의 한 시간이나 허비했다. 이제 곧 어두워질 것이다. 그녀의 모험은 쓸데없는 짓이었다. 사방 어디를 둘러보아도 인적이라고는 전혀 없었기 때문이다.

조스 멀린은 이미 오래전에 사라졌다. 아마도 산꼭대기에 올라가지 않고 거친 헤더 덤불과 작은 돌들이 산재한 산기슭을 돌아 목적지를 향해 서쪽이나 동쪽 방향으로 걸어가서 첩첩한 산들 속으로 사라졌을 것이다.

이제 메리는 절대로 그를 찾지 못할 것이다. 최선의 방법은 최단 거리로, 최단 시간 내에 바위산을 내려가는 일이다. 그러지 못하면 황야에서 검은 헤더를 베개 삼아, 험한 화강암 바위를 숙소 삼아 밤을 지새우는 수밖에 없다. 12월의 오후에 이렇게 멀리까지 나온 건 바보짓이었다. 보드민 황야에는 황혼 녘이 길지 않음을 그녀는 경험으로 알고 있었다. 땅거미가 지기 시작하면 순식간에 해가 사라지고 주위는 삽시간에 어두워진다. 더불어 위험하기 짝이 없는 안개가 축축한 땅에서 구름처럼 일어나 하얀 울타리처럼 늪을 둘러싼다.

메리는 낙담했다. 처음의 흥분은 이미 다 사라졌다. 그녀는 한편으로 아래쪽의 늪을, 또 한편으로는 그녀를 삼키려는 어둠을 살피면서 바위산의 가파른 사면을 내려갔다. 바로 아래쪽에는 바다로 흘러 들어가는 포이 강의 수원水原이라고 알려진 일종의 큰 물웅덩이가 있었다. 그녀는 어떤 일이 있어도 그곳을 피해야 했다. 주변은 온통 늪이었고 웅덩이의 깊이는 아무도 몰랐기 때문이다.

그곳을 피하기 위해 메리는 왼쪽으로 방향을 틀었다. 마침내 브라운 윌리에서 내려와 들판에 도달했다. 돌아보니 바위산은 커다란 머리를 우뚝 세우고 흰빛으로 빛나고 있었다. 그러나 앞쪽은 도무지 알 수 없었다. 완전히 방향 감각을 잃은 것이다.

무슨 일이 있더라도 침착해야 했다. 점점 커져가는 공포감에 절대로 굴복해서는 안 되었다. 안개를 제외하면 날씨는 좋았고 그리 춥지도 않았다. 또 그녀를 인가로 인도해줄 오솔길을 만나지 말라는 법도 없었다.

높은 곳을 골라 딛기만 하면 늪에 빠질 위험은 없었다. 메리는 치마를 추어올리고 숄을 꼭 여민 다음 침착하게 걷기 시작했다. 조금이라도 의심이 들면 조심스럽게 땅을 살폈고 발로 건드리면 쑥 들어가는 물렁한 풀덤불을 피했다. 몇 킬로미터를 걸어갔을 때 그녀는 그곳이 자기가 왔던 방향이 아님을 깨달았다. 올 때 본 적이 없는 시냇물이 갑자기 길을 가로막아서였다. 시냇물을 따라간다면 필시 낮은 지대의 늪 쪽으로 되돌아가게 되었기에 그녀는 과감하게 시냇물로 들어갔다. 물이 무릎 위까지 올라왔다. 신발과 스타킹이 젖는 것은 전혀 두렵지 않았다. 물이 더 깊지 않은 것만 해도 다행이었다. 그럴 경우 헤엄을 치느라 온몸이 다 젖었을 터이다. 이제 길은 점점 위로 올라가는 것 같았다. 그것은 좋은 징조였다. 길바닥이 단단할 것이기 때문이다. 그녀는 과감하게 고지대의 황야를 가로지르기 시작했다. 결코 끝나지 않을 것만 같은 먼 거리를 걸은 끝에 마침내 오솔길 비슷한 것을 발견했다. 살짝 오른쪽으로 휘어진 그 길에는 수레가 지나간 흔적이 있었다. 수레가 갈 수 있다면 메리도 충분히 따라갈 수 있다. 이제 최악은 지났다. 그녀는 적이 안심이 되었다. 그러자 갑자기 온몸에 힘이 빠지고 피곤이 몰려왔다.

팔다리가 천근만근 무겁게 느껴졌다. 마치 자기 몸의 일부가 아니라 무거운 짐이라도 끌고 가는 것 같았다. 눈도 머리 뒤쪽으로 무겁게 내려앉는 듯했다. 그녀는 고개를 숙이고 손을 옆으로 늘어뜨린 채 힘들게 걸어갔다. 만약 그때 자메이카 여인숙의 높은 회색 굴뚝들이 보였다면 그녀는 무척 반가웠을 것이다. 그 을씨년스러운 모습조차 편안한 안식처처럼 느껴졌을지도 모른다. 오솔길이 넓어지더니 다른 길과 수직으로 교차했다. 그녀는 어느 길로 가야 할지 몰라 교차로에서 잠시 망설였다. 그때 왼편의 어둠 속에서 말발굽 소리가 들렸다. 심하게 몰았는지 숨소리가 매우 거칠었다.

말발굽이 풀 위에서 둔탁한 소리를 냈다. 갑작스러운 말의 출현에 메리는 신경을 곤두세운 채 길 가운데서 기다렸다. 마침내 안개 속에서 말이 나타났다. 말 등에 사람이 타고 있었다. 희붐한 안개에 싸인 말과 기수는 이 세상에 속하지 않은 유령처럼 보였다. 기수는 깜짝 놀라며 그녀를 피하려고 말고삐를 당겼다.

"이런!" 그가 소리쳤다. "거 누구요? 무슨 일이오?"

그가 안장 위로 몸을 굽혀 살펴보더니 놀란 목소리로 외쳤다.

"아니, 여자잖아! 도대체 여기서 뭘 하는 거예요?"

메리는 말고삐를 잡은 다음, 거칠게 날뛰는 말을 달랬다.

"길까지 데려다 줄 수 있어요?" 그녀가 물었다. "저는 집에서 멀리 나와 길을 완전히 잃었어요."

"자 자, 진정해. 가만히 있으라고." 그는 이렇게 말을 달랜 다음 그녀에게 말했다. "도대체 어디서 오는 거지요? 물론 도와주고말고요."

그의 목소리는 낮고 부드러웠다. 메리는 그가 상당한 신분의 사람임을 눈치챘다.

"저는 자메이카 여인숙에 살아요." 그녀는 말을 하자마자 곧바로 후회했다. 이제 그는 도와주지 않을 것이다. 그 이름을 듣자마자 그녀를 내버려두고 말을 채찍질해서 가버릴 것이다. 그러면 그녀 혼자서 길을 찾아야 한다. 정말 바보짓을 한 것이다.

잠시 동안 남자는 잠자코 있었다. 역시 그녀 예상대로였다. 그러나 잠시 후 그는 조금 전과 똑같이 조용하고 부드러운 목소리로 말했다.

"자메이카 여인숙이라…… 참 멀리도 왔군요. 완전히 반대쪽으로 걸어온 것 같아요. 여기는 헨드러 다운스의 반대쪽 사면이거든요."

"저는 이쪽 지리를 전혀 몰라요." 그녀가 말했다. "이쪽으로는 한 번도 온 적이 없거든요. 겨울철 오후에 이렇게 멀리 오다니, 정말 멍청한 짓을 했어요. 죄송하지만 길 좀 가르쳐주시겠어요? 큰길에만 나가면 곧 집을 찾아갈 수 있을 거예요."

그는 잠시 그녀를 처다보더니 말에서 훌쩍 뛰어내렸다. "아가 씨는 너무 피곤해서 한 발짝도 더 내딛지 못할 것 같네요. 게다 가 나는 당신을 그냥 가게 내버려둘 수 없어요. 마을이 멀지 않 으니 말에 타도록 해요. 자, 발을 이리 내요, 말에 탈 수 있게 도 와줄 테니." 잠시 후 그녀가 안장에 올라앉자 그는 고삐를 쥐고 그녀 옆에 섰다. "훨씬 낫죠?" 그가 말했다. "당신은 황야에서 무 척 힘들게 오래 걸었군요. 신발이 다 젖고 치맛단도 엉망인 걸 보니. 자, 우리 집으로 가서 옷을 말리고 좀 쉬고 나서 저녁을 먹 어요. 그런 다음에 내가 직접 자메이카 여인숙으로 데려다 주겠 어요." 그는 매우 친절하게, 그러나 또한 매우 조용하고 권위 있 게 말했다. 메리는 안도의 한숨을 내쉬었다. 잠시 동안 모든 책 임을 내려놓고 기꺼이 그에게 자신을 의탁하였다. 그는 그녀가 편하도록 고삐를 조절한 다음 그녀를 바라보았다. 그녀는 모자 때문에 잘 보이지 않던 그의 눈을 처음으로 처다보았다. 참으로 이상한 눈이었다. 유리처럼 투명한 데다 거의 흰색에 가까운 옅 은 색으로 그녀가 지금까지 한 번도 보지 못한 기형이었다. 그 는 그 눈으로 그녀를 응시하며 그녀의 생각을 꿰뚫어 보려는 듯 이 그녀를 탐색했다. 그럼에도 메리는 적이 마음이 놓여 기꺼이 긴장을 풀었다. 그의 검은 목사 모자 아래로 보이는 머리칼도 역시 흰색이었다. 메리는 당황하여 그를 바라보았다. 왜냐하면 그의 얼굴에는 주름이 없었고, 목소리 또한 전혀 노인의 목소리가 아니었기 때문이다.

갑자기 그녀는 이 이상한 현상의 이유를 깨달았다. 그녀는 어쩔 줄 몰라 하며 눈을 돌렸다. 그는 알비노였다.

그가 모자를 벗고 그녀에게 인사했다.

"내 소개를 하는 것이 좋겠군요." 그가 미소를 지으며 말했다. "상황이 이상하기는 하지만 그래도 통성명은 해야 하니까요. 내 이름은 프랜시스 데비, 앨터넌의 교구 목사입니다."

7

 집에는 이상하리만큼 평화로운 기운이 감돌았다. 하지만 딱히 무엇 때문이라고 꼬집어 말할 수는 없었다. 마치 옛이야기의 주 인공이 한여름 저녁에 발견한 집 같았다. 주인공은 집 주변을 둘 러싼 가시나무를 칼로 자르며 나아간다. 갑자기 아무도 손을 대 지 않은 채 흐드러지게 만개한 꽃이 가득한 화단이 나타난다. 옛 이야기에 따르면 창문 밑에는 거대한 양치류들 사이로 흰 백합 들이 가냘픈 줄기를 쭉 뻗고, 벽을 온통 덮은 담쟁이덩굴이 입구 를 가로막고 있다. 집은 그렇게 천 년의 잠 속에 빠져 있었다.

 메리는 퍼뜩 공상에서 깨어나 머쓱한 미소를 짓고 통나무가 활활 타는 벽난로 쪽으로 손을 뻗었다. 집 안이 고요해서 참 좋 았다. 덕택에 피로가 다소 풀리는 것 같았고 겁도 사라졌다. 이곳은 자메이카 여인숙과는 전혀 다른 세상이었다. 자메이카의 정적은 답답하고 적의에 차 있으며, 쓰지 않는 방에서는 태만의 악취가 났다. 그러나 이곳은 달랐다. 그녀가 지금 앉아 있는 방에는 한밤중에 남의 응접실을 방문할 때면 느낄 수 있는 묵묵하고 사람 냄새가 나지 않는 분위기가 감돌았다. 방 가운데 탁자와 벽의 그림들과 그 밖의 가구들에는 밝은 대낮의 친근함이 없었다. 그것들은 마치 깊은 잠을 자고 있는 것 같았다. 그런데 한밤에 그녀가 갑자기 그들 사이에 들어온 것이다. 행복하고 조용한 사람들이 예전에 이곳에 살았다. 늙은 목사들이 겨드랑이에 곰팡내 나는 책을 끼고 들어왔고, 창문가에서는 푸른 옷을 입은 백발 여인이 허리를 굽히고 바늘귀를 꿰었다. 그건 모두 매우 오래전의 일이었다. 그들은 이제 모두 대문 밖 교회 마당에 잠들어 있다. 비석에 새긴 그들의 이름도 이끼에 덮여 지워져버렸다. 그들이 죽자 집은 조용히 자신 속에 침잠하였다. 그리고 지금 여기 살고 있는 남자는 예전에 살았던 사람들의 분위기를 그대로 보존해놓았다.

메리는 그가 저녁 식사를 차리는 것을 지켜보면서 집의 분위기에 동화될 줄 아는 그의 현명함에 감탄했다. 다른 사람 같으면 침묵이 거북해서 뭔가 얘기를 하거나 아니면 컵 소리라도 냈을 것이다. 그녀는 방 안을 둘러보았다. 목사관 거실에는 으레 성경 이야기 그림이 벽에 걸려 있고, 윤기가 도는 책상 위에는 종이와 종교 관련 책이 놓여 있을 줄 알았지만 여기에는 그림도, 책도, 종이도 없었다. 그러나 그녀는 왠지 그것이 당연하게 생각되었다. 구석에 놓인 이젤에는 반쯤 그리다 만 도즈메리의 연못 그림이 놓여 있었다. 흐린 날에 그린 것으로 하늘에는 먹구름이 덮이고, 어두운 청회색 연못에는 아무런 반짝임도 없으며, 게다가 바람도 없는지 물결조차 일지 않았다. 메리는 그 그림에 매료되었다. 그녀는 그림에 대해서 아무것도 몰랐지만 그 그림에는 힘이 있었다. 지금 당장 얼굴에 빗줄기가 느껴지는 듯했다. 목사가 그녀의 눈길을 지켜보고 있었음에 틀림없었다. 갑자기 그림 쪽으로 다가가서 캔버스를 돌려놓았던 것이다. "쳐다보지 말아요." 그가 말했다. "급히 그린 건데 아직 완성할 시간이 없었어요. 그림을 좋아한다면 더 나은 것들이 있어요. 하지만 우선 저녁부터 먹어요. 거기 그냥 앉아 있어요. 내가 식탁을 그쪽으로 옮길 테니."

메리는 남의 시중을 받아본 적이 없었다. 그러나 그의 태도가 매우 조용하고, 또 전혀 티를 내지 않았으므로 시중드는 일이 몹시 일상적이고 자연스럽게 느껴졌다. 덕분에 메리는 당황하지 않았다. "해나는 마을에 살아요." 그가 말했다. "매일 오후 4시면 퇴근하죠. 난 혼자 있는 편이 더 좋아요. 저녁 식사는 내가 직접 준비해요. 그럼 시간을 마음대로 쓸 수 있으니까요. 다행히 오늘은 사과 파이를 만들어놓았네요. 그런대로 먹을 만했으면 좋겠군요. 해나의 파이가 썩 좋지는 않거든요."

그는 김이 무럭무럭 나는 차를 한 잔 따라서 그 위에 크림을 한 숟가락 없었다. 그녀는 아직도 그의 흰머리와 흰 눈에 익숙해지지 않았다. 그것은 그의 목소리와 무척 대조적이었고 또한 검은 성직자복 때문에 더욱 두드러져 보였다. 그녀는 아직도 피곤한 데다 낯선 주위 환경 때문에 어리둥절해서 침묵을 지켰고, 그는 그녀의 침묵을 존중해주었다. 메리는 잠자코 저녁을 먹었다. 때때로 그녀는 차를 마시며 찻잔 너머로 그를 훔쳐보았다. 그런데 그는 그녀의 시선을 곧바로 알아차리기라도 하듯 그때마다 한결같이 차갑고 흰 시선으로 그녀를 똑바로 바라보았다. 그것은 장님처럼 휑한 동시에 꿰뚫어 보는 듯 날카로운 눈길이었다. 그녀는 슬그머니 눈을 돌려 그의 어깨 너머로 연두색 벽이나 구석에 놓인 이젤을 바라보았다.

"오늘 밤 황야에서 당신을 만난 건 천운이에요." 마침내 목사가 말했다. 그녀는 막 접시를 밀어놓고 손으로 턱을 괴며 다시 의자에 꺼지듯이 내려앉은 참이었다. 방의 온기와 뜨거운 차 때문에 졸음이 왔다. 그의 부드러운 목소리가 까마득히 멀리서 들리는 것 같았다.

"나는 때로 일 때문에 외진 오두막이나 농장에 갈 때가 있어요." 그가 계속했다. "오늘 오후에는 아기 낳는 걸 도우러 갔어요. 산모와 아기는 다 무사할 거예요. 황야 사람들은 강인하고 아무것도 개의치 않아요. 그건 당신도 잘 알고 있겠지요. 나는 그들을 매우 존경해요."

메리는 대답할 말이 없었다. 자메이카 여인숙에 오는 손님들은 전혀 존경스럽지 않았다. 문득 방 안에 떠도는 장미 향기에 생각이 미쳐 돌아보니 뒤편의 조그만 탁자 위에 말린 장미 잎사귀가 담긴 대접이 있었다. 그가 다시 입을 열었다. 그의 목소리는 여전히 부드러웠지만 그 어조에는 새로운 집요함이 깃들어 있었다.

"오늘 밤에 왜 황야를 헤매고 있었어요?" 목사가 물었다.

메리는 반수면 상태에서 깨어나 목사의 눈을 들여다보았다. 그는 깊은 연민의 눈길로 그녀를 바라보았다. 그녀는 그의 동정에 자신을 맡기고 싶었다.

어떻게 해서 그렇게 되었는지는 몰라도 자기도 모르는 새 그녀는 목사에게 술술 털어놓고 있었다.

"저는 대단한 곤경에 빠져 있어요. 때로 저는 이모처럼 미쳐버릴 것만 같아요. 앨터넌에서도 소문을 들으셨겠죠. 하지만 목사님은 어깨를 으쓱하고 자세히 들으려고 하지 않으셨을 거예요. 전 자메이카 여인숙에 온 지 한 달 남짓 돼요. 하지만 제게는 20년도 넘은 것 같아요. 이모 때문에 걱정이에요. 이모를 모시고 떠날 수만 있다면 얼마나 좋겠어요. 그런데 이모는 그런 대접을 받으면서도 결코 조스 이모부를 떠나지 않을 거예요. 매일 밤 저는 마차 소리에 잠이 깰까 봐 두려워하면서 잠자리에 들어요. 처음 마차가 온 날에는 예닐곱 대가 왔어요. 큰 꾸러미와 상자들이 잔뜩 실려 있었는데 전부 통로 끝에 있는 잠긴 방에 넣어두었어요. 그날 밤에 한 사람이 살해당했어요. 아래층 대들보에 밧줄이 걸려 있는 걸 보았어요." 그녀는 말을 중단했다. 격한 감정에 얼굴이 붉어졌다. "아무한테도 이 이야기를 한 적이 없어요. 그렇지만 털어놓지 않을 수가 없어요. 더 이상 혼자 간직할 수가 없어요. 말을 하면 안 되는데. 이제 큰일 났어요." 잠시 동안 목사는 대답을 하지 않고 그녀에게 자신을 추스를 시간을 주었다. 얼마 후 그녀가 마음을 가라앉히자 그는 아버지가 겁에 질린 아이를 안심시키듯이 부드러운 목소리로 천천히 말했다.

"염려하지 말아요. 당신의 비밀은 안전해요. 나 말고는 아무도 모를 거예요. 당신은 몹시 지쳐 있어요. 이건 모두 내 잘못이에요. 따뜻한 방에 데리고 들어와 식사를 하게 했으니. 바로 잠자리에 들게 해야 했는데 말이에요. 당신은 몇 시간이나 황야를 헤맸고 자메이카와 여기 사이에는 위험한 곳들이 있어요. 게다가 요즘은 1년 중 늪 상태가 가장 안 좋을 때지요. 좀 쉰 다음에 마차로 집까지 데려다 줄게요. 당신이 원하면 내가 직접 주인에게 설명하겠어요."

"아, 그러시면 안 돼요." 메리가 질색하며 말했다. "제가 오늘 저녁에 한 짓의 반만이라도 눈치챘다면 이모부는 저뿐만 아니라 목사님까지도 죽이고 말 거예요. 목사님은 몰라요. 그 사람은 막 나가는 사람이에요. 아무것도 그를 막지 못해요. 최악의 경우, 저는 현관 지붕에 올라가서 제 방 창문으로 들어가겠어요. 제가 여기 왔다는 걸 이모부가 알면 안 돼요. 목사님을 만났다는 것도요."

"좀 상상이 지나친 것 아니에요?" 목사가 말했다. "매정하고 차갑게 들리겠지만 그래도 지금은 19세기예요. 또 이유 없이 사람을 죽이는 법은 없어요. 당신 이모부뿐만 아니라 내게도 국도를 당당히 달릴 권리가 있어요. 이왕 얘기를 시작했으니 당신 얘기를 전부 다 해봐요. 당신 이름이 뭐죠? 그리고 언제부터 자메이카 여인숙에 살게 된 건가요?"

메리는 그의 색깔 없는 얼굴과 창백한 눈과 짧은 흰머리를 쳐다보았다. 다시 한 번 그녀는 이 사람이 얼마나 이상한 자연의 변종인지 생각했다. 목사의 나이는 스물한 살인지, 예순 살인지 도무지 종잡을 수가 없었다. 만일 그가 그 부드럽고 설득력 있는 목소리로 그녀에게 묻는다면 비밀을 모조리 털어놓을 것만 같았다. 그는 믿을 수 있는 사람이었다. 그녀는 그것을 확신했다. 그럼에도 불구하고 메리는 머릿속에서 말을 돌리며 망설였다.

"자!" 그가 미소를 지으며 말했다. "나는 한때 고해성사를 받은 적도 있어요. 물론 여기 앨터넌이 아니라 아일랜드와 에스파냐에서였지만. 당신 이야기는 당신이 생각하는 만큼 이상한 게 아니에요. 자메이카 여인숙 말고 다른 세상도 있어요."

그 말에 메리는 자신의 이상한 상황에 생각이 미쳐 상당히 당혹스러웠다. 그는 매우 친절했고, 사람을 다루는 수완도 좋았지만 그럼에도 불구하고 그녀를 비웃으며 어린 데다 신경질적이라고 생각하는지도 몰랐다. 그녀는 단도직입적으로 이야기를 시작했다. 먼저 첫 토요일 밤 바에서 일어난 일에 대해 얘기했다. 그런 다음 자메이카 여인숙에 도착한 첫날 밤으로 돌아가 조리 없이 띄엄띄엄 이야기를 이어갔다. 그녀는 자신의 이야기가 진실임을 알고 있었음에도 불구하고 따분하고 설득력 없게 느껴졌다. 너무 지쳐서 말하기가 힘들었다. 적당한 표현을 찾느라 애를 썼고, 때로 이야기를 중단하고 한참 생각해야 했으며, 이미 한 말을 또 하기도 했다. 그는 논평이나 질문 없이 참을성 있게 그녀의 이야기를 끝까지 들었다. 그녀는 그동안 내내 그의 흰 눈이 자신을 지켜보고 있는 것을 느꼈다. 그에게는 때때로 침을 꿀꺽 삼키는 버릇이 있었는데 그녀는 그것을 본능적으로 알아채고 때가 되면 그 소리를 기다리기도 했다. 그녀의 얘기는 스스로의 귀에도 꾸며낸 것처럼 들렸다. 그녀가 그동안 겪은 공포와 고통과 의심들이 모두 지나치게 왕성한 상상력의 산물처럼 느껴졌다. 이모부와 미지의 인물이 바에서 나눈 대화는 완전히 터무니없는 얘기 같았다. 목사는 그녀 얘기에 대한 불신을 겉으로 드러내지 않았음에도 그녀는 그것을 느낄 수 있었다. 그녀의 얘기는 이제 너무도 이상하고 수상쩍은 얘기로 변색되었다. 그것을 완화하기 위해 그녀는 지금까지 악당으로 묘사한 이모부를 일주일에 한 번씩 마누라를 패는 술주정뱅이 농부로 만들었다. 밤중에 온 마차들 역시 단순히 밤에 물건을 배달하는 전혀 위협적이지 않은 배달마차로 변해버렸다.

오전에 노스 힐의 치안판사가 방문한 사건은 어느 정도 객관성을 지니고 있었다. 그러나 텅 빈 방 얘기는 그다지 설득력이 없었다. 메리의 이야기 중에서 그런대로 진실처럼 들리는 유일한 부분은 그날 오후 황야에서 길을 잃은 사건이었다.

그녀가 이야기를 끝내자 목사는 의자에서 일어나 방을 이리저리 돌아다니기 시작했다. 그는 낮게 휘파람을 불었고 바느질한 실이 풀어져서 덜렁거리는 코트 단추를 계속 만지작댔다. 그러다가 벽난로 앞에서 불을 등지고 딱 멈춰 서더니 그녀를 내려다보았다. 그녀는 그의 눈에서 아무것도 읽을 수 없었다.

"물론 당신 얘기를 믿어요." 잠시 후 그가 말했다. "당신은 거짓말쟁이처럼 보이지 않아요. 게다가 나는 당신이 히스테리란 말의 의미조차 알지 못할 거라고 생각해요. 그러나 당신 얘기는 법정에서 통하지 않을 거예요. 적어도 오늘 밤에 말한 식으로는 말이죠. 너무 동화 같거든요. 그리고 또 하나, 물론 밀수는 불법이고 수치스러운 일이죠. 하지만 그건 전국적으로 광범위하게 행해지고 있어요. 아마도 치안판사들 중 절반은 거기 연루되어 있을 거예요. 놀랐나요? 하지만 그건 사실이에요. 만일 법이 더 엄정하다면 감시가 좀 더 심했을 테고, 그랬으면 자메이카 여인숙의 당신 이모부 은신처는 벌써 소탕되었을 거예요. 나는 바셋 씨를 한두 번 만난 적이 있는데 정직하고 진실한 사람이지만 좀 바보 같아요, 물론 우리끼리 얘기지만. 그는 호통을 치고, 시끄럽게 떠들어대지만 그뿐이에요. 아마도 그 사람은 오늘 아침 일을 쉬쉬할 거예요. 사실 그 사람에게는 여관에 들어가서 방을 수색할 권리가 없어요. 그런데 억지로 수색을 한 결과, 아무 소득이 없었다는 게 알려지면 이 지역에서 웃음거리가 될 거예요. 그렇지만 한 가지는 확실히 말할 수 있어요. 오늘 일 때문에 당신 이모부는 겁을 먹어서 당분간 근신할 거예요. 얼마 동안 자메이카 여인숙에 마차가 오는 일은 없을 겁니다. 이건 믿어도 좋아요."

그의 논리적인 얘기를 들으며 메리는 걱정이 되었다. 일단 그녀 이야기를 진실로 받아들인다면 의당 놀라고 소름 끼쳐야 마땅할 터이다. 적어도 그녀는 그렇기를 바랐다. 그런데 그는 매우 태연자약하게 받아들이고 있지 않은가!

목사는 그녀 얼굴에 떠오른 실망의 빛을 보았는지 다시 말을 이었다.

"만일 당신이 원하면 바셋 씨를 보러 가서 당신 얘기를 전할 수도 있어요. 하지만 마차가 마당에 와 있을 때 당신 이모부를 현장에서 붙잡지 못한다면 유죄 선고를 받아내기 어려워요. 나는 이 점을 당신에게 강조하고 싶어요. 내가 별로 도움이 못 되어 미안하군요. 그렇지만 상황이 매우 미묘하고 어려워요. 게다가 당신은 이모가 연루되는 걸 원치 않는데, 혹시라도 체포되는 상황이 오면 이모를 빼내기가 쉽지 않을 것 같군요."

"그럼 어떻게 해야 하죠?" 메리가 힘없이 물었다.

"만약에 내가 당신이라면 좀 더 기다려보겠어요." 그가 말했다. "이모부를 잘 감시해요. 그리고 마차가 또 오면 바로 내게 연락해요. 그때 가서 무엇이 최선인지 함께 결정합시다. 내 말은 당신이 여전히 나를 신뢰한다면 말입니다."

"그 낯선 사람은요?" 메리가 말했다. "그 사람은 분명히 살해당했어요. 확실해요. 그런데 그 일에 대해서 아무것도 못 한단 말씀이세요?"

"시체가 발견되지 않는 한 어려울 거예요. 그리고 아마 시체는 발견되지 않을 거예요." 목사가 말했다. "어쩌면 살해당하지 않았을지도 몰라요. 매우 실례되는 말이지만 이 사건에 있어서는 당신의 상상력이 좀 과한 것 같아요. 당신이 본 건 밧줄 한 조각뿐이라면서요? 당신이 시체를 보았거나 그 사람이 다친 것을 보았다면 얘기가 달라지지만요."

"이모부가 위협하는 소리를 들었어요. 그걸로 충분하지 않나요?"

"아가씨, 사람들은 매일같이 서로 위협해요. 하지만 그렇다고 목매달아 죽이지는 않아요. 자, 잘 들어요. 나는 당신의 친구니까 날 믿어도 돼요. 앞으로 무슨 일이든 걱정이 되거나 고민이 되거든 내게 와서 얘기해요. 오늘 오후 일로 미루어 보아 당신은 걷는 걸 무서워하지 않는 것 같군요. 앨터넌은 큰길로 오면 자메이카에서 몇 킬로미터밖에 안 돼요. 혹시 내가 없는 경우 해나가 있으니까 당신을 잘 돌봐줄 거예요. 이제 됐나요?"

"정말 감사합니다."

"자, 이제 양말과 신발을 다시 신어요. 나는 마구간에 가서 마차를 준비할게요. 당신을 자메이카 여인숙까지 태워다 주겠어요."

돌아간다는 것은 생각만 해도 끔찍했지만 어쩔 수 없었다. 부드러운 그림자를 드리우는 촛불과 따뜻한 통나무 난롯불, 깊숙한 의자가 있는 이 평화로운 방과, 자메이카 여인숙의 차갑고 어두운 통로들과 현관 위의 조그만 찬장 같은 그녀의 방을 비교하면 안 된다. 한 가지 명심할 사실은 그녀가 원할 때면 언제든지 이곳에 돌아올 수 있다는 것이었다.

밤은 무척 아름다웠다. 초저녁의 검은 구름이 물러간 하늘에는 수많은 별이 반짝이고 있었다. 메리는 벨벳 깃을 댄 두터운 방한 외투로 몸을 감싸고 프랜시스 데비 옆자리에 올라탔다. 마차를 끄는 말은 목사가 황야에서 타던 말이 아니었다. 지금 말은 다리가 짧은 커다란 회색 말로, 마구간에서 하루 종일 쉬었기 때문에 힘이 넘치는지 바람처럼 빨리 달렸다. 그것은 매우 이상한, 그러나 몹시 신나는 드라이브였다. 차가운 바람이 메리의 얼굴을 스쳤다. 바람에 눈이 따가웠다. 앨터넌을 출발한 마차는 처음에는 가파른 언덕길을 올라가느라 느릿느릿 갔다. 그러나 일단 국도에 도착하여 보드민 방향으로 접어들자 목사는 채찍으로 말을 후려쳤다. 그러자 말은 귀를 뒤로 납작하게 젖히고 미친 듯이 내달리기 시작했다.

말은 먼지를 일으키며 달렸다. 단단한 흰 길에 발굽이 닿을 때마다 우레 같은 소리가 났다. 메리는 놀라서 옆에 앉은 목사에게 꼭 매달렸다. 그는 말을 제지하지 않았다. 메리가 흘끔 쳐다보니 그는 정면을 응시하며 미소 짓고 있었다. "달려라, 달려! 넌 더 빨리 달릴 수 있어!" 그는 혼잣말처럼 낮고 흥분된 목소리로 말했다. 그 모습은 이상하고 좀 당혹스러웠다. 메리는 살짝 실망감이 들었다. 그는 지금 그녀의 존재를 까맣게 잊고 딴 세계에 가 있는 것 같았다.

옆자리에 앉은 까닭에 그녀는 처음으로 목사의 옆모습을 관찰할 수 있었다. 그의 얼굴 윤곽은 매우 뚜렷하고 코는 아주 우뚝했다. 자연의 변덕은 그에게 처음부터 흰머리를 줌으로써 그를 다른 사람들과 다르게 만들었다. 정말이지 그는 그녀가 이제껏 본 사람들과 너무도 달랐다.

검은 망토를 바람에 나부끼며 마부석에 높직이 앉은 그의 모습은 마치 한 마리 새 같았고 그의 팔은 날개와도 같았다. 목사가 몇 살인지 전혀 짐작이 가지 않았다. 그때 그가 그녀를 내려다보며 미소 지었다. 그러자 그는 다시 인간의 모습으로 돌아왔다.

"나는 이 황야를 사랑해요." 그가 말했다. "물론 당신에게는 첫인상이 나빴으니 날 이해하지 못할 거예요. 그러나 당신이 나만큼 황야를 속속들이 잘 안다면, 봄 여름 가을 겨울 사시사철 변하는 모습을 본다면 당신도 사랑하게 될 거예요. 이 지역의 다른 곳과는 다른 특유한 매력이 있거든요. 황야는 아주 오랜 옛날부터 존재했어요. 때로 나는 이곳이 다른 시대의 자취인 것 같은 생각이 들어요. 황야는 가장 먼저 창조되었어요. 그다음에 숲이며 계곡이며 바다가 생겼죠. 해 뜨기 전에 러프토르에 올라가서 돌을 울리는 바람 소리를 들어보면 내 말뜻을 알게 될 거예요."

메리는 그동안 내내 고향의 목사를 생각했다. 그는 자기와 꼭 닮은 여러 명의 자식을 둔 매우 쾌활하고 작은 남자였다. 목사의 아내는 자두 파이를 만들었다. 크리스마스 날이면 목사는 항상 똑같은 설교를 했기에 교구민들은 모두 그 설교를 외울 정도였다. 그녀는 프랜시스 데비 목사가 앨터넌의 교회에서 무슨 말을 하는지 궁금했다. 러프토르에 대해서, 아니면 도즈메리 연못의 빛깔에 대해서 설교할까? 그들은 길이 우묵해진 곳에 도달했다. 그곳은 포이 강의 계곡으로 나무들이 듬성듬성 나 있었다. 그들 앞에는 헐벗은 언덕으로 올라가는 오르막길이 놓여 있었다. 그 너머로 자메이카 여인숙의 높은 굴뚝들이 하늘을 배경으로 솟아 있는 것이 보였다.

드라이브가 끝나고 그녀의 들뜬 기분도 사라졌다. 이모부에 대한 공포와 혐오가 되살아났다. 목사는 곧바로 마당에 들어가지 않고, 그 바로 앞의 풀이 무성한 둑 아래 마차를 세웠다.

"아무도 없는 것 같은데요." 그가 조용히 말했다. "죽은 집 같군요. 문을 열어볼까요?"

메리는 고개를 저었다. "열어보나 마나 잠겨 있을 거예요." 그녀가 속삭이듯이 말했다. "창문에도 창살이 있어요. 현관 위에 제 방이 있어요. 어깨 위로 올려주시면 기어 올라갈 수 있어요. 우리 집에서는 더한 짓도 했거든요. 제 방 창문 위쪽이 열려 있으니까 현관 지붕에만 올라가면 쉽게 들어갈 수 있어요."

"지붕에서 미끄러질 수도 있으니 안 돼요. 그럴 수는 없어요. 다른 방법이 없을까요? 집 뒤는 어때요?"

"바의 문도 잠겨 있을 거고 부엌문도 마찬가지예요. 원하신다면 한 바퀴 돌면서 확인해보죠."

그녀는 집 뒤쪽으로 그를 인도했다. 돌연 그녀가 입술에 손을 대고 그를 향해 돌아섰다.

"부엌에 불빛이 있어요." 그녀가 속삭였다. "이모부가 있다는 얘기예요. 페이션스 이모는 항상 일찍 자러 가니까요. 창문에 커튼이 없으니까 우리가 지나가면 이모부에게 들킬 거예요."

메리는 몸을 벽에 기댔다. 목사는 그녀에게 움직이지 말라는 손짓을 했다.

"좋아요." 그가 말했다. "들키지 않게 조심할게요. 창문으로 좀 들여다봐야겠어요."

그는 창가로 다가가 몇 분간 부엌을 들여다보았다. 그러고는 전에 본 적이 있는 긴장된 미소를 띤 채 그녀에게 다가오라고 손짓했다. 검은 목사 모자에 대비되어 그의 얼굴은 더욱 창백하게 보였다. "오늘 밤에는 자메이카 여인숙 주인과 다툴 일이 없겠어요." 그가 말했다.

메리는 그의 시선을 따라 창문으로 바짝 다가갔다. 부엌에는 병에 비스듬하게 꽂힌 촛불 하나가 켜져 있었다. 벌써 반쯤 타버린 초 가장자리에는 커다란 촛농이 주렁주렁 매달려 있었다.

촛불은 문에서 들어오는 바람에 깜빡이며 흔들렸다. 부엌문이 활짝 열려 있었던 것이다. 조스 멀린은 술에 취해 인사불성으로 식탁 위에 엎드려 있었다. 그의 다리는 양쪽으로 쫙 벌어지고 모자는 머리 뒤에 겨우 붙어 있었다. 조스는 눈을 뜨고 촛농이 떨어지는 촛불을 멍하니 쳐다보았다. 초점이 없는 그 눈은 마치 죽은 사람의 것 같았다. 식탁 위에는 주둥이가 깨진 병 하나가 뒹굴고 그 옆에는 빈 유리잔이 놓여 있었다. 토탄 불은 거의 꺼져갔다.

프랜시스 데비 목사가 열린 문을 가리키며 말했다. "저리로 들어가서 2층으로 올라가요. 당신 이모부는 당신을 보지 못할 거예요. 들어가서 문을 잠그고 촛불을 꺼요. 불내지 않으려면 말이죠. 그럼 잘 자요, 메리 옐런. 만일 무슨 일이 생겨서 내 도움이 필요하면 언제든지 앨터넌으로 와요."

그러고는 집 모퉁이를 돌아 사라졌다.

메리는 발끝으로 살금살금 부엌으로 들어가서 문을 잠갔다. 사실 그녀가 문을 쾅 닫았더라도 상관없었을 것이다. 어찌 되었건 이모부는 듣지 못했을 테니까.

자신만의 천국으로 떠난 조스 멀린에게 이곳의 작은 세계는 더 이상 존재하지 않았다. 메리는 촛불을 훅 불어 끄고 암흑 속에 그를 혼자 남겨두었다.

8

조스 멀린은 닷새 동안이나 취해 있었다. 그동안 그는 거의 대부분 인사불성 상태였다. 메리와 이모가 부엌에 급조한 침대에 누워 하루 종일 입을 쫙 벌린 채 잠을 잤다. 그의 숨소리는 위층 방까지 들렸다. 그는 매일 새벽 5시경에 30분 정도 잠에서 깨어 브랜디를 더 달라고 소리치면서 어린애처럼 울었다. 아내가 즉시 달려가 그를 달래고 베개를 받쳐준 다음, 물에 브랜디를 연하게 탄 것을 가져와 아픈 어린애 대하듯이 다정하게 말하며 유리컵을 입가에 대주었다. 그는 핏발 선 눈을 부라리며 주위를 둘러보았다. 혼잣말을 하고, 개처럼 떨기도 했다.

페이션스 이모는 완전히 딴 사람이 되었다. 그녀는 침착하고 눈치 빠르게 행동했다. 메리는 이모에게 그런 구석이 있을 거라고 전혀 생각하지 않았기에 깜짝 놀랐다. 이모는 전심전력으로 남편을 간호하며 수발을 들었다. 메리는 구역감을 느끼며 이모가 남편의 이불과 시트를 가는 것을 지켜보았다. 그녀로서는 이모부 옆에 가는 것조차 견딜 수가 없었다. 그러나 페이션스 이모는 당연한 것처럼 그 모든 일을 해냈고 그의 욕설과 고함에도 전혀 겁내는 기색이 없었다. 이것은 이모가 남편을 지배할 수 있는 유일한 기회였고, 실제로 이모부는 아내가 더운 물수건으로 그의 이마를 닦을 때에도 전혀 군소리하지 않았다. 그 일이 끝나자 이모는 새 이불을 그의 몸 밑으로 깔아주고 머리칼을 빗겨주었다. 그러자 몇 분 후에 그는 다시 잠들었다. 그러고는 입을 쩍 벌리고 혀를 내민 채 검붉은 얼굴로 집이 떠나가라 코를 골기 시작했다. 이제 부엌에서는 지낼 수가 없었다. 그래서 메리와 이모는 지금까지 한 번도 쓰지 않던 응접실을 거실로 사용했다. 메리가 온 이후 처음으로 페이션스 이모와 대화 비슷한 것이 가능해졌다. 이모는 메리의 어머니와 함께 지낸 헬퍼드에서의 처녀 시절에 대해 즐겁게 얘기했고, 가볍고 빠른 발걸음으로 집 안을 돌아다녔으며, 때로는 부엌에서 왔다 갔다 하면서 옛 노래를 흥얼거리기도 했다. 조스 멀린은 대체로 두 달에 한 번씩 주기적으로 술병이 나는 모양이었다. 예전에는 좀 더 뜨문뜨문했지만 요즘 들어서는 점점 더 잦아지는 탓에 페이션스 이모는 언제 그 일이 일어날지 알 수 없었다. 이번 일은 바셋 씨의 방문으로 촉발되었다. 이모 말에 따르면 이모부는 몹시 화가 나고 동요되어 저녁 6시에 황야에서 돌아오자마자 곧장 술을 찾아 직행했다. 이모는 그다음에 어떤 일이 일어날지 직감적으로 알아차렸다.

페이션스 이모는 황야에서 길을 잃었다는 메리의 얘기를 곧이곧대로 받아들였다. 이모는 늪을 조심하라는 말 이외에 다른 잔소리는 일절 하지 않았다. 메리는 적이 안심이 되었다. 그녀는 자세한 얘기를 하고 싶지 않았다. 앨터넌의 목사를 만난 얘기도 하지 않기로 했다. 그동안 조스 멀린은 부엌에서 인사불성으로 누워 있었고 두 여인은 닷새 동안 비교적 평화로운 생활을 할 수 있었다.

춥고 음산한 날씨가 이어지는 바람에 메리는 바깥나들이를 할 마음이 들지 않았다. 그러나 닷새째 되는 날에는 바람이 잦아들고 해가 비치기 시작했다. 불과 며칠 전에 지독히 고생했지만 메리는 다시 황야에 나가보기로 했다. 이날 아침 9시가 되자 여관 주인은 잠에서 깨어나 고래고래 고함을 질러댔고, 이제는 부엌에서 나는 냄새까지 온 집 안에 진동했다. 페이션스 이모가 이불을 들고 황급히 아래층으로 내려가는 모습을 보자 메리는 이 모든 것에 넌더리가 났다.

그녀는 스스로에 대해 부끄러웠지만 어쩔 수가 없었다. 손수건에 빵 한 조각을 싸서 손에 들고 집을 빠져나온 다음, 그녀는 큰길을 건너 황야로 들어갔다. 이번에는 킬마 토르를 향해 동쪽 황야로 가볼 심산이었다. 하루해가 종일 남아 있으니 길 잃을 염려는 없었다. 그녀는 계속 앨터넌의 기묘한 프랜시스 데비 목사에 대해 생각했다. 그러자 문득 그가 자기 얘기를 거의 하지 않았다는 데 생각이 미쳤다. 그녀 자신은 하룻저녁에 자신의 인생 전부를 얘기했는데 말이다. 그녀는 도즈메리 연못 옆에서 그림을 그리는 목사의 모습을 상상했다. 그것은 매우 이상한 광경일 것이다. 아마 그는 모자도 쓰지 않았겠지. 그래서 흰머리가 후광처럼 머리 주위를 감싸고 있었을 거야. 그런 인물이 바다로부터 내륙으로 들어오는 갈매기들이 물 위를 스치고 지나가는 연못 옆에 서 있는 모습이라니! 그 모습은 황야의 엘리야*를 닮았을 것이다.

메리는 왜 그가 목사가 되었는지, 그리고 그가 앨터넌 주민의 사랑을 받고 있는지 몹시 궁금했다. 이제 곧 크리스마스가 오니 고향 헬퍼드에서는 모두 호랑가시나무와 상록수와 겨우살이로 장식을 하고 있을 터이다. 과자와 케이크를 굽고 칠면조와 거위를 열심히 살찌우고 있을 것이다. 땅딸막한 목사는 축제 분위기를 내며 자신의 작은 세상 위에 환한 빛을 던진다. 그리고 크리스마스이브에는 차를 마신 다음, 트레로워런에 말을 타고 가서 슬로진을 마실 것이다. 프랜시스 데비 목사도 자기 교회를 호랑가시나무로 장식할까? 그리고 주민들을 위해 신의 은총을 기구

---

* 구약성서에 나오는 인물로, 기원전 9세기 전반 이스라엘의 아합 왕이 바알 신을 숭배하자 이스라엘에 큰 가뭄이 들 것이라고 예언하여 핍박을 받아 황야에 숨어든다.

할까?

한 가지 확실한 건 자메이카 여인숙에는 즐거운 기운이 감돌지 않을 거라는 점이다.

한 시간 남짓 걸은 후에 메리는 갑자기 걸음을 멈췄다. 앞쪽에 둘로 나뉘어 서로 반대 방향으로 흐르는 개울이 있었다. 개울은 두 언덕 사이의 낮은 골에 흘렀고 그 주위로 둥글게 습지가 형성되어 있었다. 그녀는 이곳이 처음이었다. 바로 앞에 있는 완만한 초록 언덕 너머를 바라보니 그 뒤로 높은 킬마 토르가 커다란 손가락들을 뻗어 하늘을 가리키고 있었다. 메리는 첫 토요일에 돌아다녔던 트레워서 습지를 바라보았다. 그러나 이번에는 남동쪽을 향하고 있었기에 산들은 환한 햇빛 아래서 지난번 모습과 전혀 다르게 보였다. 개울은 돌 위에서 졸졸 경쾌한 소리를 내며 흘러갔다. 물이 얕은 여울목에는 물을 쉽게 건널 수 있도록 도와주는 통나무 대문 같은 것이 개울을 가로질러 설치되어 있었다. 습지는 그녀 왼쪽에 넓게 뻗어 있었다. 부드러운 바람이 풀숲을 흔들자 풀들은 일제히 떨고 한숨을 내쉬며 와스스 소리를 냈다. 연초록색 풀들 사이에는 끄트머리에 갈색이 도는 땅딸막한 노란 풀들이 섞여 있었다.

그곳이 바로 늪이었다. 제법 널찍하기 때문에 단단해 보이지만 실제로는 매우 가벼워서, 만일 누가 거기 발을 디디면 곧바로 쑥 빠져버린다. 그리고 여기저기 조그만 얼룩처럼 찰랑이는 회색 물은 소용돌이처럼 거품을 일으키며 검게 변해버린다.

메리는 습지를 등지고 여울목을 건넌 다음, 개울 위쪽 높은 곳을 디디면서 두 언덕 사이로 흐르는 개울을 따라갔다. 맑게 갠 하늘 덕택에 구름 그림자도 보이지 않았다. 햇빛을 받아 모래빛으로 빛나는 황야가 그녀 앞에 멀리 펼쳐져 있었다. 마도요 한 마리가 개울가에서 물 위에 자기 모습을 비춰 보며 꼼짝 않고 서 있더니 갑자기 긴 부리를 번개같이 갈대 속으로 처박으며 부드러운 진흙을 쳤다. 그런 뒤 머리를 돌리고 두 다리를 구부리더니 공중으로 솟아 구슬프게 울면서 남쪽으로 날아갔다.

뭔가에 놀란 것이 틀림없었다. 몇 분 후 메리는 그 이유를 알게 되었다. 조랑말 몇 마리가 언덕을 요란하게 뛰어 내려오더니 물속에 풍덩 뛰어들어 물을 먹었다. 말들은 돌 위에서 큰 소리를 내며 뛰어오르고 서로 부딪치면서 꼬리를 흔들었다. 그들은 왼편의 통나무 문에서 나온 게 틀림없었다. 활짝 열린 그 문은 돌로 받쳐져 있었고, 그 뒤로는 길의 형상을 알아보기 힘든 진흙탕 농로가 보였다.

메리는 통나무 문에 기대서서 조랑말을 지켜보았다. 문득 메리의 시선 옆으로 한 남자가 양손에 양동이를 들고 길을 내려오는 모습이 감지되었다. 메리는 원래 가던 쪽으로 계속 전진하여 언덕 모퉁이를 돌아가려고 했다. 그러나 막 걸음을 옮기려는 찰나, 남자가 양동이를 흔들며 그녀를 소리쳐 불렀다.

젬 멀린이었다. 피하기에는 이미 늦은 바람에 그녀는 그 자리에 멀뚱히 서 있었다. 그러자 그가 바로 다가왔다. 그는 한 번도 빨지 않은 것 같은 더러운 셔츠 아래로 말 털과 헛간의 오물이 묻은 더러운 갈색 바지를 입고 있었다. 모자나 외투도 없었고 뺨에는 짧고 억센 수염이 덮여 있었다. 그가 메리를 향해 이를 드러내며 활짝 웃었다. 그것은 틀림없이 자기 형의 20년 전 모습을 화상처럼 빼닮았을 것이다.

"여기까지 날 찾아온 거군요, 그렇죠?" 그가 말했다. "이렇게 일찍 올 줄 몰랐어요. 알았다면 빵이라도 구워놨을 텐데. 사흘 동안 씻지도 못하고 감자만 먹고 살았어요. 자, 이 양동이 좀 들어요."

그는 그녀가 뭐라고 말할 새도 없이 느닷없이 그녀의 손에 양동이를 쥐여 주었다. 그러고는 조랑말들을 따라 개울 쪽으로 갔다. "이리 나와!" 그가 소리쳤다. "저리 비켜! 내 식수를 더럽히다니! 자 자, 이 검둥이 놈아!"

그는 제일 큰 말 궁둥이를 양동이로 때렸다. 그러자 말들은 물에서 나와 발로 허공을 차며 언덕 쪽으로 우르르 도망쳤다. "대문을 안 닫은 내 잘못이에요." 그가 메리에게 말했다. "나머지 양동이도 가져와요. 개울 저편 물은 깨끗하니까."

그녀는 양동이를 가지고 개울로 내려갔다. 그는 어깨 너머로 그녀에게 빙그레 웃어 보이며 양동이 두 개를 다 채웠다. "내가 집에 없었더라면 어떡할 뻔했어요?" 그가 소매로 얼굴을 닦으며 말했다. 메리는 웃지 않을 수가 없었다.

"당신이 여기 사는 줄 몰랐어요. 당신 찾으러 이쪽으로 온 건

절대로 아니에요. 만일 알았더라면 왼쪽으로 갔을 거예요."

"그런 말은 안 믿어요. 당신은 분명히 날 찾으러 나온 거예요. 내숭 떨어봤자 소용없어요. 어쨌든 마침 잘 왔어요. 부엌에 양고기가 있으니까 점심 준비를 해요."

그는 진흙 길을 앞장서 올라갔다. 모퉁이를 돌자 언덕 기슭에 작은 회색 오두막이 나왔다. 집 뒤편으로는 대충 지어놓은 헛간 몇 채와 감자밭 한 뙈기가 있었다. 나지막한 굴뚝에서 가느다란 연기 한 줄기가 솟아올랐다. "불은 지펴놓았으니까 금방 양고기를 삶을 수 있을 거예요. 요리할 줄 알죠?" 그가 물었다.

메리는 아래위로 그를 훑어보며 물었다. "사람들을 항상 이렇게 부려먹어요?"

"그럴 기회가 별로 없어요. 하지만 이왕 왔으니까 좀 들어와요. 어머니가 돌아가신 후로는 내가 직접 요리해 먹어요. 여자가 집에 온 적도 없고요. 자, 들어와요."

그녀는 그를 따라 집으로 들어갔다. 문이 너무 낮아서 들어가려면 고개를 숙여야 했다.

자메이카 부엌 크기의 절반 정도 되는 조그만 정사각형 방이었다. 방 한구석에는 입구가 넓은 커다란 벽난로가 있었고, 방 바닥은 감자 껍질과 양배추 줄기, 빵 부스러기 같은 쓰레기들로 더럽기 짝이 없었다. 온갖 잡동사니가 방 전체에 지저분하게 널리고 온통 토탄 재로 뒤덮여 있었다. 메리는 기가 차서 주위를 둘러보았다.

"청소는 아예 안 해요?" 그녀가 물었다. "부엌이 꼭 돼지우리 같군요. 창피한 줄 알아요. 저 물동이 이리 주고 빗자루도 줘요. 이런 곳에서는 도저히 음식을 먹을 수가 없어요."

그녀는 곧바로 일을 시작했다. 온갖 쓰레기로 더러운 이곳을 보자 청결과 질서에 대한 그녀의 본능이 깨어났다. 반 시간 만에 부엌은 말끔하고 깨끗하게 치워졌다. 돌바닥은 촉촉하게 윤이 났고, 쓰레기도 사라졌다. 그녀는 찬장에서 발견한 도자기와 식탁보로 식탁을 차렸다. 그동안 불 위에 얹어놓은 스튜 냄비에서는 감자와 순무를 곁들인 양고기가 익어갔다.

음식 냄새가 구수했다. 젬이 배고픈 개처럼 킁킁 냄새를 맡으며 안으로 들어왔다. "집에 여자가 있어야겠어요. 이모를 거기 내버려두고 이곳에 와서 날 돌봐주지 않겠어요?"

"나는 품삯이 비싸요. 당신은 돈이 없어서 내가 요구하는 급료를 못 줄걸요?"

"여자들은 항상 인색해요." 그가 식탁에 앉으며 말했다. "여자들은 돈 갖고 뭘 하는지 모르겠어요. 절대로 쓰지 않으니까. 우리 어머니도 그랬어요. 낡은 스타킹에다 돈을 감춰두었는데 나는 돈을 구경도 못 했어요. 식사 빨리 주세요. 배가 등가죽에 붙겠어요."

"당신은 성질이 급하죠?" 메리가 말했다. "요리를 해준 내게 한 마디 감사의 말도 없네요. 손 좀 치워요. 접시가 뜨거우니까."

메리는 김이 펄펄 나는 양고기를 그의 앞에 놓았다. 그가 입맛을 다시며 말했다. "당신 고향에선 확실히 규수들을 잘 가르치나 봐요. 나는 항상 말하죠. 여자들은 두 가지를 본능적으로 잘해야 한다고. 요리도 그중의 하나예요. 물 좀 갖다 줘요. 물 주전자는 바깥에 있어요."

메리는 이미 물 잔을 채워놓았기 때문에 잠자코 물 잔을 그에게 건넸다.

"우리는 모두 여기서 태어났어요." 젬은 머리를 천장 쪽으로 쳐들며 말했다. "하지만 내가 아직 엄마 치마꼬리나 붙잡고 다니는 어린아이였을 때 조스와 매슈는 모두 어른이었어요. 아버지는 집에 거의 없었어요. 그렇지만 가끔씩 집에 오면 금방 알 수 있었죠. 한번은 어머니에게 칼을 집어 던졌어요. 그게 어머니 눈 위에 맞아서 얼굴에 피가 줄줄 흘렀죠. 나는 겁이 나서 불 옆 구석에 숨었어요. 어머니는 잠자코 물로 눈을 씻고는 아버지 저녁을 차려주었어요. 어머니는 훌륭한 분이셨죠. 물론 말도 없고 우리에게 먹을 것도 많이 주진 않았지만요. 내가 어릴 때는 나를 귀여워하셨어요. 아마 내가 막내라 그랬을 거예요. 어머니가 보지 않으면 형들이 나를 때렸어요. 화목한 가정은 아니었죠. 조스가 매슈를 때려눕히는 것도 보았어요. 매슈는 이상한 놈이었죠. 어머니를 닮아 조용한 편이었어요. 매슈는 저기 저 늪에 빠져 죽었죠. 거기서는 목이 터져라 고함쳐도 아무도 못 들어요. 길 잃은 말이나 새들밖에는 없죠. 나도 한번은 거의 죽을 뻔했어요."

"어머니가 돌아가신 지 얼마나 되었어요?" 메리가 물었다.

"이번 크리스마스면 7년이 돼요." 그가 삶은 양고기를 더 집으며 대답했다. "아버지가 교수형을 당하고, 매슈가 익사하고, 조스가 아메리카에 가고, 또 나도 자라면서 망나니가 되니까 어머니는 종교에 심취하여 시도 때도 없이 주님을 찾으며 기도를 드렸어요. 나는 그걸 견딜 수가 없어서 가출했고요. 그 뒤로 한동안 패드스토의 범선을 탔어요. 뱃멀미 때문에 집으로 돌아왔더니 어머니가 해골같이 말라 있더군요. 그래서 '어머니 좀 많이 드셔야겠어요'라고 했죠. 하지만 어머니는 말을 듣지 않았어요. 그래서 또 집을 나와 한동안 플리머스에서 닥치는 대로 푼돈이나 벌면서 살았어요. 그러다가 크리스마스이브에 저녁을 먹으려고 집에 왔어요. 그런데 집 문이 잠겨 있고 아무도 없었죠. 나는 화가 머리끝까지 났어요. 24시간 동안 아무것도 못 먹었으니까요. 노스 힐에 가서 물어보았더니 어머니가 돌아가셨다더군요. 3주 전에 장례도 치렀다고. 그해 크리스마스는 차라리 플리머스에 있는 편이 나았을 거예요. 그랬더라면 저녁에 뭐라도 얻어먹었을 텐데. 당신 뒤에 있는 찬장에 치즈가 있으니 반쪽 먹어요. 안에 담배꽁초가 들어 있긴 하지만 그 때문에 탈이 나진 않을 거예요."

메리는 고개를 저었다. 그녀가 가만히 있자 할 수 없다는 듯이 그가 직접 치즈를 가지러 갔다.

"무슨 일이에요?" 그가 물었다. "꼭 병든 암소 같군요. 양고기가 벌써 배 속에서 탈이 났나요?"

메리는 그가 자기 자리로 돌아가 딱딱하게 마른 치즈 조각을 곰팡내 나는 빵 조각 위에 얹는 모습을 바라보았다. "콘월에 밀린 성 가진 사람이 한 명도 안 남는 편이 낫겠어요." 그녀가 말했다. "당신 가족 같은 사람보다는 차라리 질병이 나아요. 당신과 당신 형은 애초에 배배 꼬이고 사악하게 태어났어요. 당신은 어머니의 고통에 대해 생각해보지 않았나요?"

젬은 치즈 바른 빵을 입에 가져가다 말고 놀라서 그녀를 바라보았다.

"어머니는 괜찮아요. 한 번도 불평하지 않았어요. 우리한테 익숙했으니까요. 열여섯 살에 우리 아버지와 결혼한 이래 괴로워할 틈도 없었어요. 그다음 해에 조스가 태어났고, 다음에는 매슈가 났죠. 형들 키우느라 어머니는 눈코 뜰 새 없었어요. 그리고 형들이 어머니 손을 떠나자 내가 태어나는 바람에 모든 걸 다시 시작해야 했죠. 나는 실수로 태어났어요. 어느 날 우리 아버지는 론서스턴 장에 가서 자기 것도 아닌 소를 세 마리나 팔았어요. 그러고는 술에 잔뜩 취해서 돌아왔죠. 안 그랬다면 오늘 이렇게 당신과 이야기하는 일도 없었을 거예요. 물 항아리 좀 줘요."

메리는 식사를 마쳤다. 그녀는 일어나서 조용히 접시를 치우기 시작했다.

"자메이카 여인숙 주인장은 어때요?" 젬은 의자를 뒤로 젖히고 앉아서 설거지하는 그녀를 바라보며 물었다.

"고주망태. 자기 아버지처럼." 메리가 퉁명스럽게 말했다.

"조스는 술 때문에 망할 거예요." 젬이 진지하게 말했다. "정신을 잃도록 마시고는 며칠이나 인사불성으로 누워 있죠. 언젠가는 그 상태로 죽고 말 거예요. 바보 천치 같으니라고! 이번에는 며칠이나 누워 있었어요?"

"닷새요."

"아! 조스로서는 별것 아니군요. 그냥 내버려두면 일주일이라도 누워 있을 거예요. 그런 다음 정신이 들면 트레워서 늪처럼 시커먼 입을 벌리고는 갓 태어난 송아지처럼 비틀거리며 일어서요. 필요 없는 액체를 다 처리하고, 남은 알코올이 몸에 전부 흡수되고 나면 잘 감시해야 해요. 진짜 위험하니까. 당신도 조심해야 하고요."

"내게 손대지 않을 거예요. 그러지 못하게 할 테니까." 메리가 말했다. "게다가 나 말고도 다른 신경 쓸 일들이 많이 있어요. 다른 할 일이 많다고요."

"수수께끼 같은 소리 하지 말아요. 혼자서 끄덕끄덕하면서 입을 오물거리지도 말고요. 자메이카에 무슨 일이 생겼어요?"

"어떻게 보느냐에 따라 그렇기도 하고, 아니기도 해요." 그녀는 접시를 수건으로 닦으면서 그를 쳐다보았다. "지난주에 노스힐의 바셋 씨가 다녀갔어요."

젬은 꽈당 소리를 내며 의자 다리를 땅바닥에 내려놓았다.

"아이쿠! 그런데 치안판사는 뭣 때문에 왔어요?"

"조스 이모부는 마침 외출 중이었어요." 메리가 말했다. "바셋 씨는 집에 들어와서 안을 살펴보겠다고 했어요. 통로 끝의 방 문을 부수고 들어갔지요. 하인하고 둘이서 말이죠. 그런데 방이 텅 비어 있었어요. 그분은 실망하고 놀란 것 같았어요. 막 화를 내면서 돌아갔지요. 당신에 대해서도 물었는데 나는 당신을 한 번도 본 적이 없다고 대답했어요."

젬은 휘익 휘파람을 불었다. 메리가 얘기하는 동안 그의 얼굴에는 별다른 표정이 나타나지 않았다. 그러나 얘기 끝부분에서 자기 이름이 나오자 미간을 찌푸리더니 메리의 말이 끝나자 웃으며 물었다. "왜 거짓말했어요?"

"그때는 그 편이 덜 귀찮을 거라고 생각했어요. 좀 더 생각했더라면 분명히 아는 대로 얘기했을 텐데. 근데 뭔가 숨기는 게 있나요?"

"별로 많지는 않아요. 아까 개울 근처에 있던 검은 말 말인데, 그게 원래 그 사람 말이죠." 젬이 심드렁하게 말했다. "지난주에는 회색 얼룩말이었죠. 바셋 씨는 큰돈을 주고 그놈을 사서 자기가 직접 길렀죠. 운이 좋으면 론서스턴에서 몇 파운드 받고 팔 수 있을 거예요. 같이 가서 직접 한번 봐요."

그들은 바깥으로 나갔다. 메리는 앞치마에 손을 닦고는 오두막 문턱에 서서 젬이 말 쪽으로 걸어가는 것을 지켜보았다. 집은 언덕 기슭에 자리 잡고 있었다. 언덕 아래로 보이는 위시 개울은 계곡을 휘돌아 저편 언덕 뒤쪽으로 흘렀다. 집 뒤로는 넓고 평평한 들판이 펼쳐져 있었다. 소 방목장처럼 생긴 들밭 양편으로는 높은 산이 있었지만 뒤쪽으로는 저 멀리 아스라이 보이는 바위투성이 킬마 토르 이전까지는 아무것도 거칠 것이 없는 평지였다. 아마도 그것이 '트웰브 멘스 황야'인 것 같았다.

메리는 앞머리에 눈이 가려진 어린 조스 멀린이 이 집 문턱을 뛰어나오는 모습을 상상했다. 그의 어머니는 수척하고 고독한 모습으로 팔짱을 낀 채 그의 뒤에 서서 미심쩍은 눈으로 그의 뒷모습을 지켜보고 있었다. 수많은 슬픔과 침묵, 그리고 분노와 쓰라린 고통이 이 작은 오두막 지붕 아래 흘러갔을 것이다.

돌연 말발굽 소리와 고함 소리가 들렸다. 젬이 검은 말을 타고 집 모퉁이를 돌아 그녀 쪽으로 왔다. "이게 내가 당신보고 사라던 말이에요." 그가 말했다. "하지만 당신은 돈을 너무 아껴요. 당신에게 꼭 알맞을 텐데. 바셋 씨가 자기 아내를 위해서 키우던 말이거든요. 그러니까 안 사면 후회할걸요."

메리는 고개를 흔들며 웃었다. "만일 저걸 사면 자메이카의 마구간에 묶어놔야 할 텐데 언젠가 바셋 씨가 또 오면 저걸 못 알아볼까요? 고맙지만 사양하겠어요. 나는 당신 가족을 위해 이미 충분히 거짓말을 했어요, 젬 멀린." 젬은 실쭉하여 말에서 내렸다.

"당신은 최고의 거래를 거절했어요. 이제 다시는 이런 좋은 기회가 안 와요. 크리스마스 전날 론서스턴 장에 끌고 가면 말

장수들이 두말 않고 살걸요." 그는 말 궁둥이를 철썩 치며 말했다. "자, 넌 이제 가봐!" 그러자 말은 깜짝 놀라 제방 사이에 난 틈 쪽으로 달려갔다.

젬은 풀잎을 따서 씹으며 메리를 곁눈질했다. "바셋 씨는 자메이카에 뭘 찾으러 왔나요?" 그가 물었다.

메리는 그의 눈을 똑바로 바라보며 대답했다. "당신이 나보다 더 잘 알잖아요." 젬은 생각에 잠긴 표정으로 풀을 씹더니 줄기를 땅에 탁 뱉었다.

"얼마나 알고 있어요?" 그가 돌연 풀 줄기를 집어 던지며 물었다.

메리는 어깨를 으쓱했다. "나는 심문받으러 여기 온 게 아니에요. 바셋 씨한테 당한 것만 해도 충분해요."

"조스는 운이 좋았어요. 그 물건을 옮겨놓았으니." 젬이 조용히 말했다. "지난주에 형한테 그랬어요. 너무 위험하다고. 꼬리를 밟히는 건 시간문제라고 말이죠. 그런데 기껏 술이나 퍼먹다니, 등신같이!"

메리는 아무 말도 하지 않았다. 만일 젬이 솔직한 척 선수를 쳐서 메리의 의중을 떠보는 것이라면 헛수고였다.

"현관 위에 있는 방에서는 모든 게 잘 보일 텐데요." 그가 말했다. "잠자는 미녀를 깨우는 일이 안 생기나요?"

"그게 내 방인지 어떻게 알았어요?" 메리가 즉각 되물었다.

그녀의 질문에 그는 무척 당황했다. 그의 눈에 당혹스러운 빛이 어렸다. 잠시 후 그는 웃으며 제방에서 풀잎을 또 하나 땄다.

"그날 내가 마당에 들어갔을 때 그 방 창문이 활짝 열려 있었어요." 그가 말했다. "그리고 블라인드 자락이 바람에 날리고 있었죠. 그 전에는 자메이카 여인숙에서 창문이 열려 있는 걸 본 적이 없어요."

설명은 그럴싸했다. 그러나 메리에게는 충분하지 않았다. 갑자기 끔찍한 생각이 떠올랐다. 첫 토요일 밤에 텅 빈 손님방에 숨어 있던 사람이 혹시 젬이 아니었을까? 갑자기 등줄기에서 식은땀이 흘렀다.

"왜 당신은 그 사건에 대해 아무 말도 안 해요?" 그가 계속했다. "내가 형한테 가서 '형 조카가 입을 함부로 놀려' 하고 고해바칠까 봐 그래요? 집어치워요, 메리. 당신은 장님도 귀머거리도 아니에요. 자메이카 여인숙에 한 달간 살았다면 어린애라도 냄새를 맡았을 거예요."

"도대체 내게 무슨 자백을 받아내려는 거예요?" 메리가 말했다. "그리고 내가 얼마만큼 알건 그게 당신과 무슨 상관이에요? 난 최대한 빨리 이모를 거기서 모시고 나갈 생각밖에 없어요. 그건 당신이 여관에 왔을 때 이미 말했죠? 이모를 설득하는 데 시간이 좀 걸릴 테니 참고 기다려야죠. 당신 형이야 술 먹고 죽더라도 내 알 바 아니에요. 이모부 목숨은 이모부 거고. 물론 이모부 사업도 마찬가지예요. 나하고는 전혀 상관없어요."

젬은 휘파람을 불면서 길 위의 돌멩이를 걷어찼다.

"그럼 밀수가 소름 끼치지 않는다는 말이죠?" 그가 물었다. "형이 자메이카의 방마다 브랜디와 럼주를 쌓아놓아도 아무 소리 않는단 말이죠? 하지만 형이 딴 일에도 관여했다면요? 생사의 문제, 말하자면 살인 같은 것 말이에요. 그럼 어쩔래요?"

그는 돌아서서 그녀를 정면으로 바라보았다. 그녀는 이번에는 그가 장난치는 게 아님을 알았다. 무심하게 웃어젖히는 태도가 사라지고 눈에 진지한 빛이 어려 있었다. 그러나 그 이상은 알아낼 수가 없었다.

"무슨 말인지 도통 모르겠네요." 메리가 말했다.

그는 아무 말 없이 한참 동안 그녀를 바라보았다. 마치 머릿속에서 무슨 문제에 대해 망설이고 있으며 그녀의 표정 속에서 그 해답을 찾으려는 것 같았다. 형과의 유사성이 모두 사라졌다. 그는 더 단단해지고 갑자기 나이를 먹어 전과는 전혀 다른 인간이 된 듯했다.

"어쩌면 알 수 없을지도 모르죠." 마침내 그가 말했다. "하지만 좀 더 있으면 알게 될 거예요. 왜 당신 이모가 살아 있는 유령 같은지 말할 수 있어요? 다음번 서북풍이 불 때 이모한테 물어보세요."

그리고 나서 젬은 호주머니에 두 손을 넣고 나지막이 휘파람을 불기 시작했다. 메리는 잠자코 그를 바라보았다. 수수께끼 같은 얘기였다. 그러나 그것이 그녀에게 겁을 주기 위해서인지 아닌지는 알 수 없었다. 그녀는 태평한 가난뱅이 말 도둑 젬을 이해하고, 용서할 수 있었다. 그러나 지금 이것은 전혀 새로운 태도였다. 그녀는 자신이 이 새 인물도 좋아하는지 어떤지 알 수 없었다.

그는 잠시 웃더니 어깨를 으쓱했다. "언젠가 조스와 나 사이에 문제가 생길 거예요. 그때 아쉬운 사람은 형이지 내가 아닐 거예요." 이 알쏭달쏭한 말을 마치자 그는 획 돌아섰다. 말을 찾으러 황야로 가는 모양이었다. 메리는 생각에 잠긴 채 숄을 꽉 붙들고 그의 뒷모습을 지켜보았다. 그녀의 짐작이 맞았다. 밀수 말고도 뭔가 있는 것이다. 그날 밤 바에 있던 미지의 인물은 살인에 대해 말했다. 그리고 이제 젬이 같은 말을 되풀이했다. 그러므로 앨터넌의 목사가 뭐라고 생각했던 간에 그녀는 바보도, 히스테리 환자도 아닌 것이다.

이 모든 것에 있어서 젬 멀린의 역할이 무엇인지는 딱히 말하기 어려웠다. 그러나 어쨌든 뭔가 관계가 있다는 데는 의심의 여지가 없었다.

그가 그날 밤 비밀리에 이모부를 따라 계단을 내려온 사람이 맞다면 그는 그녀가 자기 방을 나와 어딘가 숨어 있다가 그들의 얘기를 들었음을 잘 알고 있을 것이다. 그렇다면 그는 대들보에 매여 있던 밧줄을 기억할 테고, 그와 여관 주인이 황야로 떠난 후에 그녀가 바에 들어와 그것을 보았으리란 것을 쉽사리 짐작했을 것이다.

만일 젬이 그 사람이라면 그의 모든 질문은 아귀가 들어맞는

다. 그는 그녀에게 '얼마나 알고 있느냐'고 물었다. 그러나 그녀는 말하지 않았다.

그 대화로 인해 메리의 마음에 그림자가 드리워졌다. 그녀는 이제 떠나고 싶었다. 그에게서 벗어나 혼자서 생각하고 싶었다. 그녀는 위시 개울을 향해 천천히 언덕을 내려갔다. 길 끝에 있는 대문에 도달했을 때 뒤에서 급히 달려오는 발자국 소리가 들렸다. 그는 메리를 앞질러 대문을 붙들었다. 거뭇거뭇한 수염과 더러운 바지 때문에 영락없는 집시 꼴이었다.

"왜 가는 거예요?" 그가 물었다. "아직 시간도 얼마 되지 않았는데. 4시 전에는 어두워지지 않아요. 정 그러면 러시퍼드 대문까지 바래다줄게요. 대체 무슨 일이에요?" 그는 손으로 그녀의 턱을 잡고 얼굴을 들여다보았다. "내가 무서운가 보네요." 그가 말했다. "오두막 2층에 브랜디와 담배를 잔뜩 쌓아놓고 있다고 생각하죠? 그걸 당신에게 보여주고 나서 당신 목을 딸 거라고 생각하는 거죠? 우리 멀린 가족은 막가는 사람들이고 그중에서도 젬은 최악이라고 생각하죠? 안 그래요?"

그녀는 자기도 모르게 빙그레 미소를 지었다. "그 비슷하네요." 그녀가 솔직히 말했다. "하지만 나는 당신이 무섭지 않아요. 그러니 그 생각은 안 해도 돼요. 만일 당신이 그렇게 형을 닮지 않았다면 당신을 좋아할 수도 있었을 거예요."

"내 얼굴을 고칠 수는 없어요." 그가 말했다. "게다가 난 조스보다 훨씬 잘생겼어요. 그건 당신도 인정해야 해요."

"당신 자만심은 알아줘야 해요. 자만심이 정말 대단해서 다른 자질은 전혀 없어도 될 정도예요." 메리가 말했다. "그 잘생긴 당신 얼굴을 뺏을 수야 없지요. 그 얼굴로 여자들 많이 울리세요. 이제 가야겠어요. 자메이카 여인숙까지는 꽤 멀어요. 또다시 황야에서 길을 잃으면 안 돼요."

"그런데 언제 길을 잃었어요?" 그가 물었다.

메리는 살짝 미간을 찌푸렸다. 자기도 모르게 그 말을 해버린 것이다. "며칠 전 오후에 서쪽 황야에 나갔다가 안개가 일찍 내리는 바람에 좀 헤매다 겨우 길을 찾았어요."

"그렇게 걸어 다니면 안 돼요." 그가 말했다. "자메이카와 러프토르 사이에는 소 떼라도 한꺼번에 삼켜버리는 늪이 있어요. 당신같이 비쩍 마른 여자는 말할 것도 없고요. 어찌 되었건 여자가 다닐 곳이 못 돼요. 그런데 무엇 때문에 나다니는 거예요?"

"바람 좀 쐬려고요. 며칠이나 집에 갇혀 있었으니까요."

"좋아요, 메리 옐런, 다음번에 바람을 쐬고 싶으면 이쪽으로 와요. 대문을 지나 오면 길을 잃을 염려가 없어요. 습지를 왼쪽에 두고 오지만 않으면 돼요. 오늘처럼 말이죠. 크리스마스 전날 나하고 함께 론서스턴에 가겠어요?"

"론서스턴에서 뭘 할 건데요, 젬 멀린?"

"바셋 씨의 검은 말을 팔려고요. 그날은 당신도 자메이카 여인숙에서 나오는 게 좋을 거예요. 내가 형을 잘 알거든요. 그때쯤이면 숙취에서 회복되어 생트집을 잡을걸요. 형은 당신이 황야에 나돌아 다니는 걸 아니까 당신이 집에 없더라도 아무 말 없을 거예요. 자정까지는 집에 데려다 줄게요. 함께 갑시다, 메리."

"혹시 당신이 바셋 씨의 조랑말과 함께 론서스턴에서 잡힌다면요? 당신은 완전히 바보 꼴이 되겠죠? 그리고 만약에 내가 당신과 함께 유치장에 간다면 나도 그렇게 될 테고요."

"아무도 날 잡지 못해요. 적어도 얼마 동안은 말이에요. 모험좀 해봐요, 메리. 짜릿한 흥분이 좋지 않아요? 잘못될까 봐 그렇게 겁나요? 헬퍼드에서는 처녀들을 솜털에 감싸서 키우나 봐요."

그녀는 낚시에 물린 물고기처럼 벌떡 일어났다.

"그럼 좋아요, 젬 멀린, 내가 겁낸다고 생각하지 말아요. 감옥에 가는 거나 자메이카 여인숙에서 사는 거나 별다를 바 없으니까요. 론서스턴에는 어떻게 가지요?"

"이륜마차로 가요. 바셋 씨의 말을 마차 뒤에 매달고 말이죠. 황야를 건너 노스 힐로 가는 길 알아요?"

"아뇨, 몰라요."

"그냥 똑바로만 걸어가면 돼요. 국도로 1.5킬로미터쯤 가면 언덕 꼭대기에 닿아요. 거기 오른편을 살펴보면 산울타리에 틈이 생겨 있어요. 정면으로는 케리 토르가 있고 멀리 오른쪽에는 호크스 토르가 있어요. 똑바로만 가면 길 잃을 염려는 없어요. 중간쯤까지 내가 마중 나갈게요. 우리는 갈 수 있는 한 최대로 황야 속의 오솔길을 이용할 거예요. 크리스마스 전날이라 사람들이 국도에 꽤 많을 테니까요."

"그럼 몇 시에 집을 나서야 할까요?"

"다른 사람들은 일찍 가서 오전에 도착할 테니 우리는 2시쯤 도착하는 걸로 합시다. 그때쯤이면 거리에 사람이 꽤 많을 거예요. 그러니까 당신은 11시경에 자메이카를 출발하면 될 것 같군요."

"약속은 못 해요. 혹시 내가 안 보이면 그냥 혼자 가세요. 어쩌면 페이션스 이모가 날 필요로 할지도 몰라요."

"그건 그래요. 하지만 뭔가 핑계를 대요."

"저기 개울 위로 문이 보이네요." 메리가 말했다. "더 이상은 안 와도 돼요. 이제부터는 길을 찾을 수 있으니까요. 저 언덕 꼭대기를 넘어가면 되죠?"

"형에게 안부 전해줘요. 형의 성질머리와 말투가 좀 나아졌기를 바란다고 말해주세요. 자메이카 여인숙 현관에 겨우살이를 좀 걸어줄까 물어봐주고요! 물 조심해요. 내가 여울목 너머까지 데려다 줄까요? 발 적시겠어요."

"물이 허리까지 찬다 해도 괜찮아요. 자 그럼 안녕히, 젬 멀린." 메리는 한 손으로 대문을 잡고 용감하게 개울 건너편으로 펄쩍 뛰었다. 그 바람에 치마 끝단이 물에 젖어버려서 치마를 걷어 올려야 했다. 개울 저편에서 젬의 웃음소리가 들렸다. 그녀는 손을 흔들지도, 뒤를 돌아보지도 않고 똑바로 언덕을 올라갔다.

남쪽 지방에 가서 그곳 젊은이들과 겨뤄보면 좋을 텐데. 메리는 이런 생각이 들었다. 헬퍼드나 그위크, 혹은 매너컨의 젊은 이들과 겨뤄보면 자기 분수를 알게 될 텐데. 콘스턴틴의 대장장이라면 젬 정도는 식은 죽 먹듯이 쉽게 제압할 텐데. 젬 멀린은 으스댈 거리가 하나도 없었다. 말 도둑에, 밀수꾼에, 부랑자가 아닌가? 게다가 어쩌면 살인자인지도 모른다. 황야에서는 과연 대단한 남자들을 키워낸다.

메리는 그가 무섭지 않았다. 그것을 증명하기 위해서 크리스마스 전날 그와 함께 이륜마차를 타고 론서스턴에 가기로 마음먹었다.

큰길을 건너 마당으로 들어갔을 때는 이미 땅거미가 지고 있었다. 항상 그렇듯이 여관 문에는 빗장이 질리고, 창문에는 창살이 막혀 있고 불빛도 새어 나오지 않아서 사람이 살지 않는 빈집 같았다. 그녀는 집 뒤로 돌아가 부엌문을 두드렸다. 그러자 곧바로 문이 열렸다. 이모는 안색이 창백하고 불안해 보였다.

"이모부가 하루 종일 널 찾았어." 이모가 말했다. "어디 갔었니? 아침부터 나갔는데 벌써 5시가 다 되었잖아."

"황야를 돌아다녔어요." 메리가 대답했다. "문제가 될 거라고는 생각 못 했어요. 조스 이모부가 왜 날 찾아요?" 돌연 불안감이 엄습했다. 부엌 모퉁이에 있는 침대 쪽을 보니 텅 비어 있었다. "어디 가셨어요? 이제 좀 나아졌어요?" 그녀가 물었다.

"응접실에 있겠다고 해서." 이모가 말했다. "부엌이 지겨워졌다는구나. 오후 내내 응접실 창가에 앉아서 네가 오나 지키고 있었어. 메리야, 이모부를 기분 좋게 해야 해. 상냥하게 말하고, 말대답하면 안 돼. 지금은 안 좋은 때야. 이모부가 회복될 때니까……매일 조금씩 강해지고, 고집이 세지고, 좀 광폭해지기도 한단다. 메리야, 이모부에게 말할 때는 말조심 좀 해줘. 그럴 거지, 응?"

이모는 손을 만지작대고 입을 오물거리는 예전의 페이션스 이모로 되돌아갔다. 말을 하면서도 연신 뒤를 돌아보았다. 그런 이모 모습이 딱했다. 메리에게도 이모의 불안이 전염되는 것 같았다.

"왜 날 보려고 하는데요?" 그녀가 말했다. "보통 때는 내게 아무 말도 하지 않잖아요. 도대체 무슨 할 말이 있을까요?"

페이션스 이모는 눈을 깜빡이고 입을 오물거렸다. "괜한 변덕이야. 괜히 투덜거리고 혼잣말을 한단다. 이런 때는 이모부가 무슨 말을 하든지 신경 쓰지 말아야 해. 제정신이 아니니까. 이제 가서 네가 왔다고 말할게." 이모는 부엌을 나가 응접실로 갔다.

메리는 찬장으로 가서 물병에서 물을 한 잔 따랐다. 무척 목이 말랐다. 컵을 쥔 손이 덜덜 떨렸다. 지금까지 황야에서 그렇게 대담무쌍했는데 집에 들어오자마자 그 모든 기백을 잃고 어린애처럼 불안에 떨다니, 메리는 자신이 너무나 바보처럼 느껴졌다. 이모가 돌아왔다.

"지금은 조용해." 이모가 말했다. "의자에 앉은 채 잠들었어. 어쩌면 오늘 밤에는 깨지 않을지도 몰라. 빨리 저녁 먹고 치우자. 여기 식은 파이가 있으니 좀 먹어봐."

메리는 전혀 식욕이 없었지만 억지로 꾸역꾸역 먹었다. 그녀는 뜨거운 차를 두 잔 마신 다음 접시를 밀어놓았다. 두 사람은 아무 말도 하지 않았다. 페이션스 이모는 연신 문 쪽을 흘끔거렸다. 저녁 식사를 마치자 그들은 소리 내지 않고 설거지를 했다. 메리는 벽난로에 토탄을 보충하고 그 옆에 쭈그리고 앉았다. 방 안에 매운 퍼런 연기가 솟았지만 불기는 느껴지지 않았다.

현관에서 갑자기 윙 하는 소리가 들리더니 시계가 6시를 쳤다. 메리는 숨을 죽이고 그 소리를 셌다. 소리는 마치 일부러 그러는 것처럼 천천히, 무겁게 집 안의 정적을 깼다. 여섯 번째 종이 치고, 그 소리가 집 안에 메아리쳐서 마침내 사라질 때까지 억겁의 시간이 흐른 것 같았다. 그러고는 째깍거리는 소리만이 계속되었다. 응접실에서는 아무 소리도 들리지 않았다. 메리는 숨을 내쉬었다. 페이션스 이모는 식탁에 앉아 촛불에 의지하여 바늘귀에 실을 꿰었다. 고개를 숙여 무명실을 꿰느라 그녀는 입을 오므리고 눈살을 찌푸렸다.

긴 저녁 시간이 지났다. 그러나 아직도 응접실에서는 아무 기척이 없었다. 메리는 자기도 모르게 눈이 감겨서 고개를 떨구고 꾸벅꾸벅 졸았다. 비몽사몽간에 그녀는 이모가 재빨리 의자에서 일어나 일하던 것을 찬장 옆 선반에 얹는 소리를 들었다. 뒤이어 이모가 귀에 대고 속삭이는 소리가 꿈속에서처럼 아득하게 들렸다.

"이제 자러 갈게. 아마 이모부는 안 일어날 거야. 오늘 밤은 그렇게 자려나 봐. 그러니 깨우지 않는 게 좋겠어."

메리는 뭔가 대답을 했다. 그러고는 바깥 통로에서 나는 발자국 소리와 삐걱거리는 계단 소리를 잠결에 들었다.

위층에서 문이 살짝 닫히는 소리가 났다. 메리는 몽롱한 잠 기운이 엄습해오는 것을 느꼈다. 그녀의 머리는 손바닥에 더 깊이 묻혔다. 머릿속에서 째깍거리는 시계 소리가 큰길의 발자국 소리처럼 박자를 맞추며 천천히 울렸다. 하나…… 둘…… 하나…… 둘…… 그 소리는 점점이 이어졌다. 그녀는 황야의 개울 옆에서 무거운 짐을 나르고 있었다. 짐이 아주 무거워서 도저히 들고 있을 수가 없었다. 그 짐을 잠깐 내려놓고 강둑에서 좀 쉴 수 있었으면, 좀 잘 수 있었으면……

하지만 추위도 너무 추웠다. 완전히 젖은 발에서 물이 뚝뚝 떨어질 정도였다. 물에서 나와 강둑으로 올라가야 해…… 불이 꺼져 있었다. 불씨도 남아 있지 않았다…… 메리는 눈을 떴다. 그녀는 흰 재만 남은 불 곁 바닥에 누워 있었다. 부엌은 매우 춥고 어두침침했다. 촛불이 거의 다 타들어가고 있었다. 그녀는 하품을 하고 진저리를 친 다음, 뻣뻣한 팔을 폈다. 눈을 들자 부엌문이 아주 천천히 열리는 게 보였다. 조금씩, 한 번에 2~3센티미터씩 열렸다.

메리는 손으로 찬 방바닥을 짚은 채 꼼짝도 하지 않고 앉아서 기다렸다. 그러나 아무 일도 일어나지 않았다. 그러다가 문이 다시 열리기 시작하더니 갑자기 확 열리며 뒷벽에 부딪쳐 벼락

치는 소리가 났다. 문턱에 조스 멀린이 있었다. 팔을 앞으로 내밀고 비틀거리며 서 있었다.

처음에 그녀는 그가 자신을 보지 못한 줄 알았다. 그대로 정면의 벽을 응시한 채 방 안에 들어오지 않고 문턱에 서 있었기 때문이다. 그녀는 몸을 더 낮게 수그렸다. 머리가 탁자보다 낮아졌다. 들리는 소리라고는 그녀 자신의 심장 뛰는 소리뿐이었다. 다음 순간, 조스 멀린이 천천히 그녀 쪽으로 몸을 돌리고 잠자코 그녀를 바라보았다. 잠시 후 긴장되고 쉰 목소리로 그가 물었다. 속삭임에 가까운 매우 작은 목소리였다.

"거기 누구야? 거기서 뭘 하는 거야? 왜 말을 안 해?"

그의 얼굴은 평소의 색깔이 다 빠져버린 회색 가면 같았다. 그는 충혈된 눈으로 그녀를 응시했지만 누군지 알아보지 못하는 듯했다. 메리는 꼼짝도 하지 않았다.

"칼 치워." 그가 속삭였다. "그거 치우라니까."

그녀는 바닥 위로 손을 뻗었다. 의자 다리에 손가락 끝이 닿았다. 그러나 너무 멀어서 몸을 움직이지 않고는 잡을 수가 없었다. 그녀는 숨을 죽이고 기다렸다. 그는 고개를 숙이고 손으로 허공을 저으며 방 안으로 들어와서는 방바닥을 기어 그녀 쪽으로 다가왔다.

메리는 다가오는 그의 손을 바라보았다. 그 손이 그녀로부터 1미터 거리에 다가왔다. 그녀 뺨에 그의 숨결이 느껴졌다.

"조스 이모부." 그녀가 조용히 말했다. "조스 이모부……"

그는 그 자리에 앉아서 그녀를 내려다보았다. 그러더니 몸을 앞으로 내밀어 그녀의 머리와 입술을 어루만졌다. "메리, 너니 메리야? 왜 말을 안 해? 그 사람들은 다 어디로 갔어? 그 사람들 봤어?"

"이모부가 잘못 보셨어요. 여긴 저밖에 없어요. 페이션스 이모는 2층에 있어요. 어디 편찮으세요? 뭐 도와드릴 일이라도……"

그는 주위를 두리번거리며 어두침침한 불빛에 비친 방구석을 살펴보았다.

"그들은 날 겁주지 못해." 그가 속삭였다. "죽은 사람은 산 사람을 해치지 못해. 그들은 촛불처럼 스러져버렸어. 그래, 그렇지 메리야?"

그녀는 그의 눈을 바라보며 고개를 끄덕했다. 그는 의자를 하나 꺼내더니 그 위에 앉은 다음 두 손을 식탁 위에 올려놓았다. 그러고는 깊게 한숨을 쉬더니 혀로 입술을 핥았다. "꿈이야, 모두 꿈이야. 어둠 속에서 그 얼굴들이 마치 살아 있는 것처럼 보여. 깨어나 보면 등에 식은땀이 물 흐르듯 흐르고 있어. 목이 마르군. 메리, 여기 열쇠가 있으니 바에 가서 브랜디를 가져다줘." 그는 주머니를 뒤지더니 열쇠 꾸러미를 꺼냈다. 그녀는 떨리는 손으로 그것을 받아 들고 방을 나와 통로로 갔다. 한순간 그녀는 망설였다. 곧바로 2층 자기 방으로 가서 방문을 걸어 잠그고 그가 부엌에서 혼자 고함치도록 내버려둘 수도 있었다. 그녀는 발끝으로 살살 걸어 현관 쪽으로 가기 시작했다.

돌연 부엌에서 고함 소리가 들렸다. "어디 가는 거야? 바에 가서 브랜디 가져오라고 했잖아." 의자가 끼익 소리를 냈다. 식탁에서 의자를 빼는 소리였다. 이제 너무 늦었다. 그녀는 바 문을 열고 찬장 속에서 술병을 찾았다. 부엌으로 돌아왔을 때 이모부는 두 손에 머리를 박고 식탁 위에 엎드려 있었다. 처음에는 그가 다시 잠들었다고 생각했다. 그러나 그녀의 발자국 소리를 듣자 부스스 머리를 들고 팔을 뻗더니 다시금 의자 등받이에 몸을 기댔다. 그녀는 그 앞에 술병과 컵을 올려놓았다. 이모부는 컵을 반쯤 채운 다음, 두 손으로 컵을 들고 그 너머로 그녀를 바라보았다.

"너는 좋은 애야. 나는 네가 마음에 들어, 메리. 너는 분별이 있고 담도 커서 남자에게 좋은 동료가 될 수 있었을 거야. 남자로 태어났다면 말이야." 그는 브랜디를 혀 위에 굴리며 바보처럼 미소 지었다. 그런 다음 그녀에게 윙크를 하고는 손가락으로 술병을 가리켰다.

"내륙 사람들은 이 브랜디를 금을 주고라도 살 거야. 돈으로 살 수 있는 최고의 물건이지. 조지 왕의 창고에도 이보다 좋은 건 없어. 그런데 내가 얼마 주고 사느냐고? 몇 펜스도 안 줘. 자메이카 여인숙에서는 공짜로 마신단 말이야."

그는 웃고 나서 혀를 내밀었다. "이건 위험한 게임이야, 메리. 하지만 남자에게는 멋진 게임이지. 나는 수십 번이나 목숨을 잃을 뻔했어. 적들이 내 발치에 따라붙고 총알이 머리칼을 스치고 지나갔어. 하지만 날 잡지는 못해, 메리. 나는 매우 약삭빠르니까. 게다가 오랫동안 이 게임을 해왔지. 여기 오기 전에 나는 패드스토 해안에서 일했어. 봄의 조수 때면 작은 범선을 2주에 한 척씩 파선시켰지. 나까지 여섯 명이 팀이 되어 함께 일했어. 그러나 작은 규모로 하면 큰돈을 벌지 못해. 크게 만들기 위해 조치를 취해야 하지. 이제는 해안에서 주 경계까지 함께 일하는 사람이 백 명이 넘어. 메리, 나도 젊을 땐 피를 많이 봤어. 사람도 스무 명이나 죽였어. 하지만 이 게임에다 대면 그건 모두 새발의 피야. 이건 죽음과 나란히 동행하는 거니까."

그는 먼저 어깨 너머로 문을 바라본 다음, 그녀에게 가까이 오라고 손짓하며 다시금 윙크했다. "자, 가까이 와." 그가 속삭였다. "여기 내 곁으로 와. 얘기 좀 하게. 넌 배짱이 있어. 그건 내가 알지. 넌 네 이모처럼 겁내지 않아. 너와 난 동지가 되어야 해." 그는 메리의 팔을 잡아 그녀를 자기 의자 옆 방바닥으로 끌었다. "이놈의 술이 날 바보로 만들어. 술에 취하면 쥐새끼처럼 약해지고 말아. 너도 알겠지. 그리고 꿈을 꿔. 악몽을 말이야. 안 취했을 땐 전혀 겁이 안 나는데 그걸 꿈에서 본단 말이야. 빌어먹을! 메리, 난 내 손으로 사람을 죽이고 물 아래서 짓밟고 바위와 돌로 쳤어. 그러고는 다시는 생각도 하지 않았지. 밤에도 어린애처럼 잘 잤어. 그런데 취하면 꿈에서 그들을 봐. 그들의 푸르뎅뎅한 얼굴이 날 쳐다봐. 물고기가 빼 먹어서 눈도 없는 얼굴 말이야. 그중 몇몇은 갈가리 찢겨서 살점이 리본처럼 뼈에 붙어 있어. 또 몇몇은 머리칼에 해초가 붙어 있어…… 메리, 한 여자가 있었어. 뗏목을 붙들고 아이를 안고 있었지. 등에 드리운 머리칼에서는 물이 뚝뚝 떨어졌어. 배는 가까운 해안 바위 위에 좌초했고 바다는 네 손바닥처럼 평평했어. 다들 살아서 해안에 무사히 도착할 판이었지. 그곳 물은 허리밖에 차지 않았어. 그녀는 내게 도와달라고 소리쳤어, 메리야. 그런데 난 그녀 얼굴을 돌로 내리쳤어. 그녀는 뒤로 넘어지며 뗏목을 놓쳤어. 그 여자는 아이도 놓쳤는데 나는 그녀를 또 한 번 쳤어. 그들은 1미터 좀 넘는 깊이의 물에서 익사했어. 난 그걸 지켜봤고. 그때 우리는 겁이 났어. 혹시 살아서 해안에 도착하는 사람이 있을까 봐 말이지…… 그때 우리는 조수를 계산하지 않았던 거야. 30분만 있으면 그들이 해안에 도착할 거였지. 그래서 그들을 돌로 쳐야 했어. 메리야, 팔다리를 분질러야 했지. 그들은 우리 앞에서 익사했어. 그 여자와 애처럼 어깨에도 차지 않는 물에서. 우리가 바위와 돌로 쳤으니까 익사한 거야. 서 있질 못해서 익사한 거야……"

그의 얼굴이 메리의 얼굴에 가까이 다가왔다. 핏발 선 눈이 그녀의 눈을 똑바로 쳐다보았다. 그의 숨결이 그녀 뺨에 닿았다. "난파선 약탈자란 말 못 들어봤어?" 그가 속삭이듯 물었다.

바깥 통로에서 시계가 1시를 쳤다. 단 한 번으로 끝나는 그 종소리는 마치 법정 출두 명령처럼 들렸다. 두 사람은 꼼짝도 하지 않았다. 방은 매우 추웠다. 불은 이미 완전히 꺼졌고, 열린 문에서 외풍이 들어왔다. 노란 촛불은 거의 사그라져 낮게 깜빡이고 있었다. 그가 그녀 손을 잡았다. 그녀의 손은 죽은 것처럼 그의 손안에서 축 늘어졌다. 그는 그녀의 얼굴에서 얼어붙은 경악의 표정을 읽었는지 슬그머니 손을 놓고 눈길을 돌렸다. 그러고는 한동안 정면에 놓인 빈 술잔을 응시하더니 손가락으로 식탁을 두드리기 시작했다. 그의 의자 옆 땅바닥에 움츠려 메리는 그 손 위로 파리 한 마리가 기어가는 것을 보았다. 그것은 손등의 짧은 검은 털을 지나 튀어나온 혈관을 타 넘고 손가락 마디를 넘어 길고 가는 손가락 끝에 이르렀다. 문득 그녀는 첫날 저녁, 그녀에게 빵을 잘라 주던 그의 손가락이 생각났다. 얼마나 신속하고 우아하던지. 또 얼마나 섬세하고 가볍던지. 지금 그 손가락들이 식탁을 두드리고 있었다. 그 손가락들이 뾰족한 돌을 감싼 다음, 꽉 잡는다. 메리의 머릿속에 그 장면이 그림처럼 떠올랐다. 다음 순간 허공을 가르고 날아가는 돌이 보이는 듯했다.

그는 다시 그녀 쪽을 바라보며 쉰 목소리로 속삭이기 시작했다. 째깍거리는 시계 소리에 박자라도 맞추듯 머리가 움찔거렸다. "때로 머릿속에서 종소리가 들려. 지금처럼 1시를 칠 때면 꼭 해변에 있는 타종부표*의 종소리 같아. 서풍을 타고 바람결에 종소리가 들려. 하나둘, 하나둘, 종이 앞뒤로 움직이면 소리가 나지. 마치 망자를 위한 종소리 같아. 나는 꿈속에서 그 소리

* 부표에 종을 매단 것으로 부표가 물결에 흔들릴 때마다 종소리가 난다.

를 들어. 오늘 밤에도 들었지. 메리야, 해변의 타종부표 소리는 정말 슬프고 음산해. 얼마나 신경을 콕콕 찌르는지 마구 소리를 지르고 싶어지니까. 해변에서 일할 때면 배를 타고 나가서 소리를 죽여야 해. 플란넬 천으로 추를 싸면 소리가 죽어. 그럼 조용해지지. 안개 낀 날, 물 위에 여기저기 하얀 운무가 흐르는 날, 저기 난바다에서 배가 들어오다가 잠시 멈추고 만 안쪽으로 코를 내밀어. 사냥개처럼 냄새를 맡는 거지. 한동안 종소리가 나나 귀를 기울이다가는 아무 소리도 안 나니까 안개를 뚫고 들어와. 메리, 기다리고 있는 우리 손아귀에 곧바로 떨어지는 거야. 갑자기 배가 전율하듯이 움찔거려. 그러면 끝이야. 나머지는 파도 차지거든."

그는 느린 동작으로 브랜디 병을 들어 술을 조금 컵에 따르고는 냄새를 맡은 다음 혀 위에 굴렸다.

"당밀 병 속에 갇힌 파리를 본 적 있니?" 그가 물었다. "나는 똑같은 상황에 처한 사람들을 보았어. 파리 떼처럼 선구에 들러붙어 있는 사람들 말이야. 파도가 닥치면 공포에 질려 고함을 치면서 선구에 매달리지. 조금이라도 의지가 될까 싶어서 말이야. 흰 돛에 매달린 게 꼭 파리 같아. 흰 바탕에 찍힌 검은 점들이니까. 그들 아래서 배가 쫙 갈라지면 돛대와 활대가 실처럼 부서지지. 그럼 그들은 바다에 뛰어들어 헤엄을 쳐. 어떻게든 살아보려고. 하지만 메리, 그들이 해안에 도착할 때면 모두 죽은 목숨이야."

그는 손등으로 입을 훔치고 그녀를 빤히 바라보았다. "죽은 사람은 말이 없어, 메리." 그가 말했다.

그가 그녀에게 고개를 끄떡거렸다. 갑자기 그의 얼굴이 좁아지더니 완전히 사라졌다. 이제 그녀는 더 이상 부엌 바닥에 앉아서 두 손으로 식탁을 꽉 붙잡고 있지 않았다. 다시 어린 시절로 돌아가 아버지와 함께 세인트 케번 너머의 절벽을 뛰어가고 있었다. 아버지는 그녀를 목말 태웠고 그들 부녀 주위에는 다른 사람들도 있었다. 그들은 뛰어가는 도중에 고함을 치고 울기도 했다. 누군가 멀리 바다를 가리켰다. 아버지의 머리를 꽉 잡고 있던 그녀의 눈에 커다란 흰 새 같은 배 한 척이 무력하게 파도에 흔들리는 것이 보였다. 돛대는 부러지고 돛은 물속에서 질질 끌리고 있었다. "뭐 하는 거야?" 어린 그녀가 물었다. 그러나 아무도 대답하지 않았다. 그들은 그 자리에 우뚝 서서 경악스러운 눈으로 앞뒤 좌우로 흔들리는 배를 지켜보고 있었다. "하느님, 저들에게 자비를 베푸소서!" 아버지가 말했다. 어린 메리는 엄마를 찾으며 울기 시작했다. 그러자 곧 엄마가 다가와서 그녀를 품에 안고 그곳을 떠나 바다가 보이지 않는 곳으로 걸어갔다. 거기서 기억이 끊겨버려 이야기의 끝을 알 수 없었다. 그러나 그녀가 세상 이치를 알 만큼 컸을 때 어머니는 그들이 세인트 케번에 갔던 날에 대해 여러 번 얘기했다. 큰 배 한 척이 그 위험한 매너클 암초에 부딪치는 바람에 승객 전부가 배와 함께 가라앉았다는 것이다. 메리는 전율하며 한숨을 쉬었다. 그러자 검은 머리로 테를 두른 듯한 이모부의 얼굴이 그녀 앞에 다시 나타났다. 그녀는 여전히 그의 옆에 무릎을 꿇은 채로 자메이카 여인숙의 부엌에 앉아 있었다. 그녀는 심한 욕지기를 느꼈다. 손발이 얼음처럼 찼다. 오직 자기 침대 위에 쓰러져서 두 손에 얼굴을 파묻고 싶은 욕망밖에 없었다. 베개로 머리를 가리고 이불을 뒤집어쓰고 싶었다. 그리하여 더욱더 깜깜하게 하고 싶었다. 손으로 눈을 꼭 가리면 어쩌면 이모부의 얼굴과 그가 얘기한 장면들을 지울 수 있을지 모른다. 손가락으로 귀를 막으면 그의 목소리를 죽일 수 있을지 모른다. 해안에 부딪치는 천둥 같은 파도 소리도 죽일 수 있을지 모른다. 그녀의 눈에는 팔을 머리 위로 쳐들고 익사한 사람들의 창백한 얼굴이 보이는 듯했다. 공포의 외침과 울음소리가 들리는 것 같았다. 물결에 앞뒤로 흔들리는 타종부표의 음산한 종소리도 들렸다. 메리는 다시한 번 전율했다.

메리는 고개를 들어 이모부를 쳐다보았다. 그는 고개를 가슴쪽으로 푹 떨구고 의자에 앉아 있었다. 입을 크게 벌린 채 코를 골다가는 이따금씩 알아들을 수 없는 말을 중얼거리며 자는 중이었다. 긴 속눈썹이 술 장식처럼 뺨에 드리워졌다. 식탁 위에 놓인 양팔을 앞으로 뻗고 마치 기도하듯이 두 손을 모으고 있었다.

9

크리스마스 전날은 잔뜩 흐려서 금방이라도 비가 쏟아질 것
같았다. 전날 밤 날씨가 푸근해진 바람에 마당이 녹아서 질척거
렸다. 때문에 소가 밟고 지나간 자리는 온통 진흙탕이었다. 메
리 방의 벽이 축축해졌다. 심지어 한쪽 모퉁이에는 석회 반죽이
들떠서 누런 얼룩이 생겼다.

메리는 창문 밖으로 몸을 내밀었다. 부드러운 습한 바람이 얼
굴을 스쳤다. 이제 한 시간 후면 론서스턴 장터로 그녀를 데려
가기 위해 젬 멀린이 황야에서 기다릴 것이다. 그를 만나고 안
만나고는 그녀에게 달려 있었지만 그녀는 쉽게 마음을 정하지
못했다. 나흘 사이에 그녀는 부쩍 늙었다. 얼룩투성이의 금 간
거울에 비치는 그녀의 얼굴은 피곤하고 일그러져 있었다.

메리의 눈 밑에는 다크서클이 생기고 뺨도 핼쑥해졌다. 밤에 잠들기가 어렵고 식욕도 없었다. 자신이 페이션스 이모를 좀 닮았다는 것도 처음으로 깨달았다. 이마에 똑같은 주름이 파였고 입 모양도 똑같았던 것이다. 만일 그녀가 입을 오물거리며 입술 끝을 깨물면 페이션스 이모와 꼭 같을 것이다. 다른 건 긴 밤색 머리뿐일 것이다. 입을 오물거리는 건 전염되기 쉬웠다. 불안한 듯 손을 비비 꼬는 것도 마찬가지였다. 메리는 거울에서 물러나 좁은 방을 왔다 갔다 하기 시작했다. 지난 며칠간 그녀는 감기를 핑계로 최대한 오래 자기 방에 머물렀다. 현재로서는 이모와 길게 얘기할 자신이 없었다. 자신의 눈이 모든 걸 말해버릴 것 같아서였다. 두 사람은 똑같은 공포와 고통을 감추고 서로 바라볼 것이다. 그러면 페이션스 이모는 모든 걸 알아차릴 터이다. 그들은 이제 비밀을 공유하고 있었다. 그러나 결코 말해서는 안 된다. 메리는 자문했다. 페이션스 이모는 언제부터 이 비밀을 아무에게도 말하지 못하고 혼자 고통스럽게 간직해온 걸까? 이모가 얼마나 큰 고통을 받았을지는 아무도 알 수 없을 것이다. 장차 어디를 가더라도 이 고통스러운 비밀은 항상 그녀를 따라다니며 놔주지 않을 것이다. 마침내 메리는 창백하고 불안한 이모의 얼굴과 옷을 잡아당기는 그녀의 손과 커다란 멍한 눈을 이해하게 되었다. 일단 진실을 알게 되자, 모든 것이 아주 명백하게 보였다.

처음에 메리는 혐오감에 치를 떨었다. 그날 밤 침대에 누워 잠들기를 간절히 기도했지만 도저히 잠을 이룰 수가 없었다. 그녀가 생전 알지 못했던 사람들의 얼굴이 어둠 속에 나타났다. 초췌하고 지친 익사자들의 얼굴이었다. 양 손목이 부러진 아이도 있고, 젖은 긴 머리가 얼굴에 달라붙은 여자도 있고, 헤엄칠 줄 모르는 사람들이 공포에 질려 소리 지르는 모습도 있었다. 메리 자신의 부모님이 거기 있는 것 같기도 했다. 그들은 퀭한 눈과 파리한 입술로 그녀를 바라보며 손을 내밀었다. 페이션스 이모가 밤마다 홀로 방에서 겪은 고통은 바로 이것일 터이다. 여러 얼굴이 나타나서 애걸을 하지만 이모는 그들을 다 물리쳤을 것이다. 그녀는 그들에게 안식을 줄 수 없었다. 어찌 보면 페이션스 이모 자신도 살인자다. 그녀는 입을 닫고 침묵함으로써 살인을 했다. 그녀의 죄는 조스 멀린의 죄만큼이나 무겁다. 왜냐하면 그는 괴물이지만 그녀는 인간이기 때문이다. 그는 그녀의 육체에 매여 있고, 그녀는 그것을 용납했다.

사흘째인 오늘, 처음의 공포와 경악이 지나가자 메리는 갑자기 자신이 무감각해지고, 늙고 지친 것 같았다. 마치 자신에게 아무 감정도 남아 있지 않은 듯했다. 지금 생각해보니 그녀는 이전에도 이미 알고 있었고 그래서 암암리에 마음의 준비가 되어 있던 것 같았다. 그녀가 처음 본 조스 멀린의 모습, 현관 지붕 아래서 손에 등불을 들고 있던 그 모습은 일종의 경고였다. 그리고 그때 그녀를 내려놓고 큰길로 사라져가는 마차 소리는 일종의 작별 인사였다.

메리는 예전에 헬퍼드에서 그런 얘기를 들은 적이 있었다. 마을길에서 수군대는 소리를 어쩌다 등 너머로 조금 엿들었다. 단편적인 얘기들과 그것을 부정하는 말, 그리고 고개를 절레절레 젓는 모습 등을 통해 짐작했을 뿐이었다. 사람들은 그런 얘기를 잘 하지 않았고, 또한 누가 그런 말을 하게 내버려두지도 않았다. 그런 일들은 20년 혹은 50년 전, 메리 아버지의 젊은 시절에는 있었을지 모르지만 새로운 세기가 시작된 이후로는 어림도 없다는 것이다. 불현듯 그녀의 얼굴에 바짝 댔던 이모부의 얼굴이 떠올랐다. 귓가에서 들리던 그의 목소리도 다시 들리는 듯했다. '난파선 약탈자란 말 못 들어봤어?' 그녀는 한 번도 그 말을 들어본 적이 없었다. 그러나 페이션스 이모는 10년 동안 그것과 함께 살아왔다…… 메리는 이제 더 이상 이모부를 염두에 두지 않았다. 그녀는 그가 두렵지 않았다. 이제 그에 관한 한 증오와 혐오의 감정만 남아 있었다. 그는 인간의 자격을 잃어버렸다. 한낱 야행성 야수에 불과하니까. 그녀는 그 취한 모습을 보고, 그의 정체를 알았다. 그러므로 이제는 그가 무섭지 않았다. 그들 일당 전체가 하나도 무섭지 않았다. 그들은 이 고장을 망치는 사악한 존재였다. 따라서 그들을 제압하여 전멸시킬 때까지 그녀는 결코 멈추지 않을 것이다. 그리고 그 무엇도 그들을 구원하지 못하리라.

남은 문제는 페이션스 이모와…… 젬 멀린이었다. 메리의 머릿속에 자기도 모르게 불쑥 젬의 이름이 떠올랐다. 지금 그녀에게는 젬 말고도 생각할 것이 너무 많았다. 그래서 그에 대해서는 정말 생각하고 싶지 않았다. 그는 형과 너무나 많이 닮았다. 눈과 코, 그리고 미소까지 닮았다. 그래서 위험했다. 그의 걸음걸이, 고갯짓 등 모든 몸짓이 이모부를 연상시켰다. 이제 그녀는 10년 전에 왜 이모가 그런 바보짓을 했는지 알 수 있었다. 젬 멀린과 같은 사람에게 빠지기는 매우 쉬웠을 터이다. 지금까지 그녀에게 남자는 별로 중요하지 않았다. 게다가 헬퍼드의 농장에는 할 일이 정말 많아서 남자를 생각할 겨를조차 없었다. 교회에서 그녀를 보고 웃거나 추수 때 함께 소풍을 갔던 청년 몇이 있었다. 한번은 사과주를 한잔 걸친 이웃 남자가 건초 더미 뒤에서 그녀에게 키스한 적이 있는데, 그것은 매우 바보 같았기 때문에 그 뒤로 그녀는 그를 피했다. 그 역시 악의 없는 남자라서 5분 뒤에는 그 일을 까맣게 잊어버렸다. 어찌 되었건 그녀는 결코 결혼하지 않을 것이다. 이미 오래전에 그렇게 결심했다. 어떻게든 돈을 모아 농장에서 남자처럼 일할 것이다. 자메이카 여인숙을 떠나 이 모든 일을 과거지사로 돌리고 페이션스 이모에게 집을 꾸며주고 나면 아마도 남자 생각을 할 겨를이 없을 것이다. 그런데 자신도 모르게 젬의 얼굴이 다시 떠오른 것이다. 더러운 셔츠를 입고 부랑자처럼 거뭇한 수염을 기른 채 대담하고 공격적인 시선으로 쏘아보는 모습이 말이다. 그에게는 부드러운 구석이라고는 없었고 무례하고 또한 상당히 잔인한 데가 있었다. 게다가 그는 도둑에 거짓말쟁이였다. 한마디로 그녀가 겁내고, 증오하고, 경멸하는 모든 것을 대표하는 사람이었다. 그렇지만 그녀는 자신이 그를 사랑할 수 있음을 깨달았다. 자연은 의견이나 생각 따위와는 무관하다. 그녀가 짐작하기로 남자와 여자는 헬퍼드 농장에서 키우던 동물과 같았다. 모든 생물에게는 공통된 인력이 있는 모양이다. 그래서 단순히 피부나 촉감의 유사성만으로도 서로에게 끌려서 함께하게 된다. 이것은 머리로 선택하는 게 아니다. 동물들은 머리로 생각하지 않는다. 그것은 공중의 새들도 마찬가지다. 메리는 내숭쟁이가 아니었다. 그녀는 대지에서 자랐고, 오랫동안 새와 짐승들과 함께 살면서 그들이 짝을 짓고, 새끼를 낳고, 죽는 것을 보았다. 자연에는 소중한 작은 로맨스가 있다. 그러나 그녀는 자기 삶에서 그것을 찾지 않을 것이다. 그녀는 고향 처녀들이 마을 청년들과 함께 걷는 모습을 보았다. 그들은 손을 잡고, 얼굴을 붉히고, 어쩔 줄 몰라 쩔쩔맸다. 그러고는 한숨을 쉬고 물 위에 비치는 달빛을 바라보았다. 메리는 그들이 농장 뒤의 풀밭을 이리저리 거니는 걸 보았다. 그 풀밭은 '연인들의 길'이라고 불렸는데 나이 많은 남자들은 그보다 더 나은 다른 이름으로 불렀다. 그곳에서 청년은 처녀의 허리에 팔을 두르고 처녀는 청년의 어깨에 머리를 기댔다. 그들은 달과 별을 바라보았고, 여름이면 불타는 듯한 노을을 함께 보았다. 마침 외양간에서 나오던 메리는 손으로 얼굴의 땀을 닦으며 어미 곁에 두고 나온 갓 태어난 송아지를 생각했다. 저쪽으로 사라지는 남녀의 뒷모습을 바라보다가 미소를 짓고 어깨를 으쓱한 다음, 부엌으로 들어가 어머니에게 이 달이 다 가기 전에 헬퍼드에 결혼식이 있을 거라고 말했다. 과연 종이 울리고, 케이크가 잘리고, 교회 계단에는 나들이옷을 입은 환한 얼굴의 청년이 있다. 그 옆에는 모슬린 옷을 입고 머리에 예쁘게 컬을 한 신부가 서 있다. 그러나 1년이 채 지나기 전에 그들은 달과 별 같은 것에는 아랑곳하지 않게 된다. 들일을 끝낸 청년이 피곤한 몸을 이끌고 저녁에 집으로 돌아와 저녁식사가 탔다고, 개도 못 먹을 음식이라고 한바탕 불평을 한다. 그러면 위의 침실에서 처녀가 똑같이 응수한다. 얼굴은 여위고, 머리의 컬도 다 사라진 그녀는 잠도 안 자고 고양이처럼 울어대는 어린놈을 싼 포대기를 안고 방 안을 왔다 갔다 한다. 이제 물 위에 비치는 달빛 같은 건 안중에도 없다. 정말이지 메리는 로맨스에 관해서라면 아무런 환상도 없었다. 사랑에 빠진다는 말은 미화일 뿐이다. 젬 멀린은 남자고 그녀는 여자다. 그의 손, 그의 살갗 혹은 그의 미소인지 무엇인지는 모르겠지만, 어쨌든 그녀 안의 무엇인가가 그에게 반응했다. 그래서 그를 생각하면 짜증이 나는 동시에 자극도 되었으며, 괴로운 동시에 안달이 났다. 메리는 다시 한 번 그를 봐야 한다는 것을 알았다.

그녀는 다시 한 번 잿빛 하늘에 나지막이 흘러가는 구름을 바라보았다. 론서스턴에 갈 판이면 지금 준비를 해서 나가야 했다. 이모에게는 아무 말도 하지 않을 것이다. 그녀는 지난 나흘 동안 많이 무정해졌다. 페이션스 이모야 좋을 대로 생각하라지. 이모에게 조금이라도 눈치가 있다면 메리가 자신을 보고 싶어 하지 않는다는 걸 알아챘을 것이다. 그리고 자기 남편의 핏발 선 눈과 떨리는 손을 보면 그 이유를 알 수 있을 터이다. 다시 한 번, 어쩌면 마지막으로 그는 술기운에 혀를 제멋대로 놀려 비밀을 누설했다. 이제 그의 운명은 메리 손에 달려 있었다. 그녀는 아직 그 정보를 어떻게 사용할지 정하지 않았다. 그러나 그녀는 결코 그를 다시 구해주지 않을 것이다. 오늘 그녀는 젬 멀린과 함께 론서스턴에 갈 것이다. 그리고 이번에는 그녀가 질문을 던지고, 그가 대답하게 될 것이다. 그녀가 자신을 전혀 두려워하지 않으며 그들 형제를 파멸시킬 수 있음을 알게 되면 그도 전처럼 방약무인하게 굴지 못할 것이다. 그리고 내일은, 그래 내일은 또 어떻게든 수가 생기리라. 그녀에게는 프랜시스 데비 목사와 그의 약속이라는 믿음직한 수단이 남아 있었다. 앨터넌의 목사관이라는 평화와 안식이.

참 이상한 크리스마스야, 메리는 호크스 토르를 이정표 삼아 동쪽 황야를 가로질러 걸어가면서 생각했다. 작년 크리스마스에는 교회에서 어머니 곁에 무릎 꿇고 앉아 건강과 힘과 용기를 주십사 하고 기도했었다. 또한 마음의 평화와 안정, 어머니의 장수, 농장의 번영을 빌었다. 그런데 그에 대한 응답은 병과 가난과 죽음이었다. 이제 그녀는 고아가 되었고, 잔인한 범죄에 얽혀 자신이 증오하는 집 지붕 아래서 경멸하는 사람들과 함께 살고 있었다. 그리고 황량한 불모의 황야를 지나 소 도둑이자 살인자를 만나러 가는 중이었다. 그래서 이번 크리스마스에는 하느님께 기도하지 않을 참이었다.

러시퍼드 위쪽의 고지대에서 기다리던 메리는 멀리서 그의 마차가 오는 것을 보았다. 조랑말이 끄는 마차 뒤에 또 다른 말 두 마리가 묶여 있었다. 마부는 환영의 표시로 채찍을 치켜들었다. 순간 메리의 얼굴이 붉어졌다가 다음 순간 창백해졌다. 메리는 이런 자신이 싫었다. 이 약점을 분리할 수만 있다면 따로 떼어내어 밟아버리고 싶었다. 그녀는 이마를 찌푸린 채 손을 숄 안에 넣고 기다렸다. 가까이 다가온 그는 휘파람을 불며 그녀 발치에 작은 꾸러미를 던졌다. "메리 크리스마스! 어제 주머니에 은화가 한 닢 있었는데 자꾸 도망치려고 해서요. 그래서 당신 머릿수건을 샀죠."

그녀는 그를 만나면 '네' '아니요' 정도로만 대답하고 침묵을 지킬 요량이었다. 그러나 이렇게 선물을 받고 보니 차마 그럴 수가 없었다. "고마워요. 그런데 괜히 쓸데없이 돈을 낭비했네요."

"그런 걱정 안 해요. 난 항상 그러니까." 그가 말하고는 특유의 냉정하고 공격적인 태도로 그녀를 위아래로 훑어보더니 곡조가 맞지 않는 휘파람을 불었다. "일찍 왔네요. 내가 혼자 가버릴까 봐 겁났어요?"

메리는 그의 옆자리에 올라타시 고삐를 손에 쥐었다. "다시 고삐를 쥐니까 좋네요." 그녀는 그의 말을 무시하고 자기 얘기를 시작했다. "어머니와 나는 매주 한 번 장날이면 마차를 타고 헬스톤에 갔어요. 까마득한 옛날 같군요. 그때 생각만 하면 가슴이 아파요. 형편이 안 좋을 때도 함께 깔깔 웃었지요. 물론 당신은 이해 못 하겠지요. 순전히 자기밖에 모르니까."

그는 팔짱을 끼고 그녀가 고삐 다루는 것을 지켜보았다.

"저 말은 눈을 감고도 황야를 건널 수 있어요. 고삐를 느슨하게 해줘요. 지금까지 한 번도 발을 잘못 디딘 적이 없으니까. 좋아요, 잘했어요. 명심해요, 말이 당신을 인도한다는 걸요. 그러니까 그냥 내버려두면 돼요. 근데 뭐라고 했지요?"

메리는 고삐를 느슨하게 쥐고 길을 바라보았다. "별것 아녜요." 그녀가 대답했다. "혼잣말이었으니까. 그런데 장에 가서 말을 두 마리씩이나 팔 건가요?"

"두 배 이익이죠, 메리 옐런. 당신이 날 도와주면 새 옷을 한 벌 사 줄게요. 그렇게 웃으며 어깨를 으쓱하지 마요. 난 배은망덕한 놈이 아니라고요. 그런데 오늘 무슨 일 있어요? 안색이 안 좋고 눈도 멍해요. 멀미예요? 아니면 배가 아파요?"

"지난번에 당신을 만난 후로 한 번도 밖에 나오지 않았어요." 그녀가 말했다. "2층 내 방에서 생각만 했어요. 그건 별로 유쾌한 일이 아니죠. 나흘 전보다 많이 늙어버린 것 같아요."

"당신 얼굴이 안돼 보여서 유감이네요. 예쁜 여자를 옆에 태우고 론서스턴으로 들어가면 젊은이들이 우릴 쳐다보며 윙크할 거라고 김칫국부터 마셨거든요. 그런데 오늘 당신은 힘이 하나도 없어 보이네요. 내게 거짓말하지 말아요, 메리. 난 당신이 생각하는 것만큼 바보가 아니에요. 자메이카 여인숙에서 무슨 일 있었죠?"

"아무 일도 없었어요." 그녀가 말했다. "이모는 여전히 부엌에서 종종거리고 이모부는 얼굴을 손에 파묻고 브랜디 병이 놓인 식탁 앞에 앉아 있어요. 단지 내가 변했을 뿐이에요."

"그동안 거기 온 사람은 없었죠?"

"내가 아는 한 아무도 없었어요. 아무도 마당을 지나가지 않았어요."

"당신은 입을 꼭 다물고 있고 눈 밑에는 큰 다크서클이 있네요. 전에 플리머스에서 비슷한 여자를 본 적이 있는데, 그 이유가 뭔지 알아요? 4년간 바다에 나갔던 남편이 돌아온 거예요. 그런데 당신에겐 그런 핑계도 없잖아요. 혹시 내 생각 했어요?"

"그래요, 한 번 했어요." 그녀가 말했다. "당신 형과 당신 중에서 누가 먼저 교수형을 당할까 생각했죠. 내가 보기엔 별 차이가 없을 것 같지만요."

"조스가 교수형을 당한다면 그건 자기 잘못이에요." 젬이 말했다. "스스로 자기 목에 올가미를 걸고 있으니까요. 정말이지 말썽을 자초해요. 그러니 만약의 경우가 온다 해도 어쩔 수 없는 일이죠. 그때는 술기운의 도움을 받을 수도 없을 거예요. 말짱한 정신으로 교수형을 당할 테니까."

그들은 묵묵히 길을 갔다. 젬은 채찍 끈을 만지작거렸고, 메리는 자기 옆에 있는 젬의 손을 의식했다. 그녀는 곁눈질로 그의 손을 내려다보았다. 길고 가는 손이었다. 그것은 형의 손과 마찬가지로 강한 힘과 세련된 우아함을 겸비하고 있었다. 그런데도 그의 손은 매력이 있고, 형의 손은 불쾌하다니. 메리는 끌림과 혐오가 종이 한 장 차이임을 처음으로 깨달았다. 이는 매우 불쾌한 깨달음이었기에 그녀는 애써 그것을 무시하려고 했다. 그녀 옆에 있는 사람이 10년, 20년 전의 조스 멀린이라면? 머릿속에 떠오르려는 그림을 지우기 위해 그녀는 두 사람에 대한 비교를 황급히 중단했다. 이제 그녀는 왜 자신이 이모부를 증오하는지 확실히 알게 되었다.

옆에서 들리는 그의 목소리에 메리는 퍼뜩 정신이 들었다. "뭘 그렇게 보고 있어요?" 그가 물었다. 그녀는 고개를 들어 정면을 바라보았다. "당신 손을 봤어요." 그녀는 짧게 말했다. "당신 형 손을 닮았네요. 앞으로 황야를 얼마나 더 가야 해요? 저기 보이는 길이 큰길 아닌가요?"

"좀 더 내려가서 큰길로 들어설 거예요. 그럼 3~4킬로미터 단축되죠. 그러니까 당신도 남자 손을 보는군요, 난 당신이 그럴 거라고는 전혀 생각 못 했어요. 당신도 여자네요, 선머슴이 아니라. 이제 왜 나흘씩이나 방 안에 틀어박혀 있었는지 얘기할래요? 아니면 내가 추측해볼까요? 여자들은 괜히 비밀인 척하길 좋아하니까."

"별 비밀이라 할 것도 없어요. 지난번에 당신이 물었죠? 왜 이모가 살아 있는 유령처럼 보이는지. 당신 말을 그대로 옮기는 거예요. 그런데 이제 난 그 이유를 알아요. 그게 다예요."

젬은 야릇한 눈으로 쳐다보았다. 그러고는 다시 휘파람을 불기 시작했다.

"술이란 이상한 거예요." 잠시 후 그가 말했다. "나도 취한 적이 한 번 있어요. 배를 타던 시절, 암스테르담에서였어요. 교회 종이 저녁 9시 반을 쳤던 기억이 나요. 그때 나는 예쁜 빨간 머리 여자 허리에 팔을 두르고 있었어요. 그런데 그다음으로 기억 나는 건 이튿날 아침 7시에 바지도 신발도 없이 시궁창에 처박혀 있던 거예요. 그 열 시간 동안 도대체 뭘 했을까? 이 생각을 자주 해요. 근데 아무리 생각해도 기억이 나지 않아요."

"그것참 다행이네요. 그런데 당신 형은 정반대예요. 술에 취하면 기억을 잃는 게 아니라 기억을 되찾으니까요."

조랑말의 속도가 느려졌다. 메리는 고삐를 흔들어 말을 찰싹 쳤다. "당신 형이 혼자 있을 때는 별 문제가 없어요. 혼잣말을 해봤자 자메이카 여인숙의 벽에는 별 영향을 안 끼칠 테니까요. 하지만 지난번에는 혼자가 아니었어요. 내가 거기 있었거든요. 그런데 당신 형은 인사불성 상태에서 꿈을 꾸고 있었나 봐요."

"그래서 그 꿈 얘기를 듣고 나흘 동안 방에 틀어박혀 있었다, 그거죠?"

"대충 그래요."

그는 돌연 그녀 쪽으로 몸을 굽혀 그녀의 손에서 고삐를 빼앗

왔다.

"길을 제대로 안 보고 있잖아요. 이 말은 한 번도 발을 잘못 디딘 적이 없다고 했죠. 그래도 대포알만 한 돌덩이 위로 몰아서는 안 되죠. 이제 내가 할게요." 그녀는 그가 마차를 몰도록 뒤로 물러앉았다. 앞을 제대로 보지 않았으니 그의 질책을 들어 마땅했다. 말은 고른 발걸음으로 빨리 걷기 시작했다.

"그럼 이제 어떻게 할 건가요?" 젬이 물었다.

메리는 어깨를 으쓱했다. "아직 결정을 못 했어요. 페이션스 이모 생각을 해야 하니까. 그런데 내가 어떻게 할 건지 당신에게 알려줄 것 같아요?"

"왜요? 난 조스의 변호인도 아닌데."

"당신은 그 사람 동생이잖아요. 내게는 그것만으로도 충분해요. 이 얘기에는 많은 빈 곳이 있는데 당신은 거기 잘 들어맞아요."

"내가 시간 아깝게 형과 함께 일했다고 생각해요?"

"시간이 전혀 아깝지 않았을걸요. 이익이 많으니까요. 게다가 물건 값을 치를 필요도 없고. 죽은 사람은 말이 없으니까요, 젬 멀린."

"물론 그렇죠. 그러나 죽은 배는 말이 있어요. 바람에 실려 해안으로 밀려오면 말이죠. 항구로 들어오는 배가 제일 먼저 찾는 건 불빛이에요, 메리. 나방이 촛불에 달려들다가 날개를 태우는 거 봤어요? 가짜 불빛에 현혹되면 배도 그렇게 돼요. 그런 일은 한 번, 두 번, 어쩌면 세 번까지 일어날 수 있어요. 하지만 네 번째로 그런 일이 생기면 나라 전체에서 들고일어나 그 이유를 알아내려 하죠. 형은 이제 자기 배의 키를 잃었어요. 그러니 곧 해안으로 난파하겠죠."

"당신도 함께 난파하나요?"

"내가요? 내가 무슨 상관이 있다고? 형이야 자기 목을 올가미에 걸든 말든. 물론 나도 가끔 담배를 얻어 피우고 물건도 날랐어요. 하지만 한 가지는 분명히 말하겠어요, 메리 옐런. 물론 안 믿어도 좋아요. 난 사람을 죽인 적이 없어요. 적어도 아직까지는 말이에요."

그는 채찍으로 말 머리를 마구 내리쳤다. 말이 속도를 내어 빨리 달리기 시작했다.

"앞쪽에 여울목이 있어요. 산울타리가 동쪽으로 굽은 곳이죠. 그곳에서 물을 건너 1킬로미터가량 더 가면 론서스턴으로 가는 길이 나와요. 거기서부터 론서스턴까지는 11킬로미터 남짓이죠. 피곤해요?"

메리는 고개를 저었다. "의자 밑 바구니에 빵과 치즈가 있어요." 그가 말했다. "사과도 한두 개 있고, 배도 있어요. 곧 배고파질 거예요. 그러니까 당신은 내가 배를 난파시킨다고 생각하는군요. 해안에 서서 사람들이 물에 빠져 죽는 걸 지켜본다고. 그러고는 그들이 물에 퉁퉁 불었을 때 호주머니를 뒤진다고 말이죠, 그렇죠? 참 멋진 그림이군요."

그것이 진정한 분노인지 아니면 가짜로 꾸며낸 것인지 메리는 알 수 없었다. 그러나 그는 입을 꽉 다물었고, 광대뼈 근처가 붉게 상기되었다.

"아직 당신은 안 그랬다고 부정하지 않았잖아요?" 메리가 말했다.

그는 그녀를 오만하게 내려다보았다. 반쯤은 경멸하고 반쯤은 재미있어하는 표정이었다. 그러고 나서 마치 그녀가 아무것도 모르는 어린아이인 것처럼 웃기 시작했다. 그것을 보자 그녀는 갑자기 그가 미워짐과 동시에 손바닥이 불같이 뜨거워지는 것을 느꼈다. 머릿속에 섬광처럼 떠오르는 질문이 있었기 때문이다. 바로 그가 지금 그녀에게 던지려는 질문이었다.

"만일 당신이 그렇게 믿고 있다면 왜 오늘 나하고 론서스턴에 가는 거죠?"

그는 그녀를 놀릴 준비가 되어 있었다. 그녀가 대답을 회피하거나 망설이면 그가 승리하는 것이다. 그녀는 쾌활한 척하기로 마음먹었다.

"당신의 빛나는 눈 때문에요, 젬 멀린." 그녀가 말했다. "다른 이유는 없어요." 그리고 그녀는 전혀 흔들리지 않는 눈빛으로 그의 시선을 맞받았다.

그는 웃으며 머리를 흔들고 또다시 휘파람을 불었다. 그러자 갑자기 그들 사이에 소년 같은 연대감이 생겼다. 그녀의 대담한 말이 그를 무장해제 시킨 것이다. 그는 그 말 뒤에 숨어 있는 약한 면을 감지하지 못했다. 그래서 그들은 적어도 그 순간만큼은 남녀 관계의 긴장을 풀고 동료가 될 수 있었다.

그들은 국도로 나왔다. 조랑말이 마차를 끌고 그 뒤로 훔친 말 두 마리가 덜커덕거리면서 끌려갔다. 낮게 깔린 비구름이 하늘을 뒤덮었다. 금방이라도 비가 올 것만 같았다. 하지만 아직까지 빗방울은 떨어지지 않았고 황야 저편에 솟아 있는 언덕들에는 안개가 걷혀 있었다. 메리는 왼편 저 멀리 앨터넌에 있는 프랜시스 데비를 생각했다. 만일 이 이야기를 듣는다면 그는 뭐라고 말할까? 그는 더 이상 좀 더 기다리라고 하지 않을 것이다. 그러나 아마도 그녀가 크리스마스에 불쑥 찾아간다면 썩 반길 리가 없다. 그녀는 옹기종기 모여 있는 마을의 오두막들 사이에서 평화롭고 고요하게 서 있는 조용한 목사관과, 나지막한 마을 지붕들과 굴뚝들 위로 보호자처럼 솟아 있는 높은 교회 탑을 머릿속에 그려보았다.

앨터넌에 그녀의 안식처가 있었다. 그 이름이 주문처럼 귓가에 들려오는 것 같았다. 프랜시스 데비 목사의 목소리는 안전을 의미했다. 그 목소리를 들으면 잠시 모든 걱정을 잊을 수 있었다. 그에게는 불안하면서도 유쾌한 몇몇 이상한 점이 있었다. 그가 그린 그림, 그가 말을 모는 방식, 그리고 완전한 침묵 속에서 식사를 차려주던 그의 태도 등이 말이다. 그러나 무엇보다도 이상한 것은 주인의 기호나 인격이 전혀 드러나지 않는 어둡고 조용한 그의 방이었다. 그는 인간의 그림자에 불과했다. 그와 함께 있지 않은 지금 생각해보니 그에게는 실체감이 없었다. 지금 그녀 옆에 있는 젬이 내뿜는 것과 같은 남성적 공격성이 없었다. 그에게는 피와 살이 없었다. 그저 하얀 눈 두 개, 그리고 어둠 속에서 울리는 목소리에 불과했다.

산울타리 틈 앞에서 놀라서 뒷걸음질 치는 조랑말에게 젬이 욕을 퍼붓는 바람에 메리는 깜짝 놀라 백일몽에서 깨어나 무심결에 불쑥 물어보았다. "혹시 근처에 교회가 있나요? 지난 몇 달 동안 이교도처럼 살아서 마음이 좀 불편하네요."

"나와, 이 바보 새끼!" 젬이 말의 입을 채찍으로 내리치며 고함쳤다. "우릴 모두 도랑에 빠뜨릴 셈이야? 교회라고 했어요? 내가 도대체 교회 같은 걸 어찌 알겠어요? 난 교회라고는 평생 딱 한 번 가봤어요. 엄마 품에 안겨서 말이죠. 교회에서 나오면서 예레미야*가 되었어요. 그러니까 교회에 관해서라면 아는 바가 전혀 없어요. 황금 접시를 숨겨 자물쇠로 잠가놨겠죠, 뭐."

"앨터넌에 교회가 있나요?" 그녀가 물었다. "앨터넌은 자메이카 여인숙에서 걸어갈 수 있어요. 내일 거기 가면 어떨까요?"

"그보다는 나와 크리스마스 점심을 먹는 게 훨씬 나을 거예요. 칠면조는 없지만 노스 힐의 터킷 노인네 농장에서 언제든지 거위를 가져올 수 있으니까. 그 노인네는 눈이 안 보여서 한두 마리 없어져도 모를 거예요."

* 젬Jem은 제러미Jeremy의 애칭으로, 제러미는 구약성서의 선지자 예레미야의 영어식 이름이다. 젬은 세례식에서 제러미, 즉 예레미야라는 세례명을 받은 것이다.

"앨터넌의 목사가 누군지 알아요, 젬 멀린?"

"몰라요, 메리 옐런. 목사들과는 일절 교류가 없었고, 앞으로 도 없을 것 같네요. 목사란 전부 참 웃기는 사람들이죠. 내가 어릴 때 노스 힐에 목사가 한 명 있었는데 지독한 근시였어요. 그래서 어느 일요일에 술을 혼동해서 포도주 대신 브랜디를 성체로 주었대요. 그 소문을 듣고 마을 사람들이 모두 달려오는 바람에 교회에 무릎 꿇을 자리도 없었다고 해요. 벽에 기대서서 자기 차례를 기다리는 사람도 있었고요. 목사는 도무지 이해할 수가 없었어요. 자기 교회에 그렇게 사람이 많았던 적이 없으니까요. 그는 설교단에 서서 안경 너머로 눈을 반짝이며 우리로 돌아오는 양에 관한 설교를 했대요. 이 얘기를 해준 건 매슈 형이었는데 형은 제단 앞에 두 번이나 갔대요. 그런데도 목사는 전혀 눈치를 못 챘대요. 그날은 노스 힐에서 길이 기억에 남을 만한 대단한 날이었지요. 빵하고 치즈 좀 꺼내요, 메리. 배가 등 가죽에 붙겠어요."

메리는 머리를 흔들며 한숨을 쉬었다. "당신은 지금까지 한 번이라도 진지한 적이 있어요? 당신은 누구도, 아무것도 존중하지 않나 봐요."

"나는 내 배 속을 존중해요. 근데 음식을 달라고 아우성이네요. 내 발밑에 상자가 있어요. 종교적인 사람이 되고 싶다면 당신은 사과를 먹어요. 성서에 사과 얘기가 나오잖아요. 나도 그 정도는 알아요."

오후 2시 반에 두 사람은 유쾌하고 명랑한 기분으로 떠들썩하게 론서스턴에 들어갔다. 메리는 걱정과 책임감을 바람에 날려버렸다. 아침의 굳은 결심에도 불구하고 젬의 기분에 전염되어 유쾌해졌다.

자메이카 여인숙의 그림자를 벗어나자 그녀의 자연스러운 젊음과 기분이 돌아왔다. 젬은 이것을 단박에 알아채고 놀려댔다.

그녀는 웃을 수밖에 없었다. 그가 웃게 만들었고, 또한 읍내의 시끌벅적한 소리와 소란과 흥분과 행복한 기운, 요컨대 크리스마스의 기분이 전염되었기 때문이다. 거리에는 사람들이 넘쳤고 작은 가게들에는 유쾌함이 가득했다. 사륜마차, 이륜마차, 대형 마차 등이 자갈 깔린 광장에 뒤죽박죽 늘어섰다. 색채와 활기와 움직임이 넘쳤다. 시장 판매대는 손님들로 시끌벅적하고, 갇혀 있는 칠면조와 거위는 나무 우리에 몸을 긁어댔다. 초록 외투를 입은 여자가 사과 바구니를 머리에 이고 미소 지었다. 그녀의 볼과 머리 위의 사과가 똑같이 빨갛게 빛났다. 친숙하고 정겨운 장면이었다. 헬스톤도 매년 크리스마스 때면 이랬다. 그러나 론서스턴에는 더 밝고 명랑한 기운이 흘렀다. 사람들이 더 많았고, 여러 지역 말씨가 섞여 있었다. 강만 건너면 잉글랜드의 데번 주였기 때문이다. 이웃 지역에서 온 농부가 동부 콘월의 시골 여자들과 어깨를 맞부딪쳤다. 점원과 과자 제조인, 그리고 어린 도제 소년들이 과자와 소시지가 담긴 쟁반을 들고 군중들 사이를 들락거렸다. 깃털 꽂은 모자를 쓰고 푸른 벨벳 망토를 걸친 귀부인이 커다란 마차에서 내려 밝고 따뜻한 '흰 수사슴 여관'으로 들어갔다. 그 뒤를 회색 방한 외투를 입은 남자가 따라갔다. 외알 안경을 눈에 대고 으스대는 꼴이 꼭 수컷 칠면조 같았다.

메리에게 이곳은 매우 즐겁고 행복한 세계였다. 언덕 기슭에 자리 잡은 읍내 한가운데에는 옛이야기에나 나올 법한 성이 있었다. 나무들이 군데군데 모여 자라고, 들판이 경사를 이루며 내려가고, 그 아래 계곡에는 물결이 반짝였다. 황야는 먼 세계였다. 그것은 읍내 뒤로 펼쳐지며 시야에서 사라져 잊혔다. 론서스턴은 실재하는 세계였고, 사람들은 활력이 넘쳤다. 크리스마스는 읍내에 와서 다시 제자리를 찾았다. 신나게 웃으며 자갈 깐 가로를 누비고 다니는 사람들 사이에 자리를 잡은 것이다. 물기 젖은 태양도 은신처에서 빠져나와 앞을 가린 회색 구름 떼를 떠밀며 축제에 참가하려고 안간힘을 썼다. 메리는 젬이 준 손수건을 머리에 썼다. 심지어는 그가 그녀 턱 아래로 수건을 묶어주는 것도 허락했다. 그들은 읍내 제일 높은 곳에 조랑말과 마차를 세워둔 다음 인파를 헤치고 내려갔다. 젬이 훔친 말 두 마리를 끌고 앞장서고, 메리가 그 뒤를 따랐다. 젬은 당당하게 크리스마스 장이 열리는 읍내 중앙 광장으로 직행했다. 론서스턴 주민이 모두 모인 그곳에는 이 끝에서 저 끝까지 판매대와 천막이 빽빽이 늘어서 있었다. 조금 떨어져 밧줄로 둥글게 구역을 정한 곳에서 가축 시장이 열렸다. 둥근 원 바깥에는 농장주와 소작인, 지역 유지들 및 데번 주와 그 너머에서 온 가축 상인들이 빽빽이 둘러서 있었다. 원 주위로 다가갈 때 메리의 가슴은 방망이질 쳤다. 만일 노스 힐 주민이나 그 근처 마을 농부가 여기 있다면 분명히 말을 알아볼 것이다. 젬은 모자를 머리 뒤로 젖히고 휘파람을 불고는 그녀를 쳐다보며 윙크했다. 사람들이 그에게 길을 터주었다. 메리는 그를 따라가지 않고 바구니를 든 뚱뚱한 시장 아주머니 뒤에 멀찍이 섰다. 젬은 조랑말을 데려온 사람들이 있는 쪽으로 가서 그들 중 한두 사람에게 고개를 까딱하고는 고개를 숙여 파이프에 불을 붙이면서 다른 말들을 훑어보았다. 그는 매우 침착해 보였다. 얼마 후 네모난 모자와 크림색 바지로 번지르르하게 차려입은 남자 하나가 군중을 가르고 말 쪽으로 다가갔다. 그는 자기가 뭐나 되는 듯이 큰 소리로 말하며 연신 채찍으로 자기 구두를 두드리고, 말을 가리키곤 했다. 그의 어조나 권위 있는 태도로 미루어 보건대 가축 상인인 듯했다. 잠시 후 검은 외투를 입은 날카로운 눈매의 사내가 그의 곁에 나란히 서더니 팔꿈치를 쿡쿡 찌르며 귓속말을 했다.

메리는 그가 원래 바셋 씨 소유였던 검은 조랑말을 유심히 살피는 것을 보았다. 그는 말에게 다가가 몸을 굽히고 다리를 만져보았다. 그런 다음 목소리 큰 남자의 귀에 뭔가를 속삭였다. 메리는 불안한 마음으로 그를 지켜보았다.

"어디서 이 말을 구했나?" 상인이 젬의 어깨를 두드리며 물었다. "황야에서 자란 게 아닌데. 저 머리와 어깨로 봐서는 말이야."

"4년 전에 콜링턴에서 태어났어요." 젬이 파이프를 입가에 물고 심드렁하게 말했다. "태어난 지 1년 되었을 때 팀 브레이 노인에게서 샀어요. 팀 아시죠? 그 노인네는 작년에 재산을 정리하고 도싯으로 갔어요. 팀은 내가 원하면 언제든지 이 말을 도로 사주겠다고 했어요. 어미는 아일랜드종이고 내륙에서 상도 탔어요. 잘 살펴보세요. 그런데 싸게는 안 팔아요. 그럼요, 안 되고말고요."

두 사람이 주의 깊게 말을 살피는 동안 젬은 파이프를 뻑뻑 빨았다. 얼마 후 그들은 몸을 일으켜 말에서 한 발 물러섰다. 메리에게는 그 시간이 영원처럼 길게 느껴졌다. "피부병이 있나?" 눈매가 사나운 남자가 물었다. "피부가 거칠거칠하고 털이 뻣뻣한 것 같은데. 얼룩도 있고. 맘에 들지 않아. 칠을 한 것 아니야?"

"이 말은 아무 이상 없어요." 젬이 대답했다. "저기 저 말은 올여름에 상태가 무척 나빴는데 잘 돌봐줬더니 좋아졌어요. 올봄까지 기다렸다 팔면 좋겠지만 돈이 너무 많이 들어서요. 하지만이 검은 말은 흠잡을 데가 없어요. 한 가지 솔직하게 말할게요. 팀 브레이 노인은 어미가 임신한 줄 몰랐어요. 그때 플리머스에 있어서 어린 아들이 말을 돌봤거든요. 사실을 안 팀은 아들을 혼냈어요. 그러나 너무 늦었죠. 기왕지사 그렇게 된 거 어쩔 수 없었죠. 내 생각에 아비는 회색이었던 것 같아요. 여기 피부 근처 털이 짧은 데를 좀 보세요. 회색이죠? 팀은 큰돈 벌 기회를 날린 거죠. 이 어깨 좀 보세요. 순종이죠. 자, 값은 18기니예요." 날카로운 눈매의 남자는 고개를 저었다. 그러나 상인은 망설였다.

"15기니면 사지." 상인이 제안했다.

"안 돼요, 18기니에서 한 푼도 못 빼줘요." 젬이 말했다.

두 남자는 뭔가 의논하더니 의견에 차이가 있는 것 같았다. 메리는 "사기꾼"이란 말을 들었고, 젬은 사람들 너머로 그녀를 슬쩍 바라보았다. 젬 옆에 있는 사람들 사이에서 웅성거리는 소리가 들렸다. 눈매가 사나운 남자가 다시 한 번 몸을 굽혀 검은 말의 다리를 만졌다. "이 말에 대해 또 하고 싶은 말이 있어. 나는 이 말이 마음에 들지 않아. 당신 표시는 어디 있소?"

젬이 귀에 있는 가늘고 긴 상처를 보여주자 그는 그것을 꼼꼼히 살펴보았다.

"당신은 까다로운 손님이군요?" 젬이 말했다. "누가 보면 내가 말을 훔친 줄 알겠어요. 표시에 뭐 문제라도 있어요?"

"아니, 분명히 없는 것 같군. 하지만 그 팀 브레이라는 사람이 도싯에 간 건 당신에게 행운이야. 당신이 뭐라건 간에 이 말은 그 사람한테서 산 게 아니야. 스티븐스, 내가 자네라면 이 말은 안 사겠어. 나중에 문제가 생길 테니. 자, 이보게, 그만 가자고."

목소리 큰 상인은 아쉬운 듯이 검은 말을 쳐다보며 말했다.

"참 잘생긴 말인데. 누가 키웠건, 아비가 잡종이건 상관없어. 왜 그렇게 까다롭게 굴지, 뭘?"

눈매가 사나운 사내는 다시 한 번 그의 소매를 끌며 귓속말을 했다. 그 말을 듣고 상인의 얼굴빛이 어두워지더니 고개를 끄덕거렸다. "좋아." 그가 큰 소리로 말했다. "자네 말이 맞을 걸세. 자네는 말썽을 잘 감지하니까. 그러니 여기서 손 떼는 게 좋겠네." 그러고서 그는 젬에게 말했다. "자네 말은 그냥 갖고 있게. 내 동업자가 내키지 않아 하니까. 내 충고를 따라 값을 내리게. 오래 데리고 있으면 후회할 테니." 그는 눈매 사나운 사내와 함께 군중을 뚫고 나가 흰 수사슴 여관 쪽으로 사라졌다. 그들의 모습이 시야에서 완전히 사라지자 메리는 안도의 한숨을 내쉬었다. 젬의 표정에서는 아무것도 읽을 수가 없었다. 그의 입술 모양으로 보아 여전히 휘파람을 불고 있는 것 같았다. 사람들이 오고 갔다. 털이 거친 황야의 조랑말들은 한 마리당 2~3파운드씩에 팔렸고 말 주인들은 만족스럽게 돌아갔다. 아무도 검은 말 주위로는 오지 않았다. 사람들은 그 말에 대해 의심하는 듯했다. 다른 말 한 마리는 4시 15분 전에 6파운드에 팔렸다. 쾌활하고 정직해 보이는 한 농부가 5파운드를 제시했고, 젬은 7파운드를 불렀다. 20분간의 왁자지껄한 흥정 끝에 결국 6파운드로 낙착이 되었다. 입이 귀에 걸린 농부는 그 말을 타고 돌아갔다. 메리는 다리가 후들거렸다. 장터에 땅거미가 내리고 등불이 하나둘 켜지자 읍내는 신비스러운 분위기에 젖었다. 그녀는 이제 마차로 돌아갈 때가 되었다고 생각했다. 그때 그녀 뒤에서 여자 목소리와 과장된 높은 웃음소리가 들렸다. 돌아보니 아까 본, 깃털 꽂은 모자를 쓰고 큰 마차에서 내린 푸른 망토의 여자가 보였다. "제임스, 이것 좀 봐요." 그녀가 말했다. "저렇게 멋진 조랑말 본 적 있어요? 머리를 쳐들고 있는 모습이 불쌍한 뷰티와 똑같지 않나요? 정말 많이 닮았어요. 하지만 이 말은 검은색이고 뷰티와 같은 종자가 아니군요. 로저가 여기 있었으면 좋았을 텐데. 회의가 있으니 할 수 없죠. 당신 생각은 어때요, 제임스?"

그녀와 함께 온 남자는 외알 안경을 눈에 대고 열심히 들여다보았다. "맙소사, 마리아." 그가 점잔을 빼며 말했다. "난 말에 대해 전혀 몰라요. 당신이 잃어버린 말은 회색이었죠? 그런데 이놈은 검은색이네. 확실히 검은색이야. 이걸 사고 싶어요?"

여자는 높은 소리로 웃으며 말했다. "애들 크리스마스 선물로 참 좋겠어요. 뷰티가 사라진 뒤로 애들이 로저를 얼마나 들볶았는지. 제임스, 값을 좀 물어봐주세요."

남자는 점잔을 빼며 걸어 나와서 젬에게 말했다. "자, 친구, 저 검은 말 팔 건가?"

젬은 고개를 저었다. "친구에게 주기로 약속했어요. 약속을 어기고 싶지 않아요. 게다가 이 말은 당신을 태우려 하지 않을 거예요. 어린애들이 타던 거라서요."

"아, 그래? 아, 알았네. 고마우이. 마리아, 이 친구 말이 이 말은 팔 물건이 아니라는군요."

"확실해요? 말도 안 돼. 마음에 꼭 드는데. 부르는 대로 값을 주겠다고 말해봐요. 다시 한 번 물어봐요, 제임스."

남자는 다시 한 번 외알 안경을 눈에 걸고 점잔을 빼며 말했다. "자, 여보게, 이 부인께서 자네 말이 마음에 드신다는군. 얼마 전에 한 마리를 잃어버렸는데 그놈 대신으로 말이지. 아이들이 이 얘기를 들으면 매우 실망할 걸세. 친구는 무슨 얼어 죽을. 좀 기다리라고 하게. 자, 얼마면 되겠나?"

"25기닙니다." 젬이 재빨리 말했다. "그게 내 친구가 주기로 한 값이에요. 난 굳이 이 말을 팔고 싶지 않아요."

깃털 모자를 쓴 귀부인이 황급히 장마당 안으로 들어왔다. "30기니를 줄게요." 그녀가 말했다. "난 노스 힐의 바셋 부인인데 우리 애들 크리스마스 선물로 그 말을 샀으면 해요. 제발 고집부리지 말아요. 내 지갑 속에 그 금액의 반이 있어요. 나머지는 이 신사분이 계산해줄 거예요. 바셋 씨는 지금 론서스턴에 있는데 애들뿐만 아니라 남편도 깜짝 놀라게 해줄 거예요. 내 하인이 금방 와서 말을 인수해 노스 힐로 타고 갈 거예요. 남편이 아직 읍내에 있는 동안 말이죠. 여기 돈이 있어요."

젬은 황급히 모자를 벗어서 큰절을 하며 말했다. "고맙습니다, 부인. 바셋 나리 마음에 들었으면 좋겠군요. 두고 보면 아시겠지만 애들에게 매우 안전한 말이에요."

"아, 분명히 좋아할 거예요. 물론 지난번에 도난당한 말과는 상대가 안 되지만요. 뷰티는 순종에다 매우 비싼 말이었죠. 하지만 이 말도 괜찮아요. 애들이 좋아할 거예요. 자, 가요, 제임스. 날이 벌써 어두워지네요. 추워 죽겠어요."

그녀는 장마당을 벗어나 광장에서 기다리는 대형 마차 쪽으로 걸어갔다. 키 큰 마부가 얼른 뛰어내려 마차 문을 열었다. "방금 로버트 도련님과 헨리 도련님 주려고 조랑말을 한 마리 샀어요." 그녀가 말했다. "리처즈를 찾아서 저 말을 타고 집으로 돌아가라고 말해주겠어요? 나리를 깜짝 놀라게 해주고 싶어요." 그녀는 치맛자락을 펄럭이며 마차에 올라탔다. 외알 안경의 신사가 그 뒤를 따랐다.

젬은 재빨리 뒤를 돌아보고는 뒤에 서 있던 소년의 팔을 쳤다. "자, 너 5실링 벌고 싶지 않니?" 소년은 좋아서 입을 헤벌리고 고개를 끄떡였다. "이 말을 지키고 있다가 하인이 오거든 나 대신 넘겨주련? 내 아내가 쌍둥이를 낳았는데 목숨이 위험하다는 전갈을 받았거든. 그러니 한시도 지체할 수가 없어. 자, 여기 고삐 받아. 메리 크리스마스."

그러고 나서 젬은 곧바로 걸어가기 시작했다. 그는 바지 호주머니에 손을 찌르고 광장을 빠르게 건너갔다. 메리는 신중하게 열 걸음쯤 떨어져서 그를 따라갔다. 그녀는 상기된 얼굴로 고개를 푹 숙이고 걸었다. 웃음이 터져 나오려고 해서 입을 숄로 가렸다. 마침내 바셋 나리네 마차와 가축 시장에 함께 있던 사람들이 보이지 않는 광장 맞은편에 가까스로 도달했다. 그녀는 거의 쓰러질 지경이었다. 양팔을 허리에 얹고 숨을 돌렸다. 젬은 재판관과도 같은 근엄한 얼굴로 그녀를 기다리고 있었다.

"젬 멀린, 당신은 교수형감이에요." 이윽고 숨을 돌린 그녀가 말했다. "장터에 서서, 훔친 말을 다른 사람도 아닌 바셋 부인에게 되팔다니! 어쩜 그렇게 뻔뻔스러워요. 지켜보는 내 머리가 하얗게 셀 지경이었어요."

그가 머리를 젖히고 웃기 시작하자 그녀도 더 이상 참을 수가 없었다. 그들의 웃음소리가 거리에 울려 퍼졌다. 사람들이 그들을 쳐다보고는 전염되었는지 미소를 지으며 따라 웃기 시작했다. 거리에 넘쳐흐르는 유쾌한 기분이 장터의 시끌벅적한 소음에 공명하여 론서스턴 전체가 흥겨움으로 요동치는 것 같았다. 거리 곳곳에서 고함 소리와 사람들이 서로 부르는 소리가 메아리치고 어디선가 노랫소리도 들려왔다. 일렁이는 횃불이 사람들 얼굴에 기묘한 빛을 드리웠다. 울긋불긋한 빛과 아롱거리는 그림자와 웅성대는 목소리가 사방에 넘쳐흐르고 공기 중에는 흥분의 물결이 흘렀다.

젬이 메리의 손을 잡아 손가락을 으스러져라 주물렀다. "오길 잘했죠?" 그가 물었다.

"그래요." 그녀는 더 이상 재지 않고 대답했다.

그들은 빽빽이 모인 사람들의 온기와 흥분을 온몸으로 느끼며 장터 한가운데로 들어갔다. 젬은 메리에게 진홍색 숄과 둥근 금귀고리를 사 주었다. 줄무늬 천막 아래서 오렌지를 먹고, 주름살투성이 집시 여자에게 점을 쳤다. "갈색 머리의 낯선 사람을 조심하세요." 여자가 메리에게 이렇게 말하자 그들은 서로 마주 보고 웃음을 터뜨렸다.

"젊은이, 당신 손에 피가 있어요." 그녀가 젬에게 말했다. "언젠가 사람을 죽이게 될 거예요." 그러자 젬이 말했다. "오늘 아침에 내가 마차에서 뭐라고 말했어요? 나는 아직까지 깨끗하다고 그랬죠? 그 말 이제 믿겠어요?" 그러나 메리는 잠자코 고개를 젓기만 했다. 얼굴에 가는 빗방울이 떨어지기 시작했지만 그들은 상관하지 않았다. 돌풍이 일어나 펄럭거리던 천막이 부풀고 종이와 리본과 비단이 이리저리 날렸다. 커다란 줄무늬 천막은 몇 번 더 진동한 다음, 결국 쓰러졌다. 그 바람에 사과와 오렌지가 도랑으로 굴러떨어졌다. 횃불이 바람에 꺼질 듯 펄럭이더니 드디어 비가 쏟아지기 시작했다. 사람들은 비 피할 곳을 찾아 웃고 떠들며 이리저리 뛰었다. 그들 몸에서 빗물이 뚝뚝 떨어졌다.

젬은 메리의 어깨를 팔로 감싸 안고 어느 집 현관 처마 밑으로 피했다. 그리고 그녀의 얼굴을 손으로 감싸고는 그녀에게 키스했다. "갈색 머리 낯선 이를 조심해요." 그는 이 말을 하곤 웃으며 다시 한 번 키스했다. 비와 함께 구름이 몰려와 사방은 일시에 어두워졌다. 바람에 횃불이 꺼지고 노란 등불 빛도 침침해졌다. 그와 함께 장터의 울긋불긋함도 사라지고, 사람들도 사라져 어느새 광장에는 인적이 끊기고 말았다. 줄무늬 천막과 노점들은 텅 빈 채 방치되었다. 비가 현관 지붕 밑으로 들이치자 젬은 자기 등으로 비를 막으며 메리를 가려주었다. 그는 메리가 머리에 쓴 수건을 풀고 그녀 머리를 만지작거렸다. 그녀는 그의 손가락이 자신의 목을 지나 어깨로 내려가는 것을 느끼고는 손을 들어 그의 손을 밀쳤다. "오늘 난 바보짓을 많이 했어요, 젬 멀린. 이제 돌아가야 해요. 그러니 이제 그만둬요."

"이런 날 덮개도 없는 마차를 타고 싶지는 않겠죠?" 그가 말했다. "이 바람은 바다에서 부는 거라서 고지대에 가면 마차가 전복될 거예요. 그러니 론서스턴에서 함께 밤을 지내야 해요."

"천만의 말씀! 지금 날이 좀 들었으니 가서 말을 가져와요, 젬. 난 여기서 기다릴 테니까."

"청교도처럼 굴지 말아요, 메리. 보드민 길에 나서면 뼛속까지 젖을 거예요. 날 사랑한다고 생각할 수 없어요? 그럼 나랑 있을 수 있을 텐데요."

"내가 자메이카 여인숙의 바 여급이라서 이런 식으로 얘기하는 건가요?"

"자메이카 여인숙 같은 말은 집어치워요. 난 당신 모습과 감촉이 좋아요. 남자에겐 그거면 족해요. 그건 여자에게도 마찬가지 아닌가요?"

"어떤 여자들에게는 그렇겠죠. 그러나 난 그런 여자가 아니에요."

"헬퍼드 강 하류 지방 여자들은 다른 여자들과 다른가요? 오늘 밤 나와 함께 여기 있어요, 메리. 그럼 어떤지 알 수 있을 거예요. 내일 아침이면 당신도 다른 여자들과 같아질 거예요. 맹세할 수 있어요."

"나도 그렇게 생각해요. 그래서 차라리 마차에서 홀딱 젖는 편을 택하려는 거예요."

"맙소사, 당신은 부싯돌처럼 딱딱하네요, 메리 옐런. 나중에 혼자 남게 되면 분명히 후회할 거예요."

"차라리 일찍 후회하는 편이 나중에 후회하는 것보다 나아요."

"내가 한 번 더 키스하면 생각을 바꿀래요?"

"아니요."

"형이 일주일 동안 술 마신 게 이해가 돼요. 당신이 집에 있었으니. 형한테 찬송가를 불러주었어요?"

"그럼요."

"당신처럼 고집불통인 여자는 처음 봐요. 그럼 반지를 사 줄게요. 그래야 당신 마음이 편하다면. 사실 내 호주머니에 그 정도 돈이 있는 때는 별로 없어요."

"아내가 몇 명이나 있어요?"

"여섯 명 아니면 일곱 명, 콘월 여기저기에 있죠. 타마 강 건너편에 있는 여자는 빼고 말이죠."

"남자 한 명에게 그 정도면 충분해요. 나라면 여덟 번째 마누라를 얻기 전에 좀 기다리겠어요."

"당신은 재치 있어요. 그 숄을 쓰고 눈을 반짝이고 있으니 꼭 원숭이 같아요. 좋아요. 마차를 가져와서 당신을 이모에게 데려다 주겠어요. 하지만 그 전에 키스부터 해야겠어요. 당신이 좋건 싫건 간에."

그는 그녀의 얼굴을 손으로 감싼 뒤 말했다. "첫 번째는 슬픔을 위해, 두 번째는 기쁨을 위해. 나머지는 당신이 좀 더 나긋나긋해졌을 때를 위해 남겨놓겠어요. 오늘 밤에는 이 정도만 하고요. 여기 있어요. 곧 돌아올 테니까."

그는 빗속에서 고개 숙여 인사한 다음 길을 건너갔다. 그녀는 줄지어 선 판매대 뒤를 지나서 모퉁이를 돌아 사라지는 그의 모습을 지켜보았다.

메리는 처마 밑에서 최대한 몸을 웅송그렸다. 큰길에 나서면 정말 힘들 거라는 것쯤은 그녀도 익히 알고 있었다. 비는 세차게 내리고 바람도 대단했다. 탁 트인 황야는 더욱 거칠 게 없을 것이다. 덮개 없는 마차로 18킬로미터를 가려면 대단한 용기가 필요했다. 젬과 함께 론서스턴에 머문다는 생각에 아마도 가슴이 두근거렸을 것이다. 그러나 그녀는 그것을 느끼지 못했다. 그가 그녀의 얼굴을 보고 있는 까닭에 그런 것을 의식할 여유가 없었기 때문이다. 그런데 그가 떠나고 나서 다시 그 생각이 떠오르자 그녀는 야릇하게 흥분이 되었다. 그러나 그를 기쁘게 하려고 분별을 잃을 수는 없었다. 한번 정해진 규범에서 벗어나면 다시는 회복할 수 없는 법이다. 그러면 더 이상 생각의 자유와 독립성을 유지할 수 없다. 그녀는 이미 너무 많은 것을 주었기에 이제 그에게서 완전히 자유로울 수는 없을 것이다. 이 실수는 일종의 족쇄가 되어 그녀로 하여금 자메이카 여인숙을 더욱더 혐오하게 만들 것이다. 고독은 차라리 혼자서 견디는 것이

낫다. 그런데 이제는 그가 6~7킬로미터 거리에 있다는 생각에 황야의 정적이 더욱 괴롭게 느껴질 터이다. 메리는 숄을 여미고 팔짱을 꼈다. 그녀는 항상 여자란 갈대와 같이 나약한 존재라고 생각해왔다. 그렇지 않다면 얼마나 좋을까? 그러면 그녀는 젬 멀린과 마찬가지로 모든 것을 잊고 오늘 밤을 함께 보낼 수 있을 것이다. 그리고 내일 아침, 웃으며 어깨를 으쓱하고 헤어질 수 있을 것이다. 하지만 그녀는 여자고 따라서 그건 불가능했다. 몇 번의 키스에 그녀는 벌써 바보가 되었다. 주인의 그림자 속에서 유령처럼 맴도는 페이션스 이모에 생각이 미치자 소름이 끼쳤다. 만일 신의 은총이 없다면, 그리고 그녀 자신의 의지력이 없다면 그녀 역시 그렇게 되고 말 것이다. 거센 돌풍이 치마를 부풀리고 빗줄기가 처마 아래로 들이쳤다. 날씨도 더욱 추워졌다. 포장도로 위에 물웅덩이가 생겨나고 거리에는 빛과 인적이 끊겼다. 론서스턴은 마법 같던 아름다움을 잃었다. 내일은 을씨년스럽고 우울한 크리스마스가 될 것이다.

메리는 발을 구르고 손을 호호 불며 기다렸다. 젬은 늑장을 부렸다. 함께 있자는 걸 거절하는 바람에 화가 난 게 분명했다. 그녀를 처마 밑에서 비에 젖은 채 벌벌 떨게 하는 건 그에 대한 벌일 터이다. 시간이 한참 지나도 여전히 그는 오지 않았다. 혹시 이렇게 복수하는 거라면 그건 상당히 재미없고 상투적인 방법이었다. 어디선가 시계가 8시를 쳤다. 그가 떠난 지 벌써 30분이 되었다. 말과 마차를 세워둔 곳은 5분 거리밖에 되지 않는데 말이다. 메리는 피곤하고 맥이 빠졌다. 흥분이 가시자, 이른 오후부터 계속 서 있던 데서 오는 피로가 일시에 몰려와 이제 그만 쉬고 싶었다. 지난 몇 시간 동안의 경솔하고 무책임한 기분을 되찾기는 어려울 것이다. 젬은 떠나면서 신바람도 함께 가져갔다.

더 이상 참고 기다릴 수가 없어서 메리는 직접 그를 찾아 나섰다. 언덕으로 올라가는 긴 길에는 인적이 끊기고 간혹 처마 밑에서 비를 피하는 사람 몇 명이 보일 뿐이었다. 비는 사정없이 퍼붓고 바람은 돌풍처럼 거셌다. 이제 크리스마스의 흥겨운 기분은 어디에도 남아 있지 않았다.

몇 분 후 그녀는 오후에 말과 마차를 맡겨둔 마구간에 도착했다. 문이 잠겨 있어서 틈 사이로 들여다보았더니 안이 텅 비어 있었다. 젬은 이미 떠난 게 분명했다. 그녀는 옆에 있는 사무실 문을 초조하게 두드렸다. 잠시 후 아까 그들을 맞은 사내가 문을 열었다.

그는 따뜻한 불가를 떠나게 되어 화가 난 듯한 얼굴이었다. 처음에 그는 비에 흠뻑 젖은 그녀를 알아보지 못했다.

"무슨 일이오?" 그가 말했다. "우리는 동냥 같은 건 하지 않아요."

"동냥하러 온 게 아니에요." 메리가 대답했다. "일행을 찾으러 왔어요. 아까 어떤 사람과 함께 말과 마차를 맡기러 왔었죠. 기억나세요? 마구간이 비어 있는데 그 사람이 왔었나요?"

사내는 사과의 말을 중얼거렸다. "정말 미안해요. 당신 친구는 20분쯤 전에 갔어요. 매우 급한 것 같았어요. 다른 한 사람과 같이 갔는데 확실치는 않지만 흰 수사슴의 하인 같았어요. 어쨌든 저 길로 갔어요."

"아무 전갈도 안 남겼나요?"

"네, 안 남겼어요. 어쩌면 흰 수사슴에 있을지도 몰라요. 그곳이 어딘지 아세요?"

"네, 고마워요. 거기 가볼게요. 그럼 안녕히 계세요."

사내는 그녀를 내친 것이 기뻐서 그녀의 코앞에서 곧바로 문을 닫았다. 메리는 읍내 쪽으로 발걸음을 돌렸다. 젬은 도대체 흰 수사슴의 하인에게 무슨 볼일이 있는 것일까? 분명히 그 사람이 번지수를 잘못 찾은 것이리라. 그걸 확인하려면 그녀 스스로 알아볼 수밖에 없었다. 그녀는 자갈이 깔린 광장으로 되돌아왔다. 흰 수사슴 여관은 창문에 불을 환하게 켜놓고 손님을 환대하는 분위기였다. 그러나 조랑말과 마차는 보이지 않았다. 가슴이 철렁했다. 젬은 결코 그녀를 내버려두고 돌아가지는 않았을 것이다. 메리는 잠시 망설이다가 여관 문을 열고 안으로 들어갔다. 홀은 웃고 떠드는 남자들로 가득 차 있었다. 그들은 그녀의 초라한 행색과 젖은 머리를 보고 아연실색했다. 하인 한 명이 곧바로 그녀에게 다가와 나가라고 말했다.

"나는 젬 멀린 씨를 찾으러 왔어요." 그녀가 단호한 어조로 말했다. "여기 마차를 타고 왔는데 이곳 하인과 함께 있었다더군요. 귀찮게 해서 미안하지만 그분을 꼭 찾아야 해요. 그러니 좀 물어봐주시겠어요?"

하인은 언짢은 얼굴로 안으로 들어갔다. 그녀는 홀을 등지고 현관 입구에서 기다렸다. 홀 안의 불가에 서 있던 일단의 남자들이 그녀를 쳐다보았다. 그중에는 아까 그 말 장수와 날카로운 눈매의 사내도 있었다.

갑자기 불길한 예감이 들었다. 얼마 후 하인은 술잔이 가득 담긴 쟁반을 들고 와서 불가에 있는 사람들에게 나눠 주었고, 다음에는 케이크와 햄을 가지고 왔다. 그는 더 이상 메리를 아랑곳하지 않았고 그녀가 불러도 알은체도 하지 않다가 세 번째에야 겨우 그녀 쪽으로 와서 말했다. "미안합니다만 오늘 저녁에는 손님이 워낙 많아서 장터에서 온 사람들 신경 쓸 틈이 없어요. 어쨌든 멀린이란 손님은 여기 없어요. 바깥에도 물어보았지만 아무도 그런 이름을 들어본 적이 없다더군요."

메리는 곧바로 문으로 향했다. 그때 날카로운 눈매의 사내가 앞을 가로막았다. "아까 오후에 내 동업자에게 조랑말을 팔려던 갈색 머리 집시 친구를 찾는 거라면 내가 좀 알죠." 그가 깨진 앞니를 내보이며 웃었다. 불가에 있던 일행에게서 웃음이 터져 나왔다.

그녀는 그들을 차례로 훑어보았다. "하실 말씀이 뭔가요?"

"한 10분 전에 어떤 신사분하고 있었어요." 날카로운 눈매의 사내가 여전히 웃으며 말했다. 그러고는 그녀를 아래위로 훑어보며 덧붙였다. "우리 몇 명의 도움으로 문에서 기다리던 마차에 탔죠. 처음에는 반항했지만 신사분이 눈짓을 하자 순순히 말을 들었어요. 검은 말이 어떻게 되었는지는 아마 당신도 알고 있겠죠? 그 사람이 부른 값은 너무 비쌌어요."

그의 말에 불가에 있는 사람들이 다시 한 번 웃음을 터뜨렸다. 메리는 날카로운 눈매의 작달막한 사내를 물끄러미 바라보았다.

"그 사람, 어디 갔는지 아세요?" 그녀가 물었다.

그는 어깨를 으쓱하고 짐짓 동정하는 표정을 지었다.

"나는 그의 목적지를 모릅니다. 유감스럽게도 작별 인사도 안 남겼어요. 하지만 오늘은 크리스마스이브이고 아직 초저녁이에요. 바깥에 있을 수 있는 날씨가 아니라는 건 당신도 잘 알겠죠? 당신 친구가 돌아올 때까지 여기서 기다리겠다면 나와 여기 있는 신사들은 기꺼이 당신을 대접하겠어요."

그는 그녀의 숄 위에 슬쩍 손을 얹었다. "당신을 이렇게 저버리다니 참 나쁜 놈이군요." 그가 은근하게 말했다. "들어와서 쉬어요. 그놈일랑 잊고."

메리는 대꾸도 하지 않고 돌아서서 문을 나왔다. 닫히는 문 사이로 그의 웃음소리가 터져 나왔다.

그녀는 인적이 끊긴 장터 광장에서 세찬 비바람을 맞으며 서 있었다. 최악의 사태가 벌어졌다. 말을 훔친 게 발각된 것이다. 다른 설명은 있을 수가 없었다. 젬은 떠났다. 그녀는 어두운 집들을 멍하니 바라보면서 도둑질에 대한 벌이 뭘까 생각했다. 살인죄와 마찬가지로 절도죄도 교수형일까? 그녀는 얻어맞은 것처럼 몸이 아프고 정신이 혼란스러웠다. 아무것도 분명하게 알 수 없었고 어떤 계획도 세울 수 없었다. 어찌 되었건 이제 젬은 그녀에게서 사라졌고 다시는 볼 수 없을 것이다. 이 짧은 모험은 끝났다. 그녀는 거의 얼이 빠져 자기가 뭘 하는지 의식도 못한 채로 광장을 가로질러 성이 있는 언덕을 향해 정처 없이 올라가기 시작했다. 만약 그녀가 론서스턴에 머물겠다고 했으면 이런 일은 일어나지 않았을 것이다. 그들은 현관 처마 밑을 나와 읍내 어딘가에 방을 구했을 것이다. 그녀는 그의 곁에 있을 테고, 그들은 서로 사랑을 나누었을 것이다.

그리고 만일 그가 아침에 잡힌다 하더라도 그 이전 시간만큼은 단둘이 오붓하게 보냈을 것이다. 그가 그녀를 떠난 지금, 메리의 마음과 몸은 쓰라린 고통과 후회로 사무쳤다. 그리고 그녀는 자신이 얼마나 간절히 그를 원하는지 깨달았다. 젬이 잡혀간 것은 순전히 그녀 때문이었지만 그녀는 그를 위해 아무것도 할 수 없었다. 분명히 그는 교수형을 당할 것이다. 자기 아버지처럼 교수대 위에서 죽을 것이다. 성벽마저 그녀를 언짢게 내려다보는 듯했다. 길 양옆으로는 빗물이 도랑을 이루었다. 론서스턴을 감돌던 마법 같은 아름다움은 이제 자취도 없이 사라져버리고, 그 대신 을씨년스럽고 적대적인 회색 도시만이 남았다. 길모퉁이를 돌 때마다 뭔가 나쁜 일이 생길 것만 같았다. 얼굴에 흘러내리는 빗물 때문에 그녀는 비틀비틀 걸어갔다. 가고 있는 방향도 상관하지 않았고, 자메이카 여인숙의 자기 방까지 가려면 18킬로미터라는 머나먼 길을 가야 한다는 사실조차도 개의치 않았다. 누군가를 사랑하는 것이 이런 고통과 번민과 아픔을 의미한다면 그녀는 사랑 따위는 원치 않았다. 그것은 이성과 평정을 없애고 용기를 박살낸다. 그토록 무심하고 강하던 그녀가 이제 완전히 어리석은 어린아이가 되고 말았다. 가파른 언덕이 그녀 앞에 솟아 있었다. 그날 오후, 그들은 덜컹거리는 마차를 타고 이 길을 신나게 내려왔다. 산울타리가 끊어진 틈 옆에 옹이 많은 나무둥치가 있는 것이 보였다. 아까 이 길을 내려올 때 본 나무였다. 그때 젬은 휘파람을 불었고, 그녀는 노래를 흥얼거렸다. 메리는 퍼뜩 정신이 들어 걸음을 멈췄다. 더 이상 걸어가는 것은 미친 짓이었다. 그녀 앞에 하얀 리본처럼 뻗어 있는 길이 보였다. 이런 날씨에 계속 걸어간다면 3킬로미터도 채 못 가서 지쳐 쓰러지고 말 것이 뻔했다.

그녀는 언덕길을 돌아서서 불빛이 반짝이는 저 아래 읍내를 바라보았다. 어쩌면 누군가 그녀에게 잠자리를 제공하거나 아니면 바닥에 담요라도 깔아줄지 모른다. 그녀는 돈이 한 푼도 없었다. 하지만 누군가 외상을 줄지도 몰랐다. 바람이 머리를 흩날리고 제대로 자라지 못한 왜소한 나무들이 바람에 굽실거렸다. 내일 아침, 사람들은 비에 젖은 쓸쓸한 크리스마스를 맞게 될 것이다.

메리는 바람 앞의 낙엽처럼 떠밀리며 길을 따라 내려갔다. 그때 저 아래쪽에서 그녀 쪽으로 힘겹게 올라오는 마차 한 대가 보였다. 그것은 검고 땅딸막한 풍뎅이처럼 보였다. 비바람을 정면으로 받는 까닭에 매우 느릿느릿 움직였다. 그녀는 멍한 눈으로 그것을 바라보았다. 그러나 어딘가 길 위에서 젬 멀린도 저렇게 마차를 타고 죽음을 향해 가고 있을지도 모른다는 것 이외에 아무런 생각도 들지 않았다. 마차는 그녀가 있는 곳까지 다가와 막 그녀를 지나치려고 했다. 갑자기 그녀는 충동적으로 마차에 다가가 외투로 몸을 감싼 채 마부석에 앉은 마부에게 물었다. "보드민 쪽으로 가세요?" 그녀가 소리쳤다. "안에 승객이 있나요?" 마부는 고개를 저으며 말에 채찍질을 했다. 그러나 메리가 물러나기도 전에 창문에서 손이 나와 그녀의 어깨 위에 얹혔다. "크리스마스이브에 메리 옐런이 론서스턴에서 혼자 뭘 하고 있어요?" 마차 안에서 목소리가 흘러나왔다.

그녀를 붙잡은 손은 단단했지만 목소리는 부드러웠다. 어두운 마차 안에서 창백한 얼굴이 그녀를 응시하고 있었다. 검은 성직자 모자 아래 하얀 머리칼과 하얀 두 눈이 빛났다. 앨터넌의 목사였다.

10

그녀는 어슴푸레한 빛에 드러난 목사의 옆모습을 살펴보았
다. 선명하고 깨끗한 모습이었다. 튀어나온 가느다란 코가 새
부리처럼 아래로 굽어 있었다. 그는 핏기 없이 얇은 입술을 꼭
다물고, 무릎 사이에 놓인 긴 흑단 지팡이에 턱을 괸 채 몸을 앞
으로 내밀고 있었다.

그녀는 잠시 목사의 눈에서 아무것도 볼 수 없었다. 그의 눈
은 짧고 흰 속눈썹에 가려져 있었다. 이어 그는 자리에서 몸을
돌려 눈썹을 바르르 떨면서 그녀를 응시했다. 그녀를 바라보는
흰 눈이 유리처럼 투명하고 무표정했다.

"결국 우린 두 번째로 마차에 동승했군요." 목사가 말했다. 여
자처럼 작고 가는 목소리였다. "다행히 길에서 당신을 한 번 더

돕게 됐네요. 속까지 흠뻑 젖었으니 옷을 벗는 게 낫겠어요." 그가 차갑고도 무심한 눈길로 그녀를 바라보았고, 이 눈길에 당혹스러워진 그녀는 숄을 고정하는 핀을 꼭 잡았다.

"가는 동안에 이 마른 담요가 몸을 말려줄 겁니다." 그가 말을 이었다. "신고 있는 양말을 벗는 게 낫겠어요. 이 마차는 외풍이 없는 편이에요."

그녀는 아무 말 없이 젖은 숄과 코르셋을 벗고 목사가 내민 거친 털 담요를 몸에 둘렀다. 머릿수건에서 흘러내린 머리칼이 마치 커튼처럼 벗은 어깨 위로 늘어져 있었다. 도망치다가 잡혀서는 이제부터 주인 말을 잘 듣겠다는 듯 두 손을 포갠 채 양순하게 앉아 있는 어린아이가 된 기분이 들었다.

"괜찮겠어요?" 목사가 그녀를 차분히 바라보았다. 그녀는 자기도 모르게 어느새 그날 일을 더듬더듬 설명하기 시작했다. 이전 앨터넌에서도 그랬듯이 목사의 존재로 인해 뭔가 자신의 이야기가 진실하지 못한, 바보나 무식한 시골 여자의 이야기처럼 들렸다. 횡설수설하고 잘 마무리하지도 못했기 때문이다. 어떤 여자가 론서스턴 시장에서 자신의 가치를 하락시켰고 그녀가 택한 남자는 그녀가 혼자 귀가하게 내버려두었던 것이다. 그녀는 젬이라는 이름을 언급하기가 부끄러웠다. 그래서 그에 대해 말을 길들이는 일로 밥 먹고 살며 황야에서 길을 잃고 헤맬 때한 번 만났던 남자 정도로만 대충 말했다. 그리고 지금은 론서스턴에서 조랑말 매매에 문제가 좀 생겼기에 그가 사기 치다가

잡혔을까 봐 두려운 마음이었다.

그녀는 프랜시스 데비 목사가 자기를 어떻게 생각할지 궁금
했다. 그녀는 잘 알지 못하는 남자와 론서스턴 장에 말을 타고
가서 창피하게도 같이 갔던 남자를 잃고, 해가 진 뒤에 매춘부
처럼 홀딱 젖어 진흙투성이로 읍내를 쏘다녔던 것이다. 목사는
그녀의 이야기를 아무 말 없이 끝까지 다 들었다. 한두 번 침을
꿀꺽 삼키는 소리가 들렸고, 메리는 문득 목사에게 그런 습관이
있었다는 기억이 났다.

"결국 당신은 아주 외롭진 않다는 건가요?" 마침내 목사가 물
었다. "자메이카 여인숙에서 당신이 생각하던 만큼 그렇게 외롭
진 않았나요?"

어둠 속에서 메리는 얼굴을 붉혔다. 목사가 그녀의 얼굴을 볼
수는 없었지만, 메리는 그가 자신을 보고 있음을 알았다. 마치
그의 눈길이 잘못을 저지른 자신을 비난하는 것 같아 죄책감이
들었다.

"동행한 남자 이름이 뭐라고 했죠?" 그가 조용히 물었다. 어색
하고 불편해진 그녀가 잠시 망설였고 이전보다 죄책감이 더 심
하게 들었다.

"그 사람은 제 이모부의 남동생이에요." 마치 고해성사를 하
듯이 마지못해 고백하는 자기 목소리를 의식하며 그녀가 대답
했다.

여태까지 그녀를 어떻게 생각했든, 목사가 앞으로 이 사실을

거론할 것 같지는 않았다. 그녀가 조스 멀린을 살인자라고 부른지 채 일주일도 지나지 않았다. 그런데 일말의 죄책감이나 거리낌도 없이 이모부의 남동생과 말을 타고 자메이카 여인숙을 떠났던 것이다. 재미있는 장터 구경을 하고 싶어 몸살 난 품위 없는 술집 여자처럼 말이다.

"물론 저를 욕하시겠죠." 그녀가 서둘러 말을 이었다. "이모부를 믿지 못하고 미워하니까, 이모부의 남동생도 계속 믿을 수 없었어요. 그가 정직하지 못한 도둑이라는 거 알아요. 처음에는 이모부가 자주 그렇게 말했거든요. 하지만 이후에는……" 그녀의 말이 자신 없이 끊겼다. 사실 젬은 아무것도 부정하지 않았다. 그녀가 그를 비난할 때도 그는 거의 자기를 변호하지 않았고, 변호하려 들지도 않았다. 지금은 그녀가 대신 그의 편을 들고 있었다. 어둠 속에서 젬이 키스를 하고 그녀에게 손을 얹은 일로 이미 그에게 홀딱 반해서 별다른 이유도 없이 건전한 판단력에 어긋나는 행동을 하고 있었다.

"동생은 집주인의 야간 밀수에 대해 전혀 몰랐다는 건가요?" 그녀 옆에서 목사가 다정한 목소리로 계속 물었다. "그 동생은 자메이카 여인숙으로 마차를 몰고 오던 일당이 아닌가요?"

메리는 잠시 절망적인 몸짓을 했다. "모르겠어요." 그녀가 말했다. "제겐 아무런 증거가 없어요. 그 동생은 아무것도 인정하지 않아요. 그냥 어깨만 으쓱했죠. 하지만 한 가지는 말했어요. 사람을 죽인 적은 없다고요. 그리고 전 그 말을 믿어요. 아직도 그 말을 믿고 있어요. 또한 이모부가 즉각 법에 걸릴 것이며, 곧 체포될 거라는 말도 했어요. 만일 한패라면, 분명 그런 말은 안 했겠죠."

지금 그녀는 곁에 앉은 목사보다 오히려 자기 자신을 안심시키려고 이렇게 말한 셈이다. 젬이 무죄인지 아닌지가 갑자기 매우 중요한 문제가 되었다.

"목사님은 전에 바셋 나리를 좀 안다고 말씀하셨지요." 그녀가 재빨리 말했다. "아마 목사님이라면 그분께 영향력을 미치실 수 있을 거예요. 때가 되면 젬 멀린을 너그럽게 처리해달라고 나리를 설득하실 수도 있을 거고요. 아직 그 사람은 젊고, 다시 새 인생을 시작할 수도 있잖아요. 목사님 정도의 지위에 있는 분에겐 그리 어렵지 않은 일이잖아요."

목사가 아무 말이 없어서 더 굴욕적이었다. 자신을 바라보는 흰 눈의 차가운 시선을 느끼면서 그녀는 목사가 자신을 아주 타락한 바보나 나약한 인물로 생각할 거라고 대충 짐작했다. 자신이 단 한 번 키스한 남자를 변호하는 중이며, 그 남자는 그녀를 우습게 여긴 나머지 한 마디 말도 없이 사라졌음을 목사는 틀림없이 알고 있을 것이다.

"노스 힐의 바셋 씨는 잘 몰라요." 목사가 부드럽게 말했다. "오후에 한두 번 즐거운 시간을 함께 보내면서 각자 교구 이야기를 했지요. 하지만 그분이 날 봐서 그 도둑의 죄를 용서해줄 것 같진 않군요. 특히 그자가 유죄이며 자메이카 여인숙 주인의 동생이라면 말이죠."

메리는 아무 말도 못 했다. 이 기묘한 하느님의 사제가 다시 논리정연하게 지혜로운 말을 하기에 아무 대답도 못 한 것이다. 그러나 그녀는 갑자기 이성을 넘어선, 비논리적인 사랑의 열병에 사로잡혔다. 따라서 목사의 말은 어떤 자극제처럼 머리를 다시 혼란스럽게 만들었다.

"그 남자의 안전을 걱정하는군요?" 목사가 말했다. 그녀는 그의 말이 조롱인지 아니면 비난인지 그도 아니라면 이해인지 알고 싶었다. 하지만 번개처럼 잽싸게 그가 말을 이었다. "만약에 당신의 새 친구가 다른 사람의 생명이나 재산에 해를 입히고 형과 공모해 다른 죄를 지었기 때문에 유죄라면, 그땐 어떡할래요, 메리 옐런? 그래도 그 남자를 구할 건가요?" 그녀는 자기 손 위에 얹힌 목사의 손을 느꼈다. 섬뜩하리만큼 차갑고 비정한 손이었다. 그날 그녀는 몹시 흥분했던 터라 신경이 곤두섰고, 목사에게 놀라는 동시에 좌절했으며, 자신의 잘못으로 사라져버린 남자를 말도 안 되지만 사랑하고 있었다. 이 때문에 모든 걸 빼앗긴 아이처럼 무너져 소리쳤다.

"이런 걸 기대한 게 아니에요." 그녀가 격렬하게 말했다. "이모부의 만행과 불쌍하고도 바보 같은 페이션스 이모의 어리석음은 감당할 수 있었어요. 심지어 자메이카 여인숙의 침묵과 공포에도 위축되거나 도망치지 않고 견딜 수 있었어요. 외로움 따윈 상관없었어요. 가끔씩 저를 담대하게 만드는 이모부와의 싸움이 마음에 들기도 했고요. 이모부가 무슨 말을 하든 어떤 행동을 하든, 결국 전 이모부보다 잘될 거거든요. 이모가 이모부를 떠나고 정의가 실현되는 걸 볼 작정이었어요. 다 끝나면 어디 농장에 아무 일자리나 얻어 예전처럼 인간답게 살아볼 생각이었어요. 하지만 더 이상 장래를 생각할 수가 없어요. 제 일을 계획하거나 생각할 수도 없고요. 제가 내심 경멸하는 남자 때문에, 제 정신과 이성으로는 물리쳐야 하는 남자 때문에 덫에 걸려 뱅뱅 맴돌고 있어요. 저는 다른 여자들처럼 사랑을 하고 싶지도, 사랑받는 여자의 그런 감정을 느끼고 싶지도 않아요, 데비 목사님. 이런 식이라면 평생 아프고 고통스럽고 구차할 거예요. 이런 걸 기대한 게 아니에요. 이걸 원한 게 아니라고요."

그녀는 등을 기대고 마차 옆에 얼굴을 기댔다. 폭포처럼 줄줄 쏟아지는 말에 지쳤고, 별안간 감정을 폭발시킨 자신이 벌써 부끄러웠다. 이제는 목사가 자신을 어떻게 생각하든 상관없었다. 그는 목사이고, 따라서 그녀의 열정적인 질풍노도의 세계와는 먼 별세계에 있었다. 그는 이런 세계를 잘 알 수 없다. 그녀는 언짢고 비참한 기분이 들었다.

"몇 살이죠?" 목사가 갑자기 물었다.

"스물세 살이에요." 그녀가 대답했다.

어둠 속에서 침을 꿀꺽 삼키는 소리가 들렸다. 그는 그녀 손 위에 얹었던 손을 빼내어 흑단 지팡이에 얹고는 다시 아무 말 없이 앉아 있었다.

이제 마차는 론서스턴 계곡과 비바람을 가려주던 산울타리에서 벗어나, 고지대를 지나 강력한 비바람이 몰아치는 탁 트인 황야로 들어서려는 참이었다. 바람은 여전했지만 비는 약해져서 때때로 그칠 때도 있었다. 그럴 때마다 스쳐 지나가는 낮은 구름 뒤로 밤하늘에 작은 별이 반짝이며 나타났다. 다음 순간, 비가 다시 쏟아져 검은 커튼 같은 빗줄기 뒤로 별은 완전히 사라지고 마차의 좁은 사각형 창문에는 캄캄한 하늘만 보였다.

아까 계곡에서는 줄기찬 빗줄기에 바람도 쌩쌩 불었지만 숲의 나무와 언덕이 비바람을 어느 정도 막아주었다. 그러나 여기 고지대에는 그런 천연 피난처가 없었다. 길 양쪽으로 황무지뿐이었고, 위로는 큰 아치 모양의 시꺼먼 하늘이 내려다보고 있었다. 바람결에 전에는 들리지 않던 비명 소리가 났다.

메리의 몸이 덜덜 떨렸다. 주인을 졸졸 따라다니는 강아지처럼, 동승한 목사에게 좀 더 바싹 붙어 앉았다. 목사는 여전히 아무 말도 없었지만, 고개를 돌려 자신을 내려다보는 눈길이 느껴졌다. 처음으로 목사를 가까이 있는 남자로 의식하게 되었다. 이마에 그의 거친 숨결이 느껴졌다. 젖은 숄과 코르셋이 저만큼 발치에 놓여 있다는 사실이 생각났다. 거친 담요 아래 그녀는 알몸이었다. 목사가 다시 말을 하자, 그가 아주 가까이 있다는 사실을 깨달았다. 갑자기 그의 목소리가 예기치 못한 혼란스러운 충격으로 다가왔다.

"메리 옐런, 아주 젊군요." 목사가 다정하게 말했다. "그저 알에서 갓 깨어난 병아리군요. 앞으로 위기가 좀 있을 거예요. 당신 같은 여자가 한두 번 만난 남자 때문에 울 필요는 없어요. 첫 키스란 추억할 만한 게 못 되죠. 훔친 조랑말이나 타고 사라진 남자 따윈 곧 잊게 될 거예요. 자, 눈물 닦아요. 당신은 연인이 떠났다고 해서 손톱을 물어뜯으며 분개할 사람이 아니에요."

그는 내 문제를 우습게 보고 별로 대수롭잖게 여기는구나, 목사의 위로에 대한 그녀의 첫 반응은 이것이었다. 그러고 나서 목사가 상투적인 말로 위로하지도, 축복 기도나 하느님의 평안과 영생을 언급하지도 않는 이유가 궁금해졌다. 최근 목사와 마차를 탔던 일이 생각났다. 그때 목사는 말을 마구 채찍질해 전속력으로 달리게 했고, 손에 고삐를 쥔 채 자기 자리에 웅크려 이해할 수 없는 말을 중얼거렸다. 그 당시처럼 왠지 다시 불편한 느낌이 들었다. 비정상적인 목사의 몸이 그와 세상 사이를 가로막는 장벽이나 되는 것처럼, 본능적으로 자신의 불편한 감정을 목사의 기묘한 머리나 눈과 연관시킨 것이다. 동물의 왕국에서 괴물은 쫓거나 쫓기든지, 아니면 광야로 쫓겨나는 혐오스러운 대상이다. 이런 생각이 들자마자 자신이 편협하며 기독교인답지 않다고 메리는 스스로를 자책했다. 그는 자신과 같은 인간이자 하느님의 사제이기도 하다. 그녀는 목사 앞에서 자신이 바보처럼 굴고 거리의 매춘부처럼 말한 데 대해 더듬거리며 사과의 말을 늘어놓았다. 그러면서 담요 아래로 손을 뻗어 자기 옷을 몰래 잡아당겼다.

"그러니까 내 짐작이 맞는군요. 최근 내가 당신을 만난 뒤로 자메이카 여인숙에서는 모든 게 조용했나요?" 잠시 후 꼬리에 꼬리를 무는 생각에 잠겨 있던 목사가 물었다. "당신의 초저녁 잠을 못 자게 하던 마차가 사라지고, 여관 주인은 여전히 혼자 술잔에 술을 따라 마시던가요?"

메리는 아직도 헤어진 남자가 마음에 걸려 초조하기도 하고 걱정도 되었지만 애써 현실로 돌아왔다. 거의 열 시간가량이나 이모부를 까맣게 잊어버리고 있던 것이다. 지난주에 느꼈던 엄청난 공포와 새로 알게 된 사실들이 금세 기억났다. 잠 못 이룬 수많은 밤과 홀로 지낸 기나긴 날들, 다시 그녀 앞에 나타난 이모부의 충혈된 눈과 술에 취해 짓던 미소와 더듬거리던 손길이 생각났다.

"데비 목사님." 그녀가 속삭였다. "난파선 약탈자라는 말 들어보셨어요?"

이전에는 이런 단어를 입 밖에 발설한 적도, 생각해본 적도 없었다. 자기 입에서 튀어나온 그 단어를 들으니 마치 신성모독처럼 두렵고 불쾌했다. 마차 안이 너무 깜깜해서 그 단어가 목사의 얼굴에 어떤 영향을 미쳤는지 알 수 없었다. 꿀꺽 침 삼키는 소리가 들렸다. 성공회 성직자가 쓰는 챙이 넓은 검은 셔블 모자 아래 가려진 그의 눈은 보이지도 않았다. 그저 옆모습과 날카로운 턱, 튀어나온 코의 희미한 윤곽만이 보일 따름이었다.

"몇 년 전 어린 시절, 이웃에서 하는 이야기를 한 번인가 들은 적이 있어요." 그녀가 말했다. "나중에 뭔가 알 만큼 다 컸을 땐 이런 소문이 돌았죠. 돌다가 금방 사라지는 소문 말이에요. 어떤 남자가 북쪽 해안을 갔다가 아주 황당한 이야기를 듣고 왔는데, 곧 조용해졌지요. 연세 지긋한 노인들이 그런 이야기는 하지도 말라고 했거든요. 예의에 어긋난다고요.

그런 얘기, 전혀 안 믿었어요. 어머니께 여쭤봤죠. 어머니는 마음씨 고약한 사람들이 지어낸 끔찍한 얘기라고 하셨죠. 그런 건 애당초 없고 있을 수도 없다고요. 하지만 어머니 말씀이 틀렸어요. 데비 목사님, 이젠 어머니가 틀렸다는 거 알아요. 이모부가 그런 약탈자예요. 이모부가 스스로 그렇게 자백했거든요."

목사는 여전히 아무 대답 없이 돌부처처럼 가만히 앉아 있었다. 그녀는 속삭이듯이 작은 소리로 다시 말을 이었다.

"해안에서 타마 강둑까지 한 명 한 명 다 그 일당이에요. 처음으로 여관 바에서 토요일을 보낸 날 집시와 밀렵꾼, 선원, 이가 부러진 행상인 등 그 일당을 다 봤어요. 그들은 자기 손으로 여자와 아이들을 죽여 바다 밑에 수장했지요. 바위와 돌로 쳐 죽여서요. 밤길을 다니는 죽음의 마차였죠. 그 일당은 이런저런 사람에게 줄 술이나 담배 등 밀수품이 든 통뿐만 아니라, 피 값으로 얻은 난파선의 짐이나 살해된 사람들의 재산이나 소지품을 날랐죠. 바로 그런 이유로 오두막과 농장 사람들은 겁에 질려 이모부를 무서워하고 증오하죠. 집집마다 이모부에게 문을 모조리 닫고, 마차들이 이모부의 여관을 먼지 구름 휘날리며 급히 지나가는 이유이기도 하죠. 마을 사람들에게는 물증은 없지만 심증은 있어요. 이모는 발각될까 두려워 전전긍긍하며 살고 있죠. 이모부는 그저 낯선 손님 앞에서 술에 취해 자제를 못 하죠. 이모부의 비밀은 사방에 폭로되었어요. 저기, 데비 목사님. 이제는 목사님도 자메이카 여인숙의 진실을 아시잖아요."

입술을 꼭 다문 그녀는 숨을 죽이고 억누를 수 없는 감정에 손을 부비면서 마차 옆에 기댔다. 자기 입에서 폭포처럼 쏟아져 나온 말에 지치고 동요되었다. 마음속 어두운 심연 어딘가에서, 인정받고 싶어 몸부림치다가 그녀의 감정 따위에는 아랑곳하지 않고 빛으로 나온 누군가가 다시 떠올랐다. 바로 젬 멀린의 얼굴이었다. 한때 사랑했던, 나쁜 방향으로 비틀린 젬의 얼굴이 마침내 끔찍하게도 이모부의 얼굴에 겹쳐졌다.

챙이 넓은 검은 셔블 모자 아래 목사가 고개를 돌렸다. 갑자기 흔들리는 흰색 속눈썹이 눈에 띄었고, 그 입술이 움직였다.

"그래서 술에 취하면 집주인이 이야기를 하던가요?" 목사가 물었다. 평소 부드럽던 그의 목소리에서 웬지 부드러움이 빠진 듯하고, 높은 음조를 건드릴 때 날 법한 날카로운 어조였다. 메리가 쳐다보자 그는 여느 때처럼 차갑고 무심한 눈길로 그녀를 다시 바라보았다.

"네, 이모부가 이야기했어요." 그녀가 대답했다. "닷새 동안 술에 절어 지낼 때, 자기 속을 세상에 다 드러냈지요. 제가 도착한 첫날 저녁에 이모부가 자기 입으로 말했어요. 그땐 술에 취하지 않았었지요. 하지만 첫 번째 마비에서 깨어난 나흘 전, 자정이 지나 부엌으로 오더니 휘청거리면서 말했어요. 그래서 제가 아는 거예요. 아마 그런 이유로 사람과 하느님, 그리고 저 자신에 대해 믿음을 잃고, 오늘 론서스턴에서 바보처럼 굴었나 봐요."

이야기를 나누는 동안 엄청나게 강한 바람이 불었다. 이제 길이 굽어 바람 부는 방향으로 직진하던 마차가 멈출 뻔했다. 높은 바퀴 위에 있는 마차가 흔들거렸다. 갑자기 창문으로 한 줌 자갈이 쏟아져 내리는 것처럼 소나기가 퍼부었다. 이제 비를 피할 만한 피난처는 전혀 없었다. 양쪽 황무지는 헐벗은 무방비 상태였고, 급히 흘러가다가 바위산에 부딪친 조각구름은 땅 위로 재빨리 지나갔다. 멀리 25킬로미터쯤 떨어진 바다에서 불어오는 해풍에 습한 소금기가 묻어났다.

프랜시스 데비 목사가 앉은 자리에서 앞으로 기댔다. "앨터넌으로 꺾어져서 파이브 레인즈로 가까이 가고 있군요." 그가 말했다. "보드민에 소속된 마부가 당신을 자메이카 여인숙으로 데려다 줄 겁니다. 난 파이브 레인즈에서 내려 마을로 걸어갈 거예요. 나한테만 다 털어놨나요, 아니면 집주인 동생에게도 말했나요?"

목사의 목소리에 반어법이나 조롱이 섞여 있는지 메리는 알도리가 없었다. "젬 멀린은 알아요." 그녀가 마지못해 말했다. "오늘 아침에 그 이야기를 했어요. 하지만 젬은 아무 말도 안 했어요. 젬과 이모부 사이가 좋지 않다는 건 저도 알아요. 어쨌든 지금은 그게 중요한 문제가 아니에요. 젬은 다른 죄 때문에 잡혀갔으니까요."

"젬이 형을 배반하고 자기 생명을 구하려 한다면, 그땐 어쩔 건가요, 메리 옐런? 생각해볼 문제죠."

메리는 깜짝 놀랐다. 이 새로운 가능성에 잠시 지푸라기라도 잡은 듯한 심정이었다. 그러나 앨터넌 교구 목사는 아마도 그녀의 생각을 읽어낸 모양이다. 왜냐하면 이런 자신의 희망을 확인하고자 목사를 쳐다보니 미소 짓는 모습이 보였기 때문이다. 가면을 쓴 듯한 목사의 얼굴에서 잠시 가면이 벗겨지고 얇은 입술에 감정이 드러났다. 심기가 불편해진 그녀는 시선을 돌렸다. 자기도 모르게 금지된 장면을 본 기분이었다.

"그렇다면 분명 당신이나 젬은 안심이 되겠죠." 목사가 말을 이었다. "동생이 관련된 적이 없다면요. 그러나 늘 의심을 받아왔잖아요? 당신이나 나는 그 문제의 답이 뭔지 모르죠. 죄지은 사람은 보통 자기 목에 밧줄을 걸지는 않죠."

메리가 당황해 손을 저었다. 지금까지 가혹하던 목소리가 다시 부드러워진 걸 보면, 목사는 틀림없이 그녀의 얼굴에 떠오른 절망을 본 모양이다. 그가 그녀의 무릎에 손을 얹고 부드럽게 말했다. "밝은 날이 지나면 어두운 날도 오죠. 메리 옐런, 셰익스피어 책을 인용해도 된다면 내일 콘월에서 이상한 설교가 있을 겁니다. 그러나 당신 이모부와 그 일당은 우리 교회 성도가 아니지요. 그들이 내 성도였다면 내 설교를 이해 못 했을 겁니다.

당신은 고개를 젓는군요. 내 말이 수수께끼 같겠죠. '이 사람은 아무 위안이 못 돼'라고 속으로 말하겠죠. '눈과 머리가 허연 괴물이야.' 고개 돌리지 말아요. 당신이 무슨 생각을 하는지 다 알아요. 위안이 될 만한 얘기를 하나 해주죠. 당신은 하고 싶은 대로 할 수 있어요. 지금부터 한 주 뒤면 새해가 밝을 겁니다. 마지막으로 가짜 불빛이 깜박일 겁니다. 더 이상 난파되는 선박은 없을 거예요. 촛불이 꺼질 겁니다."

"무슨 말인지 통 모르겠어요. 어떻게 아세요? 이 일이 새해하고 무슨 관계가 있나요?" 메리가 물었다.

목사는 그녀의 무릎에 얹었던 손을 빼어 내릴 준비를 했다. 그러고는 코트를 여미며 내리닫이 창을 올리더니 마부에게 말을 멈추라고 일렀다. 혹독하고 쌀쌀한 비와 더불어 차가운 공기가 마차로 들어왔다. 그가 말했다. "지금 나는 론서스턴 회의에서 돌아오는 길이에요. 오늘 밤 회의 역시 지난 몇 년간 열렸던 수많은 회의와 비슷했죠. 그 회의에서 우리는 드디어 내년에 국왕 폐하의 정부에서 해안 순찰을 시작할 거라는 이야기를 들었어요. 이제 절벽에는 조명탄 대신 보초들이 지킬 거예요. 현재는 이모부와 그 일당만 아는 길을 경찰관들이 걸어 다닐 때가 곧 올 겁니다.

메리, 영국 전역에서 깨기 힘든 방어벽이 구축될 거예요. 이제 알겠어요?" 목사가 마차 문을 열고 길로 내려섰다. 한바탕 쏟아지는 빗속에 목사의 맨머리가 드러났다. 목사의 얼굴 주위로 후광처럼 둘린 숱 많은 백발이 보였다. 목사는 다시 미소 지으면서 인사를 하며 한 번 더 손을 뻗어 잠시 그녀의 손을 잡았다. "당신의 고통은 이제 끝났어요." 그가 말했다. "수레바퀴에는 녹이 슬고, 길목 끝 잠긴 객실은 다시 응접실로 바뀔 수 있어요. 당신 이모는 다시 평안하게 잘 수 있을 겁니다. 이모부는 죽도록 술을 마신 다음 당신과 이모를 둘 다 해방시켜주거나, 아니면 감리교도로 회심해서 대로에서 오가는 행인에게 설교를 할지도 몰라요. 당신으로 말하자면, 다시 남쪽으로 가서 연인을 찾겠죠. 오늘 밤은 푹 자요. 내일은 크리스마스예요. 평화와 선의를 기원하는 종이 앨터넌에 울려 퍼질 겁니다. 당신 생각을 할게요." 목사가 마부에게 손을 흔들었고, 목사를 내려준 마차는 계속 달렸다.

메리는 창밖으로 몸을 내밀어 목사를 부르려 했다. 하지만 그는 파이브 레인즈의 다섯 길 중 오른쪽 아랫길을 돌아 시야에서 이미 사라져버렸다.

보드민 길을 따라 덜컹거리며 마차가 달렸다. 지평선을 해치는 자메이카 여인숙의 높은 굴뚝까지 아직도 5킬로미터나 남아 있었다. 이 5킬로미터는 두 마을 사이의 기나긴 34킬로미터 구간 중에서도 가장 거칠고 위험에 노출된 곳이었다.

메리는 지금 프랜시스 데비 목사와 같이 내리고 싶었다. 앨터넌에 부는 바람 소리가 들리지 않고, 안전한 마찻길에서는 비도 소리 없이 내리리라. 내일이면 교회에 가서 무릎을 꿇고 헬퍼드를 떠난 이후 처음으로 기도드릴 것이다. 목사의 말이 진짜라면, 결국 기뻐할 만한 이유가 있는 것이다. 감사드리는 것도 의미 있는 일일 터이다. 난파선 약탈자가 날뛰던 시절은 끝났다. 이모부와 그 일당은 새로운 법률에 의해 처벌될 것이다. 20~30년 전에 날뛰던 해적처럼 온 나라에서 완전히 사라져 없어질 것이다. 더 이상 기억되지 않을 것이다. 후세 사람들의 마음에 해독을 끼칠 기록은 전혀 남지 않을 것이다. 그들 이름을 전혀 들어본 적이 없는 새로운 세대가 태어난다. 이제 아무 두려움 없이 영국행 선박들이 항구에 들어온다. 조수가 밀려와도 약탈은 전혀 없다. 한때 자갈을 밟는 발자국 소리와 사람들의 속삭임으로 시끄럽던 작은 만들은 다시 조용해질 것이다. 갈매기 소리만이 그 침묵을 깨뜨릴 것이다. 침대 같은 대양 위 평온한 수면 아래 이름 없는 두개골과 한때 금화였던 초록색 동전, 그리고 낡은 선박의 잔해가 가라앉아 있다. 그것들은 영영 잊힐 것이다. 그들이 느꼈던 공포는 이제 그들과 함께 사라져버린다. 새로운 시대가 열릴 것이다. 그때는 남녀가 아무 두려움 없이 여행하고 대지는 그들의 소유가 되리라. 여기 펼쳐진 이 황무지에 농부는 작은 농지를 경작하고, 오늘날처럼 태양 아래 건초 더미를 쌓아 올린다. 그러나 그 농부들에게 드리웠던 어둠은 사라질 것이다. 자메이카 여인숙이 있던 자리에 다시 잔디가 자라고 헤더가 만발할 것이다.

그녀는 마차 구석에 앉아 장차 펼쳐질 새로운 세상을 꿈꾸고 있었다. 열린 창문으로 바람결에 조용한 밤을 깨우는 총성과 멀리서 외치는 소리, 그리고 울음소리가 들렸다. 어둠 속에서 사람들 소리와 길을 밟는 발자국 소리가 들렸다. 창밖으로 얼굴을 내밀자 비가 얼굴에 들이쳤다. 말이 머뭇거리며 비틀대자 마부가 두려움에 떨며 외치는 소리가 들렸다. 언덕 꼭대기로 구불구불 올라가던 길이 계곡부터는 가파른 경사였다. 저 멀리 지평선 꼭대기에 자메이카 여인숙의 가느다란 굴뚝이 있었다. 길 아래로 사람들이 몰려들었다. 누군가 토끼처럼 날쌔게 랜턴을 들고 앞장서 달렸다. 또다시 총성이 울려 퍼졌다. 마부가 그 자리에 쓰러졌다. 다시 비틀거리던 말은 눈이 먼 것처럼 도랑으로 내달렸다. 잠시 마차가 바퀴 위로 쏠려 좌우로 흔들리다가 잠잠해졌다. 누군가 하늘을 향해 욕설을 퍼부었고, 누군가는 거칠게 웃어젖혔다. 휘파람 소리와 외침이 뒤섞였다.

누군가 마차 유리창에 얼굴을 들이댔다. 눈이 붉게 충혈되어 있었고, 헝클어져 술처럼 늘어진 머리가 마치 왕관을 쓴 것처럼 보였다. 벌어진 입술 사이로 하얀 치아가 보였다. 그러고 나서 그는 마차 안을 비추려고 랜턴을 창문으로 올렸다. 한 손에는 랜턴을, 다른 손에는 권총의 총열을 꼭 잡고 있었다. 길고 가는 손이었다. 아름답고 우아하며, 때가 긴 둥근 손톱이 달린 뾰족하고 가느다란 손가락이었다.

조스 멀린이 미소를 지었다. 술에 취해 미치고 흥분한 남자의 미소였다. 그가 마차 앞으로 기댄 메리에게 권총을 들어서 목에 겨누었다.

그러더니 웃으면서 어깨에 권총을 걸치고 마차 문을 비틀었다. 손을 뻗어 그녀의 손을 잡아 길 위 자기 옆으로 끌어 내렸다. 모두 그녀를 보도록 머리 위로 랜턴을 치켜들었다. 열 내지 열두어 명가량의 남자가 길에 서 있었다. 일당 중 반은 두목마냥 술에 흠씬 취한 채 수염이 무성한 얼굴에 거친 눈길로 쳐다보고 있었다. 한두 명의 손에는 권총이 들려 있었고, 깨진 병이나 칼 그리고 돌로 무장한 상태였다. 행상인 해리가 말 머리 옆에 서 있었다. 한편 마차를 몰던 마부는 도랑에 얼굴을 처박고 엎드려 있었다. 팔이 아래로 구겨진 채 축 늘어진 몸이 조용했다.

조스 멀린은 메리를 잡아 얼굴에 랜턴을 비추었다. 그녀가 누구인지 드러나자, 일당은 크게 웃었다. 행상인이 두 손가락을 입에 넣어 휘파람을 불었다.

술에 취한 여관 주인은 그녀에게 몸을 굽히고 자못 진지하게 인사했다. 그녀의 늘어진 머리카락을 손으로 낚아채더니 강아지처럼 킁킁 냄새를 맡으며 밧줄처럼 꼬았다.

"그래, 너였군그래?" 이모부가 말했다. "뒷다리에 꼬리를 감추고 애처롭게 낑낑대는 암캐처럼 다시 돌아오기로 했나 보구나?"

메리는 아무 말도 하지 않았다. 이모부 일당을 한 사람씩 쳐다보았고, 일당도 그녀를 마주 보았다. 메리를 에워싼 일당은 그녀를 비웃고 조롱하거나 젖은 옷을 손가락질하고 그녀의 몸과 치마를 만지작거리기도 했다.

"갑자기 벙어리가 되었어?" 이렇게 외치면서 이모부는 손등으로 조카의 얼굴을 때렸다. 그녀는 큰 소리로 비명을 지르고 자기방어 차원에서 팔을 들어 올렸다. 하지만 그는 그녀의 손목을 잡아 등 뒤로 꺾었다. 그녀는 아프다고 비명을 질렀지만, 그는 다시 껄껄댔다.

"먼저 널 죽이면, 말을 잘 듣겠지." 그가 말했다. "경솔하게 원숭이 같은 얼굴로 내게 반항할 생각을 했단 말이지? 대체 무슨 생각으로 한밤중에 마차를 빌려 타고 반벌거숭이가 되어 머리카락을 등 뒤로 늘어뜨린 채 대로에 나타난 거야? 그래봤자 넌 결국 천한 계집에 불과해." 그가 그녀의 손목을 비트는 바람에, 그녀는 쓰러졌다.

"놔요." 그녀가 울었다. "이모부에겐 제 몸에 손대거나 이래라저래라 할 권리가 없어요. 이모부는 잔인한 살인자고 도둑이에요. 법정에서도 다 알고 있어요. 콘월 마을에서 온통 다 알고 있다고요. 이모부가 지배하던 시절은 끝났어요, 조스 이모부. 오늘 론서스턴에 간 건 이모부에게 불리한 사실을 알리려고 간 거예요."

일당 사이에서 큰 소동이 일었다. 일당이 그녀를 밀치면서 큰 소리로 뭔가 물었지만, 여관 주인은 그들에게 조용히 하라고 손짓을 하면서 외쳤다.

"비켜, 이 멍청한 바보들아! 저 애가 거짓말로 빠져나가려는 거 몰라?" 그가 천둥처럼 크게 소리를 질렀다. "아무것도 모르면서 어떻게 날 고발할 수 있겠어? 저 애는 론서스턴까지 18킬로미터를 걸어서 가지 않았어. 발 좀 봐. 남자랑 어디 길에 있던 거야. 어떤 놈이 실컷 데리고 놀다가 마차에 태워 돌려보낸 거라고. 일어나, 아니면 땅에 코를 처박게 해줄까?" 그는 그녀를 질질 끌어 자기 옆에 세웠다. 그러고는 하늘을 가리켰다. 낮게 떠 있던 구름이 불어오는 바람에 사라지고 젖은 별이 반짝반짝 빛났다.

"저기 좀 봐." 그가 소리쳤다. "하늘이 급변해 비가 동쪽으로 이동 중이야. 우리가 다 도착하기도 전에 더 센 강풍이 불고 여섯 시간 뒤면 해안에 뿌옇게 동이 트겠지. 여기서 더 이상 지체하면 안 돼. 해리, 말 좀 몰고 와서 여기 봇줄에 묶어. 우리 중 반은 마차로 이동할 거야. 그리고 마구간에서 조랑말과 짐마차 좀 갖고 와. 그 말은 한 주 동안 아무 일도 안 했어. 자, 이 게으른 술주정뱅이 악마들아, 손에 금은을 만져보고 싶잖아? 난 7일이나 돼지처럼 뒹굴었어. 맙소사, 오늘 밤은 아이라도 된 기분이군. 다시 해안에 가고 싶어. 누가 나랑 캐멀퍼드로 갈 거야?"

열두어 명이 외치는 소리가 났고 공중으로 손이 올라갔다. 갑자기 그중 한 명이 노래 한 소절을 부르고 머리 위로 술병을 흔들었다. 그러더니 선 채로 발을 꼬고는 비틀대며 쓰러져 도랑에 얼굴을 푹 처박았다. 행상인이 누워 있는 그 남자를 발로 걷어찼지만, 그는 꼼짝도 하지 않았다. 행상인이 말고삐를 잡고 채찍질하며 소리를 질러서 가파른 언덕으로 말을 끌고 갔다. 그사이 행상인이 끄는 마차 바퀴가 쓰러진 남자의 몸 위로 지나갔다. 그러자 그 남자는 다친 토끼처럼 땅을 차며 공포와 고통의 비명을 지르면서 진흙에서 꿈틀꿈틀하더니 잠시 후 다시 조용해졌다.

일당은 그 마차와 함께 돌아서서 마차를 따라갔다. 큰길을 따라 타닥타닥 달리는 말 발자국 소리가 났다. 술에 취한 조스 멀린은 잠시 선 채로 바보 같은 미소를 지으면서 메리를 내려다보았다. 그러고는 갑자기 무슨 충동 때문인지 팔로 그녀를 잡아 마차 문을 다시 열고는 그 안에 밀어 넣었다. 그는 그녀를 구석 자리로 밀어놓고, 창밖에 기대어 언덕 위로 말을 몰라고 행상인에게 크게 소리쳤다.

그러자 마차 옆을 달리던 일당도 이모부를 따라 소리를 질렀다. 일당 중 몇 명이 마차 계단으로 뛰어올라 창문에 매달렸다. 한편 다른 사람들은 빈 마부석에 앉아 말에게 채찍질하고 돌을 마구 던졌다.

말은 두려움에 떨며 진땀을 흘렸다. 말은 고삐를 잡고 바로 뒤에서 소리를 질러대는 여섯 명의 미친 남자를 싣고 전속력으로 언덕을 질주했다.

자메이카 여인숙은 불빛으로 환했다. 문이 열려 있고 창문도 잠기지 않았다. 여관은 살아 있는 생물처럼 한밤중에 일어나 크게 하품했다.

여관 주인은 메리의 입에 손을 대어 마차 측면으로 그녀를 떠밀었다. "내게 불리한 내용을 알렸다고?" 이모부가 물었다. "법에 호소해 날 고양이처럼 줄에 매달고 싶겠지? 좋아, 그럼 기회를 주지, 메리. 해변에 서 있게 해주마. 얼굴에 바닷물과 찬 바람을 맞으면서 동트는 것과 밀물을 지켜보게 될 거야. 이게 무슨 뜻인지 알지? 널 어디로 데려가려는지 알겠지?"

공포에 질린 그녀가 이모부를 다시 바라보았다. 그녀의 얼굴이 하얗게 질렸다. 뭔가 말하려 했지만, 그의 손이 그녀의 말을 막았다.

"날 두려워하지 않는다고 생각하지?" 그가 말했다. "넌 하얗고 예쁜 얼굴에 원숭이 같은 눈으로 날 비웃지. 그래, 난 취했어. 왕처럼 취했다고. 그래서 하늘이 무너지고 땅이 꺼져도 괜찮아. 오늘 밤 우리 모두 영광스럽게 달릴 거야. 어쩌면 마지막일지도 몰라. 메리, 넌 우리랑 가야 해. 해안으로⋯⋯"

이모부는 그녀에게서 몸을 돌려 일당에게 외쳤다. 그의 외침에 놀란 말은 뒤에 마차를 매단 채 다시 성큼성큼 앞으로 전진했다. 자메이카 여인숙의 불빛이 어둠 속으로 사라졌다.

11

해안까지 가는 두 시간여의 여정은 악몽과도 같았다. 거칠게
다루는 바람에 멍이 들고 놀란 메리는 녹초가 되어 이제는 될 대
로 되라는 심정으로 마차 구석에 쭈그리고 있었다. 행상인 해리
와 다른 두 남자가 이모부 옆에 올라탔다. 담배와 찌든 술 냄새,
그리고 그들의 몸에서 나는 땀 냄새로 공기가 금방 탁해졌다.

여관 주인은 자신과 일당을 거친 흥분 상태로 몰고 갔다. 그
들 사이에 있는 여자의 존재로 인해 그들의 즐거움은 더욱 사악
해졌다. 그들은 기진맥진한 채 고통스러워하는 그녀의 모습을
보고 아주 신이 났다.

그들은 애초에 그녀의 주의를 끌어보려고 말을 걸기도 하고,
그녀를 위해 웃으며 노래하기도 했다. 행상인 해리는 음탕한 노

래를 불렀다. 그 좁은 마차에서 그의 노래는 지나치게 크게 울렸다. 그러나 일행은 그 노래에 환호성을 지르며 더욱 흥분해 날뛰었다.

그들은 그 노래가 그녀의 얼굴에 어떤 영향을 미치는지 지켜보았다. 그녀가 수치심이나 불편한 심경을 보이기를 바랐던 것이다. 하지만 메리는 몹시 지쳐서 어떤 말이나 노래에도 반응할 계제가 아니었다. 너무 피곤해서 그들의 노랫소리조차 잘 들리지 않을 정도였다. 옆구리에 이모부의 팔꿈치가 닿았다. 그 때문에 이미 느끼던 통증이 둔하지만 더욱 심해졌다. 지끈거리는 머리와 욱신욱신 아픈 눈으로 그녀는 담배 연기 사이로 웃는 여러 얼굴을 보았다. 그들의 말이나 행동은 그녀에게 더 이상 중요하지 않았다. 잠이 들어 다 잊고 싶은 욕망 때문에 고통스러울 정도였다.

그들은 생기 없고 멍한 메리의 모습을 보자 그녀의 존재에 흥미를 잃었다. 노래마저 재미없어져서 조스 멀린은 호주머니를 뒤져 카드 한 벌을 꺼냈다. 그들은 곧 그녀 대신 이 새로운 관심사로 마음이 쏠렸다. 축복과도 같은 이 소강상태에서 메리는 잠시나마 뜨겁고 동물적인 이모부의 냄새에서 벗어나려고 구석에 더욱 웅크렸다. 눈을 감고 덜컹거리는 마차의 흔들림에 몸을 맡겼다. 너무나 피곤해서 의식이 전혀 없을 정도였다. 그녀는 이미 한계를 지나 비몽사몽 흔들리고 있었다. 통증과 흔들리는 마차 바퀴, 그리고 저 멀리 중얼거리는 목소리가 느껴졌지만, 이것들은 그녀로부터 아득히 사라져 남지 않았다. 그녀는 이런 것들을 자신의 존재와 연관시킬 수 없었다. 하늘의 은총처럼 그녀 위로 어둠이 내려왔다. 그녀는 그 속에 스르르 빠져들어 이윽고 정신을 잃고 말았다. 그때 그녀에게는 시간관념 같은 것이 없었다. 얼마 후 마차가 멈추어서 그녀를 세상으로 돌아오게 했다. 갑작스레 적막해지면서, 열린 마차 창문으로 차갑고 습한 공기가 얼굴에 부딪쳤다.

그녀만이 혼자 구석에 남아 있었다. 남자들은 랜턴을 들고 가버렸다. 처음에 그녀는 자신에게 무슨 일이 일어났는지 잘 몰라서 그들이 되돌아올까 봐 두려워 꼼짝도 하지 않고 앉아 있었다. 그러고 나서 창문 앞으로 기대자 온몸의 통증과 뻣뻣함을 참기 어려웠다. 채찍 자국처럼 아픈 통증이 추위에 무감각해진 어깨를 훑고 지나갔다. 이른 저녁 쫄딱 맞은 비로 몸은 아직도 축축하게 젖어 있었다. 잠시 기다렸다가 다시 앞으로 기댔다. 바람은 여전히 세찼다. 그러나 맹렬히 퍼붓던 비는 그치고 이제는 차가운 가랑비만이 창문에 흩뿌리고 있었다. 마차는 높은 양쪽 둑 사이의 좁은 도랑에 버려졌고, 말도 매여 있지 않았다. 길이 거칠어지며 끊어진 것으로 보아 좁은 도랑의 경사는 몹시 가파른 것 같았다. 사실 전방 몇 미터 이상은 보이지도 않았다. 밤이 꽤 깊었고, 작은 도랑 안은 갱도처럼 어두웠다. 이제 하늘의 별은 다사라졌다. 젖은 안개가 수반된 날카로운 황무지 바람은 이제 시끄럽고 사나운 강풍으로 바뀌었다. 메리는 창밖으로 손을 내밀어 둑을 만져보았다. 비에 흠뻑 젖은 잔디 줄기와 흐트러진 모래가 손에 닿았다. 문고리를 열려 했지만 잠겨 있었다. 그녀는 정신을 집중하여 귀를 기울이는 한편, 가늘게 뜬 실눈으로 급경사를 이루는 도랑 아래쪽의 어둠을 노려보았다. 바람결에 음침하고도 익숙한 소리가 들렸다. 생전 처음으로 그 소리를 환영할 수는 없었지만, 뛰는 가슴과 오싹한 예감이 먼저 알아차렸다.

그것은 바다 소리였다. 작은 도랑은 해안으로 통하는 길이었던 것이다.

이제 그녀는 대기가 부드러워진 이유와, 짭짤한 가랑비가 손에 가볍게 떨어지는 이유를 깨달았다. 쓸쓸하고 황량한 황야와는 달리 높은 둑들 덕택에 이곳은 피난처 같은 느낌이 들었다. 하지만 그곳을 벗어나면 환상은 사라지고 모든 것을 할퀼 듯한 커다란 강풍 소리가 전보다 더 크게 들린다. 무릇 바다가 암석투성이 해안에 부딪치는 곳은 고요할 수가 없다. 메리의 귀에 그 소리가 또다시 지속적으로 들려왔다. 밀물이 밀려들었다가 억지로 빠질 때 같은 소리와 살랑거리는 바람 소리, 그러고 나서 밀물이 다시 들어오려고 힘을 모을 때의 소강상태, 그리고 다시 천둥처럼 요란한 파도 소리, 조류가 밀려들 때 돌이 부딪치는 소리와 파도가 자갈에 부딪칠 때의 소리가 들렸다. 메리의 몸이 떨렸다. 저기 어둠 속 어딘가에 이모부와 그 일당이 바다의 조수를 기다리고 있을 터이다. 그들의 소리를 조금이라도 들을 수 있다면 빈 마차에서 기다리는 것보다 그 소리가 더욱 견딜 만할 것이다. 거친 고함과 웃음소리, 그리고 앞으로 전진하려고 스스로 기운을 북돋는 그들의 노랫소리가 들리면, 싫지만 마음이 놓일 것이다. 그러나 참기 어려운 이 정적에는 아무래도 불길한 구석이 있었다. 할 일이 생기자 일당은 술에서 깨어났고, 직접 할 일을 찾아냈다. 감각이 되살아나고 아까까지 느끼던 피로도 회복되었으므로 메리는 이제 가만히 있을 수가 없었다. 마차 창문의 크기를 살펴보았다. 알다시피 창문이 잠겨 있었지만 몸을 오그려 꿈틀꿈틀 나아가면 좁은 창문으로 빠져나갈 수 있을지도 몰랐다.

그것은 감수해볼 만한 위험이었다. 오늘 무슨 일이 일어나든 그녀의 목숨은 전혀 가치 없는 것으로 여겨질 수도 있다. 이모부와 그 일당은 그녀를 찾아, 마음만 먹으면 죽일 수도 있다. 그들은 이곳을 잘 알지만 그녀에게는 낯선 곳이었다. 원한다면 그들은 사냥개 떼처럼 그녀를 금방 추격할 수도 있다. 그녀는 몸을 뒤로 젖혀 창문 틈으로 빠져나가려 했다. 어깨와 등이 뻣뻣해서 탈출하기가 더욱 어려웠다. 젖은 마차 지붕이 미끄러워 손에 잡히지 않았지만 어쨌든 밖으로 나가려 애써보았다. 그러고는 고통스러울 만큼 밀고 눌러서 엉덩이를 창문 틈에 밀어붙였다. 창문에 살이 긁혀서 기절할 만큼 아팠다. 그 바람에 균형을 잃고 발판을 놓쳐서 창문에서 땅바닥으로 거꾸로 곤두박질쳤다.

낙상은 아무것도 아니었다. 그러나 떨어질 때 몸이 흔들리는 바람에 창문에 걸렸던 옆구리에서 방울방울 흘러내리는 피가 느껴졌다. 그녀는 잠시 숨을 돌린 다음, 발을 질질 끌며 둑이라는 어둠 속 피난처로 비틀대며 기어오르기 시작했다. 머릿속에 분명한 계획 같은 것은 없었다. 그러나 다시 도랑과 바다에서 멀리 떨어지면, 최근 만났던 일당과도 멀어질 것이다. 그들 일당이 해안으로 내려갔다는 사실에는 의심의 여지가 없었다. 왼쪽 위로 구불구불 올라간 이 길로 가다 보면 적어도 높은 절벽에 이를 것이다. 어둡긴 하지만 거기서 육로로 갈 수 있을 것이다. 거기 어딘가에는 마찻길도 있을 터이다. 그들이 타고 온 마차도 분명히 그런 길로 왔으리라. 길이 있다면 근처에 민가도 있겠지. 정직한 사람들도 살 테고, 그들에게 자기 이야기를 하면 마을 사람들을 깨워주겠지.

메리는 더듬더듬 좁은 도랑을 따라갔다. 다시 돌부리에 걸려 비틀거렸고, 머리카락이 눈으로 날려 말썽이었다. 그녀는 둑의 가파른 모퉁이를 갑자기 도느라 흘러내린 머리카락을 손으로 쓸어 올렸다. 이 때문에 그녀를 등지고 도랑에 무릎을 꿇고 있는 꼽추 같은 남자의 모습을 보지 못했다. 그는 앞의 구부러진 길을 주시하고 있었다. 움찔 놀라게도 그녀는 그의 반대 방향에서 왔던 것이다. 깜짝 놀란 그는 그녀와 함께 나동그라졌다. 그는 두렵고 화가 난 나머지 고함을 지르며 그녀에게 주먹을 날렸다.

두 사람은 땅에 뒹굴며 싸웠다. 그녀는 손으로 그의 얼굴을 할퀴면서 그 남자로부터 떨어지려 했다. 하지만 그는 그녀에게 너무나 강한 상대였다. 그는 그녀를 모로 눕혀놓고 손으로 그녀의 머리채를 낚아채어 머리 뿌리까지 잡아당겼다. 그제야 비로소 너무 아픈 나머지 그녀가 조용해졌다. 나동그라지면서 그도 굴렀기 때문에 거친 숨을 헐떡이며 그녀에게 기댔다. 그러고 나서 그는 벌린 입술 사이로 깨진 누런 이를 보이면서 그녀를 자세히 살펴보았다.

행상인 해리였다. 메리는 꼼짝도 못 하고 누워 있었다. 해리가 먼저 움직여야 했다. 그사이에 그녀는 자책했다. 애들이 놀때도 망보기를 세우는데 자신은 아무 생각 없이 나가다가 바보같이 이런 낭패를 보게 된 것이다.

그는 그녀가 울거나 저항할 거라고 생각했다. 그런데 그녀가 울지도 저항하지도 않자, 팔꿈치를 짚고 해안 쪽으로 고개를 돌리며 교활한 미소를 지었다. "날 만날 거라는 생각은 못 했겠지?" 그가 물었다. "내가 여관 주인과 나머지 일당과 함께 냄비나 건지면서 해안 아래 있을 거라 생각했겠지. 초저녁잠에서 깨어난 너는 길을 따라 올라왔지. 이제 여기까지 왔으니 대단히 환영해줘야지." 그가 검은 손으로 그녀의 뺨을 어루만지며 픽웃었다. "도랑은 춥고 축축했어." 그가 말했다. "하지만 지금 그게 문제가 아니야. 그들은 아직 몇 시간 더 거기 있을 거야. 오늘밤 아까 네가 한 말로, 조스에게 등을 돌렸다는 걸 눈치챘지. 입을 만한 예쁜 옷도 마련해주지 않고, 새장 속의 새처럼 널 자메이카에 가둬둘 권리가 그에겐 없어. 그가 네 몸에 걸치라고 브로치라도 좀 사 줬는지 의심스럽군. 그런 거 상관없나? 난 네게 목에 걸칠 레이스와 손목 팔찌, 그리고 네 피부에 어울릴 만한 부드러운 비단옷을 사 줄 거야. 자, 보자……"

그는 그녀를 안심시키려고 말없이 교활한 웃음을 지으면서 그녀에게 고개를 끄덕였다. 슬쩍 그녀를 잡는 그의 손길이 느껴졌다. 그녀는 잽싼 동작으로 해리를 세차게 갈기고 주먹으로 턱 아래를 가격했다. 그 바람에 그는 이로 혀를 깨문 형국이 되었다. 그는 토끼처럼 비명을 질렀다. 그녀는 다시 한 대 갈겼으나, 이번에는 그가 그녀를 붙잡아서 옆으로 휘청이게 만들었다. 아까 그녀를 설득하던 부드러운 태도는 온데간데없었다. 백지장처럼 창백한 얼굴에 무지막지한 힘으로 그녀를 휘어잡았다. 그는 지금 그녀를 소유하려고 싸우고 있었으며, 메리는 그 사실을 알았다. 그녀보다 해리의 힘이 세고 결국은 그가 이길 거라는 사실을 알기에, 그를 속이기 위해서 그녀는 갑자기 축 늘어져버렸다. 이겼다고 생각한 그는 몸에서 힘을 풀고 의기양양하게 투덜거렸다. 이것이 바로 그녀가 의도한 바였다. 그가 긴장을 풀고 고개를 숙이자, 그녀는 손가락으로 그의 눈을 찌르는 동시에 온 힘을 다해 재빨리 무릎으로 그를 가격했다. 그는 곧 옆으로 데굴데굴 구르며 통증 때문에 몸을 구부렸다. 그에게 깔려 있던 그녀는 순식간에 자기 발로 일어섰다. 그러고는 손으로 배를 부여잡은 그가 무방비 상태로 휘청일 때 다시 발길로 걷어찼다. 그에게 던지려고 도랑에서 돌을 움켜잡으려 했지만 푸석푸석한 흙과 모래뿐이었다. 그녀는 흙과 모래를 한 줌 움켜쥐고 그의 얼굴과 눈에 확 뿌렸다. 잠시 눈이 보이지 않게 된 행상인은 반격을 못 했다. 그러자 다시 돌아선 그녀는 사냥꾼에게 쫓기는 짐승처럼 입을 벌리고 두 팔을 뻗은 채 꼬불꼬불한 길을 달리기 시작했다. 길 위 마차가 지나간 자국에 발이 걸려 넘어지면서도 말이다. 뒤에서 부르는 그의 소리와 둔한 발자국 소리가 다시 들리자, 메리는 공포심에 어찌할 바를 몰랐다. 그래서 걸을 때마다 부드러운 흙에 발이 푹푹 빠지면서도 길에 면한 높은 둑으로 기어오르기 시작했다. 이윽고 두려운 나머지 미친 듯이 둑 꼭대기에 이르러 엉엉 울면서 둑에 붙은 가시 울타리 틈으로 기어갔다. 얼굴과 손이 피범벅이었다. 그렇지만 이를 생각할 겨를도 없이 풀숲 윗길에서 벗어나 절벽을 따라 울퉁불퉁한 땅으로 급히 갔다. 방향 감각이 모조리 사라졌다. 오로지 행상인 해리에게서 벗어나야겠다는 일념뿐이었다.

벽과도 같은 안개가 그녀를 에워싸 그녀가 가려는 먼 울타리 선을 뿌옇게 만들었다. 바다 안개가 얼마나 위험한지 알기에 앞으로 달리다가 즉시 멈췄다. 안개에 속아 아까 왔던 길로 되돌아갈 수도 있다. 곧 넙죽 엎드려 천천히 앞으로 기어갔다. 시선을 땅에 떨군 채 목표한 방향으로 구불구불 좁은 모랫길을 따라갔다. 나가는 속도가 느렸지만 행상인과 점점 멀어진다는 사실을 본능적으로 알 수 있었다. 오직 이것만이 중요했다. 그녀에게는 지금 시간개념 같은 것은 없었다. 아마 새벽 3, 4시쯤 되었을 것이다. 아직도 몇 시간 더 있어야 어둠이 물러날 것이다. 커튼처럼 드리운 안개 사이로 또다시 비가 내렸다. 마치 사방에서 바다 소리가 들리는데 탈출구는 없는 듯했다. 흰 파도는 더 이상 조용하지 않았고, 파도 소리도 전보다 더 크고 분명하게 들렸다. 바람을 기준으로 하면 전혀 방향을 잡을 수 없다는 걸 깨달았다. 지금만 해도 뒤에서 부는 바람이 한두 번 바뀐 것 같은데 해안선이 어딘지 모르니, 그녀가 생각했던 대로 동쪽으로 가지 못했기 때문이다. 지금 들리는 바다 소리로 보건대 아직도 곧장 해안에 이어진 절벽 길 바로 앞에 있는 모양이었다. 안개에 가려 보이지는 않지만 저 너머 어둠 속 어딘가에 흰 파도가 있었다. 당혹스럽게도 흰 파도가 아래가 아니라 같은 높이에 있음을 깨달았다. 여기 이 절벽에서 갑자기 해안으로 급강하한다는 뜻이었다. 또한 버려진 마차에서 그녀가 상상했던 산속 굴까지 가려면 길고 구불구불한 길로 가는 대신, 그 도랑이 바다에서 불과 몇 미터 떨어진 곳에 있다는 뜻이기도 했다. 도랑둑이 흰 파도 소리를 잠재웠다. 그녀가 이런 생각에 잠겨 있는 동안 앞을 가린 안개 사이로 조금씩 하늘이 언뜻언뜻 보였다. 그녀는 계속 엉금엉금 기어갔다. 길이 더 넓어지고 안개가 사라지자, 얼굴에 부딪치는 바람의 방향이 바뀌었다. 그녀는 한쪽으로 경사진 땅의 좁은 개울 위, 유목과 해초, 그리고 푸석푸석한 자갈 사이에 무릎을 꿇었다. 한편 바로 앞 45미터가량 되는 곳에서 높은 바다가 해안에 부딪쳐 넘실대고 있었다.

잠시 뒤 눈이 어둠에 익숙해지자 해변 여기저기 톱니 모양 바위에 떼 지어 모인 일당의 모습이 눈에 들어왔다. 그들 무리는 온기와 대피할 곳을 찾아 다 같이 모여 자기 앞 어둠을 말없이 응시하고 있었다. 그들의 정적 때문에 이전에는 조용하지 않던 그들이 더 위험한 존재로 보였다. 비밀스러운 태도와 바위에 바싹 대고 웅크린 균형 잡힌 몸, 긴장한 채 밀물을 주시하는 고개는 두려우면서도 매우 위험해 보이는 광경이었다.

그들이 외치고 노래를 부르거나 서로 소리쳐 부르며, 자박자박 걷는 자갈에 울려 퍼지는 무거운 신발 소리와 고함 때문에 밤이 두려웠다면, 그 편이 오히려 그들의 성격이나 그녀의 예상과 맞아떨어지는 것이다. 그러나 이 침묵에는 뭔가 불길한 구석이 있었다. 이 침묵은 그날 밤 그들에게 위기가 닥쳤음을 암시하는 것이다. 메리와 아무것도 없는 해변 사이에는 조금 튀어나온 바위 하나가 있었다. 자신이 드러날까 두려워 그녀는 감히 이 바위 이상 나가는 위험을 무릅쓸 수 없었다. 그녀는 바위까지 기어가서 바위 뒤 자갈에 누웠다. 앞으로 고개를 돌리자 바로 보일 만한 곳에 이모부와 그 일당이 그녀를 등진 채 서 있었다.

그녀는 기다렸다. 그들은 꼼짝도 하지 않았다. 아무 소리도 들리지 않았다. 파도만이 아주 단조롭게 해안에 부딪쳐 바다를 휩쓸고 되돌아왔다. 검은 밤에 대비되어 파도의 선은 가늘고 하얗게 보였다.

만의 좁은 윤곽을 드러내면서 안개가 아주 서서히 사라지기 시작했다. 바위가 더 선명해지고 절벽은 단단해 보였다. 만에서 시작하여 끝없이 멀리 펼쳐진 텅 빈 해안에 이르기까지 바다는 드넓었다. 가장 높은 절벽에서 바다까지 경사진 저 멀리 오른쪽에 아주 작고 희미한 불빛이 보였다. 처음에 메리는 그 불빛이 아까 그 커튼 같은 안개를 뚫고 나온 별인 줄 알았다. 하지만 흰 별이란 없고, 절벽 표면에 부는 바람에 별빛이 흔들리지도 않는다는 게 이성적인 판단이었다. 그녀는 불빛을 뚫어지게 바라보았다. 불빛이 다시 움직였다. 그 불빛은 어둠 속의 작은 흰 눈 같았다. 마치 바람결에 불이 붙은 것처럼 불빛이 춤추더니 무릎을 굽혀 절을 하고 흔들렸다. 꺼지지 않을 것처럼 훨훨 타는 불꽃이었다. 저 아래 자갈 해변에 있는 남자들은 그 불꽃에 신경 쓰지 않았다. 그들의 시선은 흰 파도 너머 어두운 바다에 고정되어 있었다.

갑자기 메리는 그들이 무관심한 이유를 알아차렸다. 거친 밤에 홀로 용감하게 윙크하는, 처음에는 친절하고 편안해 보였던 작고 하얀 불빛은 공포의 대상이었다.

그 별은 이모부와 그 일당이 갖다 놓은 가짜 불빛이었다. 아주 작은 불빛은 이제 사악해 보였고, 바람이 불 때 하는 인사는 마치 사람을 조롱하는 것 같았다. 불빛은 그녀의 상상 속에서 절벽을 지배하려는 듯 더 환하게 훨훨 타올랐다. 불빛은 이제 더 이상 흰색이 아니라, 상처에 생긴 딱지처럼 누렇게 바랜 색이었다. 불빛을 꺼뜨리지 않으려고 누군가 지키고 있었다. 그 불빛 앞으로 지나가는 어두운 인물이 보였다. 그 인물은 잠시 불빛을 가리더니 다시 또렷해졌다. 그는 해안으로 재빨리 움직여 회색 절벽을 배경으로 하나의 점이 되었다. 누군가 경사를 따라 자갈 해변에 있는 동료들에게 내려가는 중이었다. 마치 시간에 쫓기는 것처럼 그는 서둘러 움직였다. 그는 자신의 접근 방식에 신경 쓰지 않았다. 푸석푸석한 흙과 돌이 발아래 미끄러져 해변 아래로 흩어졌다. 해변 아래 있는 사람들이 그 소리에 놀랐다. 메리가 지켜본 이후 처음으로 그들은 밀려오는 밀물에서 고개를 돌려 그를 쳐다보았다. 입에 양손을 대고 외치는 그의 모습이 보였다. 그러나 그의 말은 바람 때문에 들리지 않았다. 자갈 해변에서 기다리는 몇몇 사람에게 그의 말이 전달되었다. 그들은 곧 흥분 상태로 흩어졌고, 그중 몇 명은 그를 맞으러 절벽으로 반쯤 다가갔다. 그가 다시 크게 소리치며 바다를 가리키자 그들은 흰 파도 쪽으로 달려갔다. 그들의 은밀함과 침묵이 한순간에 사라졌다. 자갈 해변에 그들의 발소리가 무겁게 울렸고, 요란한 파도 소리보다 더 큰 목소리로 서로 불렀다. 그런데 그중 한 명은 이모부였다. 그녀는 경중경중 달리는 큰 보폭과 육중한 어깨로 그를 알아보았다. 이모부가 손을 올려 조용히 하라고 손짓했다. 그들은 모두 발치에 부서지는 파도와 더불어 자갈 해변에 서서 기다렸다. 가는 선처럼 퍼져 있는 그들의 검은 모습은 하얀 해변을 배경으로 까마귀처럼 보였다. 메리는 그들과 함께 지켜보았다. 안개와 어둠 속에서 첫 번째 불빛에 대한 화답으로 다른 가느다란 불빛이 나타났다. 이 새로운 불빛은 절벽 위의 불빛처럼 춤추거나 흔들리지 않았다. 그것은 무거운 짐에 지친 여행자처럼 낮게 숨어 있었다. 그때 다시 불빛이 하늘로 높이 솟구쳤다. 이제껏 뚫지 못한 안개 벽을 필사적인 최후의 노력으로 뚫어보겠다는 듯 배 한쪽이 어두운 밤 속으로 돌진했다. 새 불빛이 먼저 불빛에 더 가까워졌다. 새 빛이 먼저 빛을 압도했다. 곧 두 불빛이 어둠 속에서 합쳐져서 환한 두 개의 눈처럼 되었다. 그리고 아직도 일당은 두 불빛이 서로 가까워지길 기다리면서 좁은 바다에 웅크려 꼼짝도 하지 않았다.

두 번째 불빛이 다시 급강하했다. 이제 메리에게는 선체의 희미한 윤곽이 보였다. 검고 둥근 재목이 선체 위에 손가락처럼 펼쳐졌다. 한편 선체 아래 밀려드는 흰 조수가 넘실넘실 쉬익 소리를 내더니 다시 물러났다. 촛불에 끌려들어 죽는 나방처럼 선박의 돛대 불빛이 절벽 위 불빛으로 점점 다가갔다.

메리는 더 이상 견딜 수가 없었다. 일어서서 해안으로 달려갔다. 소리치며 울고, 머리 위로 손을 흔들기도 하고, 바람과 파도 소리에 큰 소리로 맞서기도 했다. 바람과 바다는 그녀를 비웃으면서 그녀의 소리를 단숨에 삼켜버렸다. 누군가 그녀를 붙잡아서 강제로 해변에 끌어 내렸다. 그 손길에 거의 질식할 지경이었다. 발길에 밟히고 차이기도 했다. 질식시킬 듯한 거친 자루에 덮여 그녀의 외침도 사라졌다. 누군가 그녀의 팔을 등 뒤로 결박했고, 거친 밧줄에 피부가 불에 댄 듯 화끈거렸다.

그런 다음 그들은 자갈 해안에 그녀의 얼굴을 처박고 가버렸다. 20미터도 안 되는 곳에서 흰 파도가 그녀 쪽으로 밀려들었다. 그녀가 무력하게 거기 누워 있을 때, 선박에 경고해주려던 외침이 목에서 잦아들었다. 그녀는 다른 사람이 자기 대신 외치고, 사방에 가득해진 그 외침을 들었다. 그 외침이 세찬 파도 위로 높아지다가 바람에 먹혀 사라졌다. 나무 파편이 부서지고, 거대한 물체가 저항으로 인해 끔찍한 충격을 받으며 비틀려 부서진 목재에서 나는 몸서리치는 신음 소리가 커다란 외침과 함께 들려왔다.

자석에 끌리듯 밀려든 조수가 쉭 소리를 냈다. 다른 파도보다 더 커다란 흰 파도가 기울어진 선박에 천둥처럼 큰 소리를 내며 부딪쳤다. 메리는 검은 물체를 보았다. 그 선박은 매우 몸집이 큰 거북이처럼 서서히 옆으로 굴렀다. 돛대와 둥근 목재가 면화 실처럼 구겨진 채 떨어졌다. 떨어지지 않을 것 같은 작고 검은 점이 거북이 같은 배의 미끄럽고 비스듬한 표면에 달라붙어 있었다. 그것은 삿갓 조개처럼 부서진 나무 조각에 단단히 붙어 있었다. 그 아래 높이 들려 심하게 흔들리는 선박이 괴물처럼 허공을 가르며 두 조각 나면서, 생명이나 알맹이 없는 작고 검은 점들처럼 점점이 하얀 입 같은 파도 속으로 하나씩 떨어졌다.

메리는 죽을 것처럼 아파서 자갈 해변에 얼굴을 처박은 채 눈을 감았다. 적막과 은밀함이 사라졌다. 여러 시간 추위에 덜덜 떨며 기다리던 남자들은 이제 더 이상 기다리지 않았다. 그들은 큰 소리로 외치고 소리를 지르면서 미친 사람처럼 해변 여기저기로 달렸다. 다들 돌아서 인간이 아닌 것 같았다. 그들은 경계심 따위는 다 잃고 위험 따위에는 개의치 않으며 허리까지 오는 흰 파도를 가로질렀다. 밀려오는 파도가 아래위로 흔들리는 젖은 난선에 달려들었다.

그들은 길게 쪼개진 나무판자 위에서 소리치며 싸우는 동물 같았다. 추운 12월의 밤에 몇 명은 옷을 홀딱 벗은 채 알몸으로 달렸다. 바다로 뛰어들어 흰 파도가 갖다 준 전리품을 더 잘 잡으려는 것이었다. 그들은 서로 물건을 찢으면서 원숭이처럼 떠들고 다투었다. 한 명이 절벽 옆 한구석에 불을 지폈다. 부슬부슬 이슬비가 내렸지만 불꽃은 강하고 맹렬하게 타올랐다. 그들은 바다의 전리품을 해변에 질질 끌고 와 불 옆에 수북이 쌓았다. 불은 해변에 무시무시한 빛을 던졌다. 불빛이 환한 노란색으로 타오르며 검었던 해변에 긴 그림자를 드리웠다. 해변에 있던 사람들은 무섭게 앞뒤로 부지런히 달렸다.

다행히도 해변에 밀려온 첫 번째 사람은 이미 죽어 있었다. 그 시신 주위로 일당이 몰려들었다. 그들은 손으로 뒤지고 더듬어 잔해를 찾아 뼈를 발라내듯 시신을 깨끗이 발라냈다. 그들은 시신에서 옷을 벗겨 뭉개진 손가락을 잡아 뜯어 반지를 찾고는 다시 손가락을 버렸다. 그러고는 조수가 밀려드는 쓰레기 더미에 시신의 등을 기대놓았다.

이제까지의 관행이 무엇이든, 오늘 밤 그들의 작업에는 특별히 이렇다 할 만한 방법이 없었다. 각자 무작정 맘껏 강탈했다. 그들은 술에 취해 미쳤다. 계획하지 않았던 이런 성공에 어리둥절했다. 모험에 승리한 주인의 발뒤꿈치에 덥석 달려드는 강아지처럼. 이것은 주인의 힘이자 영광이었다. 그들은 두목이 흰 파도 사이 알몸으로 달리던 곳으로 따라갔다. 그들보다 머리 하나는 큰 두목의 머리카락에서 바닷물이 뚝뚝 떨어졌다.

간만이 바뀌어 썰물이 되었다. 다시 공기가 차가워졌다. 오랜 세월 웃음을 연기해온 늙은 광대처럼, 그들 위 절벽에서 바람결에 아직도 흔들리던 불빛이 이제 희미하고 흐릿해졌다. 바다가 뿌연 회색이 되고, 이 바다에 맞춰 하늘도 회색이 되었다. 일당은 처음에 이런 변화를 눈치채지 못했다. 약탈품에 정신이 팔려 아직도 무아지경이었다. 그때 조스 멀린이 가분수 머리를 들고 킁킁 공기 냄새를 맡았다. 선 채로 주위를 둘러보며 어둠이 물러가면서 선명해진 절벽을 지켜보았다. 그가 갑자기 어스레한 납빛 하늘을 가리키면서 일당에게 조용히 하라고 소리쳤다.

그들은 조수에 밀려들어 물골에 빠진 난선을 다시 보면서 망설였다. 그 난파선은 아무 조치도 취하지 못한 채 구조를 기다리고 있었다. 그러고 나서 그들은 한마음으로 돌아서서 해변을 달려 도랑 입구로 올라가기 시작했다. 한 마디 말이나 다른 행동을 하지 않고 또다시 조용해졌다. 더 밝아진 불빛에 비친 그들의 회색 얼굴에는 두려움이 가득했다. 너무 오래 머물렀던 것이다. 성공했다는 생각에 부주의했다. 어느새 동이 텄다. 날이 밝으면 고발당할 수도 있는데 시간을 너무 지체했다. 그들 주변 세상이 깨어나는 중이었다. 그들 편이었던 밤이 더 이상 그들을 가려주지 않았다.

메리의 입에서 굵은 마직 헝겊을 풀어주고 그녀를 갑자기 일으켜 세운 것은 조스 멀린이었다. 그녀가 이제 힘이 없어서 버틸 수 없음을 보자, 그는 시시각각 더 확실하고 선명해진 절벽을 뒤로 힐끔거리면서 그녀를 맹렬히 저주했다. 그녀가 혼자 서지도 몸을 가눌 수도 없었기 때문이다. 그러고 나서 그녀가 다시 바닥으로 비틀대며 쓰러졌기 때문에 그는 조카에게 몸을 구부리고, 그녀를 자루처럼 어깨에 둘러멨다. 맥없이 팔을 늘어뜨린 채 기댈 데 없는 그녀의 머리가 축 늘어졌다. 이모부 손에 다친 옆구리가 눌렸다. 자갈 해변에 놓여 마비되었던 살이 다시 문질러져 통증이 느껴졌다. 그는 바다 위 도랑 입구로 그녀와 함께 도망쳤다. 이미 공포에 사로잡힌 일당은, 거기 매두었던 세 마리 말의 등 위로 해변에서 탈취한 나머지 전리품을 던졌다. 초조해진 일당의 동작이 서툴렀다. 마치 질서 감각을 다 잃고 혼란스러운 듯 황망히 허둥지둥했다. 한편 이제 급박한 용무가 끝나 정신이 들자 이상하게도 무력해진 여관 주인은 쓸데없이 일당을 저주하면서 들볶았다. 도랑 중간 둑에 세워진 마차는 일당이 아무리 끌어내리려고 해도 꿈쩍도 하지 않았다. 갑자기 닥친 불운에 더욱 공포에 질린 일당은 앞다투어 도망쳤다. 몇 명은 자신의 안전에 눈이 멀어 만사 제치고 길 위로 흩어졌다. 동이 튼다면 그들에게 불리할 것이다. 길에 대여섯 명이 모여 있는 것보다야 비교적 안전한 도랑과 울타리에 혼자 숨어 있는 게 더 안전할 것이다. 여기 해안에 여럿이 모여 있으면 의심을 받게 된다. 주민 모두가 서로 얼굴을 잘 알고 있는 이런 고장에서 낯선 얼굴은 눈에 띄게 마련이다. 그러나 밀렵꾼이나 부랑자 혹은 집시는 자신만의 은신처와 길을 혼자 찾아갈 수 있다. 남아서 마차를 끌어내려고 애쓰는 사람들은 도망자들을 저주했다. 그런데 엎친 데 덮친 격으로 어리석음과 공포로 허둥대는 바람에 마차가 둑에서 굴러 전복되고 말았다. 옆으로 구르며 마차 바퀴가 박살 난 것이다.

이 마지막 재앙은 도랑에 대혼란을 일으켰다. 그들은 저 멀리 길에 놔둔 짐마차와 이미 짐이 잔뜩 실린 말들로 거칠게 달려갔다. 아직도 두목에게 복종하고 또한 해야 할 일을 알고 있는 누군가가 부서진 마차에 불을 질렀다. 길에 마차가 있으면 모두에게 위험한 일이었다. 이에 큰 소동이 일어났다. 그들을 내지로 데려갈 짐마차를 차지하려고 남자들 간에 싸움이 일어났다. 치아와 손톱, 돌에 부딪쳐 깨진 이, 깨진 유리에 잘린 눈이 끔찍하게 뒤범벅되었다.

현재로서는 권총을 소지한 몇 사람이 유리했다. 여관 주인은 행상인 해리와 동맹을 맺고, 짐마차를 등진 채 오합지졸들 사이로 날아다녔다. 곧 그날 있을 추격이 갑자기 두려워진 일당은 이제 여관 주인을 적으로, 그들을 파멸로 몰고 간 가짜 지도자로 여겼다. 첫 번째 총알이 빗나가 푹신한 반대편 둑에 박혔다. 하지만 그 총알 때문에 일당 한 명이 톱니 모양의 단단한 파편으로 여관 주인의 눈을 다치게 했다. 조스 멀린은 자신을 공격한 자를 두 번째 총탄으로 겨누어 그의 위 정중앙에 맞혔다. 일당 사이에 있던 그 녀석은 치명상을 입고 토끼처럼 비명을 지르면서 진흙탕으로 몸을 구부렸다. 한편 행상인 해리도 다른 녀석의 목에 총알을 맞혔는데, 그 총알이 숨통을 찢어 목에서 피가 분수처럼 솟았다.

바로 그 피 덕분에 여관 주인은 짐마차를 얻었다. 죽어가는 동료들을 보고 발작 상태가 되어 얼이 빠진 나머지 반군 일당이 한 몸이 되어 구불구불한 길을 달리는 게처럼 허겁지겁 달아났던 것이다. 그들은 그들 자신과 지금까지 그들에게 명령하던 두목 사이의 안전거리 유지만을 생각했다. 여관 주인은 총구에서 연기가 나는 권총을 손에 쥔 채 짐마차에 기댔다. 눈가의 베인 상처에서 피가 줄줄 흘러내렸다. 이제 두 사람만 남았으므로 여관 주인과 행상인은 시간을 낭비할 겨를이 없었다. 둘은 도랑으로 가져다 놓은 것들을 메리 옆 짐마차에 던졌다. 그것들은 모두 쓸모없고 이익이 없는 잡동사니뿐이었다. 가장 중요한 물품들은 해변 아래 남아 파도에 밀려 떠내려가는 중이었기 때문이다. 둘은 위험을 무릅쓰고 그 물품들을 끌고 가지는 않았다. 이는 열두 명이 해야 할 일인 데다가 이미 이른 새벽을 지나 날이 밝아 온 마을을 환하게 비췄기 때문이다. 꾸물거릴 시간이 없었다.

총에 맞은 두 사람은 길가 마차 옆에 뻗어 있었다. 두 사람에게 아직 숨이 붙어 있는지 아닌지는 중요한 문제가 아니었다. 증거가 되는 시신을 없애버려야 했다. 행상인 해리가 즉각 그 시신들을 불로 끌고 갔다. 불은 잘 타올랐다. 마차는 거의 대부분 타버렸다. 까맣게 그을린 나무 파편 위로 빨간 바퀴 하나가 두드러졌다.

조스 멀린은 말 한 마리를 끌어 마차 봇줄에 맸다. 한 마디 말도 없이 마차에 오른 두 남자는 말을 채찍질해 달리게 했다.

마차에 등을 대고 누운 메리는 하늘에 흘러가는 낮은 구름을 쳐다보았다. 어둠이 사라진, 습한 회색 아침이었다. 저 멀리 아득히 아직도 바다 소리가 들렸다. 그 바다는 엄청난 분노를 다 쏟아붓고는 이제 잠잠해졌다.

바람도 잦아들었다. 협곡 위 둑에 키 큰 잔디 줄기가 여전히 자라고 있었고, 해안은 다시 조용해졌다. 축축한 흙과 순무, 밤새 지면에 내린 안개 냄새가 대기에 자욱했다. 구름과 회색 하늘이 하나로 합쳐졌다. 다시 가는 이슬비가 메리의 얼굴과 위로 편 손바닥에 내렸다.

마차 바퀴가 울퉁불퉁한 길을 자박자박 지나갔다. 오른쪽으로 돌아서니 매끄러운 자갈 표면 위 낮은 울타리 사이로 북쪽으로 올라가는 길이 나왔다. 저 멀리 수많은 들판과 여기저기 흩어진 토지를 가로질러 즐거운 종소리가 울려 퍼졌다. 아침 공기에 어울리지 않는 묘한 종소리였다.

문득 오늘이 크리스마스라는 사실이 기억났다.

12

네모난 창유리는 그녀에게 익숙한 것이었다. 그 창유리는 마차 창문보다 컸고 앞에는 선반이 놓여 있었다. 거기 그녀가 잘 기억하는 창유리를 가로질러 갈라진 틈이 있었다. 그녀는 애써 기억을 더듬으며 그 틈을 뚫어지게 쳐다보았다. 얼굴에 빗줄기와 꾸준한 바람이 더 이상 느껴지지 않는 이유가 궁금했다. 아래쪽에서는 아무런 움직임이 없었다. 처음에는 다시 마차가 멈추거나 자갈 해변 길 둑에 부딪쳐, 끔찍하게도 이미 겪은 일을 다시 반복해야 하는 상황과 운명이 아닐까 하는 생각이 들었다. 창문으로 올라가면 떨어져 다칠 테고, 다시 꼬불꼬불한 길로 돌아가면 도랑에 웅크린 행상인 해리를 만날 것이다. 그러나 이번에는 해리에게 반항할 힘조차 없을 것이다. 자갈 해변 아래에서는 일당이 조수를 기다리고 있었다. 거대한 거북이 모양의 시커먼 선박이 굴러 물마루 사이의 무시무시하게 큰 평평한 골에 빠졌다. 메리는 끙끙 신음 소리를 내며 불안하게 고개를 좌우로 돌렸다. 옆에 누렇게 바랜 벽과 한때 성경 구절이 걸려 있던 녹슨 못대가리를 곁눈질해 보았다.

그녀는 자메이카 여인숙의 자기 방에 누워 있었다.

그녀는 이 방이 싫었다. 하지만 아무리 춥고 황량해도, 이 방은 적어도 비바람과 행상인 해리의 손아귀에서 보호해준다. 이제는 바다 소리도 들리지 않았다. 포효하는 파도 소리로 다시 그녀를 괴롭히지 않을 것이다. 이제 죽는다면 죽음은 그녀의 벗이 될 것이다. 그녀는 더 이상 산다는 게 달갑지 않았다. 어쨌든 그녀의 인생은 엉망진창이 되어버렸다. 침대에 눕힌 몸은 더 이상 그녀 마음대로 가누어지지 않았다. 더는 살고 싶지도 않았다. 크나큰 충격을 받은 바보처럼 온몸의 힘이 다 빠져버렸다. 자기 연민의 눈물이 솟구쳤다.

누군가 그녀를 내려다보는 얼굴이 있었다. 그녀는 손을 바깥으로 뻗어 저항하듯 베개에 몸을 움츠렸다. 헐떡거리던 행상인의 입술과 깨진 치아가 아직도 마음속에서 생각났기 때문이다.

하지만 누군가 그녀의 손을 부드럽게 잡았다. 그녀처럼 우느라 눈가가 붉어진 푸른 눈이 그녀를 바라보며 떨리고 있었다.

페이션스 이모였다. 두 사람은 위로하고자 서로 껴안았다. 메리는 스스로 슬픔을 가라앉히고 실컷 감정에 맡겨 잠깐 울고 나자 평정심을 되찾고 기운이 생겼다. 예전의 용기와 힘 같은 것이 되살아났다.

"무슨 일이 있었는지 아세요?" 메리가 물었다. 페이션스 이모가 꼭 잡고 있어서 손을 빼낼 수가 없었다. 타인의 잘못 때문에 벌을 받는 동물처럼 이모는 말없이 푸른 눈으로 조카에게 용서를 구했다.

"내가 며칠이나 여기 누워 있었나요?" 메리가 물었다. 이틀째라고 했다. 메리는 갑자기 알게 된 이 새로운 사실에 잠시 아무 말도 할 수 없었다. 조금 전에 해안에 동트는 걸 본 것 같은데 벌써 이틀이라는 긴 시간이 지났던 것이다.

그사이에 많은 일이 일어났을 수도 있다. 하지만 그녀는 이 침대에 무력하게 누워 있던 것이다.

"날 깨우지 그랬어요." 메리가 꼭 잡은 이모의 손을 뿌리치면서 거칠게 말했다. "난 조금 다쳤다고 보호받고 응석이나 부리는 어린애가 아니에요. 할 일이 있다고요. 이모는 모를 거예요."

페이션스 이모는 힘없이 수줍게 메리를 쓰다듬었다.

"넌 움직일 수 없어." 이모가 훌쩍거렸다. "불쌍하게도 네가 많이 다쳐 피를 줄줄 흘렸단다. 아직 의식도 없을 때 널 목욕시켰지. 처음엔 그들이 널 크게 해친 줄 알았지만, 실제로는 별로 다친 데가 없어서 하느님께 감사했어. 상처는 나을 거야. 잠을 오래 자며 푹 쉰 거야."

"누가 그랬는지 아시죠? 그들이 나를 어디서 데려왔는지 아시죠?"

비통한 마음 때문에 그녀는 잔인해졌다. 이모에게는 자기 말이 채찍처럼 들리리라는 걸 알고 있었다. 그러나 자제할 수가 없었다. 그녀는 해변에 있던 일당 이야기를 하기 시작했다. 이제는 메리보다 더 나이 많은 이모가 훌쩍거릴 차례였다. 메리는 얇은 입술을 달싹이며 공포에 질린 자신을 바라보는 이모의 무력한 파란 눈을 보자, 스스로가 역겨워져서 더 이상 말을 이어 나갈 수가 없었다. 그녀가 침대에 앉아서 발을 바닥에 놓았다. 머리에서 현기증이 나고 관자놀이가 욱신욱신 아팠다.

"어떻게 할 작정이야?" 페이션스 이모가 그녀를 걱정스럽게 끌어당겼지만, 조카는 이모를 옆으로 제치고 옷가지를 뒤지기 시작했다.

"할 일이 있어요." 그녀가 퉁명스럽게 말했다.

"이모부가 아래 계셔. 이모부는 네가 이 여관을 떠나게 놔두지 않을 거야."

"이모부는 두렵지 않아요."

"메리야, 너와 날 위해서라도 다시는 이모부에게 말대답하지 마라. 네가 이미 얼마나 큰 고통을 당했는지 너도 알지. 너와 함께 돌아온 이후 이모부는 무릎에 총을 올려놓고 무섭고도 창백한 얼굴로 아래층에 앉아 있구나. 여관 문은 닫았어. 네가 이루 말할 수 없이 끔찍한 일을 다 보고 견딘 줄 안다. 하지만 메리야, 지금 내려가면 이모부가 다시 널 해치거나, 죽일 수도 있다는 거 알지? ……나도 이런 이모부 모습은 처음이야. 난 이모부 기분을 책임 못 져. 메리야, 아래층에 내려가지 마라. 내려가지 말라고 무릎 꿇고 이렇게 당부하마."

메리의 치마를 부여잡고 꼭 잡은 손에 입을 맞추면서 이모가 바닥에 무릎을 꿇으려 했다. 비참한 그 모습에 그녀는 용기를 잃었다.

"페이션스 이모, 이모를 생각해서 고통이라면 겪을 만큼 겪었 어요. 더 이상 내가 참기를 기대하지 마세요. 조스 이모부가 한 때 이모에게 어떤 존재였든, 지금은 비인간적인 존재가 되고 말 았어요. 이모가 아무리 울어도 이모부는 처벌을 면할 수 없을 거예요. 이모도 그걸 아셔야 해요. 이모부는 미친 듯이 술을 마 시고 피에 굶주린 짐승 같아요. 해안에서 사람들이 이모부에게 살해됐어요. 모르시겠어요? 사람들이 바다에서 익사했다고요. 내겐 그 사실밖에 보이지 않아요. 죽는 날까지 다른 건 아무것 도 생각하지 않을 거예요."

그녀의 목소리가 위험하리만큼 높아져서 히스테리에 걸릴 지 경이었다. 아직 몸이 허약해서 논리적인 생각을 할 수 없었다. 그저 큰길을 달리며 큰 소리로 도움을 청하는 자기 모습이 떠오 를 뿐이었다.

페이션스 이모가 조용히 하라고 했지만 이미 늦었다. 경고하 는 이모의 손가락을 볼 새도 없었다. 문이 열렸다. 자메이카 여 인숙의 주인이 방문턱에 서 있었다. 희미한 불빛 아래 고개를 숙인 이모부가 두 사람을 바라보았다. 수척하고 창백한 모습이었다. 눈 위 상처가 아직도 선명한 진홍빛이었다. 씻지도 않은 더러운 모습이었다. 눈 밑에는 다크서클이 있었다.

"마당에서 목소리가 난 것 같은데." 그가 말했다. "아래층 응접실에서 덧문 틈으로 내다보았지만 아무도 안 보이더군. 이 방에서 무슨 소리 들었어?"

두 사람은 아무 대답도 하지 않았다. 페이션스 이모가 고개를 저었다. 남편의 존재로 인해 자기도 모르는 새 이모 얼굴에 조금 걱정스러운 미소가 불안하게 스쳤을지 모른다. 침대에 걸터앉은 그는 손으로 옷을 만지작거리며 창문에서 문까지 불안한 듯 두루 살폈다.

"그 사람이 올 거야." 그가 말했다. "반드시 올 거야. 내가 자멸을 초래했지. 그 사람에게 반대했거든. 내게 한 번인가 경고했는데, 난 비웃고 말았지. 경고를 듣지 않았던 거야. 혼자 힘으로 겨루고 싶었거든. 우린, 여기 앉은 우리 세 사람은 이제 죽은 목숨이야. 당신과 메리, 그리고 나 말이야.

우린 끝났어. 내가 얘기했지. 게임은 끝났어. 당신은 왜 내가 술을 퍼마시게 내버려뒀어? 왜 집에 있는 몹쓸 술병을 다 깨버리고 열쇠를 바꿔 내가 누워 있게 내버려두지 않았느냐고? 난 당신을 해치지 않았어. 두 사람의 머리털 하나 건드리지 않았다고. 이젠 너무 늦었어. 다 끝났다고."

그는 두 사람을 번갈아 쳐다보았다. 충혈된 눈은 공허했고 커다란 어깨를 목으로 움츠렸다. 두 사람은 아무 영문도 모르는 채 그를 다시 바라보았다. 이전에 보지 못한 그의 표정에 놀라서 아무 말도 나오지 않았다.

"무슨 뜻이죠?" 마침내 메리가 물었다. "누가 두려우세요? 누가 경고를 했는데요?"

이모부는 고개를 저었다. 부지중에 입가에 댄 손가락이 불안했다. "아니야." 그가 천천히 말했다. "메리 옐런, 난 지금 취하지 않았어. 아직도 내겐 비밀이 많아. 하지만 한 가지만 말해주지. 네가 탈출할 길은 없어. 지금 저기 있는 네 이모만큼이나 넌 독안에 들어 있다고. 지금 천지 사방에 우리 적들뿐이야. 한쪽엔 법이, 다른 쪽엔……" 그가 자제했다. 메리를 훑어볼 때 이모부 눈길이 예전처럼 다시 교활해졌다.

"알고 싶지 않니?" 그가 물었다. "내 이름을 말하고 싶어 입이 근질근질해서 여기서 몰래 도망쳐 날 배신하고 싶겠지. 교수형당하는 내 모습이 보고 싶겠지. 좋아, 그렇다고 널 탓하진 않겠어. 평생 기억날 만큼 내가 널 무척이나 괴롭혔잖아? 하지만 네 생명도 구해줬지? 내가 거기 없었더라면 그 어중이떠중이들이 네게 무슨 짓을 했을지 잘 알지?" 그가 웃더니 바닥에 침을 탁 뱉었다. 평소 그의 모습이 조금 되살아났다. "그 사실만 해도 내게 좋은 점수를 줄 수 있지. 간밤에 나 말고 아무도 널 건드리지 않았어. 난 예쁜 네 얼굴을 망친 적이 없어. 타박상과 상처는 치료할 수 있잖아? 약하고 가련한 네가 자메이카 여인숙에 온 첫

주에, 마음만 먹었으면 내가 널 소유할 수도 있었다는 것쯤은 너도 잘 알 거야. 결국 너도 여자지. 그래, 분명히 넌 신세를 망치고도 기꺼이 매달리는 지독한 바보인 네 이모처럼 지금쯤은 내게 복종했겠지. 여기서 나가자고. 이 방에서는 습하고 썩은 악취가 나."

그는 앞장서서 휘청휘청 걸었다. 그들이 계단에 왔을 때 이모부는 벽 선반에 놓인 촛불 밑 벽 쪽으로 메리를 밀쳤다. 그 바람에 베이고 상처 난 그녀 얼굴이 촛불에 비쳤다. 그는 그녀의 턱을 손으로 감싸서 잠시 그녀를 붙잡아 섬세하고 가벼운 손가락으로 그 상처를 부드럽게 어루만졌다. 그녀는 혐오감과 반감에 차 그를 노려보았다. 그 부드럽고 우아한 손 때문에 그녀가 지금 잃고 포기한 모든 것이 생각났다. 그가 옆에 있는 이모를 아랑곳하지 않고 그 가증스러운 얼굴을 아래로 숙여 자기 동생과 꼭 닮은 그 입술로 그녀 입술을 살짝 스쳤을 때 끔찍하게도 완벽하게 착각할 뻔했다. 이 착각에 그녀는 몸이 떨려 눈을 꼭 감았다. 이모부가 촛불을 불어 껐다. 두 사람은 아무 말 없이 그를 따라 계단을 내려갔다. 텅 빈 집 안에 그들이 걷는 발자국 소리가 크게 울렸다.

이모부가 부엌 쪽 통로로 앞장섰다. 거기도 문이 닫히고 창문도 잠겨 있었다. 식탁 위의 촛불 두 개가 방을 밝히고 있었다.

그러자 그가 돌아서서 두 여자를 마주 보았다. 그러고는 의자를 끌고 와 양다리를 쩍 벌리고 거기 앉더니 두 여자를 바라보며 호주머니에서 파이프 담배를 찾아 채웠다.

"뭔가 작전을 세워야 해." 그가 말했다. "우리는 덫에 걸린 쥐처럼 잡히길 기다리면서 이틀 밤이나 여기 앉아 있었어. 네게 말해두지만, 난 이제 지겨워. 그런 게임 할 수 없어. 난 그런 거 딱 질색이야. 자, 하느님께 맹세코, 싸워야 한다면 정면으로 한판 붙어보자고." 그가 판석이 깔린 바닥을 발로 차고 우울하게 내려다보면서 잠시 파이프 담배를 뻐끔뻐끔 피웠다.

"해리는 아주 충성스러운 놈이지." 이모부가 말을 이었다. "하지만 자기에게 이익이겠다 싶으면 집을 쪼개서라도 소유할 거야. 천지 사방으로 흩어진 다른 녀석들로 말하자면, 괘씸한 들개 떼처럼 뒷다리에 꼬리를 감추고 낑낑대고 있지. 이 일 때문에 영영 겁먹겠지. 그래, 나도 두렵다는 거 너도 알지. 좋아, 지금은 술 취하지 않았어. 내가 데려갔던 그 빌어먹을 지독한 명청이들을 볼 수 있어. 우리가 별 탈 없이 여기서 도망치면 모두 운이 좋겠지. 메리, 원한다면 새하얀 얼굴에 경멸의 미소를 지어도 좋아. 그건 나나 네 이모, 그리고 너한테도 좋을 게 없어. 너도 깊숙이 관련된 인물이야. 너도 도망 못 간다고. 왜 열쇠를 잠그지 않았어, 응? 왜 술 못 마시게 말리지 않았느냐고?"

이모가 살금살금 남편에게 다가갔다. 그리고 그의 재킷을 잡아당겨 입을 달싹거리며 뭔가 말하려 했다.

"글쎄, 뭐야?" 이모부가 격렬하게 물었다.

"너무 늦기 전에 지금이라도 천천히 움직이면 되잖아요?" 이모가 속삭였다. "마구간에 이륜 경마차가 있어요. 몇 시간 뒤면 데번을 가로질러 론서스턴에 도착할 거예요. 밤을 틈타 갈 수 있다고요. 동부로 갈 수 있어요."

"이런 바보 같으니라고!" 이모부가 빽 소리를 질렀다. "여기 와 론서스턴 사이 마을 사람들이 날 악마로 여기는 거 몰라? 그 사람들은 콘월에서 일어난 죄를 몽땅 내게 뒤집어씌워 날 체포할 기회만 노리고 있다고. 지금쯤이면 크리스마스이브에 해변에서 일어난 사건이 온 마을에 알려졌을 거야. 우리가 도망치는 거 보면 그게 아주 좋은 증거지. 맙소사, 나만 무사히 벗어나려고 도망가고 싶어서 몸살이라도 난 줄 아는 모양이지? 그래, 그렇게 도망치면 온 마을 사람이 다 우리를 손가락질하겠지. 우린 멋진 모습으로 보여야 돼, 그렇잖아? 장날의 농부처럼, 일체의 동산이 실린 이륜마차를 타고 론서스턴 광장에서 인사하면서 말이야. 아니, 우리에게도 한 번, 백만분의 일의 기회가 있어. 우린 잠자코 있어야 해. 잠자코 있어야 한다고. 우리가 여기 자메이카 여인숙에 사이좋게 앉아 있으면, 마을 사람들이 코를 만지작거리면서 머리를 긁적일 거야. 마을 사람들은 증거를 찾아내야 한다고, 정신 차려. 그들이 우리를 고소하려면 명백한 증거가 있어야 한다고. 그 괘씸한 어중이떠중이 중 한 놈이 제보하지만 않는다면 그들은 결코 증거를 확보할 수 없어.

아, 그래. 바위에 부딪쳐 선미가 부서진 선박이 저기 있지. 해변에는 물건이 잔뜩 쌓여 있고. 그들 말로는 누군가 거기 두고 가져가게 말이지. 까맣게 탄 숯과 잿더미, 두 뭉치를 발견하겠지. '이게 뭐야?'라고 묻겠지. '화재가 났는데, 난파선의 잔해도 있군.' 그건 더럽게도 우리 모두에게 불리할 거야. 하지만 증거가 어디 있느냐고? 내 말에 대답해봐. 난 점잖은 양반들처럼 크리스마스이브를 가족과 함께 보냈다고. 조카하고 실뜨기랑 불붙인 브랜디 속에 든 건포도 집어 먹는 놀이를 하면서 말이야." 이모부는 혀를 입 한쪽으로 굴리며 윙크했다.

"한 가지 잊으신 것 같은데요?" 메리가 말했다.

"아니, 잊지 않았어. 그 마차 마부가 총에 맞았지. 바깥길에서 400킬로미터도 안 되는 도랑에 빠졌지. 넌 우리가 그 마부 시체를 거기에 두고 왔기를 바라겠지? 아마도 충격 좀 받을 거야. 우린 그 시체를 해변으로 끌고 왔어. 내 기억이 맞는다면 3미터 되는 자갈 해변의 둑 밑에 뒀지. 물론 누군가 그 마부가 없어진 걸 눈치채겠지. 난 거기에도 대비했어. 그렇지만 사람들은 결코 그 마부가 몰던 마차를 찾을 수 없을 테니, 별일 없을 거야. 어쩌면 그 마부는 아내에게 싫증이 나서 펜잰스 휴양지로 마차를 몰고 갔는지도 몰라. 거기 가서 마부를 실컷 찾아보라지. 메리, 우리 둘 다 의식이 돌아왔으니 이제 그 마차에서 무슨 짓을 했는지, 어디 갔다 왔는지 말할 수 있겠지. 네가 대답 안 하면, 지금쯤 나라는 위인을 충분히 알 텐데. 네가 말하게 만들 방법이 있다고."

메리는 이모를 힐끗 쳐다보았다. 이모는 겁먹은 강아지처럼 덜덜 떨고 있었다. 이모의 파란 눈이 남편 얼굴에 고정되어 있었다. 메리는 다급하게 이것저것 궁리해보았다. 거짓말을 하는 것은 쉬운 일이다. 지금으로서는 시간을 버는 게 가장 중요했다. 그녀와 페이션스 이모가 여기서 살아 나가려면 시간을 고려하고 아껴야 한다. 시간을 벌어 이모부가 스스로 목에 밧줄을 매게 해야 한다. 결국 지나친 자신감 때문에 이모부는 불리해질 것이다. 그녀가 구조될 가망은 오직 하나였다. 8킬로미터도 안되는 지척에서 그녀의 신호를 기다리고 있을 앨터넌 교구의 목사뿐이었다.

"믿든 말든 제 하루가 어땠는지 말씀드리죠." 그녀가 말했다. "이모부가 어떻게 생각하든 그건 별로 중요하지 않아요. 크리스마스이브에 론서스턴 시장에 걸어갔었어요. 8시경이 되어 피곤해졌지요. 비바람이 몰아치자 온몸이 홀딱 젖어서 아무것도 할 수 없었죠. 마차를 불러서 마부에게 보드민으로 데려다 달라고 일렀죠. 자메이카 여인숙에 데려다 달라면 거절할 거라 생각했거든요. 더 이상은 말씀드릴 게 없어요."

"론서스턴에 혼자 있었어?"

"물론 혼자였죠."

"그럼 누구한테도 말하지 않았다고?"

"노점상 여자에게 머릿수건을 한 장 샀어요."

조스 멀린은 바닥에 침을 탁 뱉었다. "좋아, 내가 지금 뭐라고 하든, 넌 똑같은 말을 하겠지? 네 말이 진짜인지 거짓인지 증명할 도리가 없으니까, 한 번은 네가 유리하겠지. 내 장담하지만,

네 나이 또래 아가씨라면 론서스턴에서 하루 종일 혼자 보내진 않았을 거야. 혼자 마차 타고 집에 오는 일도 없을 테고. 네 말이 진짜라면 우리 관계가 좀 더 좋아지겠지. 사람들은 그 마부를 여기서 찾아내지 못할 거야. 젠장, 지금 당장 한 잔 더 마시고 싶 군."

이모부는 의자를 뒤로 젖히더니 파이프 담배를 꺼냈다.

"여보, 페이션스, 당신도 자가용 마차를 몰 수 있을 거야." 그가 말했다. "깃털 꽂은 모자에 벨벳 망토도 입을 수 있어. 난 아직 지지 않았다고. 우선 그놈들을 몽땅 지옥으로 보낼 거야. 기다려. 우린 새 출발을 할 거야. 우린 잘 먹고 잘 살 거야. 일요일마다 교회에 나가겠지. 메리, 내가 늙으면 네가 내 손을 부축하고 음식을 떠먹여주게 될 거야."

그는 고개를 뒤로 젖히고 웃었다. 그러다가 잠시 멈추고 마치 덫에 걸린 듯 입을 다물었다. 다시 바닥에 요란하게 의자 구르는 소리를 내더니 방 한가운데 우뚝 섰다. 몸을 옆으로 기울인 채 백지장처럼 창백한 안색이었다. "들어봐……" 그가 쉰 목소리로 속삭였다.

두 여자는 그가 쳐다보는 방향으로 시선을 옮겼다. 그의 눈길은 좁은 덧문 틈새로 들어온 한 줄기 빛에 고정되었다.

뭔가 부엌 창을 부드럽게 긁어대고 있었다…… 유리창을 몰래 긁으며 부드럽고 가볍게 두드리고 있었다.

그것은 담쟁이덩굴 가지에서 나는 소리 같았다. 줄기에서 늘어진 가지가 밑으로 처져 창이나 베란다를 건드려, 바람이 불 때마다 계속 흔들리는 소리 같았다. 그러나 이 자메이카 여인숙 의 석판 벽에는 담쟁이덩굴이 늘어지지 않았고, 덧문에 화분도 놓지 않았다.

용감하게 설득하려는 것처럼 긁는 소리가 계속 났다. 똑…… 똑…… 마치 새부리로 연주하는 것처럼. 똑…… 똑…… 네 손가 락으로 연주하는 것처럼.

식탁 건너편의 조카 손을 만지작거리고 있는 겁먹은 페이션 스 이모의 숨소리만 빼면, 부엌에서는 아무 소리도 들리지 않았 다. 메리는 꼼짝도 하지 않고 부엌 바닥에 서 있는 여관 주인의 모습을 보았다. 그의 모습이 천장에 기이하게 비쳤다. 까칠하게 자란 검은 턱수염에 묻힌 파랗게 질린 그의 입술이 보였다. 그 런 다음 그가 몸을 앞으로 구부려 고양이처럼 조심스럽게 웅크 렸다. 그러고는 바닥 위로 손을 뻗어, 손가락으로 저 멀리 의자 에 기대놓은 총을 단단히 잡았다. 그러는 내내 그는 덧문 사이 로 들어오는 한 줄기 빛에서 눈을 떼지 않았다.

메리는 침을 꿀꺽 삼켰다. 목구멍이 먼지처럼 건조했다. 창 뒤에 숨은 인물이 그녀 자신의 동지인지 적인지 모른다는 사실 이 더 날카로운 긴장을 자아냈다. 동지일 거라고 희망을 가져보 려 했다. 그럼에도 불구하고 쿵쿵 뛰는 그녀의 심장은 이모부 얼굴에 송송 맺힌 땀방울처럼 그의 두려움이 자신에게도 전염 되었음을 알려주었다. 그녀가 떨리는 축축한 손으로 입가를 매만졌다.

그는 닫힌 덧문 옆에서 한동안 기다린 뒤 벌떡 앞으로 일어나 경첩을 잡고 덧문을 확 잡아당겼다. 오후의 회색 햇살이 곧 비스듬히 방을 비추었다. 어떤 남자가 창밖에 서 있었다. 창백한 얼굴을 창문에 기댄 채 입을 헤벌리고 깨진 이를 내보이며 씩 웃고 있었다.

행상인 해리였다…… 조스 멀린은 마구 욕설을 퍼부으면서 창문을 열어젖히고 소리쳤다. "젠장, 들어오지 못하겠어? 이 멍청아, 창자에 총 맞아 죽고 싶어? 네놈 배를 명중시키게 훈련한 총을 들고 5분 동안 귀먹고 말 못하는 사람처럼 여기 서 있었다고. 메리, 유령처럼 거기 벽에 붙어 서 있지 말고 문 좀 열어. 아무 쓸모없는 너 말고도 이 집엔 걱정거리가 아주 넘쳐난다고." 겁에 질린 사람들이 다 그러듯이, 그는 자신의 공포를 다른 사람 탓으로 돌리면서 스스로를 안심시키려고 고함을 질렀다. 메리는 천천히 문으로 갔다. 행상인을 보니 길에서 뒹굴며 싸우던 일이 생생히 기억나서 반응이 즉각 왔다. 일제히 구토와 혐오감이 나서 해리를 쳐다볼 수도 없었다. 그녀는 한 마디 말도 없이 문을 열고는 문 뒤로 숨어버렸다. 행상인이 부엌으로 오자 곧 돌아서서 희미한 난롯가로 갔다. 그녀는 해리를 등진 채 불씨에 토탄만 기계적으로 쌓아 올렸다. "그래, 무슨 소식 좀 있어?" 여관 주인이 물었다.

행상인은 대답 대신 입맛을 다시더니 엄지손가락을 세워 어깨 뒤쪽을 가리켰다.

"온 마을에 난리가 났어." 해리가 말했다. "타마 강에서 세인트 이브스까지 콘월 전체가 떠들썩해. 오늘 오전에 보드민에 있었거든. 온 마을이 온통 그 얘기야. 다들 피와 정의에 미친 것 같아. 간밤에 캐멀퍼드에서 잤는데, 그곳 남자들도 죄다 공중에 주먹을 쥐고 흔들면서 이웃에게 이렇게 떠들더라고. 이 폭풍의 결말은 단 하나야. 조스, 그게 뭔지 당신도 잘 알지?"

해리는 손으로 자기 목을 자르는 시늉을 했다.

"그래서 우린 도망가야 해." 해리가 말했다. "그것만이 유일한 살길이야. 큰길로는 안 돼. 보드민과 론서스턴은 최악이지. 난 황야를 통해 거니슬레이크 위쪽 데번으로 가려고. 물론 시간이 더 걸리겠지, 나도 알아. 하지만 무사히 빠져나갈 수만 있다면 뭐가 문제야? 먹을 것 좀 없어요, 형수씨? 어제 아침 이후로 빵 한 쪼가리 못 먹었어요."

해리는 주인 아내에게 물으면서도 눈으로는 메리를 쳐다보았다. 페이션스 멀린은 찬장을 더듬어 빵과 치즈를 찾았다. 입은 긴장으로 오물거렸고 동작은 어색했다. 이모는 이 저녁 식사 말고 딴 데 정신이 팔려 있었다. 식탁을 차리면서 이모는 애원하는 눈길로 남편을 쳐다보았다.

"여보, 저 사람 말 들었죠." 이모가 간청했다. "여기 머무는 건 미친 짓이에요. 더 늦기 전에 지금이라도 당장 떠나야 해요. 이게 무슨 뜻인지 알죠. 당신을 그냥 내버려두지 않을 거라고요.

재판도 하지 않고 당신을 처형할 거예요. 제발 저 사람 말 좀 들어요, 조스. 제 걱정을 하느라 그러는 거 아닌 줄 당신도 알죠. 당신을 위해서 하는 말이에요……"

"입 좀 닥쳐. 조용히 못 하겠어?" 이모부가 소리를 빽 질렀다. "아직 당신한테 조언 구한 적 없고, 지금도 조언 구할 생각은 없어. 당신이 옆에서 양처럼 매애 울지 않아도, 나 혼자서 감당할 수 있다고. 그래서 해리, 항복할 거야? 자네 피를 보겠다고 예수 님께 부르짖는 성직자와 감리교도가 많으니까 다리에 꼬리를 감추고 도망가려고? 그게 우리 짓이라는 증거를 찾았대? 말해 봐. 아니면 네 붉은 양심이 네게 반대하는 거야?"

"양심은 얼어 죽을, 조스. 내가 생각하는 게 상식이지. 이 마을은 위험해. 아직 떠날 수 있을 때 떠날 거야. 증거로 말하자면, 최근 몇 달간 우린 증거가 충분할 만큼 아슬아슬한 짓을 많이 했잖아? 난 당신 편이었지. 당신에게 경고해주려고 목숨 걸고 오늘 여기까지 온 거야. 조스, 당신을 거역하는 말은 안 할 거야. 하지만 멍청한 당신 때문에 우리가 이렇게 엉망이 된 거야. 당신처럼 우릴 취하게 만들어서 해안으로 데려갔지. 누구도 계획하지 않은 무모한 미친 모험을 하게 말이야. 성공 확률이 백만분의 일밖에 안 되는 일에 덤벼든 거야. 유혈이 낭자했지. 술에 취한 우린 아무 생각도 못 했어. 물건과 오만 가지 흔적을 해안에 남기고 떠났어. 그게 누구 잘못이야? 그래 맞아, 말해두지만, 당신 잘못이야." 해리가 주먹으로 식탁을 쾅 쳤다. 찢어진 입술로 냉소를 지으면서 뻔뻔스러운 누런 얼굴을 여관 주인 가까이 들이댔다.

조스 멀린은 잠시 해리가 한 말을 생각해보았다. 그가 다시 말할 때 그의 목소리는 아주 저음이었다. "그래서 날 비난한다 이거지, 해리? 넌 운이 나쁘면 뱀처럼 안달하는, 그런 족속이야. 나한테 많은 걸 얻어냈잖아? 평생 못 만져본 금도 가져봤지. 요 몇 달간 너는 네가 자란 탄광 바닥에서가 아니라 왕자처럼 호화롭게 살았지. 만일 우리가 전에 수백 번이나 했던 것처럼 밤에 침착하게 행동하고 새벽이 되기 전에 질서 정연하게 치웠다고 가정해봐. 그랬더라면 넌 지금 주머니를 채우기 위해 내 비위를 맞추느라 여념이 없을 거야, 안 그래? 이번에도 날 전능한 하느님이라 부르고 약탈품에서 네 몫을 달라고 구걸하면서 돈 냄새 맡은 다른 놈들이랑 함께 내게 알랑댔겠지. 내 신발을 핥고 먼지 구덩이에라도 누웠겠지. 그래, 원한다면 도망치라고. 뒷다리에 꼬리 감추고 타마 강둑으로 도망치라고. 저주받을 놈! 난 혼자서 세상에 맞서 싸울 거야."

행상인은 억지웃음을 짓더니 어깨를 으쓱했다. "우린 서로 배신하지 않고도 할 수 있잖아? 난 당신에게 반대한 적 없어. 아직도 당신 편이야. 크리스마스이브에 모두 술에 취해 미쳤던 거 내 알지. 그냥 내버려둬. 일어날 만한 일은 다 벌어졌어. 우리 몫이 분산됐지. 우리가 놈들을 벌줄 필요는 없어. 놈들은 너무 겁쟁이라 코빼기도 보이지 않고 우리 걱정도 안 해. 조스, 이게 당신과 내 형편이야. 우린 단짝처럼 다른 사람들보다 깊이 이 일을 해왔다는 거 내가 알지. 서로 도울수록 우리 두 사람에게 더 유리할 거야. 자, 그래서 내가 지금 온 거야. 의논도 하고 우리 형편도 확인하려고." 해리가 다시 약한 잇몸을 드러내며 웃더니 작달막한 검은 손가락으로 식탁을 톡톡 두드리기 시작했다.

여관 주인은 냉정하게 해리를 지켜보다가 손을 뻗어 다시 파이프 담배를 집었다.

"해리, 무슨 소리를 하는 거야?" 여관 주인은 식탁에 기댄 채 파이프 담배를 채우면서 물었다.

행상인이 치아를 핥더니 웃으며 말했다. "아무 말도 아니야. 우리 모두가 더 견디기 쉬운 상황을 만들려고. 교수형 당하지 않으려면 지금 떠나야 해, 그건 분명해. 하지만 조스, 이거야. 빈손으로 떠나는 건 재미없어. 이틀 전 해안에서 저기 저 방에 갖다 놓은 물건이 많잖아? 크리스마스이브에 일한 우리 모두에겐 그 물건에 대한 권리가 있지. 하지만 당신과 나 말고 여기 남아서 그 권리를 주장할 놈은 없어. 그 물건이 가치가 많다는 말은 아니야. 아마 대부분 못 쓰는 쓰레기겠지. 그래도 몇 개는 우리가 데번으로 도망가는 데 꽤 도움이 되지 않겠어?"

여관 주인은 담배 연기를 행상인의 얼굴에 후 하고 불었다. "달콤한 내 미소를 보려고 혼자 자메이카 여인숙에 돌아온 게 아니었네?" 여관 주인이 말했다. "해리, 내가 좋아서 날 도우려는 줄 알았더니."

행상인이 다시 웃더니 의자에서 자세를 고쳐 앉으며 말했다. "좋아, 우린 친구잖아? 솔직히 말한다고 나쁠 건 없지. 물건들은 거기 그대로 있어. 그 물건들 옮기려면 족히 두 사람은 필요해. 여기 이 여자들은 옮길 수 없지. 당신과 내가 계약해서 끝내자 는데 뭐가 문제야?"

생각에 잠긴 여관 주인이 파이프 담배를 뻐끔뻐끔 피워댔다. "네 머릿속엔 생각이 많지. 네 쟁반 위의 멋진 장신구처럼 모 두 예쁜 생각이지, 친구. 근데 결국 그 물건이 거기 없다면? 내 가 이미 다 폐기했다면? 내가 여기서 이틀간이나 기다린 거 자 네도 알지. 마차들이 우리 집을 지나갔거든. 자네, 그럼 어쩔 텐 가?"

행상인의 얼굴에서 미소가 사라졌다. 그가 인상을 쓰며 고개 를 뒤로 젖혔다.

"무슨 농담이야?" 그가 고함을 질렀다. "여기 자메이카 여인숙 에서 이중 플레이라도 할 셈이야? 그렇다면 그게 당신한테 전 혀 이득이 안 된다는 거 알게 될 거야. 마차들이 달려와 우리가 길에서 마차를 차지했을 때 당신은 종종 조용했었지, 조스 멀 린. 난 가끔 이해할 수 없는 걸 보고 들었어. 당신은 매달 이 일 을 아주 훌륭하게 해냈지. 몇몇 사람 생각으로는, 가장 위험을 무릅쓴 우리의 적은 소득에 비하면 당신은 너무나 멋지게 해냈 지. 그리고 그 일을 어찌 해냈느냐고 당신한테 묻지도 않았잖 아? 조스 멀린, 내 말 좀 들어봐. 누구 상사한테 명령이라도 받나?"

여관 주인이 벼락같이 해리에게 달려들었다. 불끈 쥔 주먹으로 행상인의 턱을 잡았다. 행상인이 뒤로 밀리는 바람에 그의 아래 있던 의자가 넘어져 판석에 부딪쳤다. 그는 즉시 몸을 추슬러 무릎을 꿇고 기었다. 그러나 여관 주인이 총구를 그의 목에 겨눈 채 내려다보고 있었다.

"움직이기만 해봐, 그럼 죽는 줄 알아." 여관 주인이 조용히 말했다.

행상인 해리는 자기를 공격한 가해자를 쳐다보았다. 그의 작고 야비한 눈이 반쯤 감겼고 뚱뚱한 얼굴이 누렇게 떴다. 넘어지느라 호흡이 가빠진 그는 숨을 짧게 몰아쉬었다. 싸움이 일어날 것만 같은 첫 조짐에 공포에 질린 페이션스 이모는 벽에 몸을 바싹 붙였다. 이모는 호소하는 눈길로 조카를 찾았으나 허사였다. 메리는 이모부를 자세히 지켜보았지만, 이번에는 이모부의 심리 상태에 대해 전혀 단서를 찾아내지 못했다. 이모부가 총을 내리고 행상인을 발로 밀쳤다.

"이제야 우리가, 너와 내가 이성적으로 말할 수 있겠군." 조스가 말했다. 엉거주춤 바닥에 웅크린 채 무릎을 꿇은 행상인이 뻗어 있는 동안, 팔에 총을 멘 조스는 다시 식탁에 기댔다.

"이 게임의 두목은 나고, 내가 늘 두목이었지." 여관 주인이 천천히 말했다. "3년 전 처음부터 내가 이 일을 해왔지. 그때 우리는 작은 12톤 러거*로부터 패드스토까지 짐을 부려 호주머니에

7펜스 반 페니만 생기면 스스로 행운아라 여겼지. 하틀랜드에서 헤일까지 이 나라 무역이 최고에 도달할 때까지 일했지. 무슨 명령을 받았느냐고? 맙소사, 감히 날 시험한 놈을 보고 싶군. 자, 이제 끝났어. 우린 가야 할 길을 다 갔고 날이 저물었어. 우리 모두에게 게임은 끝났어. 넌 오늘 밤 나한테 경고해주러 여기 온 게 아냐. 그 대성공에서 얼마나 얻을 수 있는지 살피러 온 거지. 여관이 잠겨 있어서 비겁하게도 기뻐했겠지. 넌 저기 창문을 벅벅 문질렀지. 그 창문의 느슨한 덧문 걸쇠를 열기 쉽다는 걸 경험으로 알고 있었으니까. 여기서 날 볼 거라고는 꿈에도 생각 못 했겠지? 여기 페이션스나 메리만 있는 줄 알았겠지. 두 사람은 쉽사리 겁먹게 할 수 있잖아? 가끔 봤던 대로 벽 가까이에 걸린 내 총을 잡으려 했지? 다음 자메이카 여인숙의 주인 따위는 잊어버려. 해리, 생쥐 같은 놈, 내가 덧문을 열어젖히고 창문으로 네놈 얼굴을 봤을 때 네 눈에서 못 본 줄 알아? 놀라서 헐떡거리는 네놈 소리도 못 듣고, 갑자기 누렇게 질려 소리 없이 웃은 거 못 본 줄 아느냐?"

행상인은 혀로 입술을 핥으며 침을 꼴깍 삼켰다. 궁지에 몰린 쥐처럼 부라린 눈으로 난롯가에 앉아 꼼짝 않는 메리를 유심히 쳐다보았다. 그녀가 자기 적인지 궁금했던 것이다. 그러나 그녀는 아무 말도 하지 않았다. 그녀는 이모부의 말을 기다렸다.

---

*러그로 된 네모꼴의 돛을 두세 개 단 작은 배.

"아주 좋아." 여관 주인이 말했다. "네 제안대로 너와 나, 우린 거래할 거야. 우린 멋지게 타협할 거야. 사랑하는 친구여, 결국 내가 마음을 바꿨어. 네 도움을 받아 우린 데번으로 갈 거야. 네가 상기시켜준 대로 여기 가져갈 만한 물건들이 있지. 나 혼자선 실을 수가 없어. 내일은 일요일이고 복된 안식일이지. 배 50척이 난파된다 해도 이 시골 사람들은 무릎 꿇은 예배 자리를 박차고 나가지 않을 거야. 블라인드를 내리고 설교를 하고, 지루해하는 얼굴들이 있겠지. 그리고 재수 없이 악마 손에 걸린 불쌍한 선원들을 위해 기도하겠지. 하지만 그렇다고 안식일에 나가서 악마를 찾진 않을 거야.

우리에겐 24시간이 있어, 해리. 내일 밤 넌 짐마차에 실린 내 재산 위에서 잔디와 순무를 가래질하며 열심히 일하다가 나와 페이션스, 그리고 저기 있는 메리에게 아마 작별 인사를 하겠지. 그때쯤엔 무릎으로 기어 내려와 조스 멀린에게 감사할 거야. 네 시커먼 심장에 총알을 쏘고 원래 네가 자란 도랑에 웅크리게 하는 대신에 널 살려 보내주는 것에 말이야."

그는 다시 총을 돌려 행상인의 목구멍에 차가운 총구를 바짝 겨누었다. 행상인은 눈을 흘기며 훌쩍훌쩍 울었다. 주인이 껄껄 웃었다.

"해리, 넌 제법 사격의 명수야." 여관 주인이 말했다. "저긴 저번 날 밤, 네가 네드 산토를 쏜 곳이잖아? 네가 네드의 숨통을 끊어 피가 시냇물에 흘렀었지. 그 앤 착한 놈이었어, 네드 말이야. 하지만 경솔하게 말했지. 저기가 그 애를 죽인 지점이잖아?"

그는 행상인의 목에 총구를 더 바싹 겨누었다. "해리, 내가 지금 실수하면 네 숨통은 바로 불쌍한 네드처럼 한 방에 갈 거야. 내가 실수하길 원하진 않겠지?"

행상인은 아무 말도 할 수 없었다. 곁눈질하느라 눈이 돌아갔다. 그는 손을 쫙 벌려 바닥에 고정시키려는 것처럼 네 손가락을 평평하게 폈다.

여관 주인이 총을 옮기고 몸을 구부려 행상인을 발로 밀쳤다. 여관 주인이 말했다. "자, 밤새 너랑 놀 거라 생각해? 장난은 5분이면 족해. 5분이 지나면 사람들에게 짐이 될 거야. 부엌문 열고 오른쪽으로 돌아서서 내가 '그만'이라고 할 때까지 그 통로 아래로 계속 걸어가. 바 입구로는 도망 못 가. 이곳 문과 창문은 모두 잠겼어. 우리가 해안에서 가져온 물건을 보고 싶어 손이 근질근질하지, 해리? 이 모든 창고 물건 사이에서 밤을 보내고 싶겠지. 페이션스, 당신도 알지. 자메이카 여인숙 역사상 처음으로 환대를 베푸는 것 같군. 메리는 빼고 말이야. 저 앤 내 조카니까." 여관 주인이 아주 유쾌하게 웃었다. 풍향계처럼 그의 기분은 이제 바뀌었다. 그는 총머리로 행상인의 등을 밀어 부엌을 지나 어두운 판석 통로를 거쳐 창고로 가게 했다. 바셋 씨와 하인이 난폭하게 부순 문짝이 새로 덧댄 널빤지와 기둥으로 단단해졌다. 전보다 튼튼한 건 아니지만 이전만큼은 튼튼했다. 조스 멀린은 지난 한 주 동안 그냥 놀고먹은 게 아니었다.

그는 숫자가 불어난 쥐들에게 먹이를 주지 말라고 명령하면서 행상인이 갇힌 방에 열쇠를 잠가버린 뒤, 크게 웃으면서 부엌으로 돌아왔다.

"해리가 변절할 줄 알았어." 그가 말했다. "이런 난리가 일어나기 몇 주 전에 그놈 눈에서 뭔가 봤지. 그놈은 이기는 편에 붙어 싸울 놈이야. 운이 나빠지면 내 손을 물어뜯겠지. 그놈은 질투심이 강해. 질투심 때문에 썩어 문드러져서 누렇게 될 지경이야. 날 질투하지. 모두가 날 질투하고 있지. 내 머리가 좋다는 걸알고는 그래서 날 미워하는 거야. 메리, 왜 그렇게 뚫어지게 날쳐다보는 거야? 저녁 먹고 잠이나 자두는 게 좋을걸. 내일 밤이면 장거리 여행을 떠날 테니까. 지금 여기서 경고해두는데, 쉽지 않은 여정일 거야."

메리는 식탁 너머로 이모부를 쳐다보았다. 그 순간 그녀는 자신이 이모부와 함께 떠나지 않을 거라는 사실에 그다지 관심이 없었다. 이모부는 자기 마음대로 생각하겠지. 직접 목격한 긴박한 모든 일로 피곤한 상태였지만, 그녀의 마음속은 여러 가지 계획으로 복잡했다.

언제 어떻게든 내일 밤이 되기 전에 앨터넌으로 가야 한다. 일단 거기만 가면 그녀의 책임은 끝난다. 다른 사람들이 무슨 조치를 취할 것이다. 처음에는 페이션스 이모나 자기 형편이 어려울지 모른다. 그녀는 돈이나 복잡한 법률이라면 아무것도 몰랐다. 그러나 적어도 정의가 승리를 거두리라. 아주 손쉽게 자신이나 이모의 명예를 깨끗이 씻어주리라. 지금은 자기 앞에 앉아서 상한 빵과 치즈를 한 입 가득 베어 문 이모부가 두 손을 뒤로 결박당한 채 처음으로, 그리고 동시에 영원히 무력하게 서 있을 모습을 생각하니 매우 즐거워졌다. 그녀는 이런 생각을 하면서 마음속으로 이모부의 이런 모습을 계속 그려보았다. 세월이 흐르면 페이션스 이모는 회복되겠지. 세월이 흐르면 마침내 이모도 평화와 안정을 되찾을 것이다. 메리는 때가 무르익었을 때 어떤 식으로 체포가 이루어질지 궁금했다. 아마도 그들 셋은 이모부의 계획대로 여행을 시작할 것이다. 그들이 길을 나서 이모부가 자신감에 차 웃고 있을 때 갑자기 힘센 수많은 남자가 나타나 그들을 둘러쌀 것이다. 이모부가 그 남자들의 힘으로 바닥에 깔려 중과부적으로 싸울 때, 그녀는 그를 내려다보며 미소 지을 것이다. "이모부, 머리가 좋은 줄 알았는데요." 그녀가 이렇게 말하면 그도 무슨 뜻인지 알아들으리라.

그녀는 이모부로부터 시선을 돌려 촛불을 찾으려고 찬장으로 돌아섰다. "오늘 밤엔 저녁 안 먹을래요." 그녀가 말했다.

페이션스 이모는 조카 앞에 놓인 접시 위 두툼한 빵 조각에서 눈을 들며 걱정스럽게 뭔가 중얼거렸다. 하지만 조스 멀린은 조용히 하라면서 아내를 발로 찼다. "저 애가 그러고 싶다면 그냥 뚱하게 놔두라고." 이모부가 말했다. "저 애가 먹든 말든 당신이 무슨 상관이야? 여자와 동물은 굶는 게 좋아. 굶으면 복종하게 마련이거든. 아침이 되면 저 앤 아주 겸손해질 거야. 메리, 잠간. 네 방문을 잠그면 넌 아주 숙면을 취하겠지. 통로에서 음식을 찾는 좀도둑 따위 보고 싶지 않구나."

벽에 기대어놓은 총을 바라보던 그가 부엌 창문 앞에 열린 덧문을 다시 바라보았다.

"페이션스, 저 창문 잠가." 그가 신중하게 말했다. "그리고 덧문에 빗장도 질러. 저녁 식사 마치면 당신도 자는 게 좋을 거야. 오늘 밤은 부엌을 떠나지 않을 생각이야."

아내가 남편의 말투에 놀라 두려움에 떨면서 남편을 바라보며 뭔가 말하려 했다. 하지만 남편은 아내의 말을 잘랐다. "나한테 묻지 말라고 여태 말했잖아?" 그가 소리쳤다. 이모는 곧 일어나서 창가로 갔다. 촛불을 든 메리가 문간에서 기다렸다. 그가 소리쳤다. "좋아. 왜 거기 서 있는 거야? 가라고 했잖아." 메리가 어두운 통로로 걸어 나갔다. 촛불 빛에 그림자가 뒤로 생겼다. 통로 끝 창고에서는 아무 소리도 들리지 않았다. 저기 어둠 속에 누워 밤을 지새우며 날이 밝기만 기다릴 행상인 생각이 났다. 행상인 생각이라면 딱 질색이었다. 행상인은 독 안에 든 쥐처럼 포위되어 있었다. 조용한 한밤중에 갑자기 자유를 얻어보겠다고 길을 긁고 문을 할퀴며 갉아대는 쥐의 발톱에 행상인의 모습이 겹쳐졌다.

그녀의 몸이 떨렸다. 행상인뿐 아니라 그녀도 가두려는 이모부의 결정이 이상하게도 감사한 마음이었다. 오늘 밤 여인숙은 위험한 상황에 처해 있었다. 판석 위를 걷는 그녀의 발자국 소리가 공허하게 울렸고 저절로 벽에 메아리가 퍼졌다. 그 집에서 단 하나 따뜻하고 정상적인 장소인 부엌마저도 그녀가 떠날 때 그녀에게 입을 벌리고 있는 것 같았다. 촛불 빛에 비친 부엌은 누렇게 불길해 보였다. 그렇다면 무릎에 총을 올려놓은 이모부는 촛불을 끈 채 정체 모를 뭔가를…… 누군가를 기다리면서 거기 앉아 있을 것인가? ……계단을 올라갈 때 이모부가 홀을 가로질러 왔다. 그러고는 현관 위 침실로 올라가는 계단으로 쫓아왔다.

"나한테 열쇠를 줘." 그가 말했다. 그녀는 아무 말 없이 열쇠를 건네주었다. 그는 잠시 머물러 그녀를 내려다보았다. 그러고 나서 몸을 구부려 조카 입에 자기 손가락을 댔다.

"널 귀여워했다, 메리." 그가 말했다. "네게 여러 가지 타격을 가했지만, 네 기개와 용기는 여전해. 오늘 밤 네 눈에서 그걸 봤지. 메리, 내가 더 젊은 청년이었다면 너한테 구애했을 거야. 그래, 그래서 널 얻어 너랑 말을 타고 달려가서 영원히 행복하게 살았겠지, 너도 알지?"

그녀는 아무 말도 하지 않았다. 이모부가 문지방 너머에 서 있을 때 그를 다시 보았다. 촛대를 든 그녀의 손이 자기도 모르게 조금 떨렸다.

그가 목소리를 낮춰 속삭였다. "내 앞엔 위험한 일이 있어. 법 따위엔 신경 안 써. 법이 문제라면 속임수로 자유를 얻을 수도 있지. 콘월 마을 전체가 날 쫓아와도 난 눈 하나 깜짝 안 해. 하지만 이건 달라. 메리, 밤에 왔다가 다시 떠날 발자국과 날 가격

하려는 손은 지켜봐야지."

희미한 불빛에 비친 이모부의 얼굴이 여위고 나이 들어 보였다. 그녀에게 뭔가 말할 듯 그의 눈빛에 뭔가 반짝이다가 곧 불꽃처럼 스러졌다. "우리는 자메이카 여인숙을 떠나 타마 강을 건너갈 거야." 이모부가 이렇게 말하며 미소를 지었다. 애석하게도 그 입술의 곡선은 그녀에게 아주 익숙하며, 과거로부터 울리는 메아리처럼 친근한 것이었다. 그는 문을 닫고 열쇠를 잠갔다.

그가 계단에서 다시 아래층으로 내려가는 소리가 들리더니 부엌 모퉁이를 돌아 사라졌다.

그녀는 침대로 가서 무릎에 양손을 걸치고 걸터앉았다. 어린 시절에 저지른 소소한 죄와 강건하던 시절에는 결코 몰랐던 꿈과 더불어 훗날 그녀가 잊어버린 영영 설명할 수 없는 몇 가지 이유로, 그녀는 이모부가 하던 대로 자기 입술에 손가락을 갖다 댔다. 그리고 손으로 자기 뺨을 어루만지다가 다시 손을 내렸다.

그녀는 남몰래 조용히 울기 시작했다. 손에 떨어진 눈물은 그 맛이 썼다.

13

그녀는 옷도 벗지 않은 채 누운 자리에서 깊이 곯아떨어졌다. 그러다가 돌연 창문을 때리는 빗소리에 퍼뜩 정신이 들어 또다시 비를 동반한 폭풍이 분다는 것을 깨달았다. 그러나 눈을 뜨고 살펴보니 흔들리는 바깥바람도 없고, 후드득 비도 내리지 않는 조용한 밤이었다. 곧 감각이 예민해졌다. 그녀를 깨운 소리가 다시 나기를 기다렸다. 잠시 뒤에 그 소리가 다시 들렸다. 유리창에 부딪치며 대지를 적시는 소나기 소리가 바깥마당에서 들렸던 것이다. 그녀는 마음속으로 그 소리가 위험한지 아닌지 생각하면서 두 다리를 바닥에 놓고 귀를 기울였다.

이것이 경고 신호라면, 조잡한 방법이고 무시하는 게 나을 것이다. 여관 지리를 잘 모르는 사람이라면, 그녀 방 창문을 여관 주인의 창문으로 착각했을 수도 있다. 낯선 침입자가 들어올까 봐 이모부가 무릎에 총을 얹은 채 아래층에서 기다리고 있다…… 아마도 침입자가 와서 지금 마당에 서 있는지도 모른다. 그녀는 결국 호기심에 사로잡혀 튀어나온 벽의 그림자에 자기 모습을 감추고 창문으로 살금살금 다가갔다. 아직 칠흑같이 어두운 밤이었고, 사방에 검은 그림자가 드리워져 있었다. 그러나 하늘에 낮게 뜬 옅은 구름이 새벽이 다가오고 있음을 알려주었다.

그러나 그녀가 착각한 게 아니었다. 방바닥에 진짜 흙이 떨어져 있었다. 현관 바로 아래에 정말로 누군가 있었다. 남자였다. 그녀는 그 남자가 더 움직이기를 기다리면서 창가에 웅크렸다. 땅으로 다시 몸을 구부린 그가 응접실 창문 밖 황량한 화단을 여기저기 더듬었다. 그런 다음 손을 들어 그녀의 창문에 작은 흙덩어리를 던졌다. 자갈과 부드러운 진흙을 창문에 뿌려대고 있었던 것이다.

이번에는 그 남자 얼굴이 보였다. 그 얼굴을 보고 놀란 나머지 그녀는 늘 유지하던 조심성을 잃고 소리를 지르고 말았다.

아래 마당에 젬 멀린이 서 있었다. 그녀는 곧 창문을 열고 앞으로 몸을 내밀어 그를 부르려 했다. 하지만 젬이 손을 들어 조용히 하라는 손짓을 했다. 그녀를 가리는 현관을 피해 그가 벽 가까이 다가왔다. 그는 입에 손을 대고 속삭였다. "아래층으로 내려와서 문빗장 좀 열어줘요."

그녀는 고개를 저으며 말했다. "그렇게 할 수 없어요. 내 방에 간혀 있어요." 분명 어찌할 바를 몰라 당황한 그가 그녀를 쳐다 보았다. 그는 뭔가 대책을 강구하려는 듯이 여관을 다시 노려보 았다. 그는 손으로 석판을 더듬어 시험해보았다. 발판이 될 만 한지, 오래전에 덩굴식물을 기르려고 박은 녹슨 못을 더듬었다. 현관 지붕의 낮은 타일이 손 닿는 곳에 있었지만 타일 표면을 잡을 수는 없었다. 그는 하릴없이 땅바닥에 발을 굴렀다.

"침대에서 담요 좀 갖다 줘요." 그가 조용히 말했다.

그녀는 곧 그가 뭘 하려는지 눈치채고 담요 한쪽 끝을 침대 발치에 묶고 다른 쪽 끝을 창문 밖으로 던졌다. 담요가 그의 머 리 위로 힘없이 늘어졌다. 이번에는 그가 힘을 모았다. 튀어나 온 현관의 낮은 지붕으로 몸을 날려 발은 석판에 고정시키고, 지붕과 집의 벽 사이에 몸을 끼울 수 있었다. 이런 식으로 그녀 방 창문 높이의 현관 지붕까지 자기 몸을 끌어 올렸다.

그는 다리를 벌려 현관 지붕에 걸터앉았다. 이제 그의 얼굴이 그녀 얼굴에 근접했고, 담요가 그의 옆에 대롱대롱 매달려 있었 다. 메리는 창문틀을 붙잡고 안간힘을 썼지만 헛수고였다. 창문 은 30센티미터 정도 열렸다. 유리창을 깨지 않는 한 방으로 들 어올 수 없었다.

"당신과 얘기 좀 해야겠어." 그가 말했다. "가까이 와요, 당신 얼굴 좀 보게." 그녀는 창틈에 얼굴을 대고 방바닥에 무릎을 꿇 었다. 잠시 아무 말 없이 서로 쳐다보았다. 그는 지친 행색이었 다. 잠을 못 자 피로를 견디는 사람처럼 눈이 퀭했다. 입가에 전에 보지 못한 주름도 생겼다. 그는 웃지도 않았다.

"당신에게 사과해야 할 빚이 있어." 마침내 그가 말했다. "크리스마스이브에 론서스턴에서 별다른 변명도 하지 않고 당신을 떠났어. 당신 마음 가는 대로, 날 용서할 수도 있고 용서하지 않을 수도 있어. 하지만 그때 떠난 이유는…… 말할 수가 없어. 미안해."

그에게는 이 거친 태도가 어울리지 않았다. 그는 많이 변한 것 같았고 그녀는 이 변화가 달갑지 않았다.

"당신이 안전한지 걱정했어요." 그녀가 말했다. "흰 수사슴 여관까지 당신을 따라갔었어요. 거기서 당신이 어떤 신사랑 마차를 탔다는 얘길 들었죠. 그 이상은 아무 말이나 설명도 듣지 못했어요. 그 사람들이 불 앞에 서 있더군요. 시장 광장에서 당신과 얘기하던 말 장수들 말이에요. 끔찍이 호기심 많은 사람들이라 그 말을 믿을 수가 있어야죠. 조랑말 훔친 일이 발각되었는지 궁금했죠. 나는 비참한 심정이었고 걱정도 많이 했어요. 그렇다고 당신을 탓하는 건 아니에요. 어디까지나 당신 일이니까요."

그녀는 그의 태도에 상처를 받았다. 뭔가 그 이상을 기대했었다. 처음 창밖 마당에서 그의 모습을 보았을 때는, 한때 사랑했던 연인이 한밤중에 찾아온 거라고 생각했다. 그의 차가운 태도에 뜨거운 열정이 사라졌다. 그가 자기 얼굴에 스친 실망감을 보지 못했을 거라 생각하면서 그녀는 곧 마음을 닫아버렸다.

그는 심지어 그녀가 그날 밤 어떻게 돌아갔는지도 묻지 않았다. 그의 무관심에 그녀는 기절이라도 할 지경이었다. "왜 방에 갇혀 있어요?" 그가 물었다.

그녀는 어깨를 으쓱하고는 맥 빠진 단조로운 목소리로 대답했다.

"이모부가 엿듣는 사람을 싫어해요. 내가 길을 헤매다가 이모부의 비밀을 발설할까 봐 두려워하죠. 당신도 방에 들어오길 똑같이 싫어하는 것 같군요. 오늘 밤 왜 여기 왔느냐고 물어보면 화내겠죠?"

"아, 마음대로 미워해요. 그래도 싸죠." 그의 얼굴이 갑자기 붉어졌다. "날 어찌 생각하는지 잘 알고 있어요. 당신이 내 가까이 있으면, 언젠가 설명할 수 있을 거예요. 지금은 여자가 아닌 남자가 되어줘요. 상한 자부심이나 호기심 따위 제발 버려요. 난 꺼질 것만 같은 땅을 디디고 있다고요. 메리, 한 발만 잘못 디디면 난 끝장이에요. 조스는 어디 있죠?"

"이모부는 부엌에서 밤을 지새우겠다고 했어요. 뭔가, 아니면 누군가가 두려운 모양이에요. 창문과 문을 잠그고 총도 지녔어요."

젬이 거칠게 웃었다. "조스는 분명히 두려울 거예요. 몇 시간 있으면 훨씬 더 두려워하게 될 거예요, 내 장담하지요. 형 만나러 여기 왔어요. 하지만 무릎에 총을 올려놓고 있다면, 방문을 내일까지 미뤄야죠. 내일이면 어두운 그림자가 다 사라질 거예요."

"내일이면 너무 늦을걸요."

"무슨 뜻이죠?"

"해 질 녘에 자메이카 여인숙을 떠날 계획이에요."

"정말이에요?"

"왜 지금 거짓말을 하겠어요?"

젬이 침묵했다. 분명 그에게는 의외의 소식이었다. 그는 마음 속으로 그 말을 숙고해보았다. 그를 의심하는 마음과 그를 어떻게 대할지 정하지 못해 괴로워하면서 메리는 그를 지켜보았다. 다시 예전처럼 그에 대한 의심에 사로잡혔다. 그는 이모부가 기다리던 손님이었다. 따라서 이모부에게 미움과 두려움의 대상이기도 했다. 그는 이모부의 명줄을 손에 쥐고 있었다. 조소하던 행상인의 얼굴과 여관 주인을 불꽃처럼 화나게 했던 그의 말도 다시 떠올랐다. '조스 멀린, 내 말 좀 들어봐. 누구 상사한테 명령이라도 받나?' 혀를 잘못 놀려 여관 주인으로 하여금 폭력을 휘두르게 했던 사람, 빈방에 갇힌 그 사람.

다시 잘 웃고 근심 걱정 없던 젬이 생각났다. 그는 론서스턴으로 마차를 몰고 가서 시장 광장에서 그녀와 손을 흔들고, 그녀에게 키스하고, 그녀를 안았었다. 지금은 우울하고 조용하며 그늘진 얼굴이었다. 그가 이중인격자라는 생각에 괴로울 뿐만 아니라 두렵기도 했다. 그는 오늘 밤 낯선 이방인 같았다. 그는 그녀가 이해할 수 없는 몇 가지 무시무시한 목적에 사로잡혀 있었다. 여관 주인의 도망 계획을 젬에게 알려준 것은 그녀 자신에게 불리한 행동인지도 모른다. 그녀의 계획을 망칠 수도 있는 행동이었다. 젬이 무슨 짓을 했든 무엇을 할 계획이든, 거짓말을 하는 배신자든 사람을 죽인 살인자든 아니든, 그녀는 연약한 몸으로 그를 사랑하고 그에게 경고해주었던 것이다.

"당신 형을 만날 때 몸조심하는 게 최고예요." 그녀가 말했다. "이모부는 기분이 안 좋아요. 그의 계획을 방해한다면 누구라도 생명을 보장할 수 없어요. 당신 안전을 위해서 하는 말이에요."

"조스 형은 두렵지 않아요. 지금까지 한 번도 두려워한 적 없어요."

"아마 그런 적 없었겠지요. 하지만 형이 당신을 두려워한다면 어쩔래요?"

그는 이 말에 아무 말도 하지 않았지만 갑자기 몸을 앞으로 내밀었다. 그녀의 얼굴을 들여다보던 그가 그녀의 이마에서 턱까지 긁힌 자국을 어루만졌다.

"누가 이런 짓을 했죠?" 그가 긁힌 자국에서 멍이 든 뺨까지 그녀의 얼굴을 살피며 날카롭게 말했다. 잠시 망설이던 그녀가 대답했다.

"크리스마스이브에 난 상처예요."

그의 눈빛으로 그녀는 곧 깨달았다. 그가 그날 일을 이해하고 다 알고 있으며, 그래서 지금 여기 자메이카 여인숙에 왔다는 사실을.

"당신도 일당이랑 거기 해안에 있었단 말이에요?" 그가 속삭였다.

그녀는 말조심하느라 그를 조심스레 쳐다보면서 고개를 끄덕였다. 그는 뭐라 대답하는 대신 큰 소리로 저주를 퍼부으면서 주먹을 앞으로 내질러 유리창을 깼다. 금세 손에서 콸콸 솟는 피와 유리 깨지는 소리에도 그는 개의치 않았다. 이제 그가 들어올 수 있을 만큼 유리창 틈이 꽤 넓어졌다. 자기가 뭘 하는지 깨닫기도 전에 그는 방으로 기어 올라와 그녀 옆에 있었다. 그는 팔로 그녀를 번쩍 들더니 침대로 데려가 눕혔다. 어둠 속에서 촛불을 더듬어 찾던 그가 마침내 촛불을 발견했다. 그녀 얼굴에 촛불을 비추더니 침대로 돌아와 그녀 옆에 무릎을 꿇었다. 그는 그녀의 목 아래 타박상을 손으로 더듬었다. 그녀가 아파서 움츠리자 그는 헉하고 숨을 들이마셨다. "이런 일은 막을 수도 있었을 텐데"라는 그의 말소리가 다시 들렸다. 그런 다음 촛불을 불어 끄고 그녀 옆 침대에 앉더니 그녀의 손을 찾아 잠시 꼭 잡았다가 다시 놓았다.

"맙소사, 왜 그들이랑 간 거예요?" 그가 물었다.

"그들은 미치도록 술을 마셨어요. 자기들이 뭘 하는지도 모르는 것 같았어요. 나는 아이처럼 그들에게 맞설 수 없었어요. 열두어 명 정도 일당이 있었죠. 이모부가…… 그가 그들 두목이었죠. 그와 행상인요. 당신이 그걸 안다면, 왜 내게 묻죠? 그 기억을 다시 떠올리게 하지 말아요. 기억하고 싶지 않아요."

"그들 때문에 얼마나 다쳤어요?"

"보다시피 타박상과 긁힌 상처예요. 탈출하려다가 옆구리가 까졌어요. 물론 그들이 다시 나를 붙잡았죠. 그들은 해안에 내 손발을 묶고 비명 지르지 못하게 입에 재갈을 물렸어요. 안개를 뚫고 들어오는 배가 보였지만 아무것도 할 수 없었어요. 비바람을 맞으며 거기 혼자 엎드려 있었죠. 그들의 죽음을 지켜볼 수밖에 없었지요."

그녀의 목소리가 떨려서 더 이상 말을 잇지 못했다. 그녀는 팔에 묻은 고개를 옆으로 돌렸다. 그는 그녀 쪽으로 다가가지 않았다. 그녀 옆 침대에 말없이 앉아 있을 뿐이었다. 그는 비밀에 싸여 그녀로부터 멀리 떨어져 있는 것 같았다.

그녀는 이전보다 더 외로웠다.

"당신을 제일 괴롭힌 사람이 조스인가요?" 그가 물었다.

그녀는 피곤한 듯 한숨을 내쉬었다. 만사가 너무 때늦은 터라 이제 그것은 중요한 문제가 아니었다.

"이모부가 술에 취했었다고 말했잖아요." 그녀가 말했다. "이모부가 취하면 어떤지 나보다 더 잘 알잖아요."

"그래, 잘 알죠." 그가 잠시 말을 멈추더니 다시 그녀의 손을 잡았다.

"형은 이 일 때문에 죽게 될 겁니다." 그가 말했다.

"이모부가 죽어도 그가 죽인 사람들을 다시 살리진 못해요."

"지금 그 죽은 사람들 생각을 하는 게 아니에요."

"내 생각을 하는 거라면, 쓸데없는 동정 말아요. 내 식으로 직접 복수할 수 있어요. 적어도 한 가지는 배웠어요. 나 자신을 의지해야 한다는 거요."

"메리, 아무리 용기가 있다 해도 여자들은 약해요. 이제 당신은 이 일을 피하는 게 최고예요. 이건 내가 해결할 문제예요."

그녀는 그의 말에 아무 대답도 하지 않았다. 그녀의 계획은 스스로 세운 것이고, 그는 그 계획에 포함되어 있지 않았다.

"어떻게 할 생각이에요?" 그가 물었다.

"아직 정하지 않았어요." 그녀가 거짓말을 했다.

"형이 내일 밤 떠나면, 시간이 별로 없어요." 그가 말했다.

"이모부는 내가 함께 떠나길 원해요, 페이션스 이모도요."

"그럼 당신은?"

"그건 내일 일에 달렸어요."

그에 대한 감정이 무엇이든, 자기 계획을 군이 그에게 알리지는 않을 것이다. 그는 여전히 알 수 없는 인물이고, 무엇보다도 정의로운 인물이 아니었다. 이모부를 배신하면 젬 또한 배신하는 거라는 생각이 불현듯 들었다.

"뭔가 부탁하면, 당신은 뭐라고 답할까요?" 그녀가 물었다.

론서스턴에서처럼, 그가 처음으로 비웃듯 관대한 미소를 지었다. 이런 변화 덕분에 그녀의 마음이 곧 그에게 끌렸다.

"무슨 부탁인지 먼저 알아야죠." 그가 말했다.

"당신이 아주 멀리 떠났으면 좋겠어요."

"지금 갈 거예요."

"아니요, 황야에서, 자메이카 여인숙에서 떠나라는 말이에요. 다시는 여기 돌아오지 않겠다고 했으면 좋겠어요. 난 당신 형은 대적할 수 있어요. 이제 이모부는 위험하지 않아요. 당신이 내일 여기 오지 않았으면 해요. 멀리 떠날 거라고 약속해줘요."

"무슨 생각 하는 거예요?"

"당신과는 아무 관계가 없지만, 당신을 위험에 처하게 할지도 몰라요. 더 이상은 말할 수 없어요. 나를 믿어줬으면 좋겠어요."

"당신을 믿으라고요? 맙소사, 물론 당신을 믿지요. 날 믿지 못하는 건 바로 당신이에요, 당신은 어리석은 바보죠." 그가 조용히 웃었다. 그녀를 팔로 안고 그녀 쪽으로 몸을 구부렸다. 론서스턴에서처럼 그녀에게 키스했다. 하지만 지금은 의도적으로 화를 내면서 키스했다.

"그럼 당신은 당신 게임을 해요, 난 내 식대로 게임하게 내버려두고요." 그가 그녀에게 말했다. "당신이 남자처럼 행동한다면 당신을 막을 수 없어요. 하지만 내가 키스했었고 다시 키스할 당신 얼굴을 위해서라도 위험한 일 좀 그만둬요. 당신도 죽고 싶지 않잖아요? 이제 당신을 떠나야 해요. 몇 시간 뒤면 날이 밝을 거예요. 그리고 우리 두 사람의 계획이 잘못되면, 그땐 어떡할 거죠? 당신은 날 다시 못 봐도 상관없겠어요? 그래, 물론 상관없겠지요."

"그렇게 말한 적 없어요. 당신은 이해 못 해요."

"여자 생각은 남자랑 달라. 여자들은 딴 길로 간다니까. 그게 바로 내가 여자들을 좋아하지 않는 이유예요. 여자들은 문제와 혼란만 일으키니까. 메리, 당신을 론서스턴으로 데려간 건 아주 즐거운 일이었어. 하지만 지금 내가 하는 일처럼 생사의 문제가 벌어질 때는 제발 당신이 수백 킬로미터 멀리 떨어져 있었으면 좋겠어. 당신은 무릎에 바느질거리를 올려놓고 당신이 자란 단정한 응접실에 새침하게 앉아 있으란 말이에요."

"제 인생은 그래본 적도 없고, 앞으로도 그럴 일 없을 거예요."

"왜 아니겠어요? 당신은 언젠가 농부나 소상인과 결혼해서 이웃에게 존경받으며 살겠지. 한때 자메이카 여인숙에서 살았고 말 도둑을 사랑했다는 말은 이웃에게 하지 말아요. 이웃들이 당신에게 문을 쾅 닫을 테니까. 안녕, 부디 행운이 함께하길."

그는 침대에서 일어나 창가로 가서 자신이 깨뜨린 창문 틈으로 올라갔다. 한 손에는 담요를 잡고 현관 위로 몸을 날려 지상으로 내려갔다.

그녀는 그에게 손을 흔들어 작별 인사를 하며 창문으로 그를 지켜보았다. 하지만 그는 그림자처럼 마당을 가로질러 뒤돌아보지도 않고 가버렸다. 그녀는 천천히 담요를 끌어당겨 침대 위 제자리에 올려놓았다. 곧 아침이 올 테고, 그녀는 다시 잠들지 못할 것이다.

그녀는 문이 열리길 기다리면서 침대에 앉아 있었다. 다가올 저녁에 대비해 계획을 세워보았다. 기나긴 하루 동안 자신을 의심하지 말아야 한다. 드디어 내면의 감정이 마비된 것처럼 무뚝뚝하게 수동적으로 행동해야 한다. 그녀는 여관 주인과 페이션스 이모와 같이 여행을 떠날 채비가 되었다.

나중에 뭔가 변명을 늘어놓아야 할 것이다. 피곤하다거나, 야간 여행을 앞둔 긴장감 때문에 방에서 미리 휴식을 취했으면 좋겠다는 식으로. 그러고 나면 하루 중에서 가장 위험한 순간이 닥칠 것이다. 아무에게도 들키지 않고 몰래 자메이카 여인숙을 떠나서 앨터넌으로 토끼처럼 뛰어갈 것이다. 이번에는 프랜시스 데비 목사가 자신을 이해해줄 것이다. 시간은 두 사람 편이 아니니 목사가 제대로 행동해야 한다. 그런 다음 목사의 허락을 받고 여관으로 돌아와 이모부가 자신의 부재를 눈치채지 못했는지 확인할 것이다. 이는 도박이나 마찬가지였다. 여관 주인이 그녀 방에 가서 조카가 사라진 걸 알면, 그녀의 목숨은 끝장이다. 그럴 경우에 대비해야 한다. 그때는 아무리 변명해도 목숨을 부지할 수 없을 것이다. 그러나 아직도 그녀가 자고 있는 줄로 알면, 그때 게임은 계속될 것이다. 그들은 떠날 준비를 할 것이다. 심지어 마차를 타고 길로 나갈 수도 있다. 그러면 그녀의 책임은 끝날 터이다. 그들의 운명은 앨터넌 교구 목사에게 달려 있을 것이다. 그 이상의 앞날은 생각할 수도 없고, 생각하고 싶지도 않았다.

그래서 메리는 하루 종일 기다렸다. 밤이 되기까지는 한없이 긴 시간이 그녀 앞에 놓여 있었다. 마치 1분이 한 시간 같았고,

한 시간은 영원 같았다. 분명 그들 모두 긴장했다. 그들은 말없이 초췌한 모습으로 밤이 되길 기다렸다. 훤한 낮에는 별다른 준비를 할 수가 없었다. 언제라도 누군가 들이닥칠 수 있었기 때문이다. 페이션스 이모는 아무 계획 없이 준비했으므로, 끊임없이 통로와 계단에 저벅저벅 발소리를 내면서 부엌에서 방으로 왔다 갔다 했다. 잊었던 옷이 생각나서 마음이 산만해지면, 그녀의 남은 남루한 옷 보따리를 쌌다가 다시 풀곤 했다. 이모는 찬장을 열거나 서랍을 들여다보면서 일없이 부엌을 어슬렁거렸다. 뭘 가져가고 남길지 마음을 못 정하고 냄비와 프라이팬을 불안하게 만지작거렸다. 메리는 되도록 최선을 다해 이모를 도왔다. 그러나 자기가 해야 할 비현실적인 일 때문에 이모를 돕기가 더 어려웠다. 이모는 모르겠지만, 그녀는 이 모든 준비가 헛수고라는 걸 알고 있었던 것이다.

장차 벌어질 일을 생각하면 가끔 두려움이 밀려들었다. 페이션스 이모는 어떻게 행동할까? 저들이 와서 남편을 데려가면 이모는 어떻게 될까? 이모는 어린애 같아서 어린애를 돌보듯 보살펴줘야 한다. 다시 부엌에서 어슬렁거리던 이모가 계단을 올라 자기 방으로 갔다. 바닥에서 이리저리 상자를 끄는 소리가 들렸다. 이모는 촛대 하나를 숄에 포장해서 깨진 찻주전자와 빛바랜 모슬린 모자 옆에 가지런히 놓더니 다시 풀었다. 그러고는 더 오래된 보물을 싸려고 그걸 치워버렸다.

조스 멀린은 아내가 바닥에 뭔가 떨어뜨리거나 자기 발에 걸려 비틀대면 그녀에게 화를 내고 욕하며 언짢게 지켜보았다. 밤새 이모부의 기분이 다시 나빠졌다. 부엌에서 망을 보다 보니 기분이 나아질 수 없었다. 몇 시간째 조용하고 아직 방문객이 오지 않았다는 사실 때문에 그는 전보다 더 안절부절못했다. 그는 신경이 곤두서서 멍하니 집 안을 오락가락했다. 모르는 사이에 누가 들어왔는지 보려는 것처럼 가끔 혼자 중얼거리거나 창문을 내다보기도 했다. 그의 신경은 아내와 메리에게 쏠렸다. 페이션스 이모는 남편을 걱정스럽게 바라보았다. 이모는 덩달아 시선을 창가로 돌리고 무슨 말을 하거나 앞치마를 손으로 꼬았다 풀었다 하면서 귀를 기울였다.

방에 갇힌 행상인한테서는 아무 소리도 나지 않았다. 여관 주인은 그에게 가지도, 해리라는 이름을 언급하지도 않았다. 이상하고 부자연스러운 이 침묵에는 뭔가 불길한 구석이 있었다. 행상인이 크게 음담패설을 늘어놓거나 문을 두드리면서 시끄럽게 굴었다면, 오히려 그게 더 그다운 행동이었을 것이다. 그런데 그는 어둠 속에서 조용히 꼼짝 않고 누워 있었다. 그가 혐오스럽긴 했지만, 메리는 혹시 그가 죽은 게 아닐까 하고 온몸이 떨렸다.

정오에 점심 식사를 할 때 그들은 부엌 식탁에 둘러앉아 거의 말없이 밥을 먹었다. 여느 때라면 이미 황소 같은 식욕을 지녔을 여관 주인이 식탁을 우울하게 손가락으로 탁탁 쳤다. 접시에 놓인 차가운 고기는 거의 건드리지도 않았다. 한번은 메리가 눈을 들었더니 이모부가 그 무성한 눈썹 아래로 자신을 응시하고 있었다. 이모부가 자신을 의심하고 있으며 뭔가 자기 계획을 눈치챘을지 모르겠다는 엉뚱한 공포심이 마음에 스쳤다. 전날 밤 이모부의 변덕을 계산해 그의 의지를 거스르지 않으려고 농담에는 농담으로 대처하고, 필요하다면 그의 기분에 맞춰줄 준비를 했었다. 하지만 그는 의기소침하고도 침울하게 앉아 있었다. 이는 그녀가 전에 자주 겪은 기분이었고, 이 기분이 위험해질 수도 있음을 그녀는 알고 있었다. 마침내 그녀는 있는 대로 용기를 내어, 이모부에게 몇 시에 자메이카 여인숙을 떠날 생각인지 물었다.

"내가 준비되면." 그는 이렇게 짧게 대답하더니 더 이상 한 마디도 하지 않았다.

그래도 그녀는 계속 비위를 맞춰야 한다고 자신을 타일렀다. 그녀는 이모를 도와 식사를 치우고, 더욱 시간을 벌려고 여행에 대비해 음식 바구니를 꾸릴 필요가 있다는 걸 이모 마음에 새겨주었다. 그러고는 이모부에게 돌아서서 다시 말했다.

"오늘 밤 출발하려면 페이션스 이모와 저는 오후에 좀 쉬다가 힘을 내어 출발하는 게 좋지 않겠어요? 오늘 밤에는 다 잠을 잘 못 잘 거예요. 페이션스 이모는 새벽부터 계속 움직였죠. 저도 그렇고요. 제가 알기로 해 질 때까지 여기서 기다리는 건 아무 도움이 안 돼요." 그녀는 최대한 평상시처럼 이야기하려 했다. 그러나 마음속의 팽팽한 긴장감 때문에 그녀는 자기가 걱정스럽게 그의 대답을 기다린다는 사실을 자각했다. 그렇다고 이모부의 눈을 들여다볼 수도 없었다. 그는 잠시 그 문제에 대해 곰곰이 생각했다. 그녀는 걱정을 덜려고 돌아서서 찬장 안을 뒤지는 척했다.

"원한다면 쉬어도 좋아." 마침내 이모부가 말했다. "나중에 둘이 할 일이 있을 거야. 오늘 밤 잠을 잘 못 잘 거라는 네 말은 맞는 말이군. 그러니 가봐. 당장은 두 사람 다 없어도 돼."

첫 단계는 성공했다. 메리는 급히 부엌을 떠나면 이모부에게 의심받을까 봐 잠시 머물러 찬장 일을 하는 척했다. 항상 지시에 따라 움직이는 이모는 시간이 되자 온순하게 조카를 쫓아 2층으로 올라가, 말 잘 듣는 아이처럼 통로를 따라 자기 방으로 갔다.

메리는 현관 위에 있는 작은 자기 방에 들어가 문을 닫고 열쇠를 잠갔다. 임박한 모험에 가슴이 두근거렸다. 흥분과 공포심 중에서 어느 쪽이 더 큰지 거의 알 수 없을 정도였다. 앨터넌까지는 6~7킬로미터 정도였다. 한 시간이면 그 정도 거리는 걸을 수 있다. 햇살이 기우는 4시에 자메이카 여인숙을 떠나면, 6시쯤 지나서 바로 돌아올 것이다. 여관 주인이 7시 전에 그녀를 깨울 일은 거의 없다. 그러니까 자기가 맡은 임무를 할 수 있는 시간이 대략 세 시간쯤 있는 셈이다. 이미 출발 방법은 정해두었다. 오늘 아침 젬이 하던 대로 현관으로 나가서 땅으로 낙하할 것이다. 손쉽게 내려갈 수 있을 것이다. 긁히는 소리와 신경에 거슬리는 삐걱 소리 정도만 내며 나갈 수 있을 것이다. 어쨌든 아래층 통로에서 이모부를 만날 위험을 무릅쓰는 것보다야 이렇게 하는 게 훨씬 안전할 것이다. 무거운 현관문이 소리 없이 열리지는 않을 테고, 바를 통해 나가려면 열린 부엌을 지나가야 한다는 뜻이니까 말이다.

그녀는 가장 따뜻한 옷을 입고 흥분하여 떨리는 손으로 어깨에 낡은 숄을 걸쳤다. 가장 짜증 나는 일은 우두커니 기다려야 하는 것이었다. 일단 길로 나가면 걸어야 한다는 목표가 있으니 용기가 생길 것이다. 바로 팔다리를 움직이는 게 자극제가 될 것이다.

그녀는 창가에 앉아 나무 없는 마당과 인적 없는 큰길을 내려다보면서 아래층 홀에 놓인 시계에서 4시가 울리기를 기다렸다. 마침내 신경을 자극하는 자명종처럼 적막 속에 종이 네 번 울렸다. 그녀는 문을 열고 잠시 귀를 기울였다. 시계 소리가 난 다음 발자국 소리와 공중에 속삭이는 소리가 들렸다.

물론 상상이었고, 아무것도 움직이지 않았다. 시계는 째깍째깍 5시를 향해 가고 있었다. 이제는 일분일초가 소중했다. 한시도 지체하지 말아야 한다. 다시 문을 닫고 창가로 갔다. 젬이 했던 대로 창문 틈으로 기어가서 손으로 창턱을 짚었다. 순식간에 그녀는 현관 지붕에 걸터앉아 지면을 내려다보았다.

현관 지붕에 웅크린 그녀에게는 지면이 멀어 보였다. 젬처럼 내려갔다가 올라오는 데 필요한 담요가 그녀에게는 없었다. 현관 타일은 미끄러워서 손이나 발로 잡을 수가 없었다. 안전한 창틀에 필사적으로 매달리자 갑자기 창틀이 바람직하고 익숙한 물건처럼 보였다. 그다음에는 눈을 꼭 감고 허공으로 몸을 날렸다. 금방 발이 지면에 닿았다. 이미 예상한 것처럼 도약은 별거 아니었다. 하지만 타일에 스쳐 손과 팔이 까졌고, 마차에서 해변가 도랑 길로 뛰어내렸던 최근 일이 다시 생생하게 기억났다.

메리는 점점 어두워지는 황혼 속에서 창문이 닫힌 채 불길해 보이는 회색 자메이카 여인숙을 올려다보았다. 이모부가 여관에 어두운 그림자를 드리우기 전, 잔치와 환한 벽난로 불빛, 그리고 웃음이 끊이지 않던 옛 기억과 더불어 그 여관에서 목격했던 두려운 일들과 지금 그 벽에 감추어진 비밀이 생각났다. 죽은 사자들의 집에서 본능적으로 돌아서듯이 그녀는 여관에서 몸을 돌려 길 쪽으로 나섰다.

저녁 날씨가 좋았다. 적어도 그녀 마음에 드는 날씨였다. 그녀는 앞에 펼쳐진 긴 하얀 길을 뚫어지게 바라보면서 목적지를 향해 성큼성큼 걸어갔다. 양쪽 황야에 그림자를 드리우면서 걸어갈 때 날이 어둑어둑해졌다. 멀리 왼쪽으로 안개에 뒤덮인 높은 바위산이 먼저 어두워졌다. 산은 아주 조용했다. 바람 한 점 없었다. 나중에 달이 뜨겠지. 이모부가 그의 계획을 빛내주는 이 자연의 힘을 알고 있는지 궁금했다. 그녀에게는 이게 중요한 문제가 아니었다. 오늘 밤에는 황야가 두렵지 않았다. 황야는 문제도 아니었다. 그녀의 관심은 길에 있었다. 인적이 끊기고 주목받지 못할 때면 황야에는 별 의미가 없다. 그녀 뒤로 저 멀리 황야가 어렴풋이 보였다.

마침내 다섯 갈래로 길이 갈라지는 파이브 레인즈에 도착했다. 그녀는 가파른 앨터넌 언덕 아래 왼쪽으로 돌아섰다. 반짝반짝 빛나는 오두막 불빛을 지나 굴뚝에서 피어나는 친숙한 연기 냄새를 맡자, 마음이 흥분되었다. 개 짖는 소리와 나무들이 스치는 소리, 우물에서 물을 길어 올릴 때의 덜꺽거리는 통 소리 등 오랫동안 잊고 있던 이웃들의 소리가 여기 있었다. 안에서 문 여는 소리와 목소리가 들렸다. 울타리 너머 닭들이 꼬꼬댁하고 울었다. 어떤 부인이 날카롭게 소리치자 아이는 울음으로 화답했다. 마차가 덜거덕거리며 그녀를 지나갔고 마부가 저녁 인사를 했다. 여기 나른한 움직임과 잔잔함, 그리고 평화가 있었다. 그녀가 알고 이해하는 옛 마을 냄새가 여기서 났다. 이런 냄새를 지나 교회 옆 목사관으로 갔다. 이곳에는 불빛이 전혀 없었다. 나무들이 둘러싸 가리어진 목사관은 적막에 싸여 있었다. 목사에 대한 첫인상이 다시 생생하게 떠올랐다. 자신의 과거 속에 살고 있으며, 현재에 대해 아무것도 모르는 채로 잠들어 있다는 첫인상 말이다. 그녀는 목사관 문을 세차게 두드렸고, 그 소리가 빈집에 메아리쳤다. 창문 틈으로 안을 들여다보았지만, 적대적이며 조용한 어둠만이 보일 뿐이었다.

그런 다음 자신의 어리석음을 탓하면서 교회 쪽으로 다시 돌아갔다. 프랜시스 데비 목사는 물론 거기 있을 것이다. 일요일이니까 말이다. 그녀는 어디로 갈지 몰라 잠시 망설였다. 그때 교회 문이 열리더니 꽃을 든 여자가 나왔다.

　메리를 유심히 응시하던 여자는 메리가 낯선 방문객임을 확인했다. 메리가 돌아서서 따라가지 않았다면, 그 여자는 인사만 하고 지나쳤을 것이다.

　"실례합니다." 메리가 말했다. "교회에서 나오는 당신 모습을 봤어요. 데비 목사님은 교회에 계신가요?"

　"아니요, 안 계신데요." 그녀가 말했다. "목사님을 만나시려고요?"

　"아주 급한 용무예요." 메리가 대답했다. "목사관에 들렀는데 아무 대답도 없어서요. 저 좀 도와주시겠어요?"

　호기심 어린 눈길로 메리를 바라보던 여자가 고개를 저었다.

　"죄송해요. 목사님은 지금 외출 중이세요. 오늘 목사님은 설교하러 여기서 아주 먼 다른 교구에 가셨어요. 오늘 밤 앨터넌에 돌아오시지 않을 거예요."

14

처음에 메리는 믿을 수가 없어서 그녀를 쳐다보았다. "외출 중이라고요?" 메리가 반복했다. "그럴 리가 없어요. 잘못 아신 거 아니에요?"

자신의 계획이 이렇게 갑자기 어그러진 충격을 본능적으로 거부할 정도로, 그녀는 목사가 목사관에 있을 거라고 확신했었다. 여자는 기분이 좀 상한 듯했다. 이 낯선 여자가 자기 말을 믿지 않는 이유를 알 수 없었던 것이다. "목사님은 어제 오후 앨터넌을 떠나셨어요. 저녁 식사 후 곧 말을 타고 가셨지요. 제가 목사님 살림을 보살피는 가정부라 알고 있어야 하거든요."

틀림없이 가정부는 뭔가 실망으로 고통스러워하는 메리의 표정을 본 모양이었다. 그녀가 누그러져 친절하게 말했기 때문이다. "목사님이 돌아오셨을 때 전할 메시지가 있다면……" 가정부가 이렇게 말했지만, 모든 희망이 사라져버린 메리는 고개를 저었다. 그 소식을 듣는 순간 용기가 다 사라졌던 것이다.

"그때는 너무 늦어요." 메리가 절망스럽게 말했다. "이건 생사가 달린 문제예요. 목사님이 안 계시다니 어디로 가야 할지 모르겠네요."

다시 한 번 가정부의 눈이 호기심으로 빛났다. "누가 아픈가요? 도움이 된다면 의사가 계신 곳을 알려드릴 수도 있어요. 지금 어디서 오는 길이에요?"

메리는 아무 대답도 하지 않았다. 이 상황을 타개할 수 있는 방법만 열심히 생각하는 중이었다. 앨터넌까지 와서 아무 도움도 못 받고 자메이카 여인숙으로 돌아갈 수는 없는 노릇이었다. 그녀는 마을 사람들 말을 믿을 수가 없었고, 마을 사람들도 그녀의 얘기를 믿지 않을 것이다. 권위 있는 인물, 조스 멀린이나 자메이카 여인숙에 대해 좀 알고 있는 사람을 찾아야 했다.

"가장 가까운 곳에 있는 치안판사가 누구죠?" 마침내 메리가 물었다.

가정부는 미간을 찌푸리고 그 질문에 대한 답을 생각했다. "여기 앨터넌 근처엔 아무도 없어요." 가정부가 자신 없이 말했다. "가장 가까운 곳에 있는 분이 노스 힐의 바셋 나리예요. 여기서 노스 힐까진 6킬로미터도 넘을 거예요. 대충 6~7킬로미터 내외죠. 거긴 가본 적이 없어서 확실히 말씀드릴 수 없지만요.

설마 오늘 밤 그리로 걸어가진 않겠죠?"

"걸어가야 해요. 제가 할 수 있는 건 아무것도 없어요. 더는 시간을 낭비하지 말아야죠. 이렇게 수상쩍게 행동을 하는 걸 양해해주세요. 하지만 큰 곤란을 겪고 있어요. 목사님이나 치안판사님만이 저를 도울 수 있어요. 노스 힐 가는 길은 찾기 어려운가요?" 메리가 물었다.

"아니에요, 아주 쉬워요. 론서스턴 길을 따라 3킬로미터쯤 가다가 유료도로에서 오른쪽으로 돌아가시면 돼요. 하지만 해가 진 뒤엔 당신 같은 여자가 다닐 만한 길이 아니에요. 저라면 안 갈 거예요. 황야에는 종종 거친 깡패들이 있는데, 그들을 믿을 수가 없죠. 큰길에도 강도나 폭력배가 있어서 요즘은 집에서 감히 나갈 수도 없어요."

"염려해주셔서 감사합니다. 정말 감사합니다." 메리가 말했다. "하지만 평생 외진 데서 살았기 때문에 두렵지 않아요."

"마음대로 하세요." 가정부가 대답했다. "그래도 가능하다면 여기 머물러 목사님을 기다리는 게 최선일 거예요."

"그럴 순 없어요." 메리가 말했다. "하지만 목사님이 돌아오시면, 그분께 말씀해주시겠…… 그래도, 잠깐만요, 펜과 종이가 있으면 목사님께 상황을 설명하는 쪽지를 쓸게요. 그편이 훨씬 낫겠어요."

"여기 제 숙소로 들어와 쓰고 싶은 내용을 써요. 당신이 떠나면 즉시 목사관 탁자에 그 쪽지를 갖다 놓을게요. 목사님이 귀가하자마자 쪽지를 보실 수 있도록요."

메리는 가정부를 따라 숙소로 갔다. 가정부가 부엌에서 펜을 찾는 동안 메리는 안절부절못하며 기다렸다. 시간은 빠르게 흘러갔고, 다시 노스 힐로 가야 하기 때문에 이전에 세운 모든 계획에 차질이 생겼다.

일단 바셋 씨를 만나고 자메이카 여인숙으로 돌아간다면, 아무도 자신의 부재를 눈치채지 못했기를 기대할 수는 없었다. 이모부는 조카가 도망간 걸 알고 놀란 나머지 원래 떠나기로 한 시각보다 더 일찍 떠났을 것이다. 이럴 경우 그녀가 맡은 임무는 허사가 될 것이다…… 이제 가정부가 종이와 펜을 들고 돌아왔고, 메리는 문장을 다듬느라 고심하지 않고 단숨에 휘갈겨 썼다.

목사님께 도움을 청하러 왔는데 이미 떠나셨군요. 지금쯤 목사님은 온 마을 주민처럼 크리스마스이브에 해변에서 일어난 난파선 이야기를 듣고 두려워하시겠지요. 그건 제 이모부와 자메이카 여인숙 출신 일당의 소행입니다. 목사님도 이미 짐작하셨을 거예요. 이모부는 곧 자기가 의심받게 되리란 사실을 눈치챘어요. 이때문에 오늘 밤, 여관을 떠나서 타마 강을 통과해 데번으로 갈 계획이에요. 목사님이 안 계신 걸 알고 최대한 서둘러 노스 힐의 바셋 나리에게 가려고 해요. 이 모든 사실을 알려 이모부의 도망을 미리 경고해드리려고요. 너무 늦기 전에 자메이카 여인숙에 사람을 보내 이모부를 체포하도록 말이죠. 이 쪽지를 가정부에게 줄 거예요. 목사님이 돌아오시면 즉시 눈에 띌 만한 곳에 가정부가 이 쪽지를 놓아줄 거라 믿어요. 그럼 이만 총총.

-메리 옐런

그녀는 쪽지를 접어 곁에 있는 가정부에게 주었다. 그러고는 그녀에게 감사하다고 인사한 다음 앞으로 갈 길이 두렵지 않다고 안심시켰다. 그러고서 노스 힐까지의 6킬로미터 남짓한 거리를 걷기 시작했다. 그녀는 무거운 마음과 비참한 고독감을 느끼면서 앨터넌을 지나 언덕으로 올라갔다.

메리는 프랜시스 데비 목사를 무척 믿고 있었기에 목사가 자리를 비워 자신을 실망시켰다는 사실이 아직도 믿기지 않았다. 물론 목사는 그녀가 자신을 만나려 했다는 사실을 전혀 몰랐다. 알았다 하더라도, 목사의 일정은 아마도 그녀에게 문제가 생기기 전에 한 약속일 것이다. 아무 소득도 없이 불빛을 등지고 앨터넌을 떠난다는 것은 괴롭고 낙심천만한 일이었다. 아마 이 순간 이모부는 침실 문간에서 그녀를 큰 소리로 부르고 있을지도 모른다. 잠깐 기다리다가 억지로 문을 열 것이다. 그러고는 그녀가 사라진 걸 뒤늦게 발견하고, 그녀가 깨진 창으로 나갔음을 알게 될 터이다. 이 때문에 이모부의 계획이 엉망진창이 될지는 추측에 달린 문제다. 그녀로서는 알 수가 없었다. 페이션스 이모만이 마음에 걸리는 관심사였다. 주인에게 묶여 덜덜 떠는 개처럼 그곳을 떠날 이모 생각이 났다. 이 생각에 메리는 두 주먹을 불끈 쥐고 뺨에 찬 공기를 맞으며 허연 허허벌판을 달려갔다.

마침내 그녀는 유료도로에 이르러 앨터넌 목사관의 가정부 말대로 꼬불꼬불 좁은 길 밑으로 돌아섰다. 높은 울타리가 길 양쪽 전원을 가렸고, 시야를 가린 시커먼 황야가 널리 펼쳐져 있었다. 헬퍼드의 길이 그렇듯이 길이 휘어 꼬불꼬불했다. 황량한 큰길 다음에 갑자기 이런 풍경이 나타나자, 그녀는 다시 자신에 대한 믿음이 생겼다. 트레로워런에 거주하는 비비언스 가족처럼, 바셋 가족은 친절하고 예의 바른 가족이라 상상하면서 스스로 힘을 냈다. 비비언스 가족은 그녀의 이야기에 공감하고 이해심을 갖고 들어주곤 했다. 그녀는 이전에는 좋은 모습의 나리를 본 적이 없다. 바셋 씨는 아주 기분이 나빠 붉으락푸르락하면서 자메이카 여인숙에 왔었다. 그녀는 젬이 사기를 칠 때 자신이 했던 역할이 지금 유감천만이었다. 나리의 부인으로 말하자면, 말 도둑이 론서스턴 장터에서 부인을 속였다는 걸 이제 알아야 한다. 그 조랑말이 다시 원래 주인에게 팔렸을 때 메리가 젬의 편을 들지 않은 게 그나마 다행이었다. 그녀는 바셋 가문에 대해 상상의 나래를 펴보려 했지만, 그럼에도 불구하고 그 소소한 사건들이 생각났다. 가슴 저 밑바닥에서 불안한 마음으로 곧 있을 만남을 고대했다.

대지의 윤곽이 다시 변했다. 저 멀리 언덕이 높이 솟아 있었는데, 그 언덕은 무성한 숲으로 시꺼멨다. 저 너머 어딘가에서는 돌에 부딪친 개울이 노래하듯 졸졸 흘렀다. 이제는 황야가 아니었다. 멀리 나무 위에 휘영청 높은 달이 떴다. 그녀는 계곡 아래로 연결된 길을 환한 달빛을 받으며 자신 있게 걸었다. 계곡 나무들이 그녀에게 다정히 다가왔다. 마침내 문지기 집의 문과 길 입구에 이르렀다. 한편 저 너머 길은 마을로 이어졌다.

틀림없이 여기가 노스 힐이며, 이 집이 치안판사가 사는 저택일 것이다. 그녀는 길 아래 저택으로 내려갔다. 저 멀리 교회 시계가 7시를 알렸다. 자메이카 여인숙에서 출발해 벌써 세 시간 가량이나 밖에 있는 셈이다. 저택을 다정하게 비춰줄 만큼 높이 뜬 달이 아니어서, 캄캄한 어둠 속에 무시무시한 대저택을 돌아설 때 신경이 다시 날카로워졌다. 그녀가 큰 종을 흔들자 종소리를 듣고 사냥개들이 맹렬하게 짖어댔다. 기다리니 곧 안에서 발자국 소리가 들리며 남자 하인이 문을 열었다. 하인이 민첩하게 개들을 부르자 개들이 메리의 발 냄새를 킁킁 맡았다. 그녀는 자신의 체구가 작고 왜소해지는 느낌이었다. 그녀가 무슨 말을 하려나 기다리는 이 하인 앞에서 자신이 입은 낡은 옷과 숄을 의식하게 되었던 것이다. "급한 일로 바셋 나리를 뵈러 왔어요." 그녀가 말했다. "나리는 제 이름을 모르실 겁니다. 하지만 잠깐 시간을 내주시면 제가 설명해드릴 겁니다. 매우 중요한 문제예요. 그렇지 않다면 일요일 밤, 이런 시각에 나리를 방해하지도 않았을 겁니다."

"바셋 나리는 오늘 아침 론서스턴으로 떠났어요." 하인이 대답했다. "급한 일이 생겨 떠난 다음 아직 돌아오지 않으셨어요."

이번만큼은 메리도 몸을 가누지 못했다. 자기도 모르게 절망적인 외침이 튀어나왔다.

자신의 크나큰 고통으로 당장 나리를 옆에 모셔 오기라도 할 것처럼, 절망에 휩싸인 그녀가 이렇게 말했다. "꽤 먼 길을 걸어 왔어요. 곧 나리를 뵙지 못하면, 끔찍한 일이 일어날 거예요. 흉악한 범인이 법망을 벗어날 거예요. 멍하니 저를 보는군요. 하지만 정말이에요. 누군가에게 도움을 청할 수만 있다면……"

"바셋 마님은 집에 계십니다." 잔뜩 호기심이 생긴 하인이 말했다. "당신 말처럼 그렇게 긴급한 일이라면 마님께서 만나주실 겁니다. 저를 따라 서재로 오겠어요? 개들은 괜찮습니다. 해치지 않을 거예요."

메리는 마치 꿈속인 양 거실을 건너갔다. 그저 운이 나빠 다시 자기 계획이 실패했고 이제는 스스로를 지탱할 힘이 없음을 깨달았다.

불길이 활활 타오르는 난롯불에 비친 넓은 서재는 그녀에게 비현실적인 느낌을 주었다. 어둠에 익숙했던 터라, 눈에 비친 빛의 홍수에 눈을 깜빡였다. 마님이 두 아들에게 큰 소리로 책을 읽어주면서 난로 앞 의자에 앉아 있었다. 메리가 론서스턴 장터에서 즉시 훌륭한 귀부인으로 알아보았던 그 마님이었다. 메리가 하인의 안내로 방에 들어서자, 놀란 마님이 그녀를 쳐다보았다.

하인이 조금 흥분해서 설명했다. "마님, 이 젊은 여자가 나리님에게 매우 중대한 소식이 있답니다. 마님에게 직접 데려오는 게 최선이라고 생각했습죠."

바셋 부인이 무릎에서 책을 내려놓고 곧장 일어섰다.

"말들에 관한 소식은 아니겠죠?" 마님이 물었다. "리처즈 말로는, 솔로몬은 기침을 하고 다이아몬드는 먹이를 통 안 먹는다고 하던데. 이 서투른 마부 때문에 뭔 일이 생기겠어요."

"마님 가정에는 아무 문제도 없습니다." 메리가 고개를 저으며 우울하게 말했다. "다른 소식이에요. 마님하고만 말할 수 있으면……"

바셋 부인은 자신의 말들이 다치지 않았다는 소식에 안도하는 듯했다. 재빨리 두 아들에게 뭐라 이르자, 아이들이 하인을 따라 방에서 나갔다.

"뭘 해드릴까요?" 마님이 상냥하게 물었다. "창백하고 피곤해 보이는군요. 좀 앉겠어요?"

초조해진 메리가 고개를 저었다. "감사합니다만, 바셋 나리가 언제 돌아올지 알아야 해요."

"그건 나도 몰라요." 마님이 대답했다. "오늘 아침 나리는 통지를 받고 즉시 떠나야 했어요. 사실대로 말하자면 나도 한창 남편 걱정을 하는 중이에요. 분명 그러겠지만, 이 무서운 여관 주인이 투지를 보인다면 바셋 나리에게 아무리 수하 군인이 많아도 부상당할지 몰라요."

"무슨 뜻이죠?" 메리가 재빨리 물었다.

"나리가 아주 위험한 임무를 맡았어요. 당신 얼굴은 모르겠네요. 당신은 노스 힐에서 온 사람이 아닌 것 같군요. 그렇지 않으면 보드민의 멀린이라는 여관 주인장 이야기를 들어봤을 거예요. 나리께서는 얼마 동안 끔찍한 범죄와 관련해 그 주인을 의심하고 있었지만, 오늘 아침에야 비로소 완벽한 증거를 잡았어요. 나리는 곧 도움을 청하려고 론서스턴으로 출발했지요. 나가기 전에 나리가 해준 말에 따르면, 오늘 밤 여관을 포위해 거기 사는 사람들을 체포할 계획이랍니다. 물론 나리는 중무장하고 많은 부하와 함께 갔지만 돌아오실 때까진 안심이 되지 않네요."

뭔가 메리의 표정이 마님에게 경고를 해준 모양이었다. 낯빛이 창백해진 마님이 난롯가로 물러나서 손을 뻗어 벽의 무거운 초인종 줄을 잡았기 때문이다. "남편이 말한 그 처녀가 바로 당신이군요." 마님이 빠르게 말했다. "여관에서 온 여자, 여관 주인의 조카죠. 지금 있는 곳에서 그대로 있어요. 꼼짝 말아요, 아니면 하인을 부를 거예요. 당신이 바로 그 여자군요. 알겠어요, 남편이 당신을 묘사해줬지요. 내게 뭘 원하죠?"

난롯가의 마님처럼 안색이 하얗게 질린 메리가 손을 내밀었다.

"전 마님을 해치지 않아요." 메리가 말했다. "부디 종을 울리지 마세요. 설명할게요. 맞아요, 저는 자메이카 여인숙에서 왔어요." 바셋 부인은 메리의 말을 믿지 않았다. 마님은 의심스러운 눈으로 메리를 줄곧 지켜보았고, 초인종 줄에 손을 그대로 얹고 있었다.

"여긴 돈이 없어요." 마님이 말했다. "당신에게 아무것도 해줄 수 없어요. 노스 힐에 당신 아저씨 구조를 요청하러 왔다면, 너무 늦었어요."

"오해입니다." 메리가 조용히 말했다. "자메이카 여인숙의 주인은 단지 제 이모의 남편이에요. 제가 거기 사는 이유는 지금 중요하지 않고요. 그 이야기를 하려면 너무나 오래 걸릴 겁니다. 저는 이성적으로 마님이나 이 마을 누구보다도 이모부가 싫고 두려워요. 오늘 밤 그 여관 주인이 여관을 떠나 심판을 피하려 한다는 걸 바셋 나리에게 미리 알려드리려고 왔어요. 이모부의 죄를 입증할 만한 확실한 증거가 제게 있어요. 아마 바셋 나리에게는 그런 증거가 없을 거예요. 나리가 이미 떠나 지금쯤 자메이카 여인숙에 계실 거라는 말씀이군요. 여기 오느라 시간만 낭비했네요."

메리는 그때 무릎에 두 손을 얹고 털썩 주저앉아서 멍하니 난로를 쳐다보았다. 어쩔 도리가 없어서 앞일을 생각할 수도 없었다. 지친 마음이 알려준 것이라고는 그날 저녁 그녀가 한 모든 일이 무의미한 헛수고였다는 사실뿐이었다. 자메이카 여인숙의 침실을 떠날 필요가 없었다. 어쨌거나 바셋 씨는 여관으로 오게 되어 있었다. 그리고 지금은 몰래 나서는 바람에 그녀가 피하려던 바로 그런 실수를 저지르고 만 것이다. 너무 오래 밖에 머물렀던 것이다. 지금쯤 이모부는 모든 사실을 짐작하고 십중팔구 도망쳤을 것이다. 말을 탄 치안판사와 그의 부하들은 다 도망쳐 텅텅 빈 여관에 갔을 것이다.

그녀는 고개를 들어 다시 저택 마님을 바라보았다. "여기 오느라 아주 멍청한 짓을 했어요." 절망에 휩싸인 그녀가 말했다. "똑똑한 계획인 줄 알았는데, 저 자신과 모든 사람을 다 바보로 만들었어요. 이모부는 제 방이 빈 걸 보고 제가 배신했다고 곧 짐작했을 겁니다. 바셋 나리가 도착하기도 전에 이모부는 자메이카 여인숙을 떠났을 거예요."

이제 초인종 줄에서 손을 놓은 마님이 메리 쪽으로 다가왔다.

"당신 말은 진심이군요. 정직한 얼굴이에요." 마님이 친절하게 말했다. "맨 처음 당신을 오해해서 미안해요. 하지만 자메이카 여인숙은 입에 담기도 끔찍해요. 그 여관 주인의 조카와 갑자기 대면하게 되면, 누구라도 나와 똑같이 행동했을 거예요. 당신은 두려운 곤경에 처해 있었군요. 오늘 밤 여기 내 남편에게 경고해주러 이 외로운 길을 몇 킬로미터나 걸어오다니 정말 용감해요. 나라면 두려워서 미쳐버렸을 거예요. 지금 내가 뭘 해야 할지가 문제군요. 당신이 최선책이라 생각하는 거라면 뭐든 기꺼이 돕겠어요."

"우리가 할 수 있는 건 아무것도 없어요." 메리가 고개를 저으며 말했다. "바셋 나리가 돌아올 때까지, 그냥 여기서 기다려야 할 것 같아요. 제가 저지른 큰 실수를 들으면, 저를 별로 반가워하지 않으실 거예요. 하느님도 아시지만 제가 모든 비난을 받아

마땅하지요……"

"당신 대신 내가 말해줄게요." 바셋 부인이 말했다. "남편이 이미 알고 있다는 사실을 당신은 몰랐겠죠. 필요하다면, 남편을 진정시킬게요. 그동안 당신이 여기 안전하게 있게 된 걸 감사하세요."

"어떻게 나리께서 갑자기 진실을 알게 되었나요?" 메리가 물었다.

"나는 전혀 몰라요. 이미 당신에게 말한 대로 오늘 아침 아주 갑자기 나리가 떠나게 됐어요. 말에 안장을 얹고 떠나기 전까지 자세한 얘긴 하지 않았어요. 이제 그 끔찍한 일은 몽땅 잊고 좀 쉬어요. 지금 무척 배가 고플 것 같은데." 마님은 다시 벽난로로 갔다. 이번에는 초인종 줄을 서너 번 잡아당겼다. 걱정과 고민이 산더미 같았지만, 메리는 이 상황의 아이러니를 깨닫지 않을 수 없었다. 여기 자신을 환대해주는 이 댁 마님이 있다. 조금 전만 해도 마님은 하인을 시켜 그녀를 체포하겠다고 위협했다. 지금 그녀에게 음식을 가져다준 이 하인을 시켜서 말이다. 그녀는 얼마 전 벨벳 망토와 깃털 모자를 썼던 이 마님이 자기가 도둑맞은 조랑말을 다시 비싼 값에 되산 장터 장면도 생각났고, 그 속임수가 발각되었는지도 궁금했다. 그 속임수에서 메리가 한몫했다는 게 밝혀진다면, 바셋 부인이 그처럼 너그러운 환대를 베풀지는 않았을 것이다.

그사이 아주 궁금한 얼굴로 아까 그 하인이 나타났다. 하인은 메리에게 저녁 식사를 가져다주라는 마님의 분부를 받았던 것이다. 하인을 졸졸 따라온 개들은 이제 이 낯선 손님에게 잘 보이려고 꼬리를 흔들고 그녀 손에 부드러운 코를 들이밀며 그녀를 가족처럼 받아들였다. 노스 힐 장원에 자신이 와 있다는 사실이 아직도 실감 나지 않았다. 아무리 애를 써도 메리는 불안을 떨치고 쉴 수가 없었다. 어두운 바깥 자메이카 여인숙 앞에서 모두 생사의 백병전을 벌이는 이때, 자신만이 여기 따뜻한 난로 앞에 앉아 있을 권리가 없다는 생각이 들었다. 그녀는 옆에 앉아 있는 마님의 수다를 의식하면서 몸에 필요한 음식을 억지로 삼키고 있었다. 친절한 마님은 별 생각 없이 계속 소소한 대화를 이어야 메리의 걱정을 덜어줄 거라는 착각에 빠져 있었다. 그 수다 때문에 메리가 더 걱정한다는 걸 마님은 몰랐다. 저녁 식사를 마친 메리는 무릎에 두 손을 얹고 다시 난로를 바라보며 앉아 있었다. 그러자 바셋 부인은 손님의 생각을 적당히 딴 데로 돌릴 만한 것으로 자신의 수채화 앨범을 가져와서 손님에게 차례차례 페이지를 넘겨 보여주었다.

벽난로 위 시계가 날카롭게 8시를 울리자, 메리는 더 이상 견딜 수가 없었다. 이렇게 시간을 질질 끌며 아무것도 하지 않는 건 위험에 쫓기는 것보다 더 견디기 힘들었다. "용서해주세요." 메리가 일어서며 말했다. "마님이 정말 친절하셔서, 뭐라고 감사해야 할지 모르겠어요. 하지만 불안해요. 엄청 불안해요. 불쌍한 이모 생각만 나요. 지금 이 순간 엄청난 고통을 겪고 있을 거예요. 오늘 밤 다시 거기 가서 자메이카 여인숙에서 무슨 일이 벌어지는지 알아야겠어요."

바셋 부인은 걱정이 되어 허둥지둥 앨범을 떨어뜨렸다. "물론 걱정이 될 거예요. 내내 알고 있었어요. 그래서 당신 마음을 딴 데로 돌려보려고 했죠. 아주 끔찍하죠. 나도 당신만큼 남편 걱정이 돼요. 하지만 지금 당신 혼자서는 걸어갈 수 없어요. 자정이 지나서야 도착할 거고, 도중에 무슨 일을 당할지 아무도 몰라요. 이륜마차를 불러 리처즈가 당신을 태워주게 할게요. 그 하인은 아주 믿음직하고 의지할 만하며, 필요하다면 무장도 할 수 있는 사람이에요. 여관 주인과 대치 중이라면, 언덕 밑에서 살펴보고 싸움이 끝날 때까지 가까이 가지 말아요. 나도 당신과 함께 가고 싶지만, 지금 건강이 안 좋아서……"

"그럼요, 마님은 가시면 안 돼요." 메리가 신속히 말했다. "저는 위험과 밤길에 익숙하지만, 마님은 아니시죠. 이런 늦은 시각에 말을 마차에 매고 마부를 깨우느라 마님께 난리를 피우게 될 거예요. 저는 더 이상 피곤하지 않을 거라 장담해요. 이제 걸어갈 수 있어요."

그러나 바셋 부인이 이미 종을 울린 뒤였다. "즉시 리처즈에게 이륜마차 대령하라고 하게." 마님이 깜짝 놀란 하인에게 일렀다. "도착하면 더 자세한 명령을 내릴 거야. 최대한 서두르라고 이르게." 그러고 나서 마님은 내내 그저 약한 건강 때문에 같이 가지 못한다면서 두꺼운 외투와 후드, 두꺼운 담요와 따뜻한 신발을 챙겨 주었다. 하지만 메리는 마님이 동행하지 않는 것이 매우 다행이었다. 바셋 부인은 그렇게나 무모하고 위험한 도피에 같이 동행할 만한 인물이 아니었기 때문이다.

15분 뒤에 리처즈가 이륜마차를 몰고 문에 나타났다. 지난번에 바셋 씨와 함께 말을 타고 자메이카 여인숙에 나타났던 하인임을 메리는 단번에 알아보았다. 마부는 자기가 맡은 임무를 알고 나자, 일요일 밤 난롯가를 떠나기 싫은 마음을 곧 떨쳐버렸다. 커다란 권총 두 개를 허리띠에 차고, 마차를 위협하면 누구든 쏘라는 명령에 이제껏 보이지 않던 호전적이며 권위적인 태도를 취했다. 메리가 리처즈 옆에 올라탔고, 이별의 합창이라도 하듯 개들이 맹렬히 짖어댔다. 길이 굽어 저택이 보이지 않게 되어서야 비로소 메리는 무모하고도 위험한 원정이 시작되었음을 실감했다.

그녀가 자메이카 여인숙에 없던 다섯 시간 동안 무슨 일이 벌어졌을 것이다. 심지어 마차를 타고도 10시 반 이전에 목적지에 이를 가망은 거의 없어 보였다. 그녀는 아무 계획도 세울 수 없었다. 그녀의 행동은 앞으로 다가올 순간에 달려 있었다. 이제 하늘 높이 뜬 달과 뺨을 스치는 부드러운 공기 덕분에 때가 되면 재난에 직면할 용기가 생겼다. 아무리 위험해도 이렇게 마차를 타고 현장으로 출동하는 것이 무력한 아이처럼 바셋 부인의 수다나 들으면서 앉아 있는 편보다 훨씬 나았다. 이 리처즈라는 마부는 총으로 무장했고, 필요하다면 그녀도 총을 쏠 것이다. 물론 마부는 궁금해 죽을 지경이었지만 그녀는 마부의 질문에 짧막하게 대답할 뿐 그의 궁금증을 부추기지 않았다.

길을 대체로 조용했다. 딸가닥딸가닥하는 말발굽 소리만 계속 울릴 뿐이었다. 가끔 조용한 나무에서 올빼미가 부엉부엉 울었다. 마차가 보드민의 도로로 나오자 바스락거리는 산울타리 소리와 시골의 속삭임은 사라졌다. 사막 같은 길을 에워싼 어두운 황야가 다시 양쪽으로 뻗어 있었다. 리본 모양의 큰길이 달빛에 하얗게 빛났다. 앞쪽에 뻗어 있는 길은 이윽고 구부러지더니 저 멀리 인적 없는 우묵한 언덕 뒤로 사라졌다. 오늘 밤 길을 오가는 사람이라고는 두 사람뿐이었다. 메리가 이곳으로 말을 타고 왔던 크리스마스이브에는 사나운 바람이 마차 바퀴를 채찍질했고 창문으로 빗줄기가 들이쳤었다. 여전히 공기는 차갑고 이상하리만큼 조용했다. 달빛에 비친 황야는 평온한 은색이었다. 시꺼먼 바위산은 졸린 얼굴을 하늘로 쳐들고 달빛에 비친 화강암은 부드럽고 평평했다. 이런 바위산과 화강암 덕분에 평화로운 분위기였고 나이 든 신들은 깊이 잠들었다.

말이 끄는 마차는 메리가 혼자 지친 상태로 걸었던 몇 킬로미터 길을 재빨리 달렸다. 그녀는 지금 도로상의 굽은 굴곡이라면 모조리 알아보았고, 길에 높이 자란 덤불과 꼬인 금작화 줄기가 있어서 길이 황야 때문에 자주 침범당했다는 걸 알 수 있었다.

사람의 다섯 손가락처럼 길이 다섯 갈래로 갈라진 파이브 레인즈가 나타났다. 그러니 계곡 저 멀리, 저쪽에 앨터넌의 불빛이 숨어 있을 터이다.

그들 앞에 자메이카 여인숙으로 통하는 거친 길이 펼쳐져 있었다. 조용한 밤인데도 이곳에서는 바람이 불었다. 아무것도 없이 사방이 탁 트여 있었기 때문이다. 오늘 밤에는 서쪽의 러프토르에서 윙윙 바람이 불었다. 예리하고 매서운 칼바람이었다. 억센 잔디와 흐르는 냇가 위로 부는 바람에서 습지 냄새가 풍겼다. 길에는 사람은 물론 개미 새끼 한 마리 얼씬하지 않았다. 길은 황야를 가로질러 오르락내리락했다. 눈과 귀를 쫑긋했지만 메리에게는 아무 소리도 들리지 않았다. 그런 밤에는 아주 조그만 소리도 크게 들리게 마련이다. 리처즈 말로는, 수십 명에 달하는 바셋 나리 부하가 접근하는 소리라면 3킬로미터나 그보다 먼 곳에서도 잘 들릴 거라고 했다.

"아마도 거기 가면 사람들이 와 있을 거예요." 리처즈가 메리에게 말했다. "여관 주인은 손이 결박된 채 나리에게 불같이 화를 내고 있겠죠. 여관 주인이 악행을 그만두게 되면 이웃에게도 좋은 일이죠. 만일 우리 나리 뜻대로 할 수 있었다면 진작 그렇게 되었을 거예요. 우리가 좀 더 빨리 가지 못하는 게 유감이군요. 여관 주인 체포는 상당히 신 날 거예요."

"만일 새가 이미 날아간 걸 알게 되면 바셋 나리는 신나지 않으실걸요." 메리가 조용히 말했다. "조스 멀린은 이 황야를 자기 손바닥처럼 샅샅이 알고 있어요. 그가 일단 출발한 지 한 시간이 넘는다면 따라잡기 어려울 거예요."

"우리 주인님도 여관 주인처럼 여기서 자랐어요." 리처즈가 말했다. "시골길 추적이라면 언제든 나리가 이길 거라고 나리 쪽에 걸겠어요. 나리는 어릴 때부터 죽 거의 50년간 여기서 사냥했다고 할 수 있죠. 여우가 어디로 튀어도 나리는 잡을 겁니다. 제 말이 틀리지 않는다면, 나리가 움직이기도 전에 부하들이 이놈을 잡을 거예요." 메리는 마부가 계속 떠들게 내버려두었다. 가끔 어리석은 말을 하긴 해도 마부의 말을 듣고 있으니 마님의 친절한 수다만큼 걱정이 되지는 않았다. 마부의 넓은 등짝과 억세지만 정직한 얼굴은 이 긴장된 밤에 뭔가 신뢰를 주었다.

두 사람은 포이 강에 놓인 폭 좁은 다리와 푹 파인 도로로 접근하는 중이었다. 돌 위로 재빨리 흐르며 장난치는 듯한 강물 소리와 잔물결 소리가 메리에게 들렸다. 자메이카 여인숙으로 올라가는 가파른 언덕이 달빛에 허옇게 그들 앞에 솟아 있었다. 시커먼 굴뚝이 언덕 정상 위로 나타나자, 리처즈는 허리띠 안의 권총을 만지작거리며 조용해졌다. 그러고는 초조한 듯 고개를 흔들며 헛기침을 했다. 메리의 심장박동도 빨라졌다. 그녀는 마차의 측면을 꼭 부여잡았다. 말은 고개를 수그리고 가파른 고개 쪽으로 방향을 바꾸었다. 메리는 도로 표면에 울리는 말발굽 소리가 너무 큰 것 같아서 그 소리가 좀 더 작았으면 싶었다.

두 사람이 언덕 꼭대기에 가까워지자 리처즈가 고개를 돌려 메리의 귓가에 속삭였다. "도로 옆에 마차를 세울 테니 당신은 여기서 기다리고, 제가 앞장서서 그들이 거기 있는지 살펴보는 게 좋지 않을까요?"

메리가 고개를 저으며 대답했다. "제가 가는 게 나아요. 당신은 한두 걸음 뒤에서 따라오거나 제가 부를 때까지 여기 머물면서 기다리세요. 조용한 걸 보니, 나리와 부하들은 아직 도착하지 않았고 여관 주인은 탈출한 것 같아요. 하지만 그가, 그러니까 제 이모부가 거기 있다면, 이모부와 대면하는 위험쯤은 감수할 수 있어요. 당신은 못 하겠지만요. 권총 하나 주세요. 그럼 이모부가 두렵지 않을 거예요."

"당신 혼자 가겠다는 건 별로 좋은 생각이 아니에요." 마부가 못 미더운 듯이 말했다. "당신이 이모부에게 곧장 걸어가면 다시는 당신 소식을 듣지 못할 겁니다. 당신 말대로 이렇게 조용하다니 이상해요. 크게 소리 지르면서 싸우고, 그중에서도 나리 소리가 제일 클 줄 알았거든요. 어쨌든 이렇게 조용하다니 정말 이상한 일이에요. 틀림없이 그들이 론서스턴에서 지체됐나 봐요. 마차를 돌려 그들이 오길 기다리는 게 더 현명할 것 같아요."

"오늘 밤 이미 충분히 기다렸고, 기다리느라 미칠 지경이에요." 메리가 말했다. "아무것도 안 보이고 안 들리는 여기 이 도랑에 누워 있으니 차라리 이모부와 직접 맞닥뜨리겠어요. 제 관심사는 이모예요. 순진한 어린애처럼 이모는 이 모든 일과 무관해요. 최대한 이모를 돌봐드리고 싶어요. 권총을 주고 제가 가게 내버려둬요. 고양이처럼 살금살금 걸어갈 수 있어요. 스스로 궁지에 빠지지 않겠다고 약속할게요." 그녀는 차가운 밤공기로

부터 보호해주던 무거운 외투와 후드를 내던지고, 마부가 마지 못해 건네준 권총을 잡았다. "제가 부르거나 신호를 보내지 않으면 따라오지 말아요." 그녀가 말했다. "총소리를 들으면 그땐 절 따라오는 게 좋을 거예요. 그렇지만 조심조심 와요. 둘 다 바보처럼 위험에 뛰어들 필요는 없어요. 제 생각에 이모부는 이미 떠난 것 같아요."

이모부가 데번으로 말을 몰고 가서 이 모든 일이 다 끝났으면 싶은 것이 솔직한 심정이었다. 그것은 주위에 가장 피해 없이 그를 마을에서 몰아내는 방법일 것이다. 이모부는 자기 말대로 인생을 다시 시작할지도 모른다. 그러나 십중팔구 콘월에서 800킬로미터쯤 떨어진 모처에 자리를 잡고 술이나 퍼마시다 죽게 될 것이다. 그녀는 지금 이모부의 체포 자체에는 하등 관심이 없었다. 이모부가 체포되고 그 일을 잊었으면 하는 생각뿐이었다. 무엇보다도 그녀는 자기 나름의 인생을 살면서 이모부를 잊고, 자신과 자메이카 여인숙 사이에 세상이라는 거리를 두고 싶었다. 복수는 부질없는 짓이다. 나리와 그의 부하에 둘러싸여 결박된 이모부의 무력한 모습을 봐도 하나도 즐겁지 않을 것이다. 리처즈에게는 자신 있게 말했지만, 그래도 그녀처럼 무장한 이모부와 맞닥뜨릴 일을 생각하니 두려웠다. 언제라도 가격할 준비가 되어 있는 커다란 손을 든 채 충혈된 눈으로 자신을 굽어볼 이모부를 여관 통로에서 갑자기 마주칠 것이다. 그런 생각에 그녀는 마당 앞에 멈춰 서서 리처즈와 마차가 있는 도랑 속의 시커먼 그림자를 다시 쳐다보았다. 그런 다음 손가락을 방아쇠에 걸어 총을 겨누고 돌담을 돌아 마당으로 들어섰다.

마당은 텅 비어 있었다. 마구간 문도 닫혀 있었다. 거의 일곱 시간 전에 떠날 때와 마찬가지로 여관은 어둡고 조용했다. 창문과 문도 닫혀 있었다. 자기 방 창문을 쳐다보았다. 그날 오후 창문으로 기어 내려왔을 때와 마찬가지로 유리창이 활짝 열려 있었다.

마당에는 바퀴 자국이 없었고 출발 준비도 되어 있지 않았다. 그녀는 살금살금 마당을 건너 마구간 문에 귀를 갖다 댔다. 그러고는 잠시 기다렸다. 그때 마구간에서 불안하게 꼼지락거리는 조랑말 소리가 들렸다. 자갈을 밟는 말발굽 소리가 땡그랑하고 들렸던 것이다.

그렇다면 그들은 떠나지 않았고, 이모부도 아직 자메이카 여인숙에 남아 있다는 뜻이다.

가슴이 덜컹 내려앉았다. 리처즈의 제안대로 치안판사와 그 부하가 올 때까지 리처즈의 마차가 있는 데로 돌아갈까도 생각해보았다. 그녀는 다시 닫힌 집을 바라보았다. 정말 이모부가 떠날 생각이었다면, 벌써 떠났을 것이다. 그런데 지금은 11시가 다 되었고, 지금부터 떠날 채비를 한다 하더라도 짐을 싣는 데만 한 시간은 족히 걸릴 것이다. 그렇다면 계획을 바꿔 걸어가기로 마음을 고쳐먹은 것일까? 하지만 그럴 경우 페이션스 이모는 남편과 같이 갈 수 없었을 것이다. 메리는 망설였다. 정말

이상하고도 비현실적인 상황이었기 때문이다.

그녀는 현관 옆에 서서 귀를 기울였다. 문손잡이를 열려고 해보았지만, 물론 잠겨 있었다. 모서리를 조금 돌아 바 입구를 지나서 부엌 뒤 정원까지 가보았다. 이제 그녀는 그림자에 몸을 숨기고 살금살금 걸었다. 부엌에 불이 켜져 있을 때면 덧문 틈으로 촛불 빛이 조금 새어 나오는 곳까지 갔다. 불빛이 보이지 않았다. 그녀는 덧문 가까이 다가가 갈라진 틈으로 안을 엿보았다. 부엌은 칠흑처럼 어두웠다. 문손잡이에 손을 얹은 후 천천히 돌렸다. 놀랍게도 손잡이가 돌아가더니 부엌문이 열렸다. 예기치 않게 이렇듯 쉽게 문이 열리자 그녀는 너무 놀라서 들어가기가 두려웠다.

무릎에 총을 올려놓은 채 의자에 앉아 그녀를 기다리고 있을 이모부의 모습을 예상하지 않았던가? 그녀도 권총을 소지했지만, 그렇다고 자신은 없었다.

열린 문틈으로 아주 천천히 얼굴을 갖다 댔지만 아무 소리도 들리지 않았다. 곁눈으로 난로의 재가 보였지만 난롯불은 거의 꺼져 있었다. 그제야 그녀는 거기에 아무도 없다는 걸 알았다. 여러 시간 동안 부엌이 비어 있었음을 본능적으로 깨달았다. 그녀는 문을 활짝 밀고 안으로 들어갔다. 방은 춥고 축축했다. 눈이 어둠에 익숙해져서 부엌 식탁과 그 옆에 놓인 의자의 형체를 분간할 수 있을 때까지 기다렸다. 식탁에는 초가 놓여 있었다. 그 초를 꺼져가는 난롯불에 넣었더니 초에 불이 붙어 깜빡거렸다. 촛불이 충분히 환해지자 머리 위로 높이 쳐들고 주위를 살펴보았다. 부엌은 여전히 출발 준비로 흐트러져 있던 상태 그대로였다. 의자에는 페이션스 이모의 짐 꾸러미가 놓여 있고, 바닥에는 돌돌 말리던 담요가 쌓여 있었다. 방구석에는 이모부의 총이 늘 있던 그대로 세워져 있었다. 그렇다면 그들은 다음 날을 기다리기로 하고, 자려고 2층 침실에 든 모양이었다.

통로로 통하는 문이 활짝 열려 있었다. 아직도 이상하리만큼 너무나 조용해서 이전보다 더 숨이 막힐 것 같았다.

뭔가 전과는 달랐다. 침묵을 설명하기에 뭔가 부족했다. 그때 메리는 시계 소리가 들리지 않는다는 걸 깨달았다. 똑딱똑딱하는 시계 소리가 멈췄던 것이다.

통로로 들어가서 다시 귀를 기울였다. 그녀의 생각이 맞았다. 정지된 시계 때문에 집 안이 조용했던 것이다. 그녀는 한 손에는 촛불을, 다른 손에는 권총을 들고 천천히 앞으로 전진했다.

어두운 긴 통로가 홀로 갈라지는 모퉁이를 돌아서서 시계를 보았다. 문 옆 응접실로 통한 벽에 늘 세워져 있던 시계가 정면이 바닥으로 기운 채 앞으로 넘어져 있었다. 판석에 부딪쳐 유리가 산산조각이 나고, 나무는 부서졌다. 시계가 있던 자리가 허옇게 드러나 벽이 아주 이상했다. 허옇게 바랜 벽과 대조적으로 그 자리에는 진노랑 벽지가 발려 있었다. 시계가 좁은 홀을 가로질러 넘어져 있어서 계단 밑에 이르러서야 비로소 그 너머에 있는 게 보였다.

파편 가운데 자메이카 여인숙의 주인이 엎드린 채 쓰러져 있었다.

처음에는 넘어진 시계에 이모부의 모습이 가려서 보이지 않았다. 이모부는 머리 위로 한 팔을 높이 뻗고, 다른 팔로는 산산이 부서진 문을 잡은 채 어둠 속에 큰 대자로 누워 있었다. 한 발로는 벽판을 밀면서 두 다리를 양쪽으로 벌리고 있었기 때문에 살아생전보다 몸집이 더 커 보였다. 큰 거구로 입구를 완전히 가로막고 있었다.

돌바닥에는 핏자국이 흥건했다. 칼에 찔린 두 어깨 사이로 이제는 검은 피가 거의 말라붙어버렸다.

뒤에서 찔리자, 틀림없이 그는 양손을 뻗어 시계를 질질 끌면서 비틀비틀 걸어간 모양이었다. 그가 얼굴을 바닥으로 처박고 쓰러질 때 그와 함께 시계가 바닥에 부딪쳤고, 그는 그렇게 문을 움켜잡은 채 죽은 것이다.

15

 메리는 한참 후에야 계단에서 움직였다. 그녀가 스스로 지탱
하던 힘이 빠져나가 바닥에 자빠진 사람처럼 무력했다. 그녀의
시선이 핏자국이 난 시계에서 튄 유리 파편과 시계가 세워져 있
던 누런 벽과 같은 중요하지 않은 작은 물건에 머물렀다.
 거미 한 마리가 이모부의 손 위를 기어가고 있었다. 거미를
손으로 쫓지 않고 가만히 있는 그의 모습이 메리에게는 낯설었
다. 평소의 이모부라면 그 거미를 흔들어 떨어버렸을 것이다.
이제 거미는 그의 손을 기어 팔로, 다시 어깨로 가려는 참이었
다. 상처 부위에 이른 거미는 주저하다가 원을 그리고 호기심
때문인지 다시 그 상처로 돌아갔다. 뭔가 끔찍하고 죽음을 모독
하는 듯한 거미의 잽싼 동작에 두려움 같은 것은 없었다. 거미

는 여관 주인이 자신을 해칠 수 없음을 알고 있었다. 메리도 그 사실을 알았지만, 거미와는 달리 아직도 두려웠다.

그녀에게 가장 두려운 것은 적막이었다. 이제 시계는 째깍거리지 않았음에도 불구하고 그녀는 여전히 시계 소리를 들으려고 신경을 곤두세웠다. 그녀는 느리게 헐떡이는 듯한 그 소리에 길이 들었고 따라서 그 소리는 그녀가 정상임을 나타내는 표시와도 같았기 때문이다.

그녀가 든 촛불이 벽에 그림자를 그리며 흔들렸다. 그러나 그 빛은 결코 계단 꼭대기까지 미치지 못했다. 거기 심연 같은 어둠이 그녀를 향해 입을 벌리고 있었다.

그녀는 다시 그 계단을 오르거나 빈 층계참을 디딜 수 없음을 알아차렸다. 저기 있거나 위에 있는 것은 무엇이든 건드리지 말고 그 자리에 그대로 두어야 했다. 오늘 밤 이 여관에서 사람이 죽었고 사색하는 그 영혼은 여전히 허공을 떠돌고 있었다. 그녀는 바로 이게 자신이 자메이카 여인숙에서 늘 고대하면서도 두려워하던 상황이라는 걸 비로소 깨달았다. 이 여관은 오랫동안 위협을 받아왔는데, 축축한 벽과 삐걱거리는 판자, 허공의 속삭임, 낯선 이의 발자국 소리는 이런 위협을 경고해주는 표시였다.

메리의 몸이 떨렸다. 이 적막함은 머나먼 해안에 묻혀 잊힌 것들에 그 기원이 있음을 그녀는 깨달았다.

입술에서 나오려는 비명, 통로를 찾아 미친 듯이 허공을 더듬는 손과 발보다 가장 두려운 것은 공포감에 이성을 잃는 것이다. 비이성적이라 여기면서도 그녀도 그런 공포를 느낄까 봐 두려웠다. 이제 죽은 사람을 발견한 최초의 충격이 줄어들었으므로, 공포가 그녀에게 다가와 숨 막히게 하리란 사실을 알았다. 손가락을 쥐거나 만지는 촉각이 사라져 손에 든 촛불을 떨어뜨릴지도 모른다. 그러면 깜깜한 어둠 속에 혼자 있게 되겠지. 그녀는 도망가고 싶은 강렬한 열망에 사로잡혔다. 그러나 그녀는 간신히 그 열망을 극복했다. 홀에서 나와 복도 쪽으로 갔다. 바람 따라 촛불이 깜빡거렸다. 부엌에 이르러 정원 쪽으로 아직 열려 있는 문이 보였다. 그러자 그녀는 평정심을 잃고 무조건 문을 지나 자유롭고 차가운 바깥 공기로 달려 나갔다. 목에 울음을 삼키며 여관 모퉁이를 돌아설 때 펴진 두 손이 석벽을 스쳤다. 마치 쫓기는 짐승처럼 마당을 가로질러 뛰어갔다. 거기서 탁 트인 길에 도달했다. 거기 눈에 익은 키 크고 건장한 나리의 마부가 그녀를 맞아주었다. 마부가 손을 내밀어 그녀를 구해주었다. 그녀는 안전하다는 느낌을 얻으려고 마부의 허리띠를 움켜잡았다. 너무나 큰 충격을 받은 나머지 이가 덜덜 떨렸다.

"이모부가 죽었어요. 마룻바닥에 죽어 있었어요. 제가 목격했어요." 그녀가 말했다. 말하는 동안 딱딱 맞부딪치는 이와 덜덜 떨리는 몸을 멈출 수가 없었다. 마부가 길에 세워둔 마차로 그녀를 데려가 외투를 찾아 걸쳐주었다. 그녀는 외투를 꼭 붙잡고 그 온기에 감사했다.

"이모부가 죽었어요." 그녀가 다시 말했다. "칼에 등을 찔려서요. 이모부의 코트가 찢긴 자리에 피가 고여 있었어요. 엎드린 채 쓰러져 있었어요. 시계도 함께 넘어졌어요. 피가 말라붙었어요. 한동안 거기 그대로 누워 있었던 모양이에요. 여관은 어둡고 조용했어요. 아무도 없었어요."

"이모는 어디 갔어요?" 마부가 속삭였다.

메리는 고개를 저었다. "모르겠어요. 이모는 못 봤어요. 바로 뛰쳐나오느라고요."

마부는 파랗게 질린 그녀의 안색을 보고 힘이 빠져 쓰러지리란 걸 알았다. 그는 그녀를 마차에 태우고 옆 좌석에 올라탔다.

"괜찮아요, 괜찮아요. 침착하게 여기 앉아 있어요. 아무도 당신을 해치지 못할 거예요. 이제 됐어요." 마부가 말했다. 마부의 쉰 목소리에 마음이 편안해졌다. 그녀는 따뜻한 외투를 턱까지 올리고 마차 안의 마부 옆자리에 웅크리고 앉았다.

"아가씨가 그런 광경을 보면 안 되는 건데요." 마부가 그녀에게 말했다. "제가 갔어야 했어요. 아가씨는 여기 이 마차에 있어야 했는데. 거기서 살해된 이모부의 모습을 보았다니 끔찍하군요."

마부의 말에 그녀 마음이 편해졌고, 그의 투박한 위로가 마음에 들었다. "조랑말이 아직 마구간에 있어요." 그녀가 말했다. "문가에서 움직이는 조랑말 소리를 들었어요. 그들은 출발 준비도 채 끝내지 못했나 봐요. 부엌문이 열린 채 짐 꾸러미가 바닥에 놓여 있었어요. 마차에 실으려던 담요도 있었고요. 몇 시간 전에 무슨 일이 있었던 게 분명해요."

"나리는 뭘 하고 계신지 도대체 알 수가 없군요." 리처즈가 말했다. "이 일이 일어나기 전에 나리가 여기 당도하셨어야 하는데요. 만약 나리가 오시면 제 마음이 좀 더 편할 텐데 말이죠. 당신이 나리에게 그 얘기를 직접 할 수도 있고요. 오늘 밤 여기 안 좋은 일이 있었군요. 당신은 여기 오지 말았어야 했어요."

두 사람은 말을 멈추고 길을 바라보면서 치안판사 나리가 도착하기만을 기다렸다.

"누가 여관 주인을 죽였을까요?" 의문에 싸인 리처즈가 물었다. "여관 주인은 누구라도 이길 만한 사람이라 자신을 지켰을 텐데요. 하지만 그런 일을 할 만한 사람은 수없이 많지요. 많은 사람에게 미움을 샀으니까요."

메리가 천천히 말했다. "행상인이 있었어요. 행상인을 깜빡했군요. 그 사람이 틀림없어요. 잠긴 방을 부수고 나와서요."

그녀는 다른 가능성을 일축하기 위해 그 생각에 집착했다. 이제 진지하게, 어제 그 행상인이 어떻게 여관에 왔었는지 그 이야기를 다시 했다. 단번에 범죄가 입증된 것 같았고 달리 설명할 방도가 없는 듯했다.

"멀리 못 가서 나리가 그 사람을 붙잡을 거예요." 마부가 말했다. "확신할 수 있어요. 그 행상인이 이 지역 사람이 아니라면 황야에는 숨을 수 없어요. 해리라는 행상인 얘기라면 못 들어봤어요. 하지만 조스 멀린 일당은 이곳 콘월 어디에나 나타났었죠. 이 지역의 쓰레기 같은 인간들이라 할 수 있죠."

마부가 잠시 한숨을 돌리고 말을 멈췄다. "아가씨가 괜찮다면 여관에 가서 그 행상인이 어떤 흔적을 남겼는지 살펴봐야겠어요. 아마 뭔가 흔적이 있을지도……"

메리는 마부의 팔을 꽉 잡고 재빨리 말했다. "다시는 혼자 있지 않을래요. 겁쟁이라고 생각해도 좋아요. 하지만 견딜 수가 없어요. 자메이카 여인숙에 들어가면 알게 될 거예요. 오늘 밤 그곳에는 뭔가 골똘히 생각하는 듯한 적막만이 흘러요. 거기 쓰러진 가련한 시체 따윈 상관치 않는 적막 말이에요."

"저는 당신 이모부가 오기 전, 저 여관이 비었던 시절을 회상할 수 있어요." 마부가 말했다. "우리는 장난삼아 저기 개를 풀어놓고 쥐를 쫓곤 했죠. 그땐 아무 생각이 없었지요. 저곳은 자신의 영혼 없는 그저 외로운 빈껍데기 같은 곳이었죠. 하지만 나리가 여관을 잘 수리해서 세를 줄 사람을 기다렸죠. 저는 세인트 네오트 지역 사람이라 나리를 모시기 전에는 여기 와본 적이 없어요. 그렇지만 예전에 자메이카 여인숙의 명성을 들은 적은 있죠. 좋은 사람들이 모이는 즐거운 곳이라는 얘기 말이죠. 여관 주인 가족은 친절하고 행복한 사람들로 여관에는 언제나 여행자용 잠자리가 준비되어 있었고요. 지금은 아니지만 그때는 마차가 이곳에 머물렀죠. 바셋 나리는 소년 시절 이곳에서 한 주에 한 번씩 사냥개들을 모으곤 했지요. 아마도 그런 시절이 다시 오겠죠."

메리는 고개를 저으며 말했다. "저는 악마만 보았어요. 저기서 고통만 봤다고요. 잔인함과 고통이 저기 있었어요. 이모부가 자메이카 여인숙에 오자, 그의 그림자로 아름다운 것을 다 가려 버려서 아름다운 게 다 사라졌지요." 두 사람의 목소리가 잦아들어 속삭임으로 바뀌었다. 그들은 거의 무의식적으로 어깨 너머로 높은 굴뚝을 보았다. 굴뚝은 선명한 회색 하늘을 배경으로 달빛 아래 우뚝 솟아 있었다. 두 사람은 똑같은 생각을 하고 있었다. 그러나 마부는 메리에 대한 섬세한 배려심 때문에, 메리는 그저 두려움 때문에 용기가 없어서 둘 다 먼저 이야기를 꺼내지 못했다. 결국 그녀가 낮고 허스키한 목소리로 말했다.

"이모에게도 무슨 일이 생겼어요. 전 알아요. 저도 이모가 돌아가셨다는 걸 알고 있어요. 그래서 2층으로 올라가기가 두려웠어요. 이모는 위층 층계참 어둠 속에 누워 있어요. 이모부를 죽인 사람이 이모도 죽였을 거예요."

마부가 헛기침을 했다. "이모는 황야 쪽으로 달아났을지도 몰라요. 도움을 청하러 길 쪽으로 갔을지도……"

"아니에요." 메리가 속삭였다. "이모는 그러지 않았을 거예요. 이모는 이모부와 함께 있었을 거예요. 그곳 홀 안 이모부 옆에 웅크리고 있었을 거예요…… 이모는 돌아가셨을 거예요. 제가 이모를 떠나지만 않았어도 돌아가시지 않았을 텐데……"

마부가 조용해졌다. 그는 그녀를 도울 수 없었다. 결국 그녀는 잘 모르는 낯선 사람이었다. 그녀가 그 여관에 사는 동안 여관 지붕 밑에서 일어난 일은 마부가 관여할 문제가 아니었다. 오늘 저녁 자기 어깨에 맡겨진 무거운 책임감 때문에 마부는 주인 나리가 어서 오기만을 바랐다. 싸움과 소리 지르는 일이라면 이해한다. 그리고 일리도 있다. 그러나 정말 살인이 일어났다면, 메리의 말처럼 그녀의 이모부와 이모가 죽어 누워 있다면, 왜 메리와 자신은 도망자처럼 웅덩이에 웅크리고 앉아 아무것도 못 하는 걸까. 차라리 이곳을 떠나 사람이 보이고 사람 소리가 들리는 길 쪽으로 가야 하는 게 아닐까 하는 생각이 들었다.

마부가 다소 어색하게 말했다. "저는 마님의 명령을 받고 여기 왔어요. 마님은 나리가 이리로 오실 거라고 했어요. 나리가 아직 안 오신 걸 보면……"

메리가 경고하듯 손을 들며 다급하게 말했다. "무슨 소리가 들리지 않아요?"

두 사람은 북쪽으로 귀를 쫑긋했다. 희미하지만 분명히 말발굽 소리가 계곡 너머 멀리 가파른 언덕에서 들려왔다.

흥분한 리처즈가 말했다. "그들이군요, 나리예요. 드디어 나리가 오시는군요. 보세요, 계곡 가는 길로 내려가 그들을 만나요."

그들은 기다렸다. 잠시 후 맨 앞에 말을 탄 사람이 딱딱한 하얀 길에 검은 점처럼 나타나더니 줄지어 한 사람씩 나타났다. 그들은 한 줄로 빠르게 나타났다가 끊어졌다. 그사이 웅덩이 옆에서 참을성 있게 기다리던 말은 귀를 쫑긋하고 무슨 일이냐고 묻는 듯 고개를 돌렸다. 말발굽 소리가 가까이 다가오자, 안도한 리처즈는 그들을 맞으러 길가로 달려 나갔다. 마부는 큰 소리를 지르면서 팔을 흔들었다.

맨 앞 사람이 마부를 보고 놀라서 방향을 바꾸고 고삐를 잡으며 외쳤다. "도대체 여기서 무얼 하는 거야?" 바로 치안판사였다. 판사는 손을 들어 따라오는 사람들에게 알렸다.

"여관 주인이 살해되었어요. 죽었다고요." 마부가 소리쳤다. "여기 마차에 그 여관 주인 조카랑 함께 있어요. 바셋 마님이 저를 이리로 보내셨어요. 이 젊은 아가씨가 나리께 직접 말씀드리는 게 좋겠어요."

마부는 나리가 내릴 수 있도록 말을 붙잡았다. 그러면서 다급하게 이것저것 묻는 나리에게 잘 대답하려고 애썼다. 그사이 마부의 주위로 둥그렇게 모인 부하들도 소식을 듣고 싶어 했다. 그들 중 몇 명은 말에서 내려 발을 구르면서 입김을 호 불어 손을 녹였다.

"네 말대로 여관 주인이 살해되었다면, 그자에게 마땅한 일이지." 바셋 나리가 말했다. "하지만 내가 직접 그자에게 수갑을 채웠으면 좋았을걸. 죽은 사람을 처벌할 수는 없으니까. 너희 나머지는 마당으로 들어가도록. 그동안 저기 있는 아가씨 이야기를 들어봐야겠구나."

자신이 맡은 책임에서 벗어난 리처즈는 곧 부하들에게 둘러싸여 살인을 발견했을 뿐 아니라 그 일을 혼자서 처리한 영웅 대접을 받았다. 그제야 비로소 리처즈는 이 모험에서 자신이 한 일이 별로 없다고 했다. 치안판사는 눈치가 느려서 마차 안에 있는 메리가 뭘 했는지 짐작 못 하고, 그저 마부에게 붙잡힌 포로 정도로만 여겼다.

치안판사는 메리가 자기를 만나겠다는 일념으로 노스 힐까지 머나먼 거리를 걷고, 그것도 모자라 다시 자메이카 여인숙으로 돌아와야 했었다는 이야기를 듣고 깜짝 놀랐다. "이런 일은 상상도 못 하겠는데." 그가 퉁명스럽게 말했다. "당신이 법을 어기고 당신 이모부와 공모했을 거라고 생각했어요. 이번 달 초에 여기 왔을 때 왜 거짓말했지요? 당신은 그때 아무것도 모른다고 했잖소."

"제 이모 때문에 거짓말을 했어요." 메리가 지친 목소리로 말했다. "그때 무슨 말을 했든 모조리 이모를 위해서였고, 그땐 지금보다 잘 몰랐어요. 필요하다면, 제가 아는 모든 사실을 법정에서 진술할 용의가 있습니다. 하지만 지금 얘기하면 아마 제 말씀을 잘 이해 못 하실 거예요."

치안판사가 대답했다. "게다가 지금은 그 이야기를 들을 시간도 없고. 내게 미리 알려주려고 그 먼 거리를 걸었다니 아주 용감한 일이에요. 이 사실을 당신의 무죄를 입증하는 증거로 기억하겠소. 하지만 전에 솔직히 말해주었더라면 이 모든 사건을 피하고, 크리스마스이브의 살인 사건도 피할 수 있었을 텐데요.

그렇지만 그런 건 모두 나중에 이야기합시다. 마부 말로는 당신이 살해된 이모부의 시체를 발견했지만, 살인 사건에 관해 그 이상은 모른다더군요. 당신이 남자라면 지금 나와 함께 여관으로 가자고 하겠지만 여자니까 빼드리죠. 게다가 당신은 이미 겪을 만큼 겪었어요." 나리가 목소리를 높여 마부에게 외쳤다. "우리가 여관으로 가는 동안 마차를 안뜰로 몰고 가서 이 젊은 아가씨 옆을 지키게." 그러고는 메리에게 돌아섰다. "용기가 남아 있다면 안뜰에서 기다려달라고 해야겠어요. 우리 중에서 당신만이 이 사건에 대해 뭘 좀 알고 있어요. 살아 있는 당신 이모부의 모습을 마지막까지 본 사람이기도 하고요." 메리가 고개를 끄덕였다. 이제 그녀는 법의 처벌에 맡겨진 나약한 존재일 뿐이었고, 치안판사의 명령에 복종해야 했다. 적어도 그는 텅 빈 여관으로 되돌아가서 이모부의 시체를 봐야 할 메리의 고통을 덜어준 것이다. 그녀가 왔을 때 그늘에 가려 있던 안뜰은 이제 활발한 사건 현장이 되었다. 자갈을 밟는 말들과, 재갈과 고삐가 흔들리고 울리는 소리가 들렸다. 치안판사의 명령에 부하들의 발자국 소리와 목소리가 높아졌다.

치안판사는 메리가 알려준 대로 길을 돌아갔다. 황량하고 적막한 집에 갇혀 있던 답답한 공기는 이제 모조리 사라졌다. 바의 창문이 활짝 열리고, 거실 문도 열려 있었다. 2층 객실 창문들이 활짝 열린 것으로 보아 부하 몇 명이 2층으로 올라가 그곳을 살피는 것 같았다. 입구의 육중한 현관문만이 닫혀 있었다. 메리는 여관 주인의 시체가 문지방에 걸쳐 놓여 있음을 알고 있었다.

여관에서 누군가 날카로운 목소리로 부르는 소리가 들렸다. 이어 여럿이 웅성거리는 소리, 그리고 치안판사가 뭔가 묻는 소리가 들렸다. 그 소리가 열린 응접실 창문을 통해 바깥마당까지 들려왔다. 리처즈가 메리를 쳐다보고, 창백한 그녀의 안색을 보고서 그녀가 그 소리를 들었다는 사실을 눈치챘다.

다른 사람들과 함께 여관에 들어가지 않고 말 옆에 서 있던 사람이 리처즈에게 소리쳤다. "저기서 무슨 이야기 하는지 들었어?" 그 사람이 다소 흥분해서 말했다. "2층 층계참에 다른 시체가 있다는 얘기 말이야."

리처즈는 아무 대답도 하지 않았다. 메리는 외투를 어깨로 끌어 올리고 후드를 얼굴로 내렸다. 두 사람은 아무 말 없이 기다렸다. 이제 마당으로 나온 치안판사가 마차로 다가왔다.

"유감이오." 그가 말했다. "나쁜 소식이 있군요. 아마 예상했겠지만."

"네." 메리가 말했다.

"이모는 전혀 고통이 없었던 것 같소. 단번에 죽은 것 같소. 복도 끝 침실에 누워 있더군요. 당신 이모부처럼 칼에 찔려서요. 그분은 아무것도 몰랐을 겁니다. 정말로 유감입니다. 당신에게 이런 일이 없길 바랐는데 말이오." 그는 어색하고 침통하게 메리 옆에 서서 이모는 고통 받지 않았을 것이며 아무것도 모른채 즉시 돌아가셨을 거라는 말만 반복했다. 그러고는 혼자 있고 싶어 하는 메리를 보고 별도리 없이 마당을 지나 여관으로 돌아갔다.

메리는 외투를 뒤집어쓰고 미동도 없이 앉아 있었다. 그러고는 페이션스 이모가 자신을 용서하고 어딜 가든 이제 평안을 찾아, 살아생전 얽매였던 족쇄에서 풀려 자유를 만끽하기를 바라는 마음으로 기도를 올렸다. 또한 페이션스 이모가 자신이 백방으로 애쓴 걸 알아주길 기도했다. 무엇보다 하늘나라에 메리의 어머니가 계시니 이모도 외롭지 않기를 기도했다. 이런 생각만이 위로가 되었다. 그녀가 지난 몇 시간 동안의 사연을 마음에 되새겨본다면, 오직 한 가지 죄가 있었다. 자신이 자메이카 여인숙을 떠나지 않았더라면 페이션스 이모가 죽지 않았을지도 모른다는 것이었다.

다시 흥분해 웅성거리는 소리가 여관에서 들렸다. 이번에는 고함 소리와 뛰어다니는 소리, 합창을 하는 듯한 여러 사람의 목소리였다. 그래서 리처즈는 흥분하며 자신이 돌봐야 할 사람이 있다는 사실을 깜빡 잊고, 열린 응접실 창문으로 달려가 창턱을 넘었다. 나무가 우지끈 부러지는 소리가 나고 걸어 잠근 방 창문의 덧문들이 부서졌다. 아무도 아직까지 그 방에는 들어가지 않았었다. 사람들이 나무 바리케이드를 치웠고, 누군가 불을 들고 방을 밝혔다. 메리는 허공에서 춤추는 불빛을 보았다.

그러고는 불빛이 사라지고 목소리도 잦아들었다. 여관 뒤로 쿵쿵 걸어가는 발자국 소리가 들렸다. 마당 구석을 돌아 사람들이 왔다. 앞장선 치안판사 뒤로 예닐곱 명이 누군가를 붙잡고 있었다. 그 사람은 거칠고 당황한 목소리로 소리치며 버둥버둥 몸부림치면서 벗어나려 애썼다. "그를 잡았어요! 살인자요!"

367

리처즈가 메리에게 소리쳤다. 그녀는 돌아서서 얼굴을 가린 후
드를 내리고 마차로 다가온 여러 사람을 바라보았다. 붙잡힌 사
람은 눈에 비친 불빛 때문에 껌뻑이면서 그녀를 응시했다. 그의
옷은 거미줄투성이였고, 면도를 못 한 얼굴이 시커멨다. 행상인
해리였다.

"이 사람이 누굽니까?" 그들이 외쳤다. "이 사람을 압니까?"
마차 앞으로 돌아온 치안판사가 메리가 잘 볼 수 있도록 그 사
람을 가까이 데려오라고 명령했다. "이 사람, 압니까?" 그가 물
었다. "빗장이 잠긴 방의 부대 자루 위에 누워 있는 걸 발견했는
데, 살인 사건이라면 전혀 모른다고 딱 잡아떼고 있어요."

"그 사람은 일당 중 한 명이에요." 메리가 천천히 말했다. "그
사람은 어젯밤 여관에 와서 이모부와 다투었어요. 싸움에서 이
긴 이모부가 죽이겠다고 협박하며 이 사람을 그 방에 가두고 문
을 잠갔어요. 이 사람에겐 이모부를 죽일 이유가 충분하죠. 이
사람 말고 누가 그런 짓을 했겠어요. 그러니까 이 사람은 나리
께 거짓말하는 거예요."

"하지만 문이 잠겨 있었어요. 밖에서 그 문을 부수고 들어가
느라 세 사람도 더 필요했어요." 치안판사가 말했다. "이 친구는
그 방에서 나온 적이 없어요. 옷 좀 봐요. 눈을 보라고요. 아직도
불빛에 눈 부셔하잖아요. 이 사람은 당신이 말하는 살인자가 아
니에요."

행상인은 자기를 지키는 이 사람 저 사람을 슬쩍 둘러보았다.

작고 교활한 눈이 오른쪽에서 왼쪽으로 번득였다. 메리는 즉시 치안판사의 말이 사실임을 알았다. 행상인 해리는 살인을 저지를 수 없었다. 24시간 전에 여관 주인이 방에 가둔 후 해리는 그 잠긴 방에 갇혀 있던 것이다. 캄캄한 어둠 속에 누워서 석방되기만 고대하고 있었다. 그 기나긴 시간 동안 누군가 자메이카 여인숙에 와서 임무를 완수하고 밤의 적막 속으로 사라져버린 것이다.

"그 살인자가 누군지는 몰라도 어쨌든 그자는 이 악당이 저 방에 갇혀 있다는 걸 몰랐던 거예요." 치안판사가 계속 이야기했다. "이 친구는 증인으로 쓸모가 없어요. 내가 보기에 이 친구는 보고 들은 게 없을 테니까요. 그렇지만 이 친구를 감옥에 가두고, 만약 유죄라면 교수형에 처해야죠. 그게 내 의무죠. 하지만 이 친구는 그 전에 먼저 공범을 배신하고 동료들 이름을 불어야 할 겁니다. 일당 중 한 명이 복수하려고 여관 주인을 죽인 거다, 그렇게 짐작하면 될 겁니다. 콘월 마을 전체에 사냥개를 풀면 그놈을 잡을 수 있을 겁니다. 몇 명은 이 녀석을 마구간으로 데려가 거기 잡아두고, 나머진 나와 함께 여관에 가봅시다."

그들은 행상인을 끌고 갔다. 행상인은 어떤 범죄가 발견되어 자신이 그 용의자로 지목받고 있다는 사실을 깨닫고, 드디어 입을 열어 자신의 결백을 주장하기 시작했다. 그리고 삼위일체에게 맹세하며 자비를 구했다. 그러자 누군가 조용히 하라고 그를 몇 대 때리고 마구간 문 위에 밧줄로 결박하겠다고 위협했다.

그러자 조용해졌다. 그 대신 그는 불경한 말들을 주절대면서 생쥐 같은 눈으로 조금 떨어진 마차 위에 높이 앉아 있는 메리를 또다시 쳐다보았다.

그녀는 턱을 손에 괴고, 거기서 기다렸다. 후드가 얼굴에서 벗겨졌다. 그녀는 불경한 해리의 말을 듣지도, 교활하고 작은 그의 눈을 보지도 않았다. 그날 아침에 그녀를 바라보던 또 다른 눈과 조용하고 냉정하게 '형은 이 일 때문에 죽게 될 겁니다'라고 말하던 또 다른 목소리가 생각났기 때문이다.

론서스턴 시장으로 가는 도중에 그가 무심히 던진 그 말이 떠올랐다. '난 사람을 죽인 적이 없어요.' 시장 공터에 집시 여인이 있었다. '당신 손에 피가 있어요. 언젠가 사람을 죽이게 될 거예요.' 그녀가 잊고 있던 사소한 일들이 전부 다시 생각났고, 형에 대한 증오와 냉혹하고도 잔인한 성질, 다정하지 못한 성격, 오염된 멀린 혈통 등 모든 것이 젬에게 불리한 증거를 외치는 듯했다.

무엇보다도 먼저, 오염된 멀린 혈통이 젬을 배신할 것이다. 유유상종. 같은 부류. 젬은 자기가 약속한 대로 자메이카 여인숙에 갔고, 그의 맹세대로 형이 죽었다. 이 모든 진실이 추악하고도 무섭게 그녀를 응시했다. 그녀도 여인숙에 남아 있다가 젬이 자신도 죽여버렸더라면 좋았을걸 하는 생각이었다. 그는 도둑이고, 그래서 밤에 왔다가 다시 사라져버렸다. 그녀는 젬에게 불리한 증거가 차곡차곡 쌓여 자신이 그를 고발하는 증인이 될 수도 있음을 깨달았다. 마치 담처럼 그런 증거가 그를 에워싸서 그로서는 벗어날 길이 없을지도 모른다. 그녀가 판사에게 가서 "누가 이런 일을 저질렀는지 알아요"라고 말하기만 하면 되는 것이다. 그러면 마치 사냥감을 쫓는 사냥개처럼 사람들이 그녀 주위에 몰려들 것이다. 러시퍼드를 거쳐 트레워서 습지를 지나고 트웰브 멘스 황야까지 단서를 찾아 추격할 것이다. 지금쯤 그는 아마도 자신이 저지른 살인죄 따위는 잊고 아무것도 개의치 않으면서 자신과 형이 태어난 호젓한 오두막 침대에 누워 쿨쿨 자고 있겠지. 아침이 되면 아마 휘파람을 불면서 떠나겠지. 말에 올라타 자기 아버지처럼 살인자로 영원히 콘월을 떠나겠지.

조용한 밤에 고하는 상상의 작별처럼, 멀리 길 위로 말발굽 소리가 들렸다. 그러나 상상하던 일은 이성적인 일이 되었고, 이성적인 일은 진짜 현실로 바뀌었다. 그녀가 들은 소리가 상상 속의 꿈이 아니라 큰길을 달리는 진짜 말발굽 소리로 바뀌었다.

그녀는 고개를 돌려 신경을 곤두세우고 그 소리를 들었다. 외투를 잡은 손이 식은땀으로 축축하고 서늘해졌다.

말발굽 소리가 점점 더 가까이 다가왔다. 그 말은 너무 서두르거나 너무 느리지 않게 일정한 속도로 걸었다. 길 위로 일정하게 달리는 말의 걸음걸이가 그녀의 심장박동과 더불어 메아리쳤다.

그녀 혼자만 그 소리를 들은 게 아니었다. 행상인을 감시하던 사람들이 서로 낮은 소리로 웅성거리면서 길 쪽을 바라보았다.

그들과 함께 있던 마부 리처즈가 잠시 머뭇거리다가 나리를 부르려고 재빨리 여관으로 갔다. 이제 언덕을 오르는 말발굽 소리가 크게 들렸고, 그 소리는 조용하고 적막한 밤에 내민 도전장 같았다. 정상에 이른 말이 울타리를 돌아 눈에 보이자, 치안판사가 부하를 이끌고 여관에서 나왔다.

"정지! 왕의 이름으로. 이 밤중에 무슨 일로 왔는지 물어야겠소." 그가 말했다.

말 탄 사람이 고삐를 잡고 마당에 들어섰다. 검은 승마 모자때문에 누군지 알아볼 수가 없었다. 그러나 인사를 하면서 모자를 벗자, 달빛 아래 후광처럼 흰머리가 빛났다. 치안판사의 질문에 대답하는 목소리가 부드럽고 달콤했다.

"노스 힐의 바셋 나리시지요." 그가 말했다. 안장 쪽으로 몸을 기울인 그의 손에 쪽지가 들려 있었다. "자메이카 여인숙의 메리 옐런 양이 쓴 쪽지를 갖고 왔습니다. 곤란에 처한 그녀가 제게 도움을 청했지요. 하지만 여러분이 여기 모여 있는 걸 보니 너무 늦었나 봅니다. 물론 저를 기억하시겠지요. 우린 전에 만난 적이 있습니다. 저는 앨터넌 교구 목사입니다."

16

메리는 홀로 목사관 거실에 앉아서 서서히 타들어가는 토탄불을 보고 있었다. 잠을 푹 자고 나니 몸이 훨씬 회복되었다. 하지만 아직 그토록 원하던 평화는 얻지 못했다.

사람들은 한결같이 친절했다. 오랜 긴장 뒤에 예기치 않게 갑자기 찾아온 친절이었다. 마치 다친 아이를 돌보듯, 바셋 씨가 서툴지만 호의적인 손길로 그녀의 어깨를 몸소 토닥여주었다. 그러고는 걸걸하지만 친절하게 말했다. "이젠 잠을 자야죠. 그리고 과거에 겪은 일은 다 잊어요. 만사가 다 지나갔고 끝났다는 걸 기억해요. 우리가 곧 당신 이모를 죽인 실인범을 찾아서 다음 순회재판에서 교수형에 처하겠다고 약속할게요. 당신이 지난 몇 달간 겪은 충격에서 회복되면 뭘 하고 싶은지, 어딜 가고 싶은지 얘기해요."

그녀에게는 자기 의지가 없어서, 그들이 그녀를 위해 결정을 내려주었다. 프랜시스 데비 목사가 목사관을 숙소로 내주자, 재빨리 감사하지 않는다면 배은망덕으로 여겨질 거라 생각해 그녀는 목사의 기분이 상하지 않도록 온순하게 받아들였다. 심신의 쇠약이 아주 당연한 일로 여겨지자, 여성으로 태어났다는 사실을 다시금 깨달았다.

그녀가 남자라면 모두 거칠게 대하거나 기껏해야 무관심하게 대했을 테며, 당장 말을 타고 보드민이나 론서스턴으로 가서 증언해달라는 요구를 받았을 것이다. 숙소를 스스로 정해야 하며 그 모든 심문이 끝났을 때 원한다면 세상 끝으로 떠나야 함도 알고 있었다. 그들의 심문이 끝나면 돛대 앞에 서서 어디로 갈까 궁리하며 배를 타고 어디론가 떠났을 것이다. 아니면 주머니에 달랑 은화 한 닢 넣고 자유로운 영혼으로 터벅터벅 길을 걸어갔을 것이다. 이런 생각을 하니 곧 눈물이 흐를 것처럼 머리가 지끈지끈했다. 마치 비극을 겪고 난 모든 여인과 아이가 그렇듯이, 그녀는 귀찮은 사람이자 지연의 요인으로 취급받으면서 부드러운 말과 제스처로 사건 현장에서 급히 격리되었다.

교구 목사가 몸소 그녀가 탄 마차를 몰았고, 치안판사의 마부가 말을 타고 그 뒤를 따랐다. 적어도 목사에게는 침묵을 지킬 줄 아는 장점이 있었다. 고맙게도 목사는 그녀에게 아무것도 묻지 않고 그녀를 무시하거나 쓸데없이 동정하지도 않았다. 그저 신속하게 앨터넌으로 달려 교회 시계가 새벽 1시를 알릴 즈음 그들은 목사관에 도착했다.

목사는 목사관 가까이 사는 가정부를 깨웠다. 오늘 오후 메리와 이야기를 나누었던 바로 그 가정부였다. 그는 그녀에게 목사관에 가서 손님방을 준비하라고 일렀다. 그러자 떠들거나 놀라지 않고 가정부는 즉시 자기 집에서 침대에 놓을 침구를 가져왔다. 그녀가 벽난로에 불을 피우고 거친 잠옷을 난로 앞에서 따뜻하게 데우는 사이에 메리는 옷을 벗었다. 그녀를 위해 잠자리가 준비되고 평평한 시트를 뒤집자, 가정부는 아기를 요람으로 데리고 가듯 메리를 침대로 인도했다.

갑자기 누군가 그녀의 어깨를 한 팔로 안아 귓가에 대고 "이것 좀 마셔요"라고 권하는 차분한 목소리가 들리지 않았다면, 메리는 금방 눈을 감았을 것이다. 프랜시스 데비 목사가 몸소 침대 옆에 서서 한 손에 잔을 들고 무표정하고 창백한 그녀의 눈을 기묘한 눈길로 바라보았다.

"이제 잠이 들 겁니다." 목사가 말했다. 목사가 탄 따뜻한 음료의 맛이 써서 가루약을 좀 넣었다는 걸 알았다. 그녀가 푹 쉬지 못해 괴로워하는 걸 알고 그렇게 해준 것이다.

마지막으로 기억나는 것은 그녀의 이마에 얹은 목사의 손과 모두 다 잊으라는 듯 고요한 흰 눈이었다. 그러고는 목사의 말대로 잠이 들었다.

거의 오후 4시가 되어서야 깨어났다. 열네 시간이나 잤더니 목사의 의도대로 효력이 있어, 예리한 슬픔이 바뀌어 고통에 무 뎌졌다. 페이션스 이모의 죽음이 전보다 덜 슬펐고, 비통한 마음 도 가라앉았다. 이성은 그녀에게 스스로 자책하지 말라고 했다. 그녀는 그저 양심이 시키는 대로 했던 것이다. 정의가 우선이었 다. 우둔한 생각으로 비극을 예상치 못했고, 그게 잘못이었다. 후 회가 남았지만, 후회한다고 해서 이모를 다시 살릴 수는 없었다.

일어나자마자 이런 생각이 들었다. 하지만 옷을 입고 아래층 거실로 내려가서 불이 지펴진 벽난로와 내려진 커튼을 보고 목 사의 업무상 외출을 알게 되자, 다시 전처럼 불안해졌다. 이 재 난은 오로지 그녀의 책임인 것 같았다. 젬의 얼굴은 희미한 회색 빛에 일그러지고 초췌한, 최근 본 모습 그대로 늘 그녀 마음속에 남아 있었다. 그때 그는 눈과 입술로 뭔가 말하려 했는데, 그녀 는 일부러 무시했었다. 그는 처음부터 끝까지 알 수 없는 존재였 다. 자메이카 여인숙의 바에 들른 그 첫날 아침부터 말이다. 그녀 는 일부러 진실에 눈을 감았다. 그녀도 여자였다. 이유는 모르겠 지만 그를 사랑했다. 그녀는 자신에게 키스한 그에게 영원히 매 여 있었다. 전에는 강했던 몸과 마음이 나약하고 부도덕한 방향 으로 타락한 기분이었다. 독립심과 더불어 자신감도 사라졌다.

목사가 돌아왔을 때 한 마디만 하면, 그리고 치안판사에게 한 마디 전언만 보내면 이모 대신 복수할 수 있을 것이다. 그리고 젬은 자기 아버지처럼 교수형을 당할 것이다. 그녀는 헬퍼드로 돌아가서 예전의 삶을 이어갈 것이다. 지금 꼬인 그 삶은 그곳

땅속에 묻혀 있었다.

그녀는 벽난로 옆에 놓인 의자에서 일어나 방 안을 거닐기 시작했다. 이제 그녀의 근본 문제와 씨름 중이라고 생각하면서 말이다. 하지만 그렇게 한다 해도, 그런 자신의 행동이 거짓이며 양심을 달래려는 불쌍한 속임수에 불과하고, 결국 아무 말도 못하리라는 걸 알고 있었다.

그녀와 얽히지 않으면 젬은 안전했다. 그녀와 형, 그리고 하느님을 다 잊고 웃으면서 콧노래를 부르며 말을 타고 떠났을 것이다. 한편 그녀는 내내 아무 말도 하지 않고 쓸쓸하고 우울한 인생을 살면서 결국에는 평생 단 한 번의 키스를 못 잊는 노처녀라고 조롱당할 것이다.

피해야 할 두 가지 극단은 감상주의와 냉소주의였다. 심신이 불안한 메리가 방을 거니는 동안 마치 프랜시스 데비 목사가 그녀를, 차가운 눈으로 그녀의 영혼을 지켜보는 것 같은 기분이 들었다. 지금은 목사가 방에 없지만 그래도 이 방에는 목사의 뭔가가 있었다. 이젤 옆 구석에 붓을 손에 들고 서서 죽어서 사라진 것들을 창밖으로 내다보는 목사의 모습이 상상되었다.

이젤 근처에 그림 몇 점이 벽 쪽으로 놓여 있었다. 메리는 호기심에 그 그림들을 햇빛에 비추어 보았다. 여기 교회의 내부, 아마도 목사의 교회가 그림자에 싸인 네이브*와 더불어 한여름

* 교회 입구에서 안쪽까지 통하는 중앙의 중요한 부분.

황혼 빛으로 칠해진 것 같았다. 지붕까지 뻗은 아치에 기이한 초록색 저녁노을이 비쳤고, 이 빛은 그 그림을 옆으로 치워도 기억에 남을 만큼 급작스럽고 예기치 않은 것이었다. 그래서 그 그림으로 돌아가서 그림을 다시 바라보았다.

아마도 이 초록색 저녁노을은 충실하게 재현되었을 테며, 목사의 앨터넌 교회에 특이한 빛이었을 것이다. 그럼에도 불구하고 그 노을은 불안하고도 기분 나쁜 빛을 던졌다. 메리는 자기 집 벽에라면 결코 그 그림을 걸지 않을 거라고 생각했다.

이루 말로 표현할 수 없이 불편한 느낌이었다. 마치 교회라는 것이 뭔지도 모르는 어떤 영적인 존재가 교회에 찾아와 그늘진 통로에서 이질적인 공기를 들이마시는 것 같았다. 그녀는 그림들을 한 점 한 점 살펴볼 때 똑같이 비슷한 정도로 바랬다는 걸 알았다. 구름의 검은색과 어두운 선 때문에 어느 봄날, 바위산 뒤로 높이 떠 있는 구름과 더불어 브라운 윌리 계곡 아래 황야 풍경이 망가졌다. 구름의 이 검은색과 어두운 선은 모든 그림에 그 똑같은 초록색이 두드러지게 만들어서 그림을 작아 보이게 하고 풍경을 망쳐버렸던 것이다.

그녀는 처음으로 목사가 백색증에 걸린 자연의 변종으로 태어났기 때문에 목사의 색깔 인지력이 손상된 게 아닐까, 그리고 그의 시력이 잘 보이지도 않고 비정상이 아닐까 하는 생각이 들었다. 아마 이런 설명이 가능할지도 모른다. 하지만 그렇다 해도, 화폭 앞면을 벽 쪽으로 돌려놓은 다음에도 뭔가 불편한 감정이 앙금처럼 남아 있었다. 그녀는 방을 둘러보았으나 별것 없었다. 가구가 드문드문 놓여 있을 뿐 이렇다 할 장식이나 책도 없었다. 책상에는 편지도 없고 책상을 거의 사용하지 않는 듯했다. 그녀는 광택 나는 책상 표면을 손가락으로 두드려보았다. 여기 앉아서 설교 원고를 썼을 거라 생각했다. 그러다가 갑자기 책상 아래 작은 서랍을 연 것은 용서받을 수 없는 짓이었다. 서랍은 텅 비어 있었다. 곧 부끄러운 마음이 들었다. 서랍을 막 닫으려는 찰나, 바닥에 깐 종이의 귀퉁이가 접혀 있고 그 뒷면의 스케치가 보였다. 그래서 종이를 집어 그림을 보았다. 역시 교회 내부를 그린 그림이었다. 하지만 이번에는 성도들이 좌석에 앉아 있었고 목사는 설교단에 있었다. 처음에 그녀는 그 그림에서 이상한 점을 찾지 못했다. 그림에 솜씨 있는 교구 목사라면 당연히 그릴 만한 주제였다. 그러나 자세히 들여다보자, 목사가 무슨 짓을 했는지 깨달았다.

그것은 그저 단순한 그림이 아니었다. 끔찍할 만큼 기이한 풍자만화였다. 모인 성도들은 주일에 입는 최고급 옷에 모자와 숄을 둘렀다. 그런데 그들의 어깨 위에는 사람 얼굴 대신 양의 얼굴이 그려져 있었다. 양이 엄숙하지만 어리석고도 멍청하게 바보처럼 입을 헤벌리고 설교자를 바라보았으며, 기도하려고 발굽을 구부렸다. 양들의 모습은 마치 사람처럼 세심하게 그려져 있었다. 그러나 양들의 표정은 한결같았다. 아무것도 모르거나 무심한 바보 같은 표정이었다. 설교자는 검은 목사복을 입고 머리카락을 후광처럼 두른 프랜시스 데비 목사였다. 하지만 목사는 늑대의 얼굴을 하고, 그 늑대는 설교단 아래 양 떼를 비웃고 있었다.

이는 성도를 비웃는 아주 불경한 행동이었다. 메리는 그 그림을 재빨리 뒤집어 도로 서랍에 넣었다. 그러고 나서 서랍을 닫고 책상에서 멀리 떨어져 벽난로 곁의 의자에 앉았다. 그녀는 우연히 비밀을 엿보았고, 차라리 그 비밀을 몰랐으면 좋았을걸 했다. 그녀가 전혀 상관할 바가 아니고, 하느님과 이 그림을 그린 목사 사이의 일이었다.

방밖의 복도에서 발자국 소리가 들리자, 그녀는 서둘러 일어나 난로에서 의자를 멀찌감치 치웠다. 어둠에 숨어들어, 목사가 방에 들어왔을 때 그녀의 표정을 읽을 수 없도록 하기 위해서였다.

그녀의 의자는 문을 등지고 있었다. 그녀는 의자에 앉은 채 목사를 기다렸다. 하지만 기다려도 목사가 오지 않자 그녀는 마침내 목사의 발자국 소리를 들으려고 고개를 돌렸다. 그때 의자 뒤에 서 있는 목사의 모습이 보였다. 그는 홀에서 방으로 소리 없이 들어왔던 것이다. 그녀가 소스라치게 놀라자, 그는 불빛이 비치는 곳으로 와서 조용히 들어온 데 대해 사과했다.

"미안해요." 목사가 말했다. "내가 이렇게 빨리 올지 몰랐을 텐데, 당신 꿈을 방해했군요."

그녀는 고개를 젓고 주섬주섬 변명했다. 그러자 목사는 곧 그녀의 건강에 대해 묻고 숙면을 취했는지도 물었다. 그러면서 그는 코트를 벗고는 벽난로 앞에 목사복을 입은 채 서 있었다.

"오늘은 뭘 좀 먹었나요?" 목사가 물었다. 그녀가 안 먹었다고 하자, 그는 시계를 꺼내 시간을 보았다. 6시 조금 전이었다. 그는 그 시계를 책상 위의 시계와 비교해 보았다. "메리 옐런, 전에 나랑 식사한 적 있지요. 오늘도 나랑 같이 식사합시다." 그가 말했다. "혹시 충분히 쉬었고, 그래도 괜찮다면 이번에는 부엌에서 당신이 식사를 가져와 식탁을 차려줘요. 해나가 뭔가 준비해 놓았을 겁니다. 그녀를 귀찮게 하지 맙시다. 난 뭘 좀 써야 해요. 당신이 괜찮다면요."

그녀는 잘 쉬었고 도움이 되는 일을 하는 게 아주 기쁘다고 대답했다. 그러자 목사는 고개를 까딱하며 "7시 15분 전에 봅시다"라고 말한 다음 뒤돌아섰다. 그녀는 이게 나가라는 뜻임을 깨달았다.

그녀는 목사의 갑작스러운 도착에 허둥대며 부엌으로 갔다. 목사가 그녀에게 30분을 준 게 기뻤다. 목사가 그녀를 봤을 때는 그와 이야기할 기분이 아니었기 때문이다. 아마 잠깐이면 저녁 식사가 끝나겠지. 목사는 다시 돌아가 일을 할 테고 그녀가 상념에 잠기게 놔두겠지. 서랍을 열지 말걸 하는 생각이 들었다. 불쾌하게도 풍자만화가 뇌리에 남아 있었다. 부모가 금한 금단의 지식을 알게 된 아이 같은 기분이었다. 자기도 모르게 발설할까 봐 두려워 죄책감과 수치심에 스스로 목을 매어 죽은 아이 말이다. 부엌에서 혼자 식사하고 차라리 손님 대신 하녀 대접을 받으면 마음이 더 편할 것이다. 사실 그녀의 지위는 뭐라 규정하기 곤란했다. 목사의 태도에는 깍듯한 예의와 명령이 기묘하게 뒤섞여 있었기 때문이다. 그녀는 익숙한 부엌 냄새를 맡으면서 편히 저녁 식사를 준비하고는 내키지 않지만 시계가 울리기를 기다렸다. 교회에서 6시 45분을 알리는 벨이 울리자 그녀에게는 핑계 댈 여지가 없었다. 그래서 얼굴에 속마음이 드러나지 않기를 바라면서 식사를 거실로 날랐다.

목사는 벽난로를 등지고 서 있었고, 식사하려고 책상을 난로 앞으로 끌어다 놨다. 그녀는 목사를 쳐다보지 않았지만, 자신을 빤히 바라보는 그의 시선을 느꼈다. 그녀의 동작이 어색했다. 또한 그녀는 방의 배치가 조금 바뀐 걸 눈치챘다. 곁눈질로 보니 이젤이 치워졌고 벽에 세웠던 그림이 보이지 않았다. 책상은 쌓인 종이와 편지로 어지러웠고, 또 편지를 태웠는지 타버린 재 사이에 누렇고 검은 종잇조각이 들어 있었다.

두 사람은 같이 식탁에 앉았다. 목사가 그녀에게 차가운 파이를 잘라 주었다.

"메리 옐런의 호기심은 이제 죽었나요? 오늘 내가 무슨 일을 했는지 묻지도 않네요?" 마침내 목사가 메리를 놀리듯이 점잖게 말했다. 죄책감에 그녀의 얼굴이 즉시 붉어졌다. "목사님이 어디 다녀오셨는지 제 알 바 아니죠." 그녀가 대답했다.

"그 점은 당신이 틀렸어요." 목사가 말했다. "이건 당신과 관련된 일이에요. 오늘 하루 종일 당신 일을 봤어요. 당신이 내게 도움을 청하지 않았던가요?"

메리는 창피해서 뭐라 대답할지 몰랐다. "자메이카 여인숙으로 그렇게 신속히 와주셨는데 아직 감사하다는 말씀도 못 드렸네요." 그녀가 말했다. "어젯밤 잠자리와 오늘 푹 자게 해주신 것도요. 저를 배은망덕하다고 생각하시겠죠."

"그런 뜻은 아니고요. 그저 당신의 인내심에 놀랐을 뿐이죠. 오늘 새벽 2시 전에 자라고 했죠. 지금은 저녁 7시고요. 아주 긴 시간이라, 상황이 변하지 않을 수 없죠."

"그럼 제 방을 나가신 뒤로 여태 안 주무셨어요?"

"난 8시까지 잤어요. 그리고 나서 아침 먹고 다시 외출했죠. 내 회색 말은 다리를 절기 때문에 탈 수가 없었죠. 그래서 콥종 말을 타고 천천히 갔죠. 그놈은 자메이카 여인숙으로, 다시 자메이카 여인숙에서 노스 힐까지 달팽이처럼 느릿느릿 갔죠."

"노스 힐에 다녀오셨어요?"

"바셋 씨가 점심을 대접해주었어요. 거기 여덟 명에서 열 명 가량 함께 있었죠. 모두 옆에 앉은 사람들에게 큰 소리로 자기 의견을 얘기했지만, 서로 다른 사람 말은 듣지 않았죠. 아주 긴 점심 식사였고, 그 점심이 끝나서 기뻤어요. 하지만 당신 이모부의 살인 사건이 오랫동안 미제로 남지 않을 거라는 데 모두 동의했어요."

"바셋 씨는 누굴 의심하나요?" 메리의 목소리가 조심스러웠다. 그녀는 저녁 식사를 쳐다보고 있었다. 입속의 음식 맛이 톱밥을 씹는 듯했다.

"바셋 씨는 자기 자신까지 의심할 지경이에요. 나리는 반경 16킬로미터 안에 거주하는 사람이라면 누구나 심문했어요. 대부분 어제저녁 밖에 있었던 타지 사람들이죠. 그래서 그 사람들에게 진실을 들으려면 한 주 이상 걸릴 거예요. 하지만 별문제는 아니에요. 바셋 씨는 오래 끌지 않을 거예요."

"그들이 어떻게 했나요. 이모 말이에요."

"오늘 아침 두 사람 다 노스 힐로 옮겨서 거기 매장하기로 했어요. 모든 일이 다 처리됐으니, 걱정하지 않아도 돼요. 나머지는 글쎄 지켜보자고요."

"그럼 행상인은요? 그 사람은 석방하지 않았나요?"

"그래요, 행상인은 안전하게 투옥되었어요. 그는 허공에 저주를 퍼붓고 있죠. 난 행상인은 신경 쓰지 않아요. 아마 당신도 별 관심 없을 것 같은데요."

메리는 입으로 가져가던 포크를 내려놓고, 고기를 입도 대지 않고 다시 놓았다.

그녀가 방어적으로 물었다. "무슨 뜻이죠?"

"다시 말하지만, 당신은 그 행상인 따원 신경 쓰지 않을 거라고요. 그는 여태 본 사람 중에서 가장 불쾌하고 호감이 가지 않는 녀석이었기 때문에 잘 알 수 있어요. 당신이 그 행상인을 살인자로 지목해 바셋 씨에게 이야기했다는 말을 바셋 씨 마부인 리처즈에게 들었어요. 그러니 당신은 그 친구에 대해 신경 쓰지 않을 거라는 결론을 내렸죠. 그 행상인이 방에 갇혀 있었기 때문에 무죄라는 데 모두 유감스러워했어요. 그 사람은 희생양이 되기에 안성맞춤이라 많은 문제를 해결해주었을 텐데 말이에요."

목사는 계속 저녁 식사를 즐겼지만, 메리는 그저 음식을 깨작거렸다. 목사가 그녀에게 음식을 재차 권하자, 그녀는 거절했다.

"그 행상인이 무슨 짓을 했기에 그렇게까지 싫어하죠?" 목사는 집요하게 그 주제에 대해 같은 질문을 되풀이했다.

"한번은 저를 공격한 적이 있었죠."

"나도 그렇게 생각했어요. 그는 분명 독특한 사람이에요. 물론 그에게 반항했겠죠?"

"제 생각엔 그를 크게 다치게 한 것 같아요. 다시는 제게 손을 못 댔죠."

"그래, 다신 그러지 못했겠네요. 언제 그랬죠?"

"크리스마스이브에요."

"내가 파이브 레인즈에서 당신을 떠났을 때군요."

"네."

"이제 이해가 되는군요. 그러니까 그날 밤 여관으로 돌아가지 않았군요. 당신은 여관 주인과 그 일당을 길에서 만났고요."

"네."

"그러고는 그들이 당신을 해안으로 데려가서 그들 일에 참여시켰군요."

"목사님, 제발 더 이상 묻지 마세요. 저는 그날 밤 일을 지금 여기서, 그리고 앞으로도 다시는 말하고 싶지 않아요. 어떤 일은 깊이 묻어두는 게 상책이에요."

"메리 옐런, 아무 말 안 해도 돼요. 당신을 혼자 가게 한 내 잘못이죠. 이제 당신의 맑은 눈과 피부, 당신이 머리를 가누는 모습, 그리고 무엇보다 당신 뺨을 보고 있자니, 당신은 험한 일을 겪은 것 같지 않아요. 교구 목사의 말은 큰 영향을 못 미치지만, 당신은 놀라운 불굴의 정신을 보여주었어요. 존경스러워요."

그녀는 목사를 쳐다보다가 고개를 돌려 손에 든 빵 조각을 바라보았다.

잠시 후 목사는 조린 자두를 넉넉히 퍼서 입에 넣으며 말을 이었다. "그 행상인을 생각하니, 방에 갇혀 있는 그를 보지 못한게 살인자의 큰 부주의였다는 생각이 들어요. 살인자는 아마 시간에 쫓겼던 모양이에요. 하지만 1~2분이면 만사를 깔끔하게 처리했을 텐데요. 그 살인자가 확실히 모든 문제를 더 완벽하게 해치웠을 텐데 말이죠."

"목사님, 어떻게요?"

"뭐, 행상인을 확실히 죽인다든가 해서 말이죠."

"살인자가 행상인을 죽일 수도 있었다는 뜻인가요?"

"맞아요. 그 행상인은 살아생전 세상에 아무 쓸모도 없었으니, 죽어서 최소한 벌레 먹이라도 되어야죠. 내 의견은 그래요. 게다가 만약 그 행상인이 당신을 공격했었다는 사실을 알았더라면, 그를 두 번이라도 죽일 만큼 살인자에겐 분명한 살해 동기가 있었겠네요."

메리는 먹고 싶지 않지만 케이크 한 조각을 잘라 억지로 입에 넣었다. 음식을 먹는 척하면서 침착을 가장하려 했다. 그러나 나이프를 잡은 손이 떨려서 케이크 조각을 제대로 자를 수가 없었다.

"잘 모르겠어요." 그녀가 말했다. "제가 그 문제와 무슨 관련이 있는지 모르겠네요."

"당신은 자신에 대해 너무 겸손하군요." 목사가 대답했다.

두 사람은 말없이 저녁 식사를 계속했다. 메리는 고개를 푹 수그리고 식기만 바라보았다. 마치 낚시꾼이 줄에 걸린 물고기를 다루듯이 목사가 자기를 능수능란하게 다루고 있음을 본능적으로 깨달았다. 마침내 더는 기다릴 수가 없어서 목사에게 불쑥 물었다. "그러니까 바셋 씨와 나머지 분들은 결국 별 진전이 없고, 살인자는 아직 잡히지 않았다는 거군요?"

"하지만 우리가 그렇게 꾸물댄 건 아니에요. 조금 진전이 있었죠. 가령 그 행상인은 자신만 무사히 빠져나가려고 온갖 증거를 댔지만, 별 도움이 안 됐어요. 크리스마스이브에 해안에서 벌어진 사건에 대해 행상인의 가감 없는 설명을 들었죠. 그의 말로는, 자신은 거기 참여하지 않았다더군요. 그 설명으로 지난 몇 달 동안 있었던 일이 짜 맞춰졌죠. 무엇보다 우리는 밤에 자메이카 여인숙에 왔던 마차 이야기를 들었고, 행상인의 동료 이름도 들었죠. 말하자면 그가 아는 일당요. 그 조직은 생각보다 훨씬 더 규모가 큰 것 같더군요."

메리는 아무 말도 하지 않았다. 그녀는 자두를 권하는 목사에게 고개를 저었다.

목사가 계속 말했다. "사실, 그 행상인은 자메이카 여인숙의 주인이 이름만 두목이고, 당신 이모부가 상부의 누군가에게 명령을 받는다고까지 이야기했죠. 물론 그 때문에 이 문제가 더 복잡해졌지요. 사람들이 흥분하고 좀 혼란스러워했어요. 그 행상인의 이론이 그럴듯한가요?"

"물론, 가능한 일이죠."

"내 기억엔 언젠가 당신도 비슷한 추론을 한 적이 있지요?"

"그런 적이 있었겠죠. 다 잊어버렸어요."

"그게 사실이라면, 잘 모르는 상부의 누군가와 살인자가 같은 사람인 것 같군요. 당신도 동의하나요?"

"네, 아마도요."

"그렇다면 범위가 훨씬 좁아지는군요. 어중이떠중이는 치우고, 똑똑하고 개성 있는 누군가를 찾아야죠. 혹시 자메이카 여인숙에서 그런 사람을 봤나요?"

"아니요, 전혀 못 봤어요."

"그 살인자는 당신과 당신 이모가 잠자리에 든 그 적막한 밤에 몰래 왔다 갔을 겁니다. 당신이 말발굽 소리를 들을 테니까 대로로 오진 않았을 거고요. 하지만 그 살인자가 걸어왔을 가능성이 충분히 있지 않나요?"

"네, 목사님 말처럼 그럴 가능성도 있죠."

"그 살인자가 습지를 잘 안다면, 적어도 이 지역을 샅샅이 안다면 가능한 일이죠. 어떤 신사분은 살인자가 이 지역에 걸어오거나 말 타고 올 만한 가까운 거리에 살 거라고 추론했죠. 그래서 저녁 먹기 전에 말한 것처럼, 그게 바로 바셋 씨가 반경 16킬로미터 이내의 모든 주민을 심문하려는 이유예요. 그러니 살인자 주위로 범위가 좁아질 겁니다. 살인자가 꾸물거리면 잡히겠죠. 모두 그 점을 확신하고 있어요. 아직 다 안 먹었나요? 거의 먹지 않았군요."

"배고프지 않아요."

"유감이군요. 해나는 자기가 만든 파이를 우리가 좋아하지 않는다고 생각하겠군요. 오늘 당신이 아는 사람을 만났다는 말을 했던가요?"

"아니요, 말씀하지 않으셨어요. 제겐 목사님 말고 친구가 없어요."

"메리 옐런, 고마워요. 과분한 칭찬이라, 고맙게 간직할게요. 하지만 알다시피 당신은 엄밀히 정직하진 않군요. 당신에겐 지인이 있어요. 당신 스스로 그렇게 말했었죠."

"목사님, 누굴 말씀하시는지 모르겠어요."

"왜, 여관 주인의 동생이 당신을 론서스턴 시장에 데려가지 않았던가요?"

메리는 식탁 아래에서 두 손을 맞잡았다. 너무 꼭 잡는 바람에 손톱이 살을 파고들 지경이었다.

"여관 주인의 동생이라고요?" 그녀는 되물으며 시간을 벌었다. "그 이후로는 그 사람을 보지 못했는데요. 멀리 떠난 줄로 알았어요."

"아니, 그는 크리스마스 이후 이 지역에 있었어요. 스스로 그렇게 말했지요. 실은 내가 당신에게 숙소를 내주었다는 말이 그의 귀에 들어갔어요. 그래서 그는 당신에게 자기 말을 전해달라고 날 찾아왔던 거예요. '그녀에게 매우 마음이 아프다고 전해주세요'라고 말했죠. 아마도 당신 이모 일을 말하는 것 같아요."

"그 말이 전부인가요?"

"더 말하려고 했던 것 같아요. 하지만 바셋 씨가 끼어들었죠."

"바셋 씨요? 그가 목사님과 얘기할 때 바셋 씨도 계셨나요?"

"물론이지요. 몇몇 신사분이 그 방에 있었어요. 오늘 저녁 모든 토의가 끝나갈 무렵, 내가 노스 힐을 떠나기 직전이었지요."

"왜 젬 멀린이 그 토의에 참석했죠?"

"자기 형이 살해당했으니 참석해야 했겠죠. 그는 형의 죽음에 그리 큰 충격을 받은 것 같진 않더군요. 어쩌면 형제간에 사이가 안 좋았는지도 모르죠."

"그들이, 바셋 씨와 신사분들이 그를 심문했나요?"

"하루 종일 그들은 많은 이야기를 나누었죠. 동생 멀린은 꽤 영리한 것 같더군요. 동생의 답변에는 별로 빈틈이 없었어요.

틀림없이 형보다 훨씬 더 머리가 좋을 거예요. 그가 불안정하게 산다고 했었죠? 말을 훔치며 산다고 했던 것 같은데."

메리가 고개를 끄덕였다. 그녀는 손가락으로 식탁보 위의 문양을 따라 그렸다.

"달리 할 일이 없을 때 말 도둑질을 했나 봅니다." 목사가 말했다. "하지만 좋은 머리를 쓸 기회가 오자, 십분 발휘한 것 같아요. 그 동생을 탓할 건 없는 것 같아요. 아마 돈을 꽤 두둑이 받았을 겁니다."

목사의 부드러운 목소리가 그녀의 신경에 거슬렸다. 목사의 말 한 마디 한 마디가 그녀의 신경을 건드렸다. 목사에게 자신이 참패했다는 걸 깨달았다. 이제 더 이상 무관심한 척할 수가 없었다. 자제하려고 잔뜩 고통에 찬 눈길로 그에게 고개를 들었다. 간청하듯 두 손을 내밀었다.

"목사님, 그분들이 그를 어떻게 할 건가요? 어떻게 할 거냐고요?"

목사는 창백하고 무표정한 눈동자로 그녀를 응시했다. 처음으로 그 눈길에 어두운 그림자와 놀라움이 번쩍 스치는 게 보였다.

"어떻게 하다니요?" 확실히 영문을 몰라 목사가 물었다. "그분들이 왜 뭘 해야 해요? 내 생각엔, 그는 바셋 씨와 화해해서 더 이상 두려워할 게 없는걸요. 그가 그들을 도왔으니 예전에 저지른 죄 때문에 벌받는 일은 없을 겁니다."

"무슨 말씀을 하시는 거예요? 그가 뭘 도왔는데요?"

"메리 옐런, 오늘 밤은 머리가 잘 안 돌아가네요. 내가 수수께 끼처럼 알아듣지 못하게 말하나 보군요. 젬 멀린이 자기 형을 고발한 걸 몰랐어요?"

그녀는 목사를 멍청하게 쳐다보았다. 머리가 딱 멈춰서 생각 이 돌아가지 않았다. 그녀는 마치 공부하는 학생처럼 목사의 말 을 되뇌었다.

"젬 멀린이 형을 고발했다고요?"

목사는 식사를 끝내고 쟁반과 식기를 정리하기 시작했다. "네, 분명히요." 목사가 말했다. "바셋 씨가 제 이해를 도와주었 죠. 나리가 크리스마스이브에 론서스턴에서 당신 친구를 만나 서 그를 노스 힐로 데려가 시험해보았던 모양이에요. 나리가 젬 에게 '네가 내 말을 훔쳤지? 형 같은 악당이군. 내일 당장 널 감 옥에 처넣어서 앞으로 수십 년간 말이라면 쳐다보지도 못하게 할 만한 힘이 내겐 있어. 하지만 자메이카 여인숙의 네 형이 내 가 생각하는 그 범인이라는 증거를 가져오면, 너를 감옥에 처넣 진 않겠어'라고 말했죠.

그 젊은 친구는 시간을 좀 달라고 했지요. 시간이 되자 그가 고개를 가로저었죠. '아니요, 원한다면 직접 형을 잡으세요. 밀 고한다면 저주를 받을 거예요'라고 말했죠. 하지만 나리는 젊 은 친구의 코밑에 포고문을 들이밀었죠. '젬, 잘 생각해봐. 지난 겨울 '글로스터 레이디 호'가 패드스토로 떠난 이후 크리스마스 이브에 참혹한 침몰 사고가 있었지. 이제 마음을 바꾸겠어?' 이야기하는 내내 드나드는 사람이 많아서 나리가 한 나머지 이야기는 잘 들리지 않았어요. 하지만 당신 친구는 속박에서 벗어나 밤에 도망갔다가 어제 아침에 다시 돌아왔어요. 그 사람들이 그를 마지막으로 본 게 그때였죠. 그는 교회에서 나온 나리에게 직접 가서 차분하게 말했어요. '좋습니다, 바셋 씨. 나리에게 증거를 갖다 드리겠습니다.' 그게 바로 내가 방금 젬 멀린이 형보다 머리가 좋다고 말한 이유예요."

목사는 식탁을 치우고 식기가 담긴 쟁반을 구석에 정리한 다음 두 다리를 난로로 쭉 뻗고 등받이가 높은 좁은 의자에 앉아 쉬었다. 그녀는 목사의 동작에 신경 쓰지 않았다. 그녀는 자기 앞을 응시했다. 실은 목사가 알려준 정보 때문에 온 마음이 천 갈래 만 갈래 찢어졌다. 그렇게나 두려워하며 조심조심 쌓아둔, 사랑했던 사람에게 불리한 증거가 마치 카드 꾸러미처럼 와르르 무너지는 것 같았다.

"목사님, 저는 콘월 출신 중에서 가장 멍청한 바보인 것 같아요." 그녀가 천천히 말했다.

"메리 옐런, 내 생각에도 그런 것 같군요." 목사가 말했다.

그녀가 알던 부드러운 목소리 뒤에 감춰진 아주 예리하고 메마른 목소리로 목사가 그녀를 책망하는 것 같았다. 메리는 그 책망을 겸허하게 받아들였다.

그녀가 말을 이었다. "이제 무슨 일이 있어도 용감하고도 담대하게 미래를 맞이할 수 있어요."

"그렇게 말하니 기쁘군요." 목사가 말했다.

그녀는 고개를 흔들어 머리카락을 뒤로 넘겼다. 목사가 그녀를 안 이후 처음으로, 그녀의 얼굴에 미소가 떠올랐다. 마침내 흥분과 두려움이 그녀에게서 사라졌다.

그녀가 물었다. "젬 멀린이 또 무슨 말을 하고 무얼 했나요?"

목사가 시계를 보더니 대답 대신 한숨을 내쉬었다.

"당신에게 말해줄 시간이 있으면 좋을 텐데. 벌써 8시 가까이 되었군요. 우리 두 사람에게 시간이 너무 빨리 지나가는 것 같네요. 이제 젬 멀린 이야기라면 충분히 한 듯해요."

"한 가지만 말씀해주세요. 목사님이 떠날 때 그는 노스 힐에 있었나요?"

"그래요. 사실 그의 마지막 말 때문에 급히 집에 돌아왔어요."

"뭐라고 했는데요?"

"내게 직접 말한 건 아니에요. 오늘 밤 워레건에 있는 대장장이한테 말을 타고 가보겠다고 하더군요."

"목사님, 저를 놀리시는군요."

"분명 아닙니다. 워레건은 노스 힐에서 멀리 떨어져 있지만 그는 어둠 속에서도 길을 잘 찾을 겁니다."

"그가 대장장이를 방문하는 게 목사님과 무슨 관련이 있나요?"

"그는 대장장이에게 자메이카 여인숙 아래 들판의 헤더 숲에서 발견한 못을 보여줄 겁니다. 그 못은 말발굽에서 나온 건데,

물론 부주의하게 못질한 거예요. 새 못인데, 말 도둑인 젬 멀린은 황야의 대장장이 솜씨라면 다 알고 있죠. 그가 치안판사에게 '이것 보세요. 오늘 아침 여관 뒤 들판에서 이 못을 찾아냈어요. 저랑 이야기 다 하셨으니 더 이상 제가 없어도 되겠죠. 허락하신다면 말을 타고 워레건으로 가보려고요. 엉터리 대장장이 톰 조리의 면전에 이 못을 던질 겁니다'라고 말했어요."

"그렇군요, 다음은요?" 메리가 물었다.

"어제가 일요일이었잖아요? 아주 존경하는 손님이 아니라면 일요일엔 어떤 대장장이도 일하지 않죠. 어제 톰 조리의 대장간에 들러서 절름발이 말에 새 못을 박은 손님은 딱 한 사람이었어요. 아마 저녁 7시쯤이었을 겁니다. 그 이후 그 손님은 자메이카 여인숙으로 계속 갔죠."

"그걸 어떻게 아세요?" 메리가 물었다.

"그 손님이 바로 앨터넌 교구 목사였으니까요." 목사가 말했다.

17

방 안 가득 침묵이 흘렀다. 난롯불이 계속 타오르고 있었지만 공기 중에는 전에 없던 한기가 감돌았다. 두 사람 다 상대방 이 야기를 기다리고 있었다. 메리는 프랜시스 데비 목사가 침 삼키 는 소리를 들었다. 목사의 얼굴을 보니, 예상한 대로였다. 탁자 너머로 그녀를 보는 창백하고 확고부동한 눈길이 더 이상 차갑 지는 않았지만, 흰 가면 아래서 살아 있는 생물처럼 이글거리며 활활 타오르고 있었다. 그녀는 이제 목사가 그녀에게 알려준 얘 기를 알았지만, 아직 아무 말도 하지 않았다. 그녀는 아무것도 모르는 체하며 시간을 벌기로 했다. 그것이 자신을 방어하는 유 일한 방법이었다.

목사의 눈길은 그녀에게 뭔가 말하기를 강요했다. 그녀는 난롯불에 손을 계속 쪼이면서 억지로 미소를 지었다. "목사님, 오늘 밤 입을 꼭 다물기로 하신 것 같네요."

목사는 즉시 대답하지 않았다. 다시 침 삼키는 소리가 들리더니, 그가 의자에서 몸을 앞으로 빼며 갑자기 화제를 바꿨다.

"당신은 오늘 내가 오기 전에 나에 대한 신뢰를 잃었더군요." 그가 말했다. "내 책상으로 가서 그림을 보고 마음이 불안해진 거지요. 당신을 엿본 건 아니에요. 나는 열쇠 구멍으로 감시나 하는 사람이 아니거든요. 다만 종이 위치가 바뀐 걸 봤어요. 당신은 이전처럼 혼잣말했겠죠. '앨터넌의 목사님은 대체 어떤 사람일까?' 내 발자국 소리가 들리자, 내 얼굴을 보는 대신 난로 앞 의자에 웅크렸죠. 메리 엘런, 나를 피하지 말아요. 우리 사이에 더 이상 가식은 필요 없어요. 우린 서로 솔직해질 수 있어요."

메리는 목사 쪽으로 몸을 돌렸다가 다시 외면했다. 목사의 눈에는 읽기 두려운 메시지가 담겨 있었기 때문이다. "목사님 책상으로 갔던 건 정말 죄송해요." 그녀가 말했다. "용서받을 수 없는 행동이죠. 제가 왜 그런 행동을 했는지 모르겠어요. 그림은 잘 모르고, 좋은 그림인지 나쁜 그림인지도 몰라요."

"좋고 나쁘고를 떠나 문제는 그 그림 때문에 내가 두려워졌나요?"

"네, 목사님, 두려웠어요."

"당신은 또다시 '이 사람은 자연의 변종이고 그의 세계는 내 세계와는 달라'라고 생각했겠지요. 메리 엘런, 그건 당신이 맞아요. 난 과거 속에 살고 있어요. 과거엔 사람들이 오늘날처럼 겸손하지 않았죠. 오, 더블릿*을 입고 좁고 뾰족한 구두를 신던 역사상의 영웅들을 말하는 게 아니에요. 그 영웅들은 한 번도 내 친구였던 적이 없어요. 그 시절이 아니라 오래전 강과 바다가 하나였고 태고의 신들이 언덕을 거닐던, 태초의 영웅이 있던 시절에 살고 있어요."

의자에서 일어선 목사가 흰머리와 흰 눈에 여윈 검은 모습으로 난롯불 앞에 섰다. 이제는 원래 알던 부드러운 목소리로 돌아왔다.

"당신이 학생이라면 이해했을 겁니다." 목사가 말했다. "하지만 당신은 여자인 데다 이미 19세기에 살고 있죠. 그렇기 때문에 내 말이 이상하게 들릴 겁니다. 그래요, 난 자연의 변종이자 시간상으로도 괴물이에요. 난 이곳에 속한 인물이 아니고 시대와 인류에게 원한을 갖고 태어났어요. 19세기에 평화를 찾기란 매우 어려운 일이죠. 저 언덕에서도 침묵은 사라졌어요. 기독교 교회에서 침묵을 찾을 수 있기를 기대했지만, 그 교리에 구역질만 났죠. 기독교의 모든 토대는 동화 같은 이야기일 뿐이에요. 그리스도 자신은 사람들이 만들어낸 꼭두각시일 따름이고요.

하지만 이런 얘긴 나중에, 뭔가 추구하는 불안한 열정이 사라졌을 때 합시다. 우리 앞에는 영원이란 게 있어요. 적어도 한 가지, 우리에게는 소지품이나 짐이 없기 때문에 예전처럼 가볍게

---

*르네상스기에 입은, 몸에 밀착하는 남자용 윗옷.

여행할 수 있지요."

메리는 의자 옆을 손으로 잡고 목사를 쳐다보았다.

"목사님, 무슨 말씀인지 모르겠어요."

"아니요, 당신은 잘 압니다. 당신은 지금 내가 자메이카 여인 숙의 주인과 그 아내를 죽였다는 걸 알고 있습니다. 만일 내가 행상인의 존재를 알았다면, 그도 살아남지 못했을 겁니다. 지금 당신에게 이야기하는 동안 당신은 마음속으로 이야기를 다 짜 맞추었어요. 내가 당신 이모부에게 일거수일투족 모든 행동을 지시했으며, 당신 이모부는 그저 허울만 두목이었다는 걸 알고 있지요. 나는 밤에 여기 앉아서 거기 당신 의자에 앉은 당신 이모부와 함께 우리 앞 식탁에 콘월의 지도를 펼치고 보았죠. 온 마을이 두려워하는 조스 멀린은 내가 이야기할 때 모자를 손으로 돌리면서 앞머리를 만지작거렸죠. 게임하는 아이처럼 당신 이모부는 내 지시를 받지 못하면 무력한 존재였죠. 그는 좌우를 분간 못 할 정도로 거만하고도 불쌍한 깡패였어요. 그의 허영심이 우리 사이를 묶어주는 끈이었죠. 동료 사이에서 악명을 떨칠수록 당신 이모부는 만족했어요. 우린 성공했고, 당신 이모부는 내 지시를 잘 따랐죠. 아무도 우리가 몰래 협조하는 사이임을 몰랐죠.

메리 옐런, 당신은 우리에게 걸리적거리는 장애물이었어요. 당신은 뭔가 알고 싶어 하는 커다란 눈망울과 용감하게 뭔가 알아내려는 마음을 갖고 우리에게 왔죠. 나는 끝이 머지않았음을 직감했죠. 게다가 우린 거의 끝까지 갔기 때문에 안 그래도 조만간 끝장을 내야 했어요. 내가 당신의 용기와 양심 때문에 얼마나 괴로웠는지, 바로 그 때문에 당신이 얼마나 존경스러웠는지! 물론 당신은 여관 2층 빈방에서 나는 내 발자국 소리를 들어야 했고, 부엌으로 기어 내려가 대들보에 매인 밧줄을 봐야 했죠. 그게 당신이 감당해야 했던 첫 번째 도전이었죠.

러프토르에서 나와 만난 날, 당신은 이모부 뒤를 밟아 몰래 황야로 왔다가 어둠 속에서 그를 놓치고 우연히 나를 만나 비밀을 털어놓았죠. 그래요, 나는 당신 친구가 되었어요. 당신에게 훌륭한 조언을 해주지 않았던가요? 치안판사가 직접 조언했어도 그보다 못했을 겁니다. 당신 이모부는 우리 사이의 이상한 관계에 대해 전혀 몰랐죠. 아마 알았다고 해도 이해하지 못했을 겁니다. 그는 순종하지 않았기 때문에 스스로 죽음을 초래한 겁니다. 나는 당신 결심을 조금 눈치챘고, 뭔가 핑계만 생기면 곧바로 이모부를 배신하리란 걸 알았죠. 그러니 그는 당신에게 아무런 핑곗거리도 만들어주지 말았어야 했어요. 그리고 세월이 흐르면서 당신의 의심도 엷어졌겠죠. 하지만 크리스마스이브에 당신 이모부는 미친 듯이 술을 퍼마셨고, 야만인이나 바보들이 하는 실수로 온 마을을 떠들썩하게 만들고 말았죠. 나는 그때 당신 이모부가 스스로 폭로하고, 자기 목에 밧줄을 건 채 마지막 패를 걸고 나를 상부 지시자라고 부르리라는 걸 알았죠. 메리 옐런, 그래서 그는 죽어야 했어요. 그의 그림자인 당신 이모도요. 내가 자메이카 여인숙을 지나갔던 간밤에 당신이 거기 있었다면 당신도요. 아니, 당신을 죽이진 않았겠죠."

목사는 그녀에게 몸을 굽혀 그녀의 두 손을 잡았다. 그녀가 자신의 눈을 들여다보도록 자기 키 높이로 그녀를 끌어당겼다.

그가 계속 말했다. "아니, 당신을 죽이진 않았을 거예요. 오늘 밤처럼, 그때도 나와 함께 왔을 겁니다."

목사의 눈을 응시하던 그녀가 다시 그를 노려보았다. 그의 눈은 그녀에게 아무것도 말하지 않았다. 전처럼, 그의 시선은 명쾌하고 차가웠다. 그러나 그녀의 손목을 꼭 잡은 그의 손아귀는 절대로 놓아줄 성싶지 않았다.

"목사님이 틀렸어요." 그녀가 말했다. "지금 저를 죽이려는 것처럼 그때도 저를 죽였을 거예요. 저는 목사님과 같이 가지 않을 거예요."

"불명예보다 죽음을 택하겠다고요?" 목사가 얇은 가면 같은 표정에서 벗어나 미소 지었다. "나는 그런 문제 없이 당신을 대할 거예요. 당신이 그런 문제를 겪게 하지 않을 거예요. 메리, 당신은 낡은 책에서 지식을 얻었죠. 외투 아래에 꼬리가 달리고 콧구멍으로 불을 뿜는 그런 악당이 나오는 책 말이에요. 당신은 자신이 위험한 상대라는 걸 스스로 입증했어요. 그래서 내 곁에 두는 게 나아요. 그래요, 이건 찬사예요. 당신은 젊어요. 그리고 당신에겐 내가 망치고 싶지 않은 품위가 있어요. 게다가 시간이 흐르면 오늘 밤에는 깨졌지만, 애초 우리 사이의 우정을 회복할 수 있을 겁니다."

"목사님이 저를 어리석은 아이로 취급하는 건 당연해요." 메리가 말했다. "제가 목사님 말 앞에 불쑥 나타났던 11월 저녁 이래, 저는 어린애이자 바보 같은 존재였죠. 우리가 나눈 우정도 우스꽝스럽고 불명예스러운 일이죠. 목사님은 무고한 사람의 피가 손에서 채 마르기도 전에 제게 조언하신 거였고요. 적어도 이모부는 정직했어요. 술에 취했든 안 취했든, 이모부는 자기가 저지른 범죄를 사방팔방에 나발을 불었고 밤이면 그 범죄 때문에 악몽을 꾸곤 했죠. 공포심 때문에요. 하지만 당신은, 당신은 의심을 피하려고 목사복을 입었죠. 당신은 십자가 뒤에 숨었어요. 그런 당신이 제게 우정에 대해 이러쿵저러쿵 말하다니……"

"메리 옐런, 반항하고 날 혐오하기 때문에 당신이 더 좋아요." 목사가 대답했다. "당신은 옛날 여자처럼 불꽃같은 활기를 지녔어요. 당신 우정은 저버릴 수 있는 게 아니에요. 이리 와봐요. 우리 이야기에서 종교는 뺍시다. 나를 더 알게 되면 종교 이야기를 다시 나눌 수 있을 겁니다. 내가 어떻게 기독교 안에서 안식을 찾고, 어떻게 기독교가 증오와 질투, 탐욕 위에 세워졌음을 깨달았는지 말해줄게요. 이런 건 모두 인간이 만들어낸 문명의 결과죠. 그에 비해 야만적인 고대 이교도는 솔직하고 깨끗해요.

내 영혼은 병이 들었지요…… 불쌍한 메리, 당신은 발을 19세기에 담근 채 당혹스러운 판* 같은 얼굴로 나를 쳐다보는군요.

* 그리스 신화 속 염소의 귀·뿔·뒷다리를 가진 목축의 신.

당신은 나를 자연에서 태어난 괴물이자 당신의 작은 세계의 수치덩어리로 생각하고 있죠. 이제 준비됐나요? 당신 외투는 현관에 걸려 있고, 나는 기다리고 있어요."

그녀는 눈으로 시계를 보며 벽으로 뒷걸음쳤다. 하지만 목사는 여전히 그녀의 손목을 꼭 잡고 더욱 단단히 움켜쥐었다.

"나를 이해해줘요." 목사가 다정하게 말했다. "목사관은 텅 비었고, 당신이 아무리 불쌍하게 비명을 질러도 아무도 듣지 못할 겁니다. 착한 해나는 교회 반대편의 자기 집 난롯가에 있을 겁니다. 당신 생각보다 내 힘은 더 셉니다. 내가 불쌍한 흰 담비처럼 약해 보여서 내가 약한 줄로 착각했죠? 하지만 당신 이모부는 내 힘을 알고 있었죠. 메리 옐런, 조용히 하게 하려고 당신을 해치거나, 당신의 아름다움을 망가뜨리고 싶진 않아요. 그러나 나를 거스르면, 어쩔 수 없이 그렇게 해야 해요. 당신이 지녔던 그 모험 정신은 어디로 갔나요? 당신의 용기와 용맹은 다 어디 갔죠?"

그녀는 시계를 보고 목사가 시간을 넘겨 남은 시간이 별로 없음을 알았다. 목사는 조급한 마음을 잘 감추었지만 깜빡거리는 눈과 꽉 다문 입술에 초조함이 묻어났다. 이제 8시 반이었다. 지금쯤 젬은 워레건의 대장장이에게 물어봤을 터이다. 그들 사이에 20여 킬로미터의 거리가 있지만, 그 이상은 아닐 것이다. 그리고 젬은 과거의 메리처럼 바보가 아니었다. 그녀는 실패하거나 성공할 확률을 재빨리 계산해보았다. 그녀가 지금 프랜시스 데비 목사와 간다면, 목사를 지연시켜 속도를 늦출 수 있을 것이다. 늦어지는 건 불가피하기도 했고, 목사도 그것을 어느 정도 고려했을 것이다. 목사의 바로 뒤까지 추적이 따라올 테고, 그녀는 결국 목사를 배신할 것이다. 그녀가 목사와 같이 가기를 거부한다면, 결국 그녀의 심장에 칼이 꽂힐 것이다. 목사는 그녀에게 온갖 감언이설을 늘어놓았지만, 그럼에도 불구하고 다친 여자를 거추장스럽게 데리고 가지는 않을 것이기 때문이다.

목사의 말로는, 그녀가 용감하고 모험적인 정신을 지녔다고 했다. 용기를 지녔기 때문에 그녀가 아주 먼 길을 왔으며, 목사처럼 그녀도 목숨을 걸고 도박할 수 있다는 걸 그도 알아야 했다. 목사가 미쳤다면(그녀는 목사가 미쳤다고 생각했다), 광기 때문에 망할 것이다. 목사가 미치지 않았다면, 그의 두뇌에 소녀의 기지로 맞설 뿐인 그녀는 지난번처럼 발부리에 걸리는 장애물 정도밖에 되지 않을 것이다. 그녀에게는 자신이 옳다는 확신과 신에 대한 믿음이 있었다. 그리고 목사는 스스로 만들어낸 지옥에 추방된 자였다.

이윽고 결정을 내린 그녀는 목사의 눈을 쳐다보며 웃었다.

"목사님, 함께 갈게요." 그녀가 말했다. "하지만 제가 목사님을 방해하는 육신의 가시나 길 위에 놓인 돌과 같은 존재라는 걸 알게 되실 거예요. 결국 후회하시게 될 거예요."

"적으로 가든 친구로 가든 그건 문제가 아니에요." 목사가 말했다. "당신은 신경 쓰이는 무거운 짐이 될 테고 그래서 당신을 더 좋아하게 될 거예요. 당신은 곧 당신의 매너리즘과 어릴 때부터 받아들인 문명의 덫을 던져버리게 될 겁니다. 메리 엘런, 4천 년간 남녀가 살지 않던 방식으로 사는 법을 가르쳐줄게요."

"제가 목사님 가는 길에 친구가 아니라는 걸 깨달으실 거예요."

"길? 누가 길 얘기를 했나요? 우리는 황야와 언덕으로 가고, 그리고 우리 이전의 드루이드 종족처럼 화강암과 헤더를 밟을 겁니다."

그녀는 목사의 면전에서 비웃을 수도 있었다. 하지만 목사는 문으로 돌아서서 그녀를 위해 문을 열어주었다. 그녀는 길로 나가면서 그에게 비웃듯이 인사했다. 그녀는 거친 모험 정신으로 충만해서 그날 밤 목사나 밤도 두렵지 않았다. 이제 아무런 문제도 없었다. 그녀가 사랑하는 남자는 자유로운 존재였고, 그는 살인과 아무 관련이 없었기 때문이다. 그 남자를 부끄러워하지 않고 사랑할 수 있었고, 원한다면 크게 외칠 수도 있었다. 그녀는 그 남자가 그녀를 위해 한 일을 알고 있었다. 또한 그가 그녀에게 돌아오리라는 것도 알았다. 상상 속에서 길 위로 두 사람을 쫓아오는 젬의 소리와 그의 승리의 외침이 들렸다.

프랜시스 데비 목사를 따라 마구간으로 갔더니 말에 안장이 얹혀 있었다. 이는 그녀가 미처 예상치 못한 광경이었다.

"마차를 타지 않으실 건가요?" 그녀가 물었다.

"다른 짐이 더 없더라도 당신이 이미 충분한 방해물이 아닌가요?" 목사가 대답했다. "메리, 우리는 가볍고 자유롭게 떠나야 합니다. 농장에서 태어난 여성들이 다 그렇듯이 당신은 말을 탈 줄 알잖아요. 내가 당신 말의 고삐를 잡죠. 콥종은 하루 종일 달려서 우리를 더욱 꺼릴 테고 그레이는 알다시피 다리를 절어서 많이 못 가기 때문에 속도를 보장할 수 없지요. 아, 레스트리스, 이 출발의 반은 네 잘못이란 거 너도 알지. 발굽으로 헤더를 밟았을 때 넌 주인을 배신한 거야. 그 죄를 속죄하려면 넌 여자를 태워야 해."

밤공기가 습하고 찬 바람이 부는 어두운 밤이었다. 하늘은 낮게 뜬 구름으로 흐렸고, 달도 완전히 가려져 있었다. 가는 길에 달빛이 전혀 없을 테고, 두 마리 말은 아무것도 보이지 않는 채로 달려야 할 것이다. 이 첫 번째 상황은 메리에게 불리해 보였다. 밤은 앨터넌 교구 목사에게 더 호의적인 듯했다. 그녀는 말안장에 올라타면서 자신이 도와달라고 크게 소리치거나 울부짖으면 잠든 마을 사람들이 깨어날까 고민했다. 하지만 머릿속으로 그런 생각을 하는 동안 목사가 손으로 그녀의 발을 등자에 올려놓는 게 느껴졌다. 목사를 내려다보자 그의 망토 아래 빛나는 검이 보였다. 그는 고개를 들며 미소 지었다.

"메리, 이건 바보 같은 속임수였어요." 목사가 말했다. "앨터넌에서는 사람들이 일찌감치 잠자리에 들지요. 그 사람들이 깨어나 눈을 비빌 때쯤이면, 나는 저 너머 황야에 있겠죠. 당신은 젖은 잔디에 얼굴을 묻고 엎드려 있을 거예요. 그럼 당신의 청춘과 아름다움도 끝장이지요. 이제 갑시다. 말을 타면 차가운 손발이 좀 따뜻해질 거예요. 그리고 레스트리스란 놈은 당신을 잘 태워줄 겁니다."

그녀는 아무 말 없이 손으로 고삐를 잡았다. 그녀가 믿었던 행운이 사라졌으니 이제는 그 게임을 끝까지 마쳐야 했다.

목사는 회색 말의 고삐를 밤색 콥종 말고삐에 연결한 후 밤색 말에 올라탔다. 마치 두 명의 순례자처럼 그들은 별난 여정을 떠났다.

문이 닫힌 어둡고 고요한 교회를 뒤로하고 떠나자, 교구 목사는 검은 셔블 모자를 벗어 흔들었다. 그의 맨머리가 드러났다.

"내 설교를 들어봤어야 해요." 목사가 부드럽게 말했다. "내가 그림을 그릴 때도 성도들은 양처럼 교회 좌석에 가만히 앉아 있었어요. 입을 헤벌리고 영혼은 잠든 채로요. 교회는 그들 주위에 둘린 네 개의 석벽과 그들 머리 위에 있는 지붕에 불과해요. 처음에 인간의 손으로 축복을 받았기 때문에 성도들은 그 교회를 거룩하다고 생각하죠. 성도들은 주춧돌 아래 이교도 조상의 뼈와, 그리스도가 십자가에 못 박혀 돌아가시기 한참 전에도 희생 제물을 잡던 낡은 화강암 제단이 있다는 걸 몰라요. 메리, 한밤중이면 나는 교회에 서서 그 침묵의 소리를 들었어요. 속삭임과 불안을 소곤거리는 소리가 공중에 떠다녀요. 이는 깊은 땅속에서 나는 소리로 앨터넌이나 교회와는 무관해요."

목사의 말이 그녀의 머릿속에 메아리쳐서 그녀를 다시 자메이카 여인숙의 어두운 통로로 데려갔다. 그녀는 자신이 바닥에 쓰러져 돌아가신 이모부 옆에 어떻게 서 있었는지 기억났다. 그리고 벽에서 공포와 두려움을 느꼈는데, 이는 전부터 느꼈던 것이다. 이모부의 죽음은 아무것도 아니었다. 그의 죽음은 오늘날 자메이카 여인숙이 있는 언덕에 헤더와 돌만 있던 시절, 오래전부터 있던 것을 그저 반복할 따름이었다. 차갑고 무자비한 손이 그녀를 어루만진 것처럼 몹시 떨었던 기억이 났다. 그녀는 프랜시스 데비 목사의 흰머리와 눈을 보면서 지금 다시 떨고 있었다. 목사의 눈은 과거를 보고 있는 듯했다.

두 사람은 황야 가장자리와 얕은 여울로 이어지는 거친 마찻길에 이르렀다. 이윽고 이것을 넘어 냇가를 가로질러 거대한 황야의 시커먼 중심부로 갔다. 황야에는 아무 자국도, 길도 없었고, 그저 거친 잔디 덤불과 죽은 헤더만이 있었다. 다시 두 마리 말은 돌부리에 걸려 비틀대거나 습지 주위의 부드러운 땅에 빠졌다. 그러나 프랜시스 데비 목사는 공중의 매처럼 길을 잘도 찾아냈다. 잠시 맴돌다가 아래 풀밭을 노려보고 다시 방향을 바꿔 단단한 땅으로 돌진하는 매처럼 말이다.

그들 주위로 솟은 바위산이 세상을 뒤로 감추었다. 두 마리 말이 언덕 사이에서 길을 잃었다. 말들은 짧고 기이한 걸음걸이로 나란히 성큼성큼 죽은 고사리를 지나 길을 찾아냈다.

메리의 희망이 흔들리기 시작했다. 그녀를 왜소하게 만드는 시커먼 언덕이 어깨 너머로 보였다. 그녀와 워레건 사이에는 수 킬로미터가 펼쳐져 있었다. 노스 힐은 이미 머나먼 딴 세상이 되었다. 이 황야에는 사람들을 영원으로 데려가 접근 불가능한 존재로 만들어버리는 오래된 마법이 있었다. 프랜시스 데비 목사는 그런 비밀을 알고 고향의 눈먼 맹인처럼 어둠을 잘 뚫고 나아갔다.

"우리 어디로 가고 있나요?" 마침내 그녀가 물었다. 그녀에게 돌아선 목사가 셔블 모자 밑으로 웃으면서 북쪽을 가리켰다.

"경찰관들이 콘월 해변으로 걸어갈 때가 곧 올 겁니다." 목사가 말했다. "지난번에 당신이 론서스턴에서 오면서 나와 마차를 탔을 때 내가 그런 말 했었죠. 하지만 오늘 밤과 내일, 우리에게 그런 간섭은 없을 겁니다. 갈매기와 야생 조류가 보스캐슬에서 하틀랜드까지 절벽에 자주 나타날 거예요. 전에 대서양은 내 친구였어요. 내 의도보다 황량하고 더 냉혹하지만, 그럼에도 불구하고 내 친구죠. 선박 얘기를 들어본 적 있죠? 메리 옐런, 최근에는 선박 얘기 하지 않았지만요. 우리를 콘월에서 떠나게 해줄 선박이 있을 겁니다."

"그럼 우리가 영국을 떠난다는 건가요, 목사님?"

"당신은 달리 어떤 제안을 하겠어요? 오늘 이후, 앨터넌 목사는 성스러운 교회에서 스스로 도망쳐 다시 도망자가 되어야 합니다. 메리, 당신은 에스파냐와 아프리카를 보고, 태양에 대해 뭔가 알게 될 거예요. 원한다면 발아래 사막의 모래를 밟는 느낌도 느낄 수 있어요. 우리가 어딜 가든 난 상관없어요. 당신이 선택해요. 왜 웃으면서 고개를 젓나요?"

"목사님, 엉뚱하고 불가능한 말씀만 하셔서요. 목사님도 저만큼 잘 아실 거예요. 기회만 생기면, 제가 아마도 첫 번째 마을에서 도망칠 거라는 걸요. 따라오지 않으면 죽일 테니까 오늘 밤 목사님과 함께 왔어요. 하지만 날이 밝아 사람들이 보이고 사람들 목소리가 들리면, 목사님은 지금의 저처럼 무력해지실 거예요."

"좋을 대로, 메리 옐런. 난 위험에 대비했어요. 당신은 행복한 확신에 빠져 콘월의 북쪽 해안과 남쪽이 전혀 다르다는 걸 잊었군요. 헬퍼드 출신이라고 했죠. 그곳에는 강가로 쾌적한 길이 구불구불하고 마을들이 잇달아 늘어서 서로 접해 있으며, 길을 따라 집들이 있지요. 당신도 알게 되겠지만, 이 북쪽 해안은 그렇게 다정하지 않아요. 그 해안은 이 황야처럼 외롭고 여행자도 별로 없어요. 내가 마음에 둔 피난처로 갈 때까지 나 말고 개미 새끼 한 마리 못 볼 거예요."

"그럼 제가 목사님 말씀을 듣는다고 쳐요." 메리가 두려워서 소리쳤다. "바다에 도착해 해안을 등지고 목사님이 기다리는 선박을 탔다고 쳐요. 아프리카나 에스파냐, 목사님이 좋아하는 나라 이름을 대보세요. 제가 거기 목사님을 따라가서 목사님이 사람들을 죽인 살인자라고 폭로하지 않을 거라 생각하세요?"

"메리 옐런, 그때쯤이면 당신은 다 잊을 겁니다."

"목사님이 제 이모를 죽였다는 걸 잊는다고요?"

"그럼요, 더한 것도요. 황야와 자메이카 여인숙, 그리고 머뭇거리다가 내 길로 잘못 들어선 당신의 작은 발도 다 잊을 겁니다. 론서스턴에서 오다가 큰길에서 흘렸던 눈물과 그 눈물을 흘리게 만든 남자도 다 잊을 겁니다."

"목사님, 남의 사사로운 일을 들추길 좋아하시는군요."

"저는 남의 아픈 약점을 건드리길 좋아하죠. 오, 입술을 악물고 찡그리지 말아요. 당신이 무슨 생각을 하는지 짐작할 수 있어요. 전에 말했죠, 예전에 고해성사를 들은 적이 있다고요. 당신보다 오히려 내가 여자들의 꿈에 대해 더 잘 알죠. 그 점에선 제가 여관 주인의 동생보다 유리하죠."

뒤집어쓴 얇은 가면 같은 표정에서 벗어나 목사가 다시 미소 지었다. 그녀는 자신을 향한 모욕적인 눈길을 피하려고 고개를 돌렸다.

그들은 말없이 계속 달렸다. 잠시 뒤 메리는 밤이 더 어두워지고 밤공기가 더 짙어지는 것 같았다. 또한 전처럼 주변 언덕을 볼 수도 없었다. 두 마리 말은 조심스레 길을 나아갔다. 그러다 갈 길을 몰라 두려운 것처럼 가던 길을 다시 멈추고 콧바람을 불었다. 땅은 지금 흠뻑 젖어 위험했다. 메리는 양쪽 길을 더이상 볼 수 없었지만 부드럽고 비옥한 잔디의 감촉으로 그들이 습지에 에워싸였음을 깨달았다.

이것만으로도 말들의 두려움이 설명된다. 그녀는 목사의 기분이 어떤지 알아내려고 동행을 힐끗 쳐다보았다. 목사는 시시각각으로 점점 어두워져 뚫기 어려운 어둠을 보려고 눈을 부릅

뜬 채 안장에 앉아 몸을 앞으로 내밀었다. 긴장한 옆모습과 꼭 다문 얇은 입술을 보니, 갑자기 새로이 닥친 위험 때문에 그들이 가야 할 길에 온 신경을 집중하고 있음을 알 수 있었다. 말의 긴장이 말을 탄 그녀에게도 전달되었다. 메리는 이 습지가 환할 때 보았던 습지라고 생각했다. 갈색 잔디 덤불이 바람에 흔들리고, 조금만 바람이 불어도 저기 가녀린 키 큰 갈대가 무리 지어 한 몸처럼 움직이면서 흔들리고 바스락거렸다. 한편 그 아래 고인 검은 물은 말없이 기다리고 있었다. 황야 사람들은 혼자 걷다가 어떻게 길을 잃고 넘어지는지, 자신 있게 걷던 사람이 순식간에 비틀대다가 아무 예고도 없이 습지에 빠진다는 걸 알고 있었다. 프랜시스 데비 목사가 황야를 알기야 하겠지만, 잘못해서 길을 잃을 수도 있다.

시냇물이 노래하듯 졸졸 흘렀다. 돌 위로 졸졸 흐르는 시냇물 소리는 1~2킬로미터나, 그보다 멀리서도 들린다. 하지만 습지 물에서는 소리가 나지 않는다. 한 번 미끄러지면 끝장날 수도 있다. 이런 예상을 하느라 신경이 몹시 곤두섰다. 그녀는 자기도 모르게 안장에서 뛰어내릴 준비를 했다. 목 졸라 죽이는 잡초에 잡힌 눈이 먼 짐승처럼, 그녀가 탄 말이 갑자기 비틀대다가 아파서 습지로 돌진할까 봐 두려워서. 침을 꿀꺽 삼키는 목사의 소리가 들렸다. 그의 계략 때문에 더 두려워졌다. 그는 더 잘 보려고 손에 모자를 들고 좌우를 응시했다. 이미 습기가 머리에서 빛났고 옷에도 스며들었다. 메리는 낮은 지면에서 올라오는 습한 안개를 보았다. 썩어가는 시큼한 갈대 냄새가 났다. 그러고 나서 그들의 행군을 막는 짙은 밤안개가 그들 앞에 모락모락 피어났다. 마치 모든 냄새와 소리를 차단하는 흰 벽과도 같은 안개였다.

프랜시스 데비 목사가 고삐를 잡아당겼다. 덜덜 떨던 두 마리 말이 콧바람을 불면서 즉시 주인에게 순종했다. 말 옆구리에서 나는 김과 안개가 합쳐졌다.

두 사람은 잠시 기다렸다. 황야의 안개란 낄 때처럼 갑작스럽게 사라지기 때문이다. 이번에는 안개가 옅어지거나 녹아서 없어지지 않았다. 안개가 거미줄처럼 빼곡히 주위를 감싸고 있었다.

그러자 프랜시스 데비 목사는 메리 쪽으로 몸을 돌렸다. 속눈썹과 머리에 안개가 서린 채 그녀 옆에 선 그의 모습은 마치 유령과도 같았다. 흰 가면 같은 그의 얼굴은 이전처럼 도무지 속마음을 알 길이 없었다.

"결국 신들이 나를 도와주지 않는군요." 목사가 말했다. "예전에도 이런 안개가 꼈었죠. 이런 안개는 몇 시간 동안 걷히지 않아요. 계속 습지로 간다면 목사관으로 돌아가는 것보다 더 미친 짓일 거예요. 새벽까지 기다려야 해요."

그녀는 아무 말도 하지 않았다. 아까 품었던 희망이 다시 되살아났다. 그러나 안개는 추격에 방해가 되며, 쫓기는 자뿐 아니라 쫓는 자에게도 해롭다는 사실을 기억했다.

"우린 지금 어디 있는 거죠?"그녀가 물었다. 그 말에 목사는 그녀의 고삐를 잡고 다시 낮은 길에서 벗어나 왼쪽으로 말을 몰았다. 마침내 부드러운 잔디가 더 단단한 헤더와 물렁한 돌로 바뀌었다. 한편 하얀 안개는 한 걸음 한 걸음 두 사람과 함께 움직였다.

"메리 옐런, 결국 당신이 쉴 만한 장소가 있을 겁니다."목사가 말했다. "쉴 만한 동굴과 누워 잘 만한 화강암이 있을 거예요. 내일이면 다시 잠자리가 생길 거예요. 하지만 오늘 밤은 거친 바위산에서 자야 해요."

긴장한 말들은 고개를 숙였다. 두 마리 말은 안개에서 벗어나 저 멀리 검은 언덕 쪽으로 천천히 무거운 걸음으로 올라갔다.

이후 메리는 우묵한 돌에 등을 기댄 채 외투로 몸을 가리고 유령처럼 앉아 있었다. 무릎을 끌어안아 턱까지 당겼다. 그렇게 해도 외투 주름과 무릎 사이로 찬 공기가 으슬으슬 스며들었다. 들쭉날쭉한 바위산의 최정상이 안개 위에 왕관처럼 하늘로 솟아 있었다. 그 아래 구름이 변함없이 걸려 있고, 거대한 안개 벽은 어떤 침입도 거부했다.

세상 소식과 단절된 이곳 공기는 순수하고 수정처럼 맑았다. 하계에 사는 생물은 안개 속을 비틀대며 더듬어야 한다. 그곳 바람은 돌들에게 속삭이고 헤더를 살랑이고 있었다. 칼처럼 예리한 차가운 바람이 불었다. 그 바람이 제단 석판 표면에 불어 동굴 속에서 메아리쳤다. 이 바람 소리가 한데 합쳐서 공중의 작은 함성처럼 들렸다.

그러고 나서 바람 소리가 다시 잦아들고 수그러졌다. 그곳은 전처럼 다시 조용해졌다. 두 마리 말은 쉬려고 머리를 맞댄 채로 둥근 바위에 기댔다. 하지만 말들도 가끔 주인에게 고개를 돌리며 안절부절못하면서 불안해했다. 목사는 그녀로부터 몇 미터 떨어져 앉았다. 탈출의 성공 가능성을 가늠하며 생각에 잠긴 그녀를 가끔 살피는 목사의 시선이 느껴졌다. 그녀는 만약에 있을 목사의 공격에 대비해 그를 예의 주시하고 있었다. 그가 갑자기 움직이거나 판석에서 몸을 돌릴 경우에 대비하느라, 무릎에서 팔을 빼어 주먹을 불끈 쥔 채로 기다렸다.

목사가 그녀에게 자라고 했지만, 오늘 밤에는 도저히 잠이 올 것 같지 않았다.

자기도 모르게 잠이 든다면, 잠과 싸울 것이다. 적을 극복해야 하는 것처럼 손으로 때려서라도 잠들지 않도록 애쓸 것이다. 자기도 모르는 사이에 갑자기 잠이 들지 모른다는 걸 알고 있었다. 나중에 일어나서 그녀의 목을 어루만지는 목사의 차가운 손길과 자기 얼굴에 다가온 창백한 얼굴을 보게 될지도 모른다. 목사의 얼굴에 후광처럼 둘린 흰 머리카락을 보게 될 것이다. 전부터 알던 그 조용하고 무표정한, 빛나는 눈빛도 보게 될 것이다. 이곳은 목사가 주도권을 가진 왕국이었다. 저 아래 목사를 둘러싼 하얀 안개와 그를 보호하는 뒤틀린 커다란 화강암 정상과 더불어 이 왕국은 홀로 침묵에 잠겨 있었다. 무슨 말인가

하려고 목을 가다듬는 목사의 목소리가 다시 들렸다. 그녀는 영원 속에 함께 던져진 두 사람의 삶이 평범한 사람의 삶과 얼마나 다른지 생각해보았다. 이것은 깨어날 수 없는 악몽과도 같았다. 그래서 그녀는 곧 자신을 잃고 그의 그림자 안으로 들어가고 말 것이다.

목사는 아무 말도 하지 않았다. 침묵 속에서 다시 속삭이듯이 바람 소리가 났다. 돌에 신음 소리를 내면서 바람이 불다가 잦아들었다. 뒤에 흐느낌과 울음을 남기는 새로운 바람이었다. 해변에서는 불지 않던, 어디서 불어오는지 알 수 없는 바람이었다. 돌들과 돌 밑 땅에서 부는 바람이었다. 빈 동굴과 바위틈에서 그 바람이 노래처럼 불었는데, 그 노래가 처음에는 한숨 같더니 나중에는 비탄에 잠긴 애가처럼 들렸다. 그 바람이 죽은 사자들의 합창처럼 공중에서 울려 퍼졌다.

메리는 외투를 와락 끌어 올리고 그 바람 소리를 막으려고 귀까지 후드를 잡아당겼지만, 그렇게 해도 바람이 머리카락을 잡아당기면서 더 거세졌다. 시냇물이 그녀 뒤에 있는 동굴로 콸콸 흘렀다.

주의를 분산시킬 것이 없었다. 바위산 아래 여전히 짙은 안개가 지면까지 자욱이 깔려 있어서였다. 구름을 흩을 바람 한 점 없었다. 여기 정상에서 바람이 거칠게 울부짖었다. 두려움을 속삭이고 유혈과 절망의 옛 추억에 흐느꼈다. 거친 바위산의 최정상, 마치 신들이 커다란 솟은 머리를 하늘로 쳐들고 서 있는 것처럼 메리의 머리 위 높이 솟은 화강암에 사라진 거친 가락이 메아리쳤다. 상상 속에서 천 명이 속삭이는 듯한 소리와 발자국 소리를 들을 수 있었다. 그녀 옆에 있는 남자들 쪽으로 향한 돌들을 볼 수 있었다. 태초보다 더 오래된, 화강암처럼 깎인 거친 돌의 얼굴은 냉혹했다. 돌들은 그녀가 이해할 수 없는 말로 서로 이야기를 나누었고, 돌들의 손발이 새의 발톱처럼 구부러졌다.

돌들은 눈을 돌렸지만 그 시선은 그녀를 아랑곳하지 않고 스쳐 지나가 저 먼 곳을 보았다. 돌들이 고대 괴물처럼 견디어 살아남은 반면에, 그녀는 자신이 아무 목적 없이 여기저기 바람에 나부끼는 나뭇잎 같은 존재임을 알고 있었다.

그녀를 보거나 듣지 않으면서도 돌들이 어깨를 나란히 한 채 그녀에게 다가왔다. 눈먼 짐승처럼 그녀를 죽이려고 돌들이 다가왔다. 갑자기 그녀가 울면서 일어났다. 몸의 모든 신경이 살아나 두근거렸다.

바람이 사라졌다. 바람은 그녀의 머리카락 한 올도 건드리지 않았다. 저 너머 화강암 석판이 전처럼 시꺼먼 부동자세로 서 있었다. 턱을 손에 괸 프랜시스 데비 목사가 그녀를 지켜보고 있었다.

"당신은 깜빡 잠이 들었더군요." 목사가 말했다. 그녀는 자지 않았다고 부정하면서도 자신의 말을 확신할 수 없었다. 그녀의 마음은 꿈 같지 않은 생생한 꿈과 아직도 씨름 중이었다.

"당신은 피곤한데도 새벽까지 밤을 새우겠다고 고집을 부리는군요." 목사가 말했다. "이제 겨우 자정이에요. 한참 기다려야 해요. 자연의 섭리에 맡기고 쉬어요, 메리 옐런. 내가 당신을 해칠 것 같아요?"

"아무 생각 없지만, 잠을 이룰 수가 없어요."

"돌에 머리를 기대고 외투를 입은 채 거기 쭈그리고 있으니 춥지요. 내가 당신보다는 좀 낫지요. 여기 바위틈에는 외풍이 없어요. 우리가 서로 온기를 나누면 좋을 겁니다."

"아니, 춥지 않아요."

"밤에 대해 좀 아니까 하는 제안입니다. 동트기 전이 제일 추워요. 혼자 앉아 있는 건 현명치 못한 일이에요. 자고 싶으면 이리 와 내 등에 기대 자요. 당신을 건드릴 마음도, 욕망도 없어요."

그녀는 대답 대신 고개를 가로젓고, 외투 안에서 두 손을 맞잡았다. 그녀는 목사의 얼굴을 볼 수 없었다. 그는 옆모습을 보이며 어둠 속에 앉아 있었기 때문이다. 하지만 그가 어둠 속에서 웃으면서 자신을 두려워하는 그녀를 비웃고 있음을 알고 있었다. 그의 말대로 추웠다. 온기가 그리웠지만, 보호해달라고 그에게 가지는 않을 것이다. 이제 손에서 감각이 사라졌고, 발도 다마비되었다. 마치 그녀의 일부가 된 화강암이 그녀를 가까이 붙잡고 있는 듯했다. 머릿속으로 계속 잠이 들었다 깼다 했다. 흰 머리칼에 흰 눈을 가진 괴상한 거인이 꿈속으로 걸어 들어왔다. 거인이 그녀의 목을 어루만지며 귀에 대고 뭔가 속삭였다. 그녀는 그와 같은 거인들이 북적이는 신세계로 들어왔다. 거인들은 팔을 뻗어 그녀가 가지 못하게 했다. 그런 뒤 그녀는 뺨을 에는 차가운 바람 때문에 현실로 돌아왔다. 어둠과 안개, 그리고 밤 등 아무것도 변한 게 없었다. 그저 60초가 지났을 따름이었다.

때때로 그녀는 목사와 함께 에스파냐를 거닐었고, 그동안 그는 웃으면서 보라색 머리가 달린 것처럼 기이하게 생긴 꽃을 따 주었다. 그 꽃들을 던지자, 꽃들이 덩굴손처럼 치마에 들러붙었다. 꽃들은 그녀의 목까지 기어올라 몹시 짓궂게 딱 달라붙었다.

또는 그녀는 딱정벌레처럼 땅딸막한 까만 마차를 타고 목사 옆자리에 앉아 있었다. 두 사람 위로 사방의 벽이 막혀 있었다. 벽이 두 사람을 함께 눌렀고, 두 사람의 생명과 호흡이 멈출 때까지 조여왔다. 납작하게 눌린 채 쓰러져 두 개의 화강암 석판처럼 영원히 잠잠해져 서로 기대어 누울 때까지.

그녀는 입가에 목사의 손길을 느끼면서 이 마지막 꿈에서 깨어 현실로 돌아왔다. 이번에는 어지러운 마음으로 꾼 꿈속의 환상이 아니라 냉혹한 현실이었다. 목사는 자신에게 반항하는 그녀를 꽉 잡았다. 그녀의 귀에 대고 조용히 하라고 거칠게 명령했다.

목사는 강제로 그녀의 손을 등 뒤로 결박했다. 성급하거나 잔인하지는 않았지만, 자신의 허리띠로 침착하고도 조용하게 묶었다. 가죽끈은 아프지는 않았지만 묶기에 아주 적절했다. 그는 허리띠 아래로 자기 손을 넣어 그녀의 피부가 쓸리지 않게 했다.

그녀는 눈으로 목사의 눈을 찬찬히 살피며 무력하게 그를 지켜보았다. 마치 이렇게 지켜보아서 그의 머릿속 메시지를 예상해보려는 것처럼.

그러고 나서 목사는 이제 울거나 말하지 못하도록 외투 호주머니에서 손수건을 꺼내 접어서 그녀의 입에 둘러 머리 뒤로 묶었다. 그녀는 다음 동작을 기다리면서 거기 누워 있어야 했다. 목사는 이렇게 하고 나서 그녀를 부축하며 걸으라고 했다. 왜냐하면 그녀는 묶이지 않은 다리로 걸을 수 있었기 때문이다. 그는 화강암 바위 너머 경사진 언덕으로 그녀를 얼마간 데려갔다. "메리, 우리 두 사람을 위해 이렇게 해야만 해요." 그가 말했다. "지난밤에 우리가 떠날 땐 안개가 낄 줄 몰랐어요. 지금 길을 잃는다면 안개 때문일 거예요. 이 소리를 들어봐요. 그럼 내가 왜 당신을 결박했는지, 그리고 왜 당신의 침묵이 우리를 구할지 알게 될 겁니다."

목사는 그녀의 팔을 잡고 언덕 끝에 서서 하얀 안개가 자욱한 아래쪽을 가리켰다. "들어봐요." 그가 다시 말했다. "당신 귀가 내 귀보다 더 예민할 겁니다."

그녀는 자기가 생각보다 더 오래 잤다는 걸 깨달았다. 두 사람의 머리 위로 어둠이 사라지고 아침이 되었기 때문이다. 낮게 드리운 구름이 마치 안개와 섞인 듯 하늘 여기저기 흩어져 있었다. 한편 희미한 동쪽 햇살은 마지못해 희미하게 떠오를 아침 해를 예고해주었다.

아직도 자욱한 안개가 흰색 담요처럼 아래쪽 황야에 뒤덮여 있었다. 그녀는 목사의 손이 가리키는 곳을 보았지만, 안개와 흠뻑 젖은 헤더의 줄기만이 보였다. 그러고 나서 그가 하라는 대로 귀를 기울여보았다. 안개 아래 저 멀리 공중에서 누군가를 부르는 듯 울부짖거나 외치는 소리가 났다. 처음에는 너무 희미해서 잘 들리지 않았다. 사람의 목소리나 고함과는 다른 이상한 음색이었다. 흥분한 그 소리는 허공을 찢으면서 더 가까워졌다. 프랜시스 데비 목사가 메리에게 돌아섰다. 목사의 속눈썹과 머리카락 위로 하얀 안개가 아직도 자욱했다.

"뭔지 알겠어요?" 목사가 물었다.

그녀는 목사를 다시 보고 고개를 저었다. 안다 해도 가린 입으로는 말할 수가 없었다. 전에 한 번도 들어본 적이 없는 소리였다. 그러자 목사가 웃었다. 서서히 짓는 냉혹한 미소가 상처처럼 그의 얼굴에 번졌다.

"노스 힐 나리가 개집에 사냥개를 기른다는 얘기를 언젠가 들었는데, 잊어버렸어요. 메리, 그 얘길 기억 못 한 건 우리 두 사람에게 유감이죠."

그녀는 깨달았다. 멀리서 자신을 열심히 찾는 외침을 갑자기 깨닫고는 두려운 눈길로 동행 중인 목사를 쳐다보았다. 그러고는 목사에게서 여전히 판석 옆에 참을성 있게 서 있는 두 마리 말로 시선을 돌렸다.

"그래요." 목사가 그녀의 눈길을 좇았다. "두 마리 말을 풀어서 저 아래 황야로 내려가게 할 거예요. 말들은 더 이상 우리를 도울 수 없고 저 패거리들만 끌어들일 뿐이죠. 불쌍한 레스트리스야, 넌 또 날 실망시키는구나."

목사가 두 마리 말을 풀어 가파른 언덕으로 이끌고 가자, 그녀는 쓰라린 마음으로 그를 보았다. 그러고 나서 몸을 땅으로 굽힌 목사는 돌을 집어 연달아 말 옆구리에 던졌다. 때문에 말들은 언덕 위 젖은 고사리 사이에 미끄러져 비틀댔다. 이윽고 목사의 지속적인 공격에 본능적으로 도망가야 함을 깨달은 말들은 두려워 숨을 씩씩대며 가파른 바위산 아래로 도망쳤다. 말들은 내려가면서 바위와 흙을 찼다. 아래 흰 안개 속으로 달려간 말들이 시야에서 사라졌다. 컹컹하는 사냥개 짖는 소리가 계속 더 가까워졌다. 프랜시스 데비 목사는 메리에게 달려가 무릎까지 내려오는 긴 검은 외투를 벗고 모자를 헤더 더미 위로 던져버렸다.

"갑시다." 그가 말했다. "친구든 적이든 이제 우린 운명 공동체요."

두 사람은 바위와 화강암 석판 사이로 언덕을 기어 올라갔다. 목사가 손이 뒤로 묶여 걷기 어려운 그녀를 부축했다. 흠뻑 젖은 고사리와 검은 헤더에 무릎까지 젖은 그들은 갈라진 바위틈이나 바위들 사이로 건넜다. 거친 바위산 꼭대기로 더 높이 올라가기도 했다. 여기 이 최정상에 있는 화강암은 지붕 비슷한 모양으로 눌려 비뚤어진 기괴한 형상이었다. 메리가 다친 상처에서 피를 흘리면서 숨 가쁘게 큰 돌 석판 아래 누워 있는 동안 목사는 움푹 들어간 돌을 발판 삼아 앞서 올라갔다. 그가 다시 그녀에게 내려왔다. 그러나 그녀는 고개를 저으면서 더 이상 올라갈 수 없다는 시늉을 했다. 그는 몸을 구부려 그녀를 묶은 허리띠를 자르고 입에 묶은 손수건도 찢어버리고는 다시 그녀를 끌고 갔다.

"이제 할 수만 있다면, 도망치시오." 목사가 소리쳤다. 창백한 얼굴에 눈은 이글거렸고, 후광처럼 둘린 흰 머리카락이 바람에 날렸다. 그녀는 헐떡이며 지친 상태로 땅에서 3미터쯤 되는 돌판에 매달렸다. 한편 목사는 그녀보다 앞장서 올라갔다. 목사의 여윈 검은 모습은 미끄러운 바위 표면에 달라붙은 거머리 같았다. 담요처럼 둘린 안개 자욱한 아래쪽에서 사냥개 짖는 소리가 무시무시하고도 냉혹하게 났고, 사람들의 고함과 외침과 뒤섞였다. 흥분한 소란으로 공기가 시끄러웠고, 전혀 보이지 않았기 때문에 더 끔찍했다. 하늘에 뜬 구름이 빠르게 흘러갔다. 하얀 안개 위로 누런 햇살이 눈에 띄었다. 그 햇살에 안개가 갈라지더니 눈 녹듯 사라졌다. 안개가 마치 꼬인 연기 기둥처럼 지면에서 올라오더니 지나가는 구름 속에 갇혔다. 그렇게 오랫동안 안개에 뒤덮였던 대지는 새로 나타난 흐릿한 하늘을 쳐다보았다. 메리는 경사진 언덕에서 아래를 내려다보았다. 그들 뒤로 비치는 햇살 아래, 헤더에 무릎까지 빠진 채 점점이 흩어진 사람들 모습이 보였다. 한편 회색 돌을 보고 날카롭게 짖어대는 붉은 갈색 사냥개가 쥐처럼 바위 사이로 앞장서서 달렸다.

오십여 명의 사람이 오솔길로 재빨리 다가왔다. 그들은 큰 돌을 가리키며 소리를 질렀다. 그들이 다가올수록 시끄러운 사냥개 소리가 바위틈에 메아리치고 동굴에서 쿵쿵거렸다.

자욱이 끼었다가 사라진 안개처럼 구름도 사라졌다. 머리 위로 남자 손보다 조금 더 큰 푸른 하늘 한 조각이 보였다.

누군가 다시 외쳤다. 메리로부터 겨우 4~5미터 떨어진 곳에서 어떤 남자가 헤더에 무릎을 꿇고 어깨 위로 총을 올려 쏘았다.

총알은 그녀가 아니라 화강암 바위를 맞혔다. 총 쏜 사람이 일어설 때 그가 젬이라는 걸 알았다. 젬은 아직 그녀를 보지 못했다.

젬이 다시 총을 쏘았다. 이번에는 총알이 귀 가까이 핑 소리를 내며 날아갔다. 순간 총알이 지나가는 속도가 얼굴에 느껴졌다.

고사리 사이로 사냥개들이 들어갔다가 나왔다. 사냥개 한 마리가 그녀 아래 돌의 돌출부로 뛰어올라 큰 코로 돌을 쿵쿵거렸다. 그다음 젬이 한 방 더 쏘았다. 저 너머 위를 보니 하늘을 배경으로, 그녀의 머리 위 높이 넓은 판석에 서 있는 프랜시스 데비 목사의 검은 거구가 어렴풋이 보였다. 목사는 잠시 바람에 머리칼을 나부끼면서 동상처럼 침착하게 서 있었다. 그리고 나서 비행하려는 새가 날개를 펼치듯이 팔을 뻗더니 갑자기 축 늘어져 추락했다. 화강암 정상에서 축축하게 젖은 헤더와 부서진 작은 돌 아래로 떨어진 것이다.

18

혹독하게 춥고 화창한 1월 초였다. 큰길의 수레바퀴 자국과 구멍은 보통 두터운 진흙이나 물로 메워지고, 그 위에 살얼음이 뒤덮여 있다. 마찻길은 흰 서리로 허옇게 되었다.

황야도 이런 흰 서리로 하얗게 뒤덮였다. 지평선 위 청명하고 푸른 하늘과는 대조적으로, 희미하고 뿌연 지평선 너머 황야가 펼쳐져 있었다. 땅을 밟으면 바삭바삭했고, 발아래 짧은 잔디는 자갈처럼 자박자박 밟히는 소리가 났다. 길과 산울타리가 어우러진 곳에서는 마치 봄볕인 양 따사로운 햇살이 비치곤 한다. 하지만 이곳의 싸늘한 공기는 뺨을 에는 듯했다. 대지 곳곳에 아직도 침침하고 거친 겨울 기운이 남아 있었다. 메리는 살을 에는 듯한 칼바람을 맞으며 트웰브 멘스 황야를 혼자 걸어갔다. 왼쪽에 있는 킬마 토르가 위협적인 자태를 잃고 하늘 아래 시커먼 상처투성이 언덕으로 몰락해버린 이유가 궁금했다. 그녀는 이런저런 걱정을 하느라 아름다운 풍경이 눈에 들어오지 않고, 마음속으로 인간과 자연의 관계에 대해 혼란스러웠던 모양이다. 이모부나 자메이카 여인숙에 대한 두려움과 증오가 꾸밈없는 황야와 묘하게 뒤섞여 있었다. 황야는 여전히 황량하고 언덕은 적대적이었다. 그러나 이런 풍경에서 느끼던 오랜 적대감이 사라져서 그녀는 이 황야와 언덕을 별다른 생각 없이 거닐 수 있었다.

이제 원하는 곳이라면 어디든 자유롭게 갈 수 있다. 헬퍼드와 푸른 남쪽의 계곡 생각이 났다. 고향 집과 낯익은 다정한 얼굴을 보고 싶은, 병적일 만큼 기이한 그리움이 밀려들었다.

바다에서 흘러나온 넓은 강물이 해안을 둘러쌌다. 아픈 기억이 떠올랐다. 그렇게 오랫동안 그녀에게 속했던 향기와 소리, 그리고 고집 센 아이처럼 부모와도 같은 강에서 갈라져 나온 시냇물이 나무나 속삭이는 작은 개울과 어떻게 합쳐졌는지 전부 떠올랐다.

숲은 지친 인간에게 성소를 제공해주었다. 여름이면 시원하게 나뭇잎 스치는 소리가 음악같이 들렸고, 겨울에는 헐벗은 나뭇가지 아래 쉴 만한 쉼터를 마련해주었다. 새들과 그들이 나뭇가지 사이로 날아오르는 모습도 무척 보고 싶었다. 꼬꼬댁하는 암탉 소리, 날카롭고 낭랑하게 우는 수탉 소리, 안절부절못하며 꽥꽥거리는 거위 소리 등 농장에서 들리는 소박한 소리가 그리웠다. 가축우리의 배설물 냄새를 맡고, 손에 암소의 따뜻한 숨결을 느끼고, 마당을 밟는 무거운 발자국 소리나 우물 옆에서 절걱이는 물통 소리가 듣고 싶어졌다. 문에 기대어 마을 길을 바라보거나 지나가는 친구에게 저녁 인사를 하고 싶고, 굴뚝에서 모락모락 피어오르는 푸른 연기가 보고 싶었다. 퉁명스럽든 다정하든 친숙한 목소리와, 어느 부엌 창에선가 웃음소리가 귀에 들릴 것이다. 그녀는 농장 일로 분주할 것이다. 아침 일찍 일어나 우물에서 물을 긷고, 몇 마리 안 되는 가축 사이로 편히 자신만만하게 움직이고, 허리 굽혀 일하고, 일할 때의 긴장감을 즐거움이자 고통을 없애는 해독제로 생각할 것이다. 계절이 바뀔 때마다 얻는 수확물이 반갑고, 마음이 평안하고 흡족할 것이다. 대지에 속했던 그녀는 다시 대지로 돌아가 조상들처럼 대지에 뿌리를 내릴 것이다. 헬퍼드에서 태어났으니, 죽으면 다시 헬퍼드의 일부로 돌아갈 것이다.

고독은 별로 중요하지 않았으며, 고독 따위에는 그다지 관심도 없었다. 일하는 노동자라면 고독 같은 것에 별로 신경 쓰지 않아도 해가 지면 잘 잔다. 그녀는 자신이 나아갈 진로를 정했으며, 그 진로를 따를 수만 있다면 멋지고 좋을 것이다. 이제 더이상 이번 주처럼 소심하고 우유부단하게 여기 머물지 않고, 점심 식사를 하러 돌아가면 바셋 가문에 자기 계획을 알릴 것이다. 친절한 그 집안 사람들은 여러 가지 제안을 했다. 적어도 겨울만이라도 자기 집에 머물라는 청은 과분한 친절이었다. 그녀가 자신이 그들에게 짐이라고 느낄까 봐, 그들은 그녀를 배려하며 친절하게 그 집안에서 뭔가 할 만한 일을 마련해주었다. 아이들 돌보기나 바셋 부인의 친구 노릇 같은 일 말이다.

그녀는 내키지 않지만 이런 얘기를 다소곳이 듣고는 공손하게 아무 약속도 하지 않았다. 그들이 이미 베풀어준 친절에 계속 감사하기만 했다.

솔직하고 명랑한 치안판사는 저녁 식사를 하면서 아무 말도 하지 않는 그녀를 나무랐다. "메리, 미소를 지으면서 감사하는 것도 나름 좋긴 하지만, 마음을 정해요. 다 알고 있겠지만, 혼자 살기엔 너무 젊어요. 그러기엔 너무 예쁘다고 당신 면전에 대고 말할 겁니다. 여기 당신이 묵을 노스 힐 집이 있다는 거 알죠. 아내는 당신한테 여기 머물라는데, 나도 같은 생각이에요. 알다시피 할 일이 많아요, 아주 많아요. 집에는 다듬어야 할 꽃도 있고, 써야 할 편지도 있고, 야단쳐야 할 아이들도 있지요. 자, 당신 할 일은 아주 많다고 내가 장담하죠." 바셋 부인도 서재에서 메리의 무릎에 다정하게 손을 얹고 똑같은 말을 했다. "당신이 이 집에 남았으면 좋겠어요. 왜 그냥 여기 머물지 않나요? 아이들이 당신을 좋아해요. 어제 헨리가 말만 하면 자기 조랑말을 당신한테 주겠다고 하더군요! 장담컨대, 그건 그 애로서는 엄청난 선물이에요. 우리는 당신이 아무 걱정 없이 즐겁고 평안하게 시간을 보내게 해줄 거예요. 남편이 외출하면 내 친구가 될 수도 있고요. 아직도 헬퍼드의 고향 집 때문에 초조한 건가요?"

그러자 메리는 미소를 지으며 거듭 감사했다. 하지만 헬퍼드의 기억이 그녀에게 얼마나 큰 의미가 있는지 이루 말로 표현할 수 없었다.

그들은 그녀가 지난 몇 달 동안 겪은 힘든 일에 아직도 사로잡혀 있다고 짐작하고, 친절하게도 이를 보상해주려 애썼다. 하지만 바셋 집안은 노스 힐 저택 문을 계속 개방했고, 수 킬로미터 내의 주변 이웃은 당연히 줄곧 한 가지 주제만 이야기했다. 바셋 나리는 오십 내지 백 번쯤 자신의 무용담을 되풀이해야 했다. 메리는 앨터넌이나 자메이카라는 지명만 들어도 혐오스러웠다. 영원히 그런 지명을 지워버리고 싶었다.

여기 이곳을 떠나려는 또 다른 이유가 있었다. 그녀는 지나친 호기심과 화제의 대상이 되어버렸다. 바셋 집안은 약간 자랑하고픈 마음에 친구들에게 그녀를 여주인공으로 가리키곤 했다.

그녀는 감사한 마음에 최선을 다하려 했지만, 그 집안 사람들 사이에서 결코 마음이 편치만은 않았다. 그들은 자신과 같은 부류의 사람들이 아니었다. 다른 인종, 다른 계급의 사람들이었다. 그녀는 그들을 존경하고 좋아하며 그들에게 호감도 갖고 있었지만, 사랑할 수는 없었다. 그들은 친절한 마음으로 일행이 있으면 그녀를 대화에 끼워주고, 그녀가 따로 앉지 않도록 배려해주었다. 그러나 그녀는 조용한 자기 침실이나 마부 리처즈의 검소한 부엌이 줄곧 그리웠다. 뺨이 붉은 사과 같은 리처즈의 아내는 메리를 반갑게 맞아주곤 했다.

또 치안판사는 애써 재미있게 웃기려고 노력했다. 그는 자신이 말할 때마다 진심으로 웃어주는 그녀에게 조언을 구하곤 했다. "앨터넌 교구에 성직이 하나 비었을 거예요. 당신이 목사가 되겠어요, 메리? 저번 목사보다 당신이 훨씬 더 훌륭한 목사가 될 거라고 내 장담하지." 그녀는 그를 위해 이 말에 웃음을 지어야 했다. 이 말 때문에 얼마나 쓰라린 기억이 되살아나는지 눈치도 못 챌 만큼 그가 바보인지 궁금해하면서 말이다.

"자, 이제 자메이카 여인숙에 더 이상 밀수란 없을 거예요." 그가 말하곤 했다. "내 마음대로 할 수 있다면, 이제 음주도 없을 거예요. 그 여관의 거미줄을 모두 말끔히 청소할 거예요. 청소를 끝내면 밀렵꾼이나 집시 따윈 이 여관 벽에 얼굴도 들이밀지 못할 거예요. 평생 술 냄새라고는 맡아본 적이 없는 정직한 사람을 둘 겁니다. 그 사람이 허리춤에 앞치마를 두르고 여관 문에 '환영'이라고 써놓을 겁니다. 누가 제일 먼저 들를지 알아요? 메리, 당신과 나죠." 그는 무릎을 치며 한바탕 웃어젖혔다. 한편 메리는 그의 농담이 재미없다고 하는 대신 억지 미소로 화답했다.

메리는 트웰브 멘스 황야를 걸어가면서 혼자 생각에 잠겨 곧 노스 힐을 떠나야 함을 깨달았다. 그들은 다른 부류의 사람들이었기 때문이다. 그녀는 오로지 헬퍼드 계곡의 숲과 시내에서만 다시 평안과 만족감을 느낄 수 있을 것이다.

킬마 토르 쪽에서 그녀 쪽으로 달려온 마차가 토끼처럼 휜 서리에 자국을 남겼다. 조용한 들판에 움직이는 것이라고는 그 마차뿐이었다. 이 황야에서 위시 개울 옆 골짜기에서 조금 떨어진 트레워서에만 오두막이 있었기에 그녀는 의아한 눈길로 그 마차를 바라보았다. 트레워서에는 아무도 살지 않는다고 알고 있었다. 젬이 러프토르에서 그녀에게 총질한 이후 그 집 주인을 만나지 못했던 것이다. "다른 식구들처럼 그 동생은 은혜를 몰라요." 치안판사가 말했다. "내가 아니었다면 그는 기가 팍 꺾일 만큼 긴 형량을 선고받고 지금쯤 감옥에 갇혀 있겠죠. 내가 억지로 그의 손을 잡아 그는 항복해야 했죠. 메리, 그가 그 뒤에 잘했고, 당신과 그 검은 목사복을 입은 악당을 추적하는 역할을 해냈다는 건 인정해요. 하지만 그는 그 일에서 자기 이름을 빼줬다고 감사하지도 않고, 내가 알기로 멀리 세상 끝으로 가버렸어요. 난 상관하고 싶지 않아요. 멀린 집안 중 착해진 사람은 아직 없어요. 그도 다른 사람들과 같은 길을 가겠죠." 이런 이유로 트레워서에는 아무도 없었고, 그곳 말들은 다른 말들처럼 야성을 되찾아 황야를 자유로이 돌아다녔다. 떠날 거라는 그녀의 예상대로 말들의 주인은 노래를 흥얼거리면서 멀리 가버렸다.

마차가 가파른 언덕에 점점 더 가까워졌다. 메리는 지나가는 마차를 보려고 햇살을 피했다. 힘쓰느라 말의 등이 굽었다. 냄비와 프라이팬, 매트리스와 막대기 등 잡다한 짐 아래 낑낑거리는 말의 모습이 보였다. 누군가 고향 집으로 돌아가는 모양이었다. 그때까지도 그녀는 무슨 일인지 잘 몰랐다. 마차가 바로 그녀가 서 있는 길 아래로 달리고, 마차 옆에 걷던 마부가 그녀를 쳐다보고 손을 흔들 때에야 비로소 그를 알아보았다. 그녀는 짐짓 무심한 태도로 마차 쪽으로 내려갔다. 그러고는 말에게 돌아서서 말을 두드려주며 말에게 이야기를 건넸다. 한편 젬은 마차를 고정시키려고 마차 바퀴 아래 있는 돌을 차서 그 돌을 거기에 끼웠다.

"좀 괜찮아졌어요?" 그가 마차 뒤에서 불렀다. "병이 나서 드러누웠다는 얘기는 들었어요."

"틀림없이 잘못 들은 거예요." 메리가 말했다. "저기 노스 힐 저택 주변을 서성이면서 정원을 산책했어요. 이웃이 싫어진 것만 빼면 내겐 별문제 없어요."

"당신이 거기 정착해 바셋 부인의 친구가 되었다는 소문이 있었죠. 내 생각엔 친구 이상인 것 같더군요. 글쎄, 당신은 아마 그분들이랑 편히 잘 살겠지요. 아마 알면 알수록 친절한 분들이겠죠."

"어머니가 돌아가신 뒤 그분들은 콘월의 누구보다도 내게 친절을 베풀었어요. 내겐 그 사실만이 중요해요. 하지만 그래도 노스 힐엔 머물지 않을 거예요."

"아, 머물지 않겠다고요?"

"네, 헬퍼드 집으로 돌아가려고요."

"거기서 뭘 하려고요?"

"아직 돈이 없으니 힘써 다시 농장을 일궈보려고요. 적어도 애는 써봐야죠. 그렇지만 거기 헬퍼드에도 친구가 있고 헬스톤에도 친구가 있으니, 처음엔 그 친구들의 도움을 받아야겠죠."

"어디서 살려고요?"

"마을엔 집이라고 부를 만한 오두막도 없어요. 알다시피 남부에서는 우리가 이웃이 되겠네요."

"내겐 이웃이 없어서 당신 말에 뭐라 반박할 수 없어요. 하지만 마을에 산다면 상자갑 속에 사는 기분이라고 늘 생각해왔어요. 당신은 문간에서 다른 사람의 정원 일에 쓸데없이 참견하겠죠. 다른 집 감자알이 당신이 재배한 감자보다 굵으면, 그 감자에 대해 이러쿵저러쿵 말도 많고 이론도 많겠죠. 저녁 식사로 토끼 요리를 해 먹으면, 이웃집 부엌에서 이웃 사람이 그 토끼 요리 냄새를 맡을 테고. 제기랄, 메리, 거긴 사생활이라고는 없어요."

진저리를 치느라 그의 코에 잔뜩 잡힌 주름을 보고 그녀가 웃음을 터뜨렸다. 그제야 짐이 잔뜩 실린 마차와 거기 실린 잡동사니를 보았다.

"이걸로 뭐하려고요?" 그녀가 물었다.

"당신처럼 나도 이웃이 싫어요." 그가 말했다. "토탄과 습지 냄새, 그리고 새벽부터 저녁까지 못생긴 얼굴에 내게 인상이나 쓰는 저기 킬마 토르가 있는 풍경에서 도망치고 싶어요. 여기가 내 집이죠, 메리. 여기 마차에 필요한 게 다 있어요. 다 싣고 다니다가 기분이 나면 멈추죠. 난 소년 시절부터 방랑자였어요.

꽤 오랜 세월 아무 관계나 뿌리, 꿈도 없었고. 아마 또 방랑자로 떠돌다가 죽겠죠. 그게 이승에서 내게 허락된 유일한 삶이죠."

"젬, 떠돌아다니면서 평안이나 평온을 얻을 수는 없어요. 짐을 더 얹지 않아도 산다는 것 자체가 분명 기나긴 여정이에요. 당신도 언젠가 작아도 자기만의 땅, 네 벽과 지붕, 그리고 지치고 가련한 몸을 누일 공간을 원하게 될 거예요."

"메리, 하늘을 지붕 삼고 땅을 이불 삼으면 온 나라가 다 내 소유예요. 당신은 이해 못 해요. 당신은 여자니까 가정만이 당신 왕국이겠죠. 매일매일 익숙하고 소소한 모든 것이 전부겠지요. 난 그렇게 산 적이 없고, 앞으로도 그렇게 살지 않을 거예요. 하루는 언덕에서, 다음 날은 도시에서 지낼 거예요. 낯선 사람을 벗 삼고 지나가는 사람을 친구 삼아 여기저기 천지 사방에서 내 행운을 찾을 거예요. 오늘도 길 가다가 친구를 만나면 그 친구랑 한 시간, 아니 1년간 같이 떠돌 거고. 내일이면 그 친구가 다시 떠나겠지요. 당신과 난 서로 다른 나라 말을 하는 거예요."

메리는 계속 그가 탄 말을 쓰다듬었다. 그녀의 손길 아래 튼실한 말의 몸은 따뜻하고 촉촉했다. 젬이 입가에 옅은 미소를 띠고 그녀를 바라보았다.

"어느 길로 갈 거예요?" 그녀가 물었다.

"타마 강 동쪽 어딘가로, 어디든 내겐 중요치 않아요." 그가 말했다. "늙어 백발이 되어 다 잊을 때까지 서쪽으론 오지 않을 셈이에요. 거니슬레이크를 따라 중부 지방을 거쳐 북쪽으로 가볼 생각이에요. 거기 사람들은 대부분 부자거든요. 돈을 찾아 거기로 가면 돈을 벌겠죠. 언젠가는 내 주머니에도 돈이 두둑해서 말을 훔치는 대신에 재미로 말을 살 수도 있을 거예요."

"중부 지방은 우중충하고 재미없어요." 메리가 말했다.

"흙 색깔 따위엔 신경 안 써요. 황야의 토탄은 검은색이잖아요? 헬퍼드 아래 있는 당신 돼지우리에 비가 오면 그 비 색깔도 그래요. 무슨 차이가 있겠어요?"

"젬, 당신은 그저 말장난을 하고 있어요. 당신 말엔 아무 의미도 없어요."

"당신이 내가 탄 말에 기대어 거친 머리카락을 말갈기에 파묻고 있는데 어떻게 의미 있는 말을 하겠어요? 5분이나 10분 뒤면 난 당신 없이 저기 언덕 위에 있을 게 뻔해요. 바셋 나리와 차를 마시러 노스 힐로 걸어 돌아간 당신과 타마 강 쪽을 하염없이 바라보면서 말이죠."

"그럼 여행을 연기하고 당신도 노스 힐로 와요."

"메리, 바보 멍청이 같은 소리 하지 마요. 내가 나리와 차를 마시고, 저자세로 나리 아이들과 춤추는 모습을 상상할 수 있어요? 난 나리와 같은 부류가 아니에요. 그건 당신도 마찬가지고요."

"나도 알아요. 그 때문에 헬퍼드로 돌아가려고 하잖아요. 젬, 난 향수병에 걸렸어요. 다시 강 냄새를 맡으면서 내가 자란 시골길을 걷고 싶어요."

"그러면 가요. 날 버리고 계속 걸어가요. 16킬로미터쯤 가서 보드민으로, 보드민에서 트루로로, 트루로에서 다시 헬스톤으로 가는 길을 만나겠지. 일단 헬스톤에 가면 친구들을 만나겠지요. 당신 농장이 마련될 때까지 친구들이랑 같이 지낼 수 있을 거예요."

"오늘은 아주 모질고 매정하군요."

"말들이 고집부리고 말을 잘 안 들으면 말들에게 가혹해지죠. 하지만 그런다고 말들을 아끼지 않는 건 아니죠."

"당신은 평생 사랑이라고는 해본 적이 없어요." 메리가 말했다.

"사랑이란 말을 별로 하지 않았죠, 바로 그게 이유죠." 그가 말했다.

그는 마차 뒤로 돌아가서 바퀴에서 돌을 치웠다.

"뭐 하는 거예요?" 메리가 물었다.

"벌써 정오가 지났어요. 지금쯤이면 큰길을 달려야 한다고요. 꽤 오래 여기서 잡담했어요." 그가 말했다. "당신이 남자라면 같이 가자고 했을 거예요. 당신은 옆자리에 다리를 쭉 뻗고 주머니에 손을 찔러 넣고는 기분 내키는 동안 나와 동행하겠죠."

"남쪽으로 데려다 준다면 지금이라도 동행할게요." 그녀가 말했다.

"좋아, 하지만 난 북쪽으로 올라가는 중이에요. 그리고 당신은 남자가 아니라 여자잖아요. 나랑 가면 손해 많이 본다는 거

알잖아요. 저기 길에서 물러서요, 메리. 그리고 고삐를 잡지 말고. 나 이제 떠나요. 안녕."

그가 그녀의 얼굴을 손으로 감싸더니 키스를 했다. 웃는 그의 모습이 보였다. "당신이 헬퍼드에서 벙어리장갑이나 낀 노처녀가 되면, 당신도 기억하겠죠. 그리고 죽을 때까지 혼자 내내 이렇게 되뇌겠죠. '그가 말을 훔쳤어! 그는 여자를 보살필 줄 몰라. 자존심만 아니라면 지금쯤 그와 함께 지낼 텐데.'"

마차에 올라탄 그가 가볍게 말채찍을 치고 하품을 하며 그녀를 내려다보고 말했다. "밤이 되기 전에 80킬로미터를 가야 해요. 80킬로미터를 다 가면 길가 텐트에서 푹 잘 거예요. 불을 피워서 저녁으로 베이컨을 구워 먹을 거고. 당신은 내 생각 해줄건가요, 안 해줄 건가요?"

하지만 그녀는 그의 말을 듣지 않고 머뭇머뭇 손을 비비며 남쪽으로 고개를 돌린 채 서 있었다. 저 언덕 너머 황량한 황야는 목초지가 되고, 목초지는 계곡이 되고, 계곡은 냇가로 바뀌었다. 흐르는 냇가 옆 헬퍼드의 평화와 고요가 그녀를 기다리고 있었다.

"자존심 때문이 아니에요." 메리가 말했다. "자존심 때문이 아니란 거 당신도 알죠. 내 마음엔 내가 잃은 모든 것과 집을 그리워하는 병이 있어요."

그는 아무 말도 하지 않았지만, 손에 고삐를 당기더니 말에게 속삭였다. "기다려요." 메리가 말했다. "기다려요, 말 좀 조용히 잡아봐요. 손 좀 잡아줘요."

그는 채찍을 내려놓고, 그녀 쪽으로 내려가서 마부석 옆자리에 그녀를 앉혔다.

"이제 어떡하려고요?" 그가 물었다. "당신을 어디로 데려가라고요? 당신은 헬퍼드를 등진 거예요, 그거 알죠?"

"그럼요, 알아요." 그녀가 말했다.

"나랑 가면 힘들고 이따금 거친 인생이 될 거예요, 메리. 어딜 가나 초대도 못 받고 휴식이나 편안함도 없을 거고. 남자가 울적해지면 같이 지내기 어렵죠. 분명 난 그중에서도 최악이에요. 당신이 바라는 농장이나 장차 누리고 싶은 평화와 잘못 바꾸는 거예요."

"젬, 위험을 무릅쓰고 당신 기분에 맡길게요."

"메리, 날 사랑해요?"

"그런 것 같아요, 젬."

"헬퍼드보다 내가 낫겠어요?"

"그렇다고는 말할 수 없어요."

"그럼 왜 내 옆에 앉았어요?"

"그러고 싶기 때문이죠. 그래야 하기 때문이죠. 지금이나 앞으로도 영원히, 여기가 내가 속하고 싶은 곳이기 때문이죠." 메리가 말했다.

그러자 그는 웃으며 그녀의 손을 잡고 말고삐를 넘겨주었다. 그녀는 다시 뒤돌아보지 않고 타마 강 쪽만 바라보았다.

1. 생애

대프니 듀 모리에(1907~1989)는 많은 고딕 로맨스 및 추리 소설의 저자로서 큰 인기를 누린 영국 작가이자 극작가다. 그녀의 많은 작품이 영화로 만들어졌으며 그중에서도 앨프리드 히치콕 감독이 연출한 「레베카Rebecca」(1940), 「자메이카 여인숙Jamaica Inn」(1939), 「새The Birds」(1963), 그리고 니컬러스 뢰그 감독의 「지금 쳐다보지 마Don't Look Now」(1973)는 지금도 유명하다.

듀 모리에의 가문은 1860년대 영국에 정착한 그녀의 친할아버지인 조지로부터 시작된다. 그는 《펀치》라는 잡지에 풍자만

화를 실은 만화가이자 스벵가리Svengali라는 인물로 유명한 『트
릴비Trilby』(1894)라는 소설의 작가였다. 아버지 제럴드는 「피
터 팬」을 비롯하여 J. M. 배리의 연극에서 이름을 날린 유명 배
우이자 극장 매니저였다. 그는 1903년 여배우 뮤리얼 보먼트와
결혼하여 앤절라와 대프니, 진이라는 세 딸을 두게 된다. 듀 모
리에의 전기를 쓴 마거릿 포스터에 따르면, 그는 딸들을 지극히
사랑했고 특히 둘째 딸을 아꼈다. 그녀가 조부인 조지의 명성에
필적하는 작가가 되기를 바랐기 때문이다. 제럴드는 가정교사
의 교육과 광범위한 독서의 결과로 이야기나 시들을 지어내는
딸의 습작을 늘 칭찬하며 격려했다.

　1916년 그들은 햄스테드의 캐넌 홀로 이사했다. 대프니는 평
소 아들을 원하던 아버지 때문에 자신이 아들이었으면 하는 마
음에 늘 남자 옷을 입었으며, 자신의 내면은 남자라는 확신을
갖고 있었다. 그로 인해 10대 사춘기 시절에는 정체성 때문에
심한 정신적 방황을 겪기도 했다.

　1931년 발표한 그녀의 첫 장편소설 『사랑하는 영혼The Loving
Spirit』을 읽고 콘월 해안의 묘사에 감명 받은 프레더릭 A. M. 브
라우닝은 수술 후 회복 중인 그녀를 자신의 배에 초대한다. 이
일을 계기로 가까워진 두 사람은 1932년 결혼하여 아들 한 명
과 두 딸을 얻는다. 당시 남편도 듀 모리에 못지않게 유명한 인
물이었다. 영국 육군에서 사령관 'boy'라는 애칭으로 불린 그는
연합군의 독일과 네덜란드 공격에 가담했지만 실패한 일도 있

는데, 이 일화는 후일 영화로 만들어지기도 했다. 브라우닝은 전쟁에서의 활약으로 제2차 세계대전 때 육군 중장에 임명되고 기사 작위를 받았다. 또한 1928년에는 스위스 동계올림픽에 봅슬레이 국가대표로 출전하여 10위를 하기도 했다. 1948년 에든버러 백작 부인인 엘리자베스 공주의 회계로 일하다가 그녀가 엘리자베스 2세로 즉위한 뒤에는 에든버러 백작의 회계로 일했다. 1957년 심한 신경쇠약에 걸려 1959년 은퇴한 그는 1965년에 사망했다. 남편의 사후 듀 모리에는 가끔 아들과 두 딸, 그리고 이웃의 방문을 받고, 매일 개와 함께 해변을 산책하면서 영국 남서쪽 끝 바위투성이 해안에 위치한 콘월의 파Par 마을에서 조용히 살다가 1989년 81세를 일기로 세상을 떠났다.

2. 작품 세계

아버지와 할아버지는 그녀의 삶과 글에 큰 영향을 미쳤다. 가령 니나 아우얼바하는 '듀 모리에의 본질적 연극성'은 소설가이자 《펀치》 만화가였던 할아버지의 지속적인 영향이라고 주장한 바 있다. 특히 아버지와의 관계는 그녀에게 가장 큰 영향을 주었다. 유년 시절 자신과 비슷한 아버지를 무조건 따르던 대프니는 자라면서 아버지의 사랑을 숨 막히게 느꼈다. 이런 연유로 1977년 펴낸 자신의 자서전 제목을 '성장의 고통Growing Pains'이라고 붙였으며, 『줄리어스의 전진The Progress of Julius』 『레베카』『기생충들The Parasites』등의 작품에서 아버지에 대한 애증을 심리적 리얼리즘으로 표출했다.

그 결과 그녀는 아버지 쪽의 창조성을 닮으려는 욕구와 자기 자신, 즉 여성이 되려는 욕망 사이에서 갈등을 겪는다. 그녀는 자신의 글쓰기를 통해 이러한 내적 긴장 내지 '무의식적 투쟁'과 화해하려 했고, 따라서 평생 두 차원의 삶을 살게 된다. 한편으로는 결혼하여 세 아이를 낳고, 서부 고지대를 개와 산책하며, 가정경제를 관리하고, 가족과 친구들에게 너그러운 평범하고 평온한 삶, 다른 한편으로는 많은 성공작을 쓴 작가이자 등장인물 속에 존재하는 비범한 삶이 그것이다. 어쩌면 후자의 삶이 그녀에게는 더 현실적이었는지 모른다. 즉 겉으로 평온해 보이는 그녀의 내면에는 끝없는 갈등과 심리적 자아의 분열이 들끓었던 것이다.

그녀의 초기 몇 작품은 《바이스탠더》라는 잡지에 실렸으며, 처녀작인 『사랑하는 영혼』은 1931년에 출간되었다. 이 작품은 '배우 제럴드의 딸이자 『트릴비』와 『피터 이벳슨Peter Ibbetson』의 작가 조지의 손녀'가 쓴 작품이라고 소개되었다. 이후 두 번째 장편소설 『다시 젊어지지 않을래I'll Never Be Young Again』 (1932), 『자메이카 여인숙』(1936), 『레베카』(1938), 『프렌치맨 크릭Frenchman's Creek』(1941) 및 「새」(1952), 「자정 이후 말고Not After Midnight」(1971), 「지금 쳐다보지 마」(1971) 등 여러 편의 단편소설과 논픽션 작품 『젊은 시절의 나Myself When

Young』(1977) 등을 발표했다. 1934년 아버지가 돌아가신 뒤에는 아버지의 전기, 『제럴드: 초상화Gerald: A Portrait』를 쓰기도 했으며, 영국 역사와 자신의 조상에 대한 관심으로 『듀 모리에 일가The Du Mauriers』(1937)도 펴냈다. 그녀의 논픽션 저술 중에는 브론테 자매의 남동생인 『브랜웰 브론테의 내면세계The Infernal World of Branwell Brontë』(1960)라는 패트릭 브랜웰 브론테의 전기도 있다. 그녀는 특히 단편소설에서 탁월한 면모를 보여주었는데, 「새」「지금 쳐다보지 마」「사과나무The Apple Tree」「푸른 렌즈The Blue Lenses」 등이 그 대표적인 예다. 이렇듯 많은 소설 이외에도 다섯 권의 전기와 열세 권의 여행기, 네 권의 단편소설집, 한 권의 자서전, 세 편의 연극(「레베카」「그사이 몇 년The Years Between」「9월의 조류September Tide」) 등 많은 글을 남겼다.

그녀가 작품 활동을 하던 시기에는 전쟁이나 마르크스주의, 심리, 예술, '의식의 흐름' 수법 등이 유행하고 있었다. 그 때문에 사실적인 그녀의 작품은 1950년대까지 구식 소설로 평가되었지만, 오늘날에는 '풍부한 상상력과 탁월한 재능을 지닌 이야기꾼', '서스펜스의 여왕'으로 재평가되고 있다. 이런 연유로 그녀의 작품들은 전 세계적으로 인기를 얻으며 몇십 년간 도서관 대출도서 순위 목록에서 부동의 자리를 차지하고 있다.

특히 1938년에 발표한 그녀의 최고 걸작인 『레베카』는 가장 큰 성공을 거두며 그해 전미도서상National Book Award을 수상하기도 했다. 명백한 산문보다 우아하고 암시적인 필치로 그려냈지만 작품은 현실에 토대하고 있으며, 이 현실은 서서히 추악한 실체를 드러내게 된다.

지난밤 다시 맨덜리로 가는 꿈을 꾸었다. (……) 나는 갑자기 이 곳에 왔다. 사방으로 펼쳐진 거대한 숲이 기이하게 자라 접근할 수가 없었다. (……) 늘 그랬던 것처럼 조용히 몰래 맨덜리, 우리의 맨덜리가 있었다. 꿈같은 달빛에 회색 바위가 빛났고, 중간 문설주 창문에는 푸른 잔디와 테라스가 반사되었다. 세월이 흘러도 빈손에 든 보석 같은 저 벽들이 이룬 완전한 조화는 망가지지 않았다.

이는 작가가 31세에 쓴 『레베카』의 저 유명한 시작 장면이다. 이 음산한 맨덜리 저택은 감춰진 비밀을 드러내는 등 소설에서 중요한 배경 역할을 한다. 듀 모리에는 방이 70개인 콘월 해안의 메너빌리Menabilly 장원을 배경으로 맨덜리를 그려냈으며, 이로 인해 고딕 로맨스의 고전 작품을 창작해냈다고 평가받는다. 이 소설은 홀아비와 결혼하여 전처의 귀신이 출몰하는 대저택의 새 여주인이 된 젊은 여성의 이야기로, 저택의 미스터리를 풀려던 여주인공은 심리적 미로에 봉착하게 된다. 이후 언젠가는 거기 살겠다고 입버릇처럼 되뇌던 어린 시절의 꿈처럼, 듀 모리에는 세계적인 베스트셀러 작가가 되면서 1943년 25년간 임대차계약을 맺고 이 대저택으로 남편과 함께 이사했다. 그녀는 이곳에 살면서 이 저택과 그녀가 사랑하는 콘월 지방을 여러 작품의 배경으로 즐겨 묘사하곤 했다.

어떤 영국 평자는『레베카』에 가장 큰 영향을 미친 작품이 『제인 에어』라는 점에서 이 소설을 "브론테가 빠진 샬럿 브론테의 이야기"라고 부르기도 했다. 그러나 이 소설은 잘생긴 부자 신사가 가난한 아가씨와 결혼한다는 점에서『신데렐라』같은 전형적인 연애소설로 보이지만, 레베카의 죽음을 둘러싼 미스터리가 풀리는 정교한 플롯과 반전은 평범한 연애소설과는 다르다. 따라서 듀 모리에는 자신의 소설을 낭만소설로 보는 평자들의 분류를 아주 싫어했다. 실제로 그녀의 소설에 해피엔드가 거의 없고 어둡고 음산한 작품의 분위기 때문에 낭만소설로 보기 어려운 측면이 다분하다는 점에서, 오히려 작가 자신이 좋아했던 '선정소설Sentimental novel'과 비슷한 점이 많다고 하겠다.

이 소설은 100만 부 이상 팔릴 정도로 전 세계적인 성공을 거두었으며, 지금까지도 스테디셀러로서 영화와 연극, 라디오 드라마, TV 드라마로 여러 차례 각색되었다. 1940년에는 히치콕 연출, 로렌스 올리비에와 조앤 폰테인 등 당대 최고 배우들이 주연으로 분하여 영화화되었으며, 그해 아카데미 최우수 작품상을 수상하기도 했다. 또한 2006년 독일 극작가 미하엘 쿤체가 각본, 작사한 뮤지컬 「레베카」가 오스트리아 빈에서 초연되어 큰 인기를 끌었고, 우리나라에서는 2012년에 상연되었으며 2014년 9월 재공연을 앞두고 있다.

마거릿 포스터의 지적처럼, 듀 모리에의 작품은 드물게도 대중소설과 정통 고전문학의 기준을 동시에 만족시킴으로써 대중문학과 예술의 경계선상에 있다는 칭찬을 받고 있다. 이렇듯 문학에 기여한 공로로 듀 모리에는 1969년 여성에게 수여되는 기사 작위인 데임 작위를 받았고, 이로써 그녀의 집안은 이미 기사 작위를 받았던 아버지와 남편과 더불어 세 명의 기사 작위를 보유하게 된다.

3. 『자메이카 여인숙』에 대하여

『자메이카 여인숙』은 대프니 듀 모리에가 29세 되던 해에 발표한 소설로 그 시대적 배경은 1820년이며, 주인공은 메리 옐런이라는 23세의 영국 처녀다. 그녀는 돌아가신 어머니의 유언에 따라 정든 고향 헬퍼드를 떠나 어머니의 유일한 여동생인 페이션스 이모와 함께 살기 위해 북쪽 보드민으로 떠난다. 이모의 집은 보드민에서도 한참 떨어진 보드민 황야 한가운데 자리 잡은 자메이카 여인숙이었다. 그곳에 도착한 메리는 곧 자메이카 여인숙이 여행객을 위한 시설이 아니라 밀수꾼들의 소굴임을 알게 되지만 불행한 이모를 혼자 두고 떠날 수 없어 그냥 눌러앉게 된다. 이후 자메이카 여인숙에서는 여러 가지 이상한 사건이 벌어지고, 그 미스터리를 파헤치기 위해 노력하던 메리 앞에 끔찍한 진실이 밝혀진다. 그러나 그녀가 이모부의 남동생인 젬을 사랑하게 되고 젬이 형의 더러운 밀수업에 관련되었다고 믿으면서 일이 꼬이기 시작한다.

이 작품은 괴기소설의 '침입'을 비롯하여 우울한 멜로드라마적 분위기가 강하지만, 여주인공의 낭만적인 모험이 생생하고도 재미있게 그려진다. 당시 이렇게 독립적이며 씩씩한 여성을 그린 것은 매우 드문 일이었다. 그러나 이 소설에서 독자의 인상에 가장 강하게 남는 것은 여주인공 메리도, 이모부 조스 멀린도 아니다. 그것은 이 소설의 제목인 건물, 즉 자메이카 여인숙이라는 공간 그 자체다. 실제로 듀 모리에는 공간을 탁월하게 재현해내는 작가로 유명하다. 이 소설에서도 예외가 아닌데, 이 음산한 건물은 처음 등장하는 장면부터 강렬한 인상을 남긴다. 고향을 떠나 이모를 찾아가던 중, 메리는 사정없이 몰아치는 비바람 속에 우뚝 솟은 자메이카 여인숙을 본다.

저 앞 언덕마루 위 길 왼편에 건물 한 채가 보였다. 높은 굴뚝들이 어둠 속에 거뭇하게 솟아 있었다. 주위에는 아무것도 없었다. 집 한 채, 심지어는 작은 오막살이 한 채도 없었다. 저것이 자메이카 여인숙일까? 어찌 되었건 그것은 사방의 바람을 맞으며 독불장군처럼 당당하게 버티고 있었다.

이러한 묘사에는 듀 모리에의 개인적 경험이 녹아 있다. 왜냐하면 메리의 상황은 작가가 이 건물을 처음 봤을 때의 상황과 비슷하기 때문이다. 자메이카 여인숙은 현실 속에 실재하는 장소다. 이곳은 소설에서 묘사된 것과 마찬가지로 영국의 남서부인 콘월 지방의 보드민과 론서스턴을 잇는 국도 변에 자리한 여인숙으로, 1750년에 건설된 이래 보드민 황야를 가로지르는 여행객들의 쉼터 노릇을 했다. 실제로 이 고장은 듀 모리에가 소설을 발표할 당시에도 메리 옐런의 시대인 1800년대 초와 마찬가지로 매우 황량하고 음산한 곳이었다.

듀 모리에 가족은 대프니 듀 모리에가 어릴 때부터 콘월 지방에서 여름을 보냈으며 1926년에는 보드민에서 20킬로미터 정도 떨어진 포이 근처에 별장을 마련했다. 그녀는 이곳을 매우 좋아하여 자주 찾았으며 결혼 후에도 매년 이곳에서 여름철을 보냈다. 1930년대 초의 어느 여름, 듀 모리에는 말을 타고 황야에 나갔다가 짙은 안개로 길을 잃었다. 한참을 헤매던 끝에 그녀는 자메이카 여인숙을 발견했다. 그곳에 들어가 몸을 덥히고 원기를 회복하던 중, 그 지역 목사를 만나게 되는데 목사는 그녀를 즐겁게 해주기 위해 여러 가지 괴기스러운 이야기를 들려주었다. 또한 이 고장에서 예전부터 내려오던 밀수꾼들의 이야기도 전해주었다.

그녀는 여기서 영감을 얻어 『자메이카 여인숙』을 집필했다. 외로운 황야 한가운데 독불장군처럼 서 있는 이 여인숙은 아마도 대프니 듀 모리에의 특기인 음산한 고딕소설의 배경으로 안성맞춤이었을 것이다. 그리하여 그녀에게 아늑한 휴식을 주었던 여인숙은 밀수꾼들의 소굴로 재탄생한다. 또한 전설 속의 인물이었던 밀수꾼들은 난파선 약탈자로, 입담이 좋던 목사는 앨터넌의 프랜시스 데비 목사로 환생한다.

『자메이카 여인숙』은 1939년 히치콕에 의해 영화화되었는데 모린 오하라가 주연한 영화의 결말은 소설과 전혀 다르다. 이 때문에 듀 모리에는 이 영화를 별로 좋아하지 않았다고 한다. 이 소설은 1983년에 진 세이모어 주연의 TV 시리즈로 제작되었으며, 2014년 4월에 다시 한 번 제시카 브라운 핀들레이 주연의 3부작으로 제작되어 BBC에서 방영되었다. 또한 연극으로도 각색되어 자주 공연되고 있다. 이런 사실만 보더라도 우리는 메리 옐런의 모험담이 얼마나 흥미진진한지 쉽게 짐작할 수 있다.

자메이카 여인숙은 지금도 여전히 그 자리를 굳건히 지키고 서서 여행객들에게 편안한 잠자리와 맛있는 식사를 제공하고 있다. 달라진 점이 있다면 소설의 성공 이후, 전 세계 듀 모리에 팬들이 일종의 순례처럼 이곳을 찾는다는 점일 것이다. 이 여인숙에는 소설에 나오는 등장인물들의 명패가 붙은 17개의 객실이 있으며 부속 건물에는 '밀수꾼 박물관'도 개설되어 있다. 박물관에는 듀 모리에의 집필용 책상과 더불어 밀수꾼들이 사용하던 여러 도구가 전시되어 있다.

자메이카 여인숙은 2014년 봄에 경매에 부쳐져서 200만 파운드(약 35억 원)에 팔렸다. 경매에는 영국뿐만 아니라 미국, 캐나다, 오스트레일리아에서도 입찰 신청이 들어왔다. 이처럼 듀 모리에의 명성과 인기는 국제적이다. 한국의 듀 모리에 팬들도 인터넷을 통해 객실을 예약할 수 있다. 다음 휴가에는 황량한 보드민 황야 한가운데 우뚝 솟은 이 여인숙에서『자메이카 여인숙』을 읽으며 하룻밤을 보낼 수도 있다니! 과연 생각만으로도 신나는 일이지 않은가?

2014년 9월
한애경 · 이봉지

옮긴이 한애경
이화여대 문리대 영문학과를 졸업하고, 서울대 영문과에서 석사와 박사 학위를 받았다. 미국 코네티컷대학, 예일대학, 퍼듀대학, 노스캐롤라이나(채플 힐)대학 등에서 연구한 바 있으며, 현재 한국기술교육대 교수로 있다. 지은 책으로『플로스 강의 물방앗간 다시 읽기』(대한민국학술원 우수도서),『19세기 영국 소설과 영화』(문화체육관광부 우수도서) 등이 있고, 옮긴 책으로『사일러스 마너』『미들마치』『위대한 개츠비』『프랑켄슈타인』『멈추지 말아야 할 이유』『플로스 강의 물방앗간』(공역) 등이 있다. 그 밖에 조지 엘리엇, 제인 오스틴, 메리 셸리 등에 대한 다수의 논문이 있다.

옮긴이 이봉지
서울대 불어교육학과를 졸업하고 같은 학교 대학원에서 석사 학위를, 미국 노스웨스턴대학에서 불문학 박사 학위를 받았다. 현재 배재대 프랑스어문화학과 교수로 있다. 지은 책으로『서사학과 페미니즘』이 있고, 옮긴 책으로『보바리 부인』『수녀』『쿠데타와 공화정』『두 친구』『캉디드 혹은 낙관주의』등이 있으며, 한애경 교수와『플로스 강의 물방앗간』을 공동으로 번역한 바 있다.

자메이카 여인숙

지은이 대프니 듀 모리에
옮긴이 한애경 · 이봉지
펴낸이 김영정

초판 1쇄 펴낸날 2014년 9월 30일
초판 2쇄 펴낸날 2021년 5월 27일

펴낸곳 (주)현대문학
등록번호 제1-452호
주소 06532 서울시 서초구 신반포로 321(잠원동, 미래엔)
전화 02-2017-0280
팩스 02-516-5433
홈페이지 www.hdmh.co.kr

ⓒ 2014, 현대문학

ISBN 978-89-7275-716-0 03840

* 책값은 뒤표지에 있습니다.